pulp

master

Les Edgerton hat einen etwas unkonventionellen Hintergrund für einen Literaten. Bevor er seinen Abschluss an der Indiana University in South Bend machte, sich mit creative writing beschäftigte und fünfzehn Bücher veröffentlichte, hatte der in Odessa, Texas, geborene Edgerton über vier Jahre in der Navy zugebracht und wegen Einbruchs, bewaffneten Raubüberfalls und versuchter Hehlerei zwei Jahre im berüchtigten Pendleton Reformatory abgesessen. Der Vater zweier Töchter aus früherer Ehe lebte mit Frau und Sohn in Ft. Wayne, wo er im August 2023 verstarb.

Les Edgerton

Primat des Überlebens

pulp master

pulp master
Band 45

Erschienen bei PULP MASTER, Berlin

Deutsche Erstausgabe
Erste Auflage 2024

Titel der amerikanischen Originalausgabe: The Bitch

Herausgegeben von Frank Nowatzki
Übersetzt aus dem Amerikanischen
von Ango Laina und Angelika Müller
Redaktion:
Ute Nowatzki, Robert Schekulin, Prof. Dr. Tonio Klein

Cover: 4000
Umschlaggestaltung und Layout: MM-Grafomat
Druck und Verarbeitung: www.bookpress.eu

Veröffentlicht als
PULP MASTER Paperback 978-3-927734-93-7

This work was negotiated through
Agency Thomas Schlück GmbH, 30827 Garbsen

Bibliografische Information Der Deutschen Bibliothek.
Die Deutsche Bibliothek verzeichnet diese Publikation in der Deutschen Nationalbibliografie; detaillierte bibliografische Daten sind im Internet über http://dnb.ddb.de abrufbar.

www.pulpmaster.de

Prolog

Ich war elf, als mein Vater sein Schlafzimmer betrat und mich dabei erwischte, wie ich einige Münzen einsteckte, die er gesammelt hatte und in einer Socke verwahrte. Meist handelte es sich um ausländische Münzen, an die er während des Zweiten Weltkrieges in Übersee gekommen war, und ich habe keine Ahnung, wie ich britische Halfpence oder Dänenkronen hätte ausgeben wollen oder ob ich sie überhaupt hätte ausgeben wollen. Ich wollte sie nur haben, weil ich dachte, sie mir nehmen zu können, ohne erwischt zu werden. Nachdem er seinen Gürtel wieder angelegt hatte, zwang mich mein Vater, vier der kleinsten Münzen hinunterzuschlucken.

»Du wolltest sie, nun hast du sie«, sagte er. »Eins musst du dir merken: Ein Bishop stiehlt nicht. Kein Bishop ist jemals ein Dieb gewesen.«

Meine Mutter kam dazu, als ich die Münzen hinunterwürgte, stand da, weinte stumme Tränen, die ihr träge die Wangen hinunterliefen. Sie sagte kein Wort. Mein Vater hatte das Sagen und sie war, verglichen mit meiner Schwester und mir, eine nur wenig höhergestellte Lakaiin.

Sie weinte, nicht aber dieser hartleibige, elf Jahre alte Kriminelle. Ich war kurz davor, schluckte jedoch meine Tränen zusammen mit den Münzen hinunter, sobald ich sah, dass meine Mutter zu weinen begonnen hatte. Dieser Moment gewährte mir einen flüchtigen Blick in meine Zukunft, sollte ich weinen, denn dann würde ich genauso schwach werden wie sie. Dass ich nicht in die Knie ging, brachte meinen Vater mehr in Rage als mein Diebstahl selbst.

»Ich sollte dich alle schlucken lassen«, sagte er.

»Dann hätte ich gern etwas Salz dazu«, sagte ich. »Und ein Glas Wasser.« Ich wusste, was diese Worte bewirken würden, und statt Angst zu haben, spürte ich eine nie da gewesene Kraft in mir anschwellen. Er konnte meinem Körper Schmerzen zufügen, aber er konnte mich niemals so unterdrücken wie den Rest der Familie. Die Erkenntnis, die ich in diesem Augenblick gewann, war mein erster Lohn als Dieb.

Er seufzte und schnallte seinen Gürtel wieder ab.

Als die Münzen einen Tag später wieder zum Vorschein kamen, langte ich in den Scheißhaufen und zermanschte ihn mit den Fingern, holte sie eine nach der anderen heraus. Ich schnappte mir den Riegel Lava-Handreiniger meines Vaters, den er täglich nach der Arbeit benutzte, und hielt ihn unter den Wasserhahn, bis die angetrockneten Reste von Öl und Dreck weggespült waren und der Riegel vor Sauberkeit glänzte, und schrubbte dann die Münzen damit ab. Eine geschlagene Stunde scheuerte ich, bis sie aufblinkten und ihr Silber und ihre Bronze sanft schimmerten. Mein Vater fragte mich nie, was aus ihnen geworden sei, und ich habe sie noch heute.

Der erste Mord ist der schwerste. Egal, wie viele man noch begeht, es ist immer der erste, der einem nachts in den Träumen erscheint.

Das heißt nicht, dass der nächste so einfach ist. Nur *einfacher*. Es ist alles relativ, wie man so schön sagt.

Das Komische an der Überlegung, ein Verbrechen zu begehen – hat sich der Gedanke erst einmal Zutritt zu deinem Verstand verschafft, ist es auch schon gelaufen. Ebenso gut könntest du dieses Baby im Logbuch deines

Lebens verewigen, denn dass es passieren wird, ist so sicher wie Regen in Seattle. Und sprichst du mit einem anderen Menschen darüber, dann ist der Erdrutsch schon den halben Hang hinunter. Wie bei einem Zugunglück, ist die Lok erst mal entgleist, folgt auch der Rest des Zuges.

Ich habe keine Ausreden. Schließlich prophezeite meine Mutter mir täglich das böse Ende, von dem sie überzeugt war, dass ich es ansteuere. Von dem Moment an, als ich den Reißverschluss meiner Hose eigenständig zumachen konnte, sagte meine Mutter immer ziemlich genau das Gleiche, wenn sie sich meinetwegen gegen die Sünde aussprach. Einen täglichen Kampf, den sie um meine Seele ausfocht. Einen Kampf, von dem wir beide wussten, dass sie ihn verlieren würde.

»Wenn du einen sündigen Gedanken hegst, ist das in Gottes Augen so, als würdest du die Sünde begehen, Jacob«, sagte sie immer. Sie zeigte mir in der Bibel die Stelle, wo das geschrieben stand. »Siehst du?«, sagte sie, die Wangen gerötet vor göttlichem Beweis. »Wenn du etwas Böses denkst, mein Junge, kommst du direkt in die Hölle. Du musst es nicht einmal tun. Du musst es nur denken.« *Gibt nicht viel, was ich dagegen machen könnte*, wollte ich ihr sagen, tat es aber nicht. Ich hatte mich bereits vor langem der anderen Seite angeschlossen, vielleicht schon bei meiner Geburt. Das Ding mit der Erbsünde.

Am Tag, als sie starb, sollten selbst ihre letzten Worte noch versuchen, meine arme schwarze Seele zu erreichen. »Jakey«, sagte meine Mutter, ihre Stimme kaum zu hören unter dem Zischen des Beatmungsgerätes und dem Tönen der anderen Maschinen, woran die Ghule in weißen, gestärkten Kitteln sie angeschlossen hatten, um ihren verbrannten Körper am Leben zu erhalten. »Versprich mir, dass du ein guter Junge sein wirst. Versprich mir, dass du es versuchen wirst, Gott zu finden.« Zweiunddreißig Jahre alt und ihr verwirrter, sterbender, abgefuckter Geist sah stattdessen das Kind mit Fäustlingen an Bändern. Ein Teil ihres Verstandes war bereits dorthin gegangen, wohin ihr Körper folgen würde.

Was machst du in einer solchen Situation? Du versprichst es. Sie ist deine Mutter. Sie liegt im Sterben. Es ist leicht, etwas zu versprechen. Ich habe in meinem Leben viel versprochen. Es einzuhalten jedoch ...

1. Kapitel

Alles begann mit einem Telefonanruf. Die anderen Stylisten hatten bereits Feierabend gemacht, aber ich hatte Probleme mit der Haarfarbe meiner letzten Kundin, probierte verschiedene Nuancen, während sie mich die ganze Zeit zur Schnecke machte. Irgendwie kam immer der falsche Rotton heraus, aber schließlich hatte ich es so hinbekommen, dass es ihr gefiel, und jetzt war ich allein im Salon, packte meine Utensilien weg, auch die Skelettbürste, die ich in dem Moment an die Wand geschmissen hatte, als die Kundin den Laden verließ. Ich rief meine Frau Paris an, fragte, ob ich auf dem Weg nach Hause irgendwas aus dem Supermarkt holen solle. Zu dieser Zeit wusste ich, dass, wenn sie etwas wollte, es sich voraussichtlich nicht um Milch und Brot handeln würde. Über siebeneinhalb Schwangerschaftsmonate angekurbelte Hormone forderten exotischeres Essen, obwohl es sie bis jetzt noch nie nach sauren Gurken verlangt hatte.

Ansonsten jedoch nach so ziemlich allem ... Nicht so heute. Sie meinte, sie werde vermutlich alles wieder auskotzen, was ich mitbringen würde, und dann entschuldigte sie sich, um der Porzellangöttin ein weiteres Opfer zu bringen, vergaß dabei nicht zu erwähnen, dass sie mich liebe und mein Sperma hasse, und legte auf. Ich war auf dem Weg zur Tür, als das Telefon klingelte. Ich hätte es klingeln lassen sollen.

»Tangerine Z Hair Designs«, sagte ich im Abheben. »Jake am Apparat.«

Mein Gedächtnis ließ mich für mindestens volle zehn Sekunden komplett im Stich, bevor ich die Stimme erkannte, die am anderen Ende der Leitung losplapperte. Dann ging mir ein Licht auf. Walker Joy. Ein Typ, mit dem ich jeden einzelnen Tag meiner letzten zwei Jahre in Pendleton verbracht hatte. Mein ehemaliger Zellenkumpel.

»Walker? Walker Joy?«

Die Stimme am anderen Ende machte eine Pause, legte wieder los, mit diesem Maschinengewehr-Sprech, den ich auf Anhieb hätte erkennen müssen. »Zum Teufel, wer, hast du gedacht, is hier wohl, Arschloch? Der Geldeintreiber?« Er schnaubte, angepisst, weil ich ihn nicht erkannt hatte. Er hing noch immer dieser Kriminellendenke an. Notorische Straftäter knüpfen auf eine Weise an Beziehungen an, die sich von der Gesetzestreuer unterscheidet. Da sie von den Mitgliedern ihrer Gemeinde jeweils über Jahre getrennt sind, ist es, als wären sie nur ein oder zwei Tage weg gewesen, wenn sie sich wieder einklinken.

In dem Moment, als ich Walkers Stimme erkannte, hatte ich überdeutlich das Bild der grauen Wände Pendletons im Kopf und ich spürte Schweiß auf meinen Handflächen.

»Gott verdammt, Walker«, sagte ich. »Zum Teufel, wie lange ist das her? Drei Jahre? Vier? Verdammt. Es sind vier Jahre, Walker.«

Vier Jahre. Das Ende meiner zweiten Haftstrafe und, wie ich beabsichtigte, mein letztmaliger Aufenthalt hinter Gittern.

Beim ersten der beiden Male, als sie mich aus dem Knast entließen, stolzierte ich hinaus – jung und großspurig, ganz der krasse Typ –, und ich brach mit der ältesten Gefängnisregel. Der Regel, die besagt, dass du zurückkehrst, blickst du zurück. Ich blickte zurück. Spazierte durch das Eingangstor, machte etwa zwanzig Schritte bis zum Flaggenmast davor, drehte mich direkt um, die Fresse zu einem breiten Grinsen verzogen. Blickte trotzig auf die drei Meter fünfzig dicken Mauern des Pendleton Reformatory, das sich gegen die hellere Schieferschattierung des Winterhimmels von Indiana abhob.

Beim zweiten Mal hatte ich dazugelernt. Beim zweiten Mal zog ich mir den Kragen über die Ohren, verkroch mich in meiner State-Issue-Jacke aus Seersucker und marschierte entschlossen zum Eingangstor hinaus, durch den Schneematsch auf dem Parkplatz, weiter zur Straße, die zum Highway führte, über die Bahngleise und dann zur Bushaltestelle auf dem Highway 38. Blickte kein einziges Mal zurück. Setzte nicht einmal auf mein peripheres Sehen, um zur Seite zu schielen.

Beim ersten Mal besaß ich die Unsterblichkeit der Jugend. Beim zweiten – und letzten – Mal war ich dahintergekommen, dass Pendleton kein Ort war, wo ich mich jemals wieder würde einfinden können. Und leben. Etwas geschah während meiner zweiten Haftstrafe, was den Sterblichkeitsmüll komplett versenkte.

Das letzte Mal, dass ich Walker Joy gesehen hatte. Oder überhaupt an ihn gedacht hatte. Er tauchte vor meinem inneren Auge auf, auf seiner Pritsche hockend, öffnete er die Packung Oreo, die ich ihm als Abschiedsgeschenk überreicht hatte.

Eine Menge Schnee von vor vier Jahren.

»Ich werde mich verspäten«, erklärte ich Paris eine Minute später am Telefon. »Ein alter Freund hat mich gerade angerufen. Ich werde ihm ein Bier ausgeben. Du und Bobby, fangt schon mal an und esst ohne mich.«

Bobby, mein kleiner Bruder, der bei uns wohnte.

Ich legte schnell auf, bevor sie mich fragen konnte, wer dieser »Freund« sei.

Ein eisiger Windstoß erfasste mich in dem Moment, als ich hinaustrat. Ich krümmte mich in meiner Jacke zusammen und zitterte. Überall lagen Haufen schmutzigen Schnees herum, die an vulkanische Asche erinnerten, und in der Luft hing ein grau-gelber Dunst, den die Dezembersonne in einem tapferen Kampf zu durchdringen suchte.

Der Notre-Dame-Campus befand sich direkt oben an der Straße und es musste eine Pep-Rally für die Notre Dame Fighting Irish gegeben haben, denn während der Verkehr vor dem Tangerine eine sich nach Norden, in Richtung Uni fortbewegende Masse aus Stoßstange an Stoßstange und im schwarzen Schneematsch zischenden Reifen zu sein schien, fuhren nur wenige Wagen auf der Gegenfahrbahn vorbei. Als ich die Tür meines weißen Lumina öffnete, zog im selben Moment eine düstere Wolkenbank vorüber und die Temperatur sank um weitere Grade, entsprach dem Gefühl, das mich begleitete, seit ich Walkers Stimme erkannt hatte.

Eine halbe Stunde nachdem Walker meine Welt via Ma Bell wieder betreten hatte, saßen wir in einer Nische der Boat-Club-Bar nahe dem Howard Park. Mein alter Zellenkumpel kippte sich einen Pfefferminzschnaps nach dem anderen hinter die Binde, während ich an einem Ginger Ale nippte. Ein paar Meter entfernt beschäftigten sich die örtlichen Stricher mit dem Pooltisch und auch miteinander.

»Tja, Walker. Wie lange bist du draußen?«, fragte ich. Soweit ich wusste, war ich der Einzige, der ihn mit seinem Vornamen ansprach. Die meisten Leute nannten ihn Spitball. Das hatte ihm sein Gesicht eingebracht. Es sah aus wie diese Papierkügelchen, mit denen wir uns auf der Highschool zu bewerfen pflegten. Seine Gesichtszüge waren in diesem Ball, der für sein Gesicht durchging, irgendwie zusammengeknautscht. Außerdem war er kahl wie ein pochiertes Ei und hatte überall diese Hautfalten, wo zuvor seine Haare gewesen waren, was aus der Distanz betrachtet wie eine Dudley-Do-Right-Haartolle aussah.

Eine Sache bei Walker, die ich vergessen hatte, war mir in der Sekunde präsent, als ich mich hinsetzte. Sein Geruch. Er roch immer wie ein Wald nach einer Woche Dauerregen. Ich hatte stets gedacht, das sei so, weil er nicht oft duschte – ich konnte mich kaum daran erinnern, ihn im Knast unter der Dusche gesehen zu haben. Manche Leute, die das so halten – wenig zu baden –, entwickeln keinen Körpergeruch, sondern eher den Geruch, der immer an ihm haftete. Nach dem ersten Erschnuppern fiel er mir dann kaum noch auf.

Ich hatte Walker etwas zu verdanken. Eines Nachts hatte er mir im Knast das Leben gerettet. Eine wirklich üble Nacht, die ich jahrelang zu vergessen suchte, die jedoch in Gestalt von Albträumen immer wieder zurückgekrochen kam, trotz des zeitlichen Abstandes.

»Ein paar Monate«, sagte er und nuckelte dabei an seinem Kurzen, den ich ihm gerade ausgegeben hatte. Das hatte ich mir gedacht. Er trug noch immer die schwarzen Schuhe Marke Knast und ein Hemd, das seit zehn Jahren aus der Mode war. Bevor wir Zellenkumpel wurden, war mir Walker bereits von den Straßen hier in Downtown ein Begriff gewesen, und er hatte nie die Art von Garderobe besessen, die man im GQ präsentieren würde. Den einzigen Unterschied zwischen dem, was er im Knast getragen hatte und nun hier draußen, beim Pflastertreten trug, stellten seine Hemden dar. Draußen bevorzugte er Flanellhemden im Winter, wie sie Holzfäller trugen und Möchtegerncowboys, und in den wärmeren Jahreszeiten hatte er gewöhnlich ein schwarzes T-Shirt an. Jeans, zu jeder Jahreszeit. Aktuell trug er seine Aufmachung für den Winter. Ein rotes Flanellhemd direkt aus dem Winterschlussverkauf von J.C. Penney.

»Schon flachgelegt worden?«

Er lachte. »Gleich am ersten Abend. Das wird wohl das hässlichste Mädchen bleiben, das ich bis zum Ende meines Lebens gefickt haben werde.« Ich lachte darüber. Ich wusste, was er meinte. Am ersten Tag nach der Haftentlassung würde ein Typ eine Schlange ficken, sofern er jemanden dazu brächte, sie für ihn festzuhalten. Für die nächste Nummer würde die Messlatte höher gelegt. Obwohl ... ein wählerischer Walker war kaum vorstellbar, nicht bei dem Gesicht, mit dem er sich in der Öffentlichkeit zeigen musste.

»Nun, erzählst du mir mal, worum es geht?«, sagte ich.

»Du hast am Telefon recht verzweifelt geklungen. Brauchst du Geld?«

Ich dachte mir, ich könnte ihm fünfzig Dollar rüberreichen, eventuell sogar einen Hunderter. Viel mehr war nicht drin, nicht angesichts der Pläne, die Paris und ich hatten. Ich hatte vor, in weniger als einem Monat meinen eigenen Salon zu eröffnen. Gleich nach Neujahr. Paris hatte sich angeboten, die Rezeption zu schmeißen, bis wir Boden unter den Füßen hatten. Sie hatte sich bei der Versicherung, für die sie arbeitete, bereits einen Monat Urlaub genommen. Wir schätzten, ein Monat sei Zeit genug, so weit auf sicheren Beinen zu stehen, um sich jemanden für die Rezeption leisten zu können. Optimisten. Paris sagt, wir gehören der Das-Glas-ist-halb-voll-Fraktion an, und lacht dabei, aber ich nehme den Anflug eines Blinzelns in ihren Augen durchaus wahr und weiß, dass sie die Luft oben im Glas eher und mehr sieht als ich.

»Nee, Mann. Mir geht's gut. Genau genommen werde ich ziemlich bald einen hübschen Haufen Kohle machen.« Er hielt inne, wandte den Blick von mir weg, starrte hinüber zu den Typen am Pooltisch. »Ich könnte einen Gefallen gebrauchen.«

Einen Gefallen ... ich dachte an etwas Drolliges, was ich mal von jemandem gehört hatte. »Ein Gefallen«, hatte dieser Jemand gesagt, »ist im Französischen ein Ausdruck für ›lass mich dich ficken‹.«

Walker hatte weggesehen, als er es gesagt hatte; hinterließ bei mir ein komisches Gefühl.

Wir hatten eine gemeinsame Geschichte, Walker und ich. Schon vor meiner letzten Haftstrafe. Ganz konkret: seit meiner ersten Inhaftierung vor fast zwölf Jahren. Bei meinem ersten Mal waren wir keine Zellengenossen gewesen, aber bei meinem letzten Mal wurden wir Kumpel. Teilten uns zuerst eine Zelle im J-Zellenblock und zogen dann in Schlafsaal D. Man bezeichnete Pendleton als Besserungsanstalt, was nach einer Erziehungsanstalt für Jugendliche klang, was es aber nicht war. Es war eines von zwei Hochsicherheitsgefängnissen in Indiana. Seinerzeit wanderten überführte Straftäter unter dreißig nach Pendleton, die über dreißig in das Gefängnis von Michigan City. Die gleichen Straftäter an beiden Orten. Vergewaltiger, bewaffnete Räuber, Einbrecher. Mörder.

Walker beging zu dieser Zeit bewaffnete Raubüberfälle und ich übte mich in der hohen Kunst des Einbruchs. Einbrüche zweiten Grades, Typen, die sich an die Arbeit machten, nachdem das Geschlossen-Schild ins Fenster gehängt und das Licht ausgeschaltet worden war. Meistens Bars. Einbrüche ersten Grades wurden von den Idioten begangen, die in Häuser einstiegen. Klettermaxes. Idioten, weil es erstens in diesen Häusern nichts zu holen gab, abgesehen von jemandes defekter Stereoanlage oder einem Fernseher, woran man sich einen Bruch hob, versuchte man ihn wegzuschleppen, und zweitens, weil Richtern in Indiana angesichts eines menschlichen Bodensatzes, der in anderer Leute Häuser einbrach, der Schaum vor den Mund trat.

Walker war geeicht auf Supermärkte, Warenhäuser. Eine Stufe über dem gewöhnlichen Straßenräuber. Er betrachtete die 7-11 und Schnapsläden von oben herab. »Was für Kleingeld-Künstler«, sagte er. »Onkel-Tom-Jobs.«

Was seinen Arsch vor einer längeren Haftstrafe rettete, wenn man ihn schnappte, war die Waffe, die stets ungeladen war, raubte er einen Laden aus. Richter betrachteten solcherlei mit Wohlwollen. Plus Walkers Haltung eines reuigen Sünders, was bei Richtern immer verfing. Er verfügte über eine Miene, die er aufsetzen konnte, stand er auf der Prozessliste, die Reue förmlich herausschrie. Richter schluckten diesen Mist.

Wir freundeten uns auf der Quarantänestation an, dem isolierten Zellenblock, in den sie einen stecken, bevor man auf die anderen Insassen losgelassen wird. Nehmen deine Fingerabdrücke, fotografieren dich für die Gefängnisakten, schicken dich zum Seelenklempner und weisen dir einen Sozialarbeiter zu. Unterziehen dich Tests, finden heraus, ob du in der Wäscherei arbeiten sollst oder in der Schlosserei oder ob du dir die beiden Gefängnisvarianten der Zubereitung von Bohnen draufschaffst, abhängig davon, was du in den Tintenklecksen gesehen und ihnen darüber erzählt hast.

»Ich sitze in der Klemme. ’ne echte Scheiße. Die Sache ist die, ich kann da rauskommen. Aber ich brauch deine Hilfe. Ich habe einen Job in Aussicht.«

Selbst wenn ich das Flehen in seinen Augen nicht gesehen hätte, in seiner Stimme hätte ich es gehört. Ich hätte auflegen sollen, vorhin, als er im Laden angerufen hatte. In einen Zug mit diesem Ziel, das wusste ich, wollte ich nicht einsteigen.

»Ich bin raus, Walker. Für mich stehen ein paar wirklich gute Sachen an. Ich werde das nicht vergeigen. Seit vier Jahren bin ich sauber, mein Freund.«

»Du schuldest mir was, Jake.«

Da war es. Er hatte recht. Wäre Walker Joy nicht gewesen, ich würde hier nicht sitzen. Vielmehr irgendwo anders. Ich hätte Balsamierflüssigkeit in meinen Venen anstelle von 0 negativ.

»Es ist ein Haus, Jake. Und ich weiß ganz genau, dass der Besitzer nicht in der Stadt sein wird.«

»Bist du übergeschnappt?«, sagte ich. »Ein Haus? Ein *Haus*, Walker?«

Ich trank mein Ginger Ale aus, suchte den Blickkontakt mit der Bedienung und hatte Erfolg. Ich hielt zwei Finger hoch.

»Es ist ein Kinderspiel, Jake. Der Mann hat nicht mal 'ne anständige Alarmanlage. Und es handelt sich um eine Art Betrieb, um genau zu sein.«

Ganz klar, er war über die rein gedankliche Ebene längst hinaus. Die Lawine war bereits ins Rollen geraten und ich Teil von Schnee und Eis. Ich konnte es in meinen Knochen spüren.

2. Kapitel

Ein »Kinderspiel« hatte mich auffliegen lassen, beide Male, die ich hinter Gittern landete. Es sind immer sichere Dinger, *bevor* man den Job durchzieht.

Ich seufzte. »Walker, ich muss dir mal was erklären. Ich hatte zwei Verurteilungen, Bruder. Du weißt, was das heißt.«

Er wusste genau, was das hieß: das Aus. Drei Verurteilungen und du bist weg vom Fenster. Gewohnheitsverbrecher. Noch ein Ding und der Richter würde über den Rand seiner Nickelbrille hinweg auf mich hinuntersehen und sagen: »Jacob Bishop, hiermit verurteile ich Sie zu einer lebenslangen Haftstrafe. Einen schönen Tag noch, Versager.« Allein bei dem Gedanken schrumpften mir die Eier, fing mein Nacken an zu schmerzen.

»Scheiße, Mann«, sagte Walker. »Meinst du, ich weiß

das nicht? Ich sitze im selben Boot wie du. Aber dieser Job, Jake, ist wirklich ’ne sichere Kiste. Und dazu einen Anteil, von dem wir beide nie gedacht hätten, den mal zu kriegen. Ich rede von verdammt viel Geld, Kumpel.« Er machte eine effektvolle Pause. »Wie hören sich hundert Riesen pro Nase für dich an, Jake? Vielleicht auch mehr.«

Für mich hörte sich das nach einem Märchen an und das sagte ich ihm.

»Ich fühle mich geschmeichelt, dass du an mich gedacht hast, Walker«, sagte ich und rang mir ein Lächeln ab. »Aber ich muss passen. Wenn dieses Geschäft so gut ist, solltest du kaum Probleme haben, einen Partner zu finden. Verdammt ...« Ich wies mit dem Kopf zum Pooltisch und zur Bar. »Ich wette, du findest hier aus dem Stand sechs Typen, die dabei wären. Auch für wesentlich weniger. Vielleicht sogar für das, was du tatsächlich bekommen wirst.«

Ich legte meine Hände auf den Tisch und stemmte mich hoch.

»Tut mir leid, Walker. Wie ich gesagt habe, ich weiß das Angebot zu schätzen, aber ich bin jetzt an einem anderen Ort. Hier bin ich schon eine ganze Weile, und mir gefällt, wo ich bin. Aber ich wünsche dir alles Gute.«

Es war mehr als »an einem anderen Ort«. Ich war auf einem komplett anderen Planeten als beim letzten Mal, als Walker und ich miteinander gesprochen hatten.

Vor vier Jahren war ich in diesen nach Norden qualmenden Greyhound gestiegen, und ich hatte diesmal nicht nur keinen Blick zurück auf Pendleton geworfen, ich hatte auch keinen Blick zurück auf die anderen Reste meiner Vergangenheit geworfen.

Seitdem hatte ich ein paar Jobs gehabt, jeder besser als der vorherige, und arbeitete jetzt im nobelsten Salon der Stadt. Haareschneiden war in der dritten Klasse nicht mein Traumberuf gewesen – es war ein Handwerk, das ich im Knast erlernt hatte.

Schon schräg, wie ich diesen Gig an Land gezogen hatte. Vor zweieinhalb Jahren hatte ich den zweiten Job nach meiner Entlassung verloren (beim ersten war es nur eine Woche zum Aushalten gewesen). Der Chef, Jim Nance, war verstorben und der Laden sollte der Steuer wegen verkauft werden. Als ich das Bestattungsinstitut verließ, nachdem ich der Familie kondoliert hatte und mich nun fragte, welchen Job ich künftig machen sollte, kam ein Mann auf mich zu und stellte sich vor. Obwohl er das nicht hätte tun müssen. Ich erkannte ihn. Big Daddy Koontz. Wer auch immer ihm den Spitznamen »Big Daddy« verliehen hatte, hatte nicht sonderlich viel Fantasie unter Beweis gestellt – der Mann *war* riesig. Gewaltig. Nicht in der Körperhöhe. Im Körperumfang. Immer, wenn ich ihn sah, musste ich an diese alte Bill-Cosby-Figur denken, Fat Albert. Das war Big Daddy – ein weißer Fat Albert. Selbst seine Stimme klang wie die von Fat Albert: tief und heiser. Eine Zeichentrickfilmstimme. Und er war nicht auf mich »zugekommen«, er war auf mich zugewatschelt, Gabardine umhüllte Schenkel, die aneinanderklatschten mit dem gleichen Geräusch, das jemand erzeugt, der bei »Willie and the Hand Jive« richtig abgeht. Außerdem gehörte Big Daddy der angesagteste Laden der Stadt. Eben dieser *Salon*.

Das Tangerine Z. Er bot mir einen Job an.

Ich glaube, mein Ruf war noch besser, als ich gedacht hatte.

Am ersten Tag verdiente ich mehr als in der besten Woche bei Jim, und ich hielt das damals für richtig gutes Geld. Dabei bot das Tangerine Z eher Hausmannskost.

Dann machte ich etwas nur so aus Jux und Tollerei. Ich belegte einen Kurs am örtlichen Zweig der Indiana University, an der Indiana University South Bend in der Greenlawn Avenue am Ufer des St. Joe River. Einen Überblickskurs über moderne englischsprachige Literatur. Wir lasen Bücher von Vonnegut, Brautigan und Ray Bradbury, dem Science-Fiction-Autor. Bei der Zwischenbewertung heimste ich ein A ein, überrascht, dass das College mir so leichtfiel. Einen Riesenerfolg in der Tasche, schrieb ich mich im nächsten Semester für zwei Kurse ein. Einführung in die Soziologie und für einen weiteren Literaturkurs, eine Einführung in Shakespeare. Im Soziologiekurs trat Paris in mein Leben. Sie kam am ersten Tag herein und setzte sich zwei Plätze entfernt von mir in dieselbe Reihe. Mein Blick fiel auf die längsten, schlankesten Beine, die ich jemals gesehen hatte, und ich war gerade dabei, wieder zu Atem zu kommen, als mein Auge ihr Gesicht erfasste. Sie war eine Naturblondine mit braunen Augen. Eine verdammt aparte Kombination. Später in unserer Beziehung, als wir für den horizontalen Pas de deux auf den Laken gelandet waren, erklärte sie mir, es sei die seltenste Haar-Augen-Kombination schlechthin.

»Nö«, sagte ich. »Ich habe eine Menge Blondinen mit braunen Augen gesehen.«

»Nein, hast du nicht«, sagte sie. »Zumindest keine Naturblonden. Check das mal ab.« Sie hielt kurz inne und schenkte mir ein Lächeln, das nicht wirklich ein Lächeln war. »Wenn ich's recht bedenke ... check's nicht ab. Verlass dich auf mein Wort.«

Ich dachte darüber nach und räumte eine Minute später ein, dass sie recht hatte. Keine von denen, die ich kennengelernt hatte, war naturblond gewesen. Alle waren sie brünett gewesen, Blondinen aus einer Flasche. Kombinationen also, die man nicht miteinander vergleichen kann, chemisch gesehen.

»Ich vermute, du bist so was wie die einzig Wahre, oder?«, sagte ich. »Ich vermute, es handelt sich nicht um Miss Clairol hier unter mir, nicht wahr?«

Lange bevor wir in dieses Stadium eingetreten waren, hätte ich allerdings nicht im Traum daran gedacht, dass sie mit mir ausgehen würde. Es zogen noch drei Seminartermine ins Land, bis ich den Mut aufbrachte, sie anzusprechen. Mister Smoothy hier agierte nicht wie Mister Smoothy – statt mit einer dieser schlauen, blendenden Bemerkungen, die ich gewöhnlich raushaute, wenn ich mit einer Süßen auf Tuchfühlung gehen wollte, reagierte mein Hirn mit dem Gang in den Superfrost-Modus, kaum dass ich »Hi« zu Paris gesagt hatte, und ich fand mich stammelnd wieder wie ein pickliger Nerd bei seinem ersten Zusammentreffen mit einer Person des anderen Geschlechts und mit längerem Haar. Ich hatte vorgehabt, das Kiss-Konzert am nächsten Freitag vorzuschlagen, aber dieser Plan löste sich in meinem Kopf in Luft auf und ich landete stattdessen bei der Frage, ob ich ihr eine Cola ausgeben dürfe, wie eine dieser Figuren aus einem Band Archie Comics. Mr. Smoothy mutierte zu einem absolut lahmen Mister Dilton Doiley. Sie musste eine öde Woche gehabt haben, was Typen anbetraf, denn erstaunlicherweise sagte sie: »Klar«, und fünf Minuten später waren wir auf dem Weg zum Haus der Studentenverbindung, tauschten uns über unsere Sternzeichen aus und über all den anderen Blödsinn, was man eben so macht, trifft man jemanden am College, selbst wenn man nicht an diesen Blödsinn glaubt.

Zwei Stunden später saßen wir uns noch immer in einer der Nischen gegenüber und hatten noch immer nicht mit dem Reden aufgehört. Wir redeten wie sich abwechselnde Maschinengewehre, als würden wir uns bereits zeit unseres Lebens kennen, und dann platzte ich mit etwas heraus, in dem Moment, als es noch als Blase in meinem Kopf hochstieg. Sie musste den Eindruck gehabt haben, sie sitze einem Vollidioten gegenüber.

»Willie Mays«, sagte ich.

»Bitte?«

»Willie Mays.« Ich versuchte, es zu erklären. Mehr recht als schlecht. »Als Kind war ich ein Baseball-Freak. Ein Giants-Fan. Und Willie Mays war mein Held.«

»Ach«, sagte sie und ihre Augenbrauen rasteten als Ronald-McDonald-Bögen ein. »Das ist echt spannend, aber was hat das mit New Orleans zu tun?« Darüber hatten wir gesprochen, bevor ich die Bemerkung über Mays in die Unterhaltung einflocht – Städte, in denen wir gern leben würden.

Ich bemühte mich, Sätze zu formulieren, die einen Sinn ergaben.

»Willie Mays war elektrisch. Pure Elektrizität.«

»Okay«, sagte sie, die goldenen Bögen verschwanden, ihr Mund verzog sich zu einem Klugscheißergrinsen. »Einerseits eine ziemlich gruselige Information, andererseits komme ich immer noch nicht mit, was genau der elektrische Willie Mays mit New Orleans zu tun haben soll.«

Ihre Haltung ging mir auf den Sack.

»Hör mal«, sagte ich und spürte, dass mein Gesicht zu brennen begann. »Ich versuche, hier etwas zu erklären.«

»Tut mir leid«, sagte sie und ihr Mund entspannte sich wieder. Ich wusste, sie meinte es so.

»Okay«, fuhr ich fort. »Irgendwie ist das schwer zu erklären, besonders einem Mädchen, aber wann immer ich die Giants im Fernsehen gesehen habe und Mays an die Homeplate getreten ist, überkam mich das Gefühl, dass etwas Dramatisches bevorstand. Etwas Großes. Ein Homerun. Vor allem bei einer verzweifelten Situation im neunten Inning, ausgeglichener Spielstand, zwei Out – dieser Mist eben. Letzte Chance. So eine Art Schießerei am O.K. Corral. Willie Mays war da ... Möglichkeiten. Heroische Möglichkeiten.«

Ich hielt die Klappe. Ich hatte nie versucht auszudrücken, was mich bewegt hatte, wenn ich den »Say Hey Kid« zur Homeplate gehen sah, den Schläger in seiner Hand, aber das war es: Möglichkeiten. Elektrizität.

Wieder versuchte ich in Worte zu fassen, was ich seinerzeit empfunden hatte. »Die Kamera konnte ihr Objektiv nicht von Willie Mays lassen«, fuhr ich fort. »Auf dem Spielfeld, wenn er den Schläger hielt, Teufel noch mal ... selbst wenn er im Dugout saß. Wo immer er auch war auf dem Feld, was er auch machte, wenn die Kamera zu ihm hinüberschwenkte, hörte mein Herz für eine Sekunde auf zu schlagen, um dann wieder anzufangen, aber schneller. Meine Hände schwitzten und ich ertappte mich dabei, dass ich den Atem anhielt.«

»Wow«, kam es Paris leise über die Lippen. »Dieser Mays war ein starker Typ, oder? Aber –«

»Was er mit New Orleans zu tun? Nichts. Überhaupt nichts. Aber er hat etwas mit dir zu tun. Mit mir. Lass mich das mal zu Ende bringen, sehen, ob ich es richtig hinbekomme.«

Ich hatte das Gefühl, dass alles von Bedeutung war, was ich jetzt sagen würde, und dass ich es hinbekommen müsse. »Ich habe Sport mein ganzes Leben lang verfolgt«, begann ich, langsam, in dem Versuch, meine Gedanken zu formulieren, bevor ich sie artikulierte. »Es hat eine Menge Größen gegeben. Hank Aaron, O.J. Simpson, Ken Griffey Jr. ... Man O' War.«

Ich hatte keine Ahnung, ob ihr diese Namen etwas sagten, aber das war egal. Ich wusste, sie hatte verstanden, dass es sich um Sportgrößen handelte. »Es ist nur so, dass keiner dieser Jungs mir das Gefühl gegeben hat, das mir Mays gab. Mays war absolut herausragend, Adrenalin pur. Man wusste einfach, dass etwas Magisches passieren würde, etwas, wobei einem das Herz stehen blieb. Der Einzige, der das noch bei mir auslöste, war Gale Sayers von den Bears. Jedes Mal, wenn er das Ei berührte, wusste man, dass ein Touchdown möglich war, sogar wahrscheinlich. Doch selbst Sayers hat mir nicht das gegeben, was mir Mays gegeben hat, obwohl er dicht dran war.«

Ich machte eine Pause, studierte ihr Gesicht, um zu sehen, ob sie das verstehen würde, es begriff.

»Meine gesamte Körperchemie veränderte sich, wenn Willie Mays zur Homeplate ging«, sagte ich. »Kein Mensch hat mich je so berührt wie Willie Mays.«

Wieder hielt ich inne, und Paris reagierte genau richtig. Sie sagte kein Wort. Hätte sie in diesem Augenblick etwas gesagt, ich wüsste nicht, ob ich das hätte äußern können, was ich als Nächstes von mir gab. Das hätte es kaputtgemacht, irgendwie.

»Niemals hätte ich gedacht, dass mir das noch mal passiert«, sagte ich, senkte meine Stimme dabei, senkte sie so, dass ich unsicher war, ob Paris mich verstehen konnte. »Bis ich dich getroffen habe, Paris Meecham. Wenn ich dich in den Seminarraum kommen sehe, erfasst mich das gleiche Gefühl wie damals, als ich Willie mit seinem Schläger in der Hand aus dem Dugout habe kommen sehen.« Ich machte eine Pause, sah Paris direkt an. »Ziemlich kitschig, oder?«

Wie sich zeigte, hatte sie ein eigenes Apartment.

Wie sich ebenfalls zeigte, machte ich ihr sechs Monate später im Landhaus ihrer Familie am Chapman Lake einen Heiratsantrag. Ihre Eltern, Gloria und Jerrol, waren hocherfreut. Paris' Geburt war für sie ein Wunder gewesen, eine Geburt, bei der Gloria Mitte vierzig und Jerrol bereits fünfundfünfzig gewesen war. Eine Woche später waren wir verheiratet und die Woche darauf ging Jerrol in den Ruhestand. Das war vor zwei Jahren gewesen.

Immer wenn wir eine ihrer Freundinnen sahen, sagten alle sofort das Gleiche: »Du bist immer noch in deinen Flitterwochen, Mädel.«

Ich wünschte, dem wäre so, und in gewisser Weise war es es noch so, wenn auch nicht ganz. In letzter Zeit hatten wir einige Probleme.

Ich hätte diese Probleme voraussehen können, wenn ich dem Aufmerksamkeit gewidmet hätte, was Paris an diesem Tag vor zweieinhalb Jahren gesagt hatte, nachdem wir das Haus der Studentenverbindung verlassen hatten und zu ihrem Apartment fuhren.

»Was hast du damit gemeint«, hatte sie mit einem scheinbar unschuldigen Lächeln gefragt, »als du gesagt hast: ›Irgendwie ist das schwer zu erklären, besonders einem Mädchen‹?«

3. Kapitel

Das Haus meiner Eltern brannte nieder und beide starben an den Folgen des Feuers. Im Keller war der Wäschetrockner in Brand geraten. Wo mein Bruder Bobby für gewöhnlich schlief. In dieser Nacht jedoch war er in der Glasveranda auf dem Sofa abgeklappt. War während des Dramas nicht ein Mal wach geworden. Ein Feuerwehrmann fand ihn und trug ihn nach draußen. Fakt ist, dass meine Mutter Bobbys Kleidung hatte trocknen wollen. Bevor Dad und sie zu Bett gingen, hatte sie eine Ladung fertig gemacht. Verursacher war das mit Fusseln verstopfte Flusensieb gewesen. Passiert ständig, nehme ich an.

Bobby nahm es viel schwerer als ich. Zum Teufel, ich kannte Mom und Dad kaum. Womit ich nicht meine, dass ich sie nicht geliebt hätte; das hatte ich, aber ein Großteil der letzten zehn, fünfzehn Jahre war bei Aufenthalten im Knast und in anderen Bundesstaaten draufgegangen und es hatte neben den üblichen Anrufen anlässlich der Feiertage nicht viel Kontakt gegeben. Bobby hingegen war noch ein Jugendlicher, war nie weg gewesen von zu Hause. Wie sich herausstellen sollte, trug er noch dazu einen Haufen Schuldgefühle mit sich herum, weil unsere Eltern starben, wie sie starben, doch das bekam ich erst sehr viel später mit.

Ich hielt mit Paris Kriegsrat. Sie war großartig. Klar, sagte sie, wir können ihm oben das andere Schlafzimmer geben. Die meiste Zeit werden wir wahrscheinlich nicht mal merken, dass er hier ist, vermutete sie.

Zuvor hatte ich so gut wie nichts über meinen kleinen Bruder gewusst. Nicht, dass wir uns nicht gemocht hätten – wir kannten uns seinerzeit einfach nicht gut genug, um eine Zu- oder Abneigung zu entwickeln. Ich glaube nicht, dass er Feuer und Flamme war für die Idee, bei seinem Bruder und seiner Schwägerin einzuziehen, aber er schien sich allgemein für nicht sonderlich viel zu interessieren. Er kapselte sich einfach ab. Ich hielt das für die Trauer um unsere Eltern und irgendwann würde er es überwinden, sein Leben weiterleben.

Er überwand es ganz gut. Vor dem Unglück war er mir immer wie ein ganz normaler Junge vorgekommen. Nie ernsthafte Probleme, sah man von dem Ladendiebstahl ab, wobei man ihn mit fünfzehn erwischt hatte, was aber nicht mal seine Schuld gewesen war. Er war einfach nur in Gesellschaft eines anderen Jungen gewesen, der nach etwas grabschte und es einsteckte, und er wusste, was der Junge machte, dachte aber, wenn er selbst nichts einstecke, es für ihn klargehe. Er bekam eine juristische Lektion erteilt. Dass er Komplize bei einer Straftat war. Damals keine große Sache. Ich setzte mich mit ihm zusammen und hielt ihm eine Standpauke. Er schien den Ernst der Lage zu erfassen, und als ich ihm meine Version von *Scared Straight!* lieferte, sah ich ihm an, dass ich durchgedrungen war. Es lief auf gemeinnützige Arbeit hinaus und das Gericht löschte seine Akte.

Vor dem Unglück war Bobby im Baseballteam der John Adams High School gewesen. Ein ziemlich guter Pitcher, und er besetzte auch die Position als Shortstop und First Baseman. Nachdem unsere Eltern gestorben waren, stieg er einfach aus dem Team aus. Und seine Noten gingen in den Keller.

Ich führte ein paar Gespräche mit dem Konrektor und dem Vertrauenslehrer, und wir stimmten überein, dass Bobbys Verhalten so ziemlich dem entspreche, was man in Anbetracht der Umstände erwarten könnte.

»Er wird darüber hinwegkommen«, sagte Mr. Black, der Vertrauenslehrer. »Das ist normal. Seine Eltern sind gerade gestorben. Er scheint sich deswegen schuldig zu fühlen. Vermutlich weil es seine Kleidung war, die Ihre Mutter getrocknet hat.«

Das klang plausibel für mich. Ich wollte immer mal wieder mit ihm darüber sprechen, ihm erklären, dass es nicht seine Schuld war, kam aber irgendwie nicht dazu.

Dann – gerade mal vor einem Monat – wurde er wieder geschnappt. Diesmal eine heftigere Bauchlandung. Er saß auf dem Beifahrersitz eines nagelneuen Mustang, am Steuer sein Kumpel Johnny Nicks. Problem nur, dass es nicht Nicks' Wagen war. Er gehörte einer Frau an der North Michigan Avenue, die ihn sich kurz zuvor angeschafft hatte. Der Wagen hatte noch immer das Händlerkennzeichen. Beim Ladendiebstahl hatte es sich um ein Vergehen gehandelt, aber das hier war eine veritable Straftat. Und Bobby war nicht einfach nur dabei gewesen. Er war es, der das Seitenfenster eingeschlagen und den Wagen kurzgeschlossen hatte.

Damit mussten wir uns nun befassen. Paris war nicht sonderlich erbaut über das Ganze. Zufällig war der Wagen dieser Frau bei ihrer Versicherungsgesellschaft versichert und sie sprach es oft laut und deutlich aus, in welche Verlegenheit sie das bringe. Sie hatte sogar vorgeschlagen, Bobby sollte vielleicht über einen Auszug nachdenken, vielleicht mit einem Cousin um sieben Ecken Kontakt aufnehmen, den wir in Louisiana hatten, unserem einzigen lebenden Verwandten. Wir hatten so einige Debatten. Reibereien.

Ungefähr zu diesem Zeitpunkt fing sie mit so schrägem

Kram an. Fing an, in die Bücherei zu gehen; fing an, all diese New-Age-Bücher anzuschleppen. Irres Zeug. Fing an, abends aus dem Fenster zu starren, hinauf zu den Sternen, auf der Suche nach Aliens. Fing an, diesen Mist über ihre »früheren Leben« zu erzählen und diesen Laden in der Mall aufzusuchen, der Kristalle verkaufte und aufklappbare Pyramiden, die man in seinem Wohnzimmer aufstellen und in die man hineinkriechen konnte, solch bizarren Scheiß eben. Ich bemühte mich, die Klappe zu halten, wenn sie wieder diesen Nonsens von sich gab, mir auf die Zunge zu beißen, wenn ich ihr doch am liebsten hart entgegengetreten wäre. »So hat es mit den Verpeilten angefangen, die Jim Jones gefolgt sind«, sagte ich, aber sie sah den Zusammenhang nicht. »Du warst auf dem College«, sagte ich. »Du hast in Seminaren gesessen und gelernt, dass es nicht einen Fetzen von einem wissenschaftlichen Beweis gibt, dass irgendwo im Universum Leben existiert, und glaubst nun an kleine Alfs aus einer anderen Galaxie, die hier unten unsere Spezies abchecken und Frauen aus Trailerparks und mit Farrah-Fawcett-Frisur ihr Sperma implantieren. Paris ...« Unterhaltungen im Wohnzimmer wurden manchmal ganz schön gruselig, bei all dem Zeug, das sie sich ausdachte.

Ansonsten jedoch gehörte mein altes Leben der Vergangenheit an. Bis jetzt.

* * *

»Jake, setz dich ’ne Minute«, sagte Walker an der anderen Seite des Tisches. »Ich muss dir ein paar Sachen erklären. Das bist du mir schuldig. Ich muss jetzt darauf zurückkommen.« Er verknotete die Hände ineinander, während er redete. »Ich sitze ziemlich in der Klemme, Jakey.«

Ich setzte mich wieder. »Schieß los«, sagte ich. »Du hast zwanzig Minuten.«

Walker brauchte noch mal halb so viel Zeit, um seine Situation zu erklären, aber ich ging nicht, wie ich es hätte tun sollen.

Wie es schien, hatte er einen Job als Bote bei einem hiesigen Juwelier an Land gezogen, der sich nebenbei mit schwarz gehandelten Edelsteinen abgab, in der Hauptsache mit Diamanten. Ein Typ namens Sydney Spencer. Ich kannte Spencer. Ein kleiner geschniegelter Schleimscheißer. Der Kerl war Kunde im Salon. Alberte mit allen Mädchen rum in dem Versuch, sie dazu zu bringen, mit ihm auszugehen, worauf, soweit ich wusste, noch keine eingegangen war. Ich war sogar ein Mal in seinem Laden in der South Michigan Street gewesen, als wir uns nach dem Verlobungsring für Paris umgesehen hatten. Preise, happiger, als sie uns andernorts untergekommen waren. Worauf man sich keinen Reim machen konnte. Sein Laden lag in einer der übelsten Gegenden der Stadt, eingeklemmt zwischen zwei Stripschuppen. Ich hätte wetten können, er verkaufte eine Menge Zirkone und Diamanten mit Fehlern, die man mit dem bloßen Auge sah, an fette, betrunkene Romeos, die gerade in Mädchen verschossen waren, die sich Holly Hooter und Venus Vulva nannten.

»Ich habe für ihn Ware nach Chicago gebracht«, erklärte Walker. »Hab drei Touren ohne Probleme gemacht. Letzte Woche aber ist es dumm gelaufen.«

»Dumm gelaufen« hieß, man hatte ihm in Gary, Indiana den Wagen abgenommen. Noch vor Erreichen der Windy City war er von der Mautstraße abgekommen, war irgendwie falsch abgebogen und in einer Seitenstraße gelandet. Walker räumte ein, vielleicht ein wenig Koks gezogen zu haben und mit seinen Reflexen nicht ganz auf der Höhe gewesen zu sein. »Mann! Ich hatte grade an einer roten Ampel gehalten und da waren sie! Sieben, acht Wichser. Ich hätte sie kommen sehen müssen, hätte bei Rot losfahren sollen. Schätze mal, ich war kurz weggetreten.«

Sie hatten Walker aus dem Wagen gezerrt – »Kann von Glück sagen, dass sie mir nicht die Kehle durchschnitten haben« –, und so stand er da, ohne Wagen und ohne Waffe. Zu Fuß durchs Getto und nix in petto.

»Ich hatte Glück«, meinte er, wobei sich beim Wort »Glück« ein bitteres Schnauben entlud. »Ein Streifenwagen kam vorbei, hat mich zur Busstation gefahren. Ich hatte ein paar Scheine im Schuh, die die Wichser nicht gefunden haben. Die Arschlöcher von Cops meinten, sie würden die Sache melden, aber meinen Wagen könnte ich in den Wind schreiben. Die Ware im Kofferraum habe ich nicht erwähnt.«

Sydney Spencers Ware. Eine Kollektion heißer Diamanten, grob geschätzt einhunderttausend Dollar wert.

Was Spencer einigermaßen in Harnisch brachte, so Walker.

»Ich bin ein toter Mann, Jake«, sagte Walker, und ich hatte keinen Grund, daran zu zweifeln. »Komme ich bis nächsten Freitag nicht mit hunderttausend Dollar rüber, kannst du mir 'n Kranz mit Schleife aufs Grab legen. Sofern eine Leiche zu beerdigen ist. Ich glaube, Spencers Jungs bevorzugen Ätzkalk.«

»Verdammt, Walker.« Was hätte ich sonst sagen sollen? Ich fühlte mit ihm, aber ich sah es als sein Problem an. Mit diesem Leben hatte ich abgeschlossen. Walker würde sich selbst Gedanken machen müssen, wie er aus diesem Schlamassel wieder rauskam. Mir leuchtete nicht ein, woher er sich das Recht nahm, bei dieser Geschichte meine Hilfe einzufordern. Man musste ihm zugutehalten, dass er das auch genau so aussprach.

»Ich weiß, ich weiß«, sagte er und hob die Hände. Dann spreizte er die Finger auf dem Tisch, krümmte sie. »Würde es nur um dich und mich gehen, glaub mir, Jake, ich würde es verstehen. Aber ...« Er zögerte. »Da hängt noch mehr dran. Spencer ist im Bilde, was dich betrifft. Ich schätze, er will dich unbedingt bei diesem Job dabeihaben. Er hält dich für den besten Einbrecher auf dem Planeten. Ich ...«, er sah zur Seite. »Ich hab dich quasi aufgebaut.«

»Wie das, Walker?«, sagte ich. Ein komisches Gefühl packte mich tief in der Magengrube.

»Ich meine ... ich meine, ich hab vielleicht mal von dir erzählt. Einmal, in seinem Büro, hab ich losgequatscht. Du weißt ja, wie so was läuft. Opa erzählt vom Krieg und so.«

Scheiße. Ich konnte die Stelle in meinem Bauch spüren, die sich immer mit Schmerzen meldete, wenn ich angespannt war. »Was hast du erzählt, Walker?«

Er grinste mich schwach an, wedelte mit der Hand, als verscheuche er eine Fliege oder etwas ähnlich Belangloses. »Du weißt schon. Dinger, die du gedreht hast. Solche Sachen. Wie die in Argos. Erinnerst du dich? Ein wahrer Klassiker, Alter!«

Klar. Ich erinnerte mich. Vor Jahren war ich eines Nachts in jeden einzelnen Laden dieser winzigen Kleinstadt eingestiegen. Neun an der Zahl. Zwei hatte ich mir sogar doppelt vorgenommen. Den Drugstore und die

Bar. War durch die Stadt gestreunt wie eine Nutte an Silvester. Der Barney Fife aus Argos hatte sich an diesem Abend wohl freigenommen, um bei seinen Bowling-Kumpels zu sein. Ich war die ganze Nacht umhergestreift, war in Läden eingestiegen, als hätte mir das Kaff gehört.

»Du hast ihm von Argos erzählt?« Das war unglaublich. »Danke, du Schwachmat. Nur für den Fall, dass du's nicht weißt, Walker, ich bin raus aus diesem illegalen Spiel. Tja, diese Art von Publicity kann ich richtig gut gebrauchen. Dieser Spencer ist Kunde bei uns im Laden. Er reißt gern die Klappe auf. Kommen die dahinter, dass ich gesessen habe ...« Ich sah ihn vielsagend an. »Mit Leuten, die die Klappe aufreißen, kennst du dich ja bestens aus, nicht wahr, Walker?« Angepisst drückte nicht annähernd aus, was ich dabei fühlte.

»Tut mir leid, Jake.« Aufrichtigkeit tropfte aus seiner Stimme. »Ich ... äh ... gut möglich, dass ich auch die Clark-Tanke erwähnt habe.«

Angesichts seiner Worte blieb mir nur ein ungläubiges Starren.

»Warum hast du jemandem davon erzählen müssen?«, sagte ich schließlich.

Dieser Hurensohn! Er konnte jetzt nicht loslegen und mit einer guten Ausrede angeschissen kommen, weshalb er es jemandem erzählt hatte, selbst wenn er der debilste Scheißer wäre, der je gelebt hatte. Nicht einmal Paris wusste von dem Vorfall in der Clark-Tanke.

Eine Sache, die sich vor langer Zeit ereignet hatte. Wäre ich nicht um so viel jünger, um so viel dümmer gewesen, ich hätte Walker nie davon erzählt. In dem Moment, als ich es getan hatte, wusste ich, dass es ein Fehler gewesen war.

Vor Jahren, nach meiner ersten Verhaftung und dank Kaution auf freiem Fuß, ließ ich mich treiben, schlug mich durch, kam kaum über die Runden. Die Brüche, die ich seinerzeit beging, schienen alle nur Kleingeld einzubringen und ein paar Flaschen Wild Turkey. Ich zog mir den Stoff rein, so regelmäßig wie einen Gottesdienst, also machte es mir nichts aus, bei einem Job keine große Kasse zu machen, solange ich nur genügend Whiskey ergattern konnte. Übrigens, ich wusste, dass mein Glück sich wendete.

Eines Abends, bis auf meine letzten zwei Dollar abgebrannt und auf dem Weg zu dem Apartment, das ich mir mit meiner damaligen Freundin teilte, ging mir das Benzin aus. Ich versuchte, es mit den letzten Tropfen bis nach Hause zu schaffen, überlegte, mir ein paar Dollar von Wendy zu leihen und am nächsten Morgen zu tanken. Ich war zu optimistisch gewesen und der Wagen verreckte mir zwei Blocks vom Apartment entfernt. Glücklicherweise hatte er mir den Dienst direkt vor einer Clark-Tankstelle versagt. Ich warf die Tür zu, trat gegen die Seite des Wagens – eines zerbeulten, traurig aussehenden Ford Fairlane – und ging auf die Tankstelle zu.

Wir befanden uns mitten in einem dieser berühmten Schneestürme South Bends – wir unterliegen dem Einfluss des Michigansees und haben nicht einfach nur Schneeschauer, sondern stets Schneestürme epischen Ausmaßes, wie die, worin sich Jack Londons Figuren verirren. Der gute alte Buck hätte sich in besagtem in seinem Element gefühlt. Der Schnee reichte mir bereits halb bis zu den Knien und man sah kaum die Hand vor Augen bei all dem weißen Zeug, das vom Himmel fiel. In der Tankstelle zählte ein Typ im Overall und mit speckiger Baseballkappe der Chicago Cubs das Geld in seiner Kasse.

»Ich brauch für ’n paar Dollar Benzin«, sagte ich.

Das Arschloch sah nicht einmal hoch. »Bedaure, Kumpel«, sagte er. »Ich hab schon zu. Hab bereits die Zapfsäulen außer Betrieb genommen.«

Nun, drauf geschissen, dachte ich. »Dann nimm sie wieder in Betrieb. Dauert wie lange? Zwanzig Sekunden?«

Er sah hoch – ätzender kleiner Pisser – und sagte: »Das bringt mir die Bücher durcheinander. Vor morgen früh kann ich sie nicht wieder öffnen.« Mein Blick fiel auf eine halb leere Flasche Southern Comfort auf dem Regal hinter ihm, die zwischen Kanistern mit Motoröl hervorlugte. Man konnte es auch riechen, sobald der Typ den Mund aufmachte. Ich wollte ihm ordentlich Bescheid stoßen, besann mich aber. Drehte mich um und ging.

Ich schob den Wagen den ganzen Weg nach Hause, fluchte bei jedem Schritt. Zum Glück war genug Eis unter dem Schnee, sodass ich es schaffte, aber als ich den Wagen vom Lincoln Way West in meine Straße manövrierte, war ich völlig von der Rolle. Ich schob ihn in die erstbeste freie Parklücke, drei Häuser entfernt von unserer Maisonette. Statt nach Hause zu gehen, stieg ich raus aus dem Wind, hinein in den Ford und zündete mir eine Camel an. Ich rauchte sie auf und als ich sie ausdrückte, war das Glühen meines Zorns intensiver als das der Zigarettenglut zuvor.

Ich öffnete den Kofferraum, griff mir die Stange des Wagenhebers und ging zurück zur Clark-Tankstelle. Ich sah den Kerl sofort. Saß direkt am Straßenrand in einer wahren Rostlaube von einem roten Pick-up. Arschkalt und der Depp hatte das Seitenfenster runtergelassen, ließ die Beine raushängen. Als ich mich näherte, konnte ich erkennen, dass er sich aufrichtete, einen gehörigen Zug aus der Flasche nahm und nach unten wegrutschte. Sturzbesoffen.

Ich schlich mich an – keine Herausforderung angesichts der dicken, nassen Schneeflocken –, packte den Türgriff und riss die Tür auf. Der Typ fiel mir halb entgegen; den Rücken eingeknickt, wand er sich mit weit aufgerissenen Augen, wollte die Balance wiederfinden. Ich langte einfach hin, schnappte mir sein Ohr und verpasste ihm nahe der Schulter einen Hieb in den Nacken. »Uff!«, sagte er, als er im Schnee auf den Knien landete. Er hob eine Hand, wollte sich wohl den Nacken kneten, dort, wo ich ihn erwischt hatte, und in diesem Moment zog ich ihm eins über den Hinterkopf. Er kippte nach vorn, fiel mit dem Gesicht in den Schnee. Ich griff in seine Gesäßtasche und dort steckte seine Brieftasche, gefüllt bis zum Anschlag. Die Einnahmen aus seiner Schicht, vermutete ich. Es schienen mindestens sechs- bis achthundert Dollar zu sein. Später sagte ich mir, dass er das Geld für den Inhaber vermutlich beim Nachttresor hätte abliefern sollen, aber womöglich hatte er sich auch eine kleine Zulage für den Abend genehmigen wollen. Vielleicht hatte er bereits die Bücher frisiert, um die zehn oder zwanzig verschwinden zu lassen, die er sich hatte einstecken wollen. Was für ein Pech. Ich nahm die Brieftasche und dann, aus reiner Gemeinheit, die Flasche Southern Comfort, die ich in der Fußwanne des Trucks fand.

Keine große Sache, und ich wurde auch nie deswegen belangt, aber es liefe auf schweren bewaffneten Raubüberfall hinaus, eine Straftat, die zwölfeinhalb Jahre Haft mit sich brächte. Und bei dieser Art von Verbrechen trat der Ablauf der Verjährungsfrist nicht so schnell ein. Ganz zu schweigen von der lebenslangen Haftstrafe, die ich aufgebrummt bekäme, würde man mich deswegen hochnehmen.

Bescheuert!

Walker quasselte weiter. »Hey, Jake, es tut mir leid, aber es ist mir so rausgerutscht. Wir haben uns über Ausraster unterhalten und ich hab gesagt, ich erzähl dir mal was über 'nen Kumpel, der den ultimativen Ausraster hatte. Ich hab gedacht, Spencer zieht sich noch 'n Leistenbruch zu, so, wie er gelacht hat. Ich hab mir nichts dabei gedacht.«

Er saß da wie ein geprügelter Hund, woraufhin meine Wut ein wenig verrauchte. Nur ... würden die Bullen jemals von diesem kleinen Vorfall Wind bekommen, war's das. Kurz und schmerzlos. Ich ging nicht davon aus, dass die Verjährungsfrist für einen schweren bewaffneten Raubüberfall bereits abgelaufen war, der gerade mal sechseinhalb Jahre zurücklag.

»Walker, du bist ein Vollidiot.« Mehr sagte ich nicht.

Wir saßen eine Weile schweigend da.

»Er wird diese Scheiße gegen mich einsetzen, oder?«, sagte ich schließlich und fixierte Walker mit dem niederträchtigsten Blick, den ich draufhatte. »Eine ... wie bezeichnet man solche Scheiße, Walker? Erpressung? Ja, so bezeichnet man das.« Ich kippte den Rest Ginger Ale hinunter und setzte das Glas so heftig auf, dass die Eiswürfel hüpften.

»Jake, ich fühl mich –«

»Jämmerlich?«, sagte ich. »Darauf kannst du deinen

Arsch verwetten, dass du jämmerlich bist. Mir ist bisher kein Hurensohn begegnet, der jämmerlicher gewesen wäre.« Ich seufzte. Eins hatte ich vor langer Zeit gelernt, und zwar dass man nicht zurückblicken und diese »Was-wäre-wenn-Spiele« spielen kann. Am besten nimmt man die Einschläge, wie sie kommen, überlegt, wie man sich beim Fallen nicht die Rippen bricht. Ich rieb mir die Schläfen, um schneller zu sein als der Kopfschmerz, den ich anrollen spürte.

Mir kam was in den Sinn. »Hast du ihm erzählt, dass ...« Ich wollte es nicht einmal aussprechen.

Er wusste, was ich meinte. »Oh, Mann, Jake. Nie im Leben.«

Das war gut. Wir beide teilten ein Geheimnis, von dem selbst Paris nichts wusste. Hätte er Spencer davon erzählt ... konnte man sich nicht ausmalen. Ich wollte nicht einmal daran denken, was zu tun ich gezwungen wäre, wenn *das* die Runde machen würde. Walkers Mienenspiel verriet mir, dass er die Wahrheit gesagt hatte, und das besänftigte mich ein wenig.

»Erzähl mir mehr über diesen Job«, sagte ich. Ich hob die Hand und gab der Bedienung ein Zeichen mit dem Finger, und als sie erschien, stand ich kurz davor, etwas mit Alkohol zu bestellen – nüchtern zu bleiben schien mir an diesem Punkt die falsche Entscheidung zu sein –, am Ende deutete ich jedoch auf mein Ginger Ale und orderte Nachschub. Nicht der beste Zeitpunkt für einen Rückfall. Ich hatte das Gefühl, bei diesem Spencer alle meine Sinne beisammen haben zu müssen. Wie es aussah, hatte er mich in der Hand, und ich musste mir überlegen, wie ich das ändern konnte. Ich musste den Kerl treffen, von Angesicht zu Angesicht musste ich herausbekommen, wie weit er bei diesem kleinen Spiel der Nötigung zu gehen gedachte. Womöglich sorgte ich mich viel zu sehr um nichts. Tja ...

4. Kapitel

Ich fuhr nach Hause, fragte mich, was für eine Geschichte ich mir verdammt noch mal aus den Fingern saugen sollte, um sie Paris aufzutischen.

Vor anderthalb Jahren hatten wir ein Haus am Twyckenham Drive gemietet, in einer Straße, die vor zwanzig, fünfundzwanzig Jahren die nobelste in South Bend gewesen, doch nach und nach heruntergekommen war, zumindest rund um unsere Nachbarschaft im Norden nahe Notre Dame und Big Daddys Salon. Fünf, sechs Meilen weiter, am südlichen Ende, hatte sich viel von ihrer früheren Pracht erhalten, der Wert der Häuser lag noch immer im hohen sechsstelligen Bereich oder ging in die Millionen; fuhr man jedoch nach Norden, wurden die Häuser kleiner, waren weniger kostspielig, insbesondere wenn man den Lincoln Way East und die Mishawaka Avenue überquert und unsere Nachbarschaft erreicht hatte mit ihren zumeist einstöckigen Dreizimmerhäusern und kleinen Bungalows, die einen neuen Anstrich oder eine neue Außenverkleidung nötig hatten. Wir wohnten in einem der Backsteinhäuser mit einem eingezäunten Garten an der Rückfront, dem es an Bäumen mangelte. Die anderen Häuser im Block lagen alle genau zehn Meter entfernt vom Straßenrand, aber unseres war um weitere sechs Meter nach hinten versetzt. Als ich es ansprach, meinte Paris, das sei ein Vorteil. Ich würde es finden, selbst wenn ich betrunken sei. Ich ließ die Tatsache unerwähnt, dass meine Tage als Trinker vorbei waren. Was uns von dem Objekt überzeugte – also *sie* –, war das Wohnzimmer. Kaum waren wir dem Professor, dem das Haus gehörte, ins Innere gefolgt, um uns umzuschauen, quiekte sie los. »Das sieht genauso aus wie das Wohnzimmer in dem Haus, wo ich aufgewachsen bin!« Sie drehte sich um und sah hoch zu mir. »Bitte, Jake? Das ist ein zauberhaftes Zimmer. Ein zauberhaftes Haus. Garantiert.« Was sollte ich sagen? Etwa zehn Minuten später unterschrieben wir den Vertrag.

Nicht die schlechteste Gegend, aber nicht das, was den meisten aus South Bend einfiel, kam der Name Twyckenham Drive ins Spiel.

In knapp dreißig Tagen würden wir unseren Salon eröffnen, und ich wusste einfach, dass wir schnell richtig Geld machen und in der Lage sein würden, uns was Eigenes zu kaufen.

Ich parkte den Wagen und winkte unserem direkten Nachbarn zu, einem Typ, dessen Namen man mir gesagt, den ich aber vergessen hatte. Zerrte gerade seine Mülltonnen zum Straßenrand, was mir unsere in Erinnerung rief und dass ich die besser ebenfalls rausstellte, bevor mir Paris wieder die Leviten las.

Paris saß in Shorts und im Schneidersitz auf dem *zauberhaften* Sofa – wie ich es als Insiderwitz zu bezeichnen pflegte –, eine Ausgabe des *People Magazine* auf dem Schoß und mit Robert Stack im Fernsehen, der in diesem alten Gemäuer stand und mit der ihm eigenen irritierenden Eintönigkeit etwas über Geister der Konföderierten laberte.

»Entschuldige, dass ich so spät komme, Süße. Ich werd noch den Müll rausbringen«, sagte ich.

»Das kannst du später machen. Dein Abendessen steht im Backofen«, sagte sie, schwang die Beine vom Sofa und warf die Zeitschrift auf den Tisch. »Iss erst mal. Soll ich es holen?«

»Nee, nee«, sagte ich, bedeutete ihr, sich wieder hinzusetzen. »Ruh dich aus. Ich mach schon.«

»Nun«, sagte sie, als sie in die Küche kam, wo ich gerade einen Teller mit Hackbraten, grünen Bohnen und Kartoffelbrei aus dem Backofen holte. »Wer ist dieser Freund, den du getroffen hast?«

Ich brachte den Teller rüber zum Tisch, griff mir Besteck und dann eine Dose Barq's Root Beer aus dem Kühlschrank und setzte mich.

»Könntest du mir den Ketchup bringen?«, fragte ich, weil mir auffiel, dass ich ihn vergessen hatte, aber mehr noch, weil ich ein paar Sekunden rausschlagen wollte, um mir eine Antwort auf ihre Frage zurechtzulegen. Was sollte ich ihr antworten? Dass ein ehemaliger Zellengenosse mich bei einem Einbruch dabeihaben wollte und dass man mir Lebenslänglich verpasste, sollte man uns erwischen, und dass wir daher vielleicht den Mietvertrag für unsere Geschäftsräume kürzlich nicht hätten unterschreiben sollen und ob sie nicht vergessen würde, Zigaretten mitzubringen, wenn sie mich im Knast besuchen käme?

Also, nein, ich konnte Paris nicht die Wahrheit sagen. So weit konnte ich nicht gehen, definitiv nicht. In diesem Moment ging die Haustür auf und Bobby kam herein. Vom Gong gerettet, sozusagen.

»Wo bist du gewesen, verdammt noch mal?«

Der heftige Ton in Paris' Stimme ließ mich zusammenfahren. Ich wusste, dass sie und Bobby in letzter Zeit nicht sonderlich miteinander konnten, aber sie schien mehr als nur angefressen. Ich dachte mir, geh mal dazwischen. Glätte die Wogen, mal schauen, wo genau der Schuh nun drückt. Die Hormone, vermutete ich. Ich wusste, dass sie nicht begeistert war über Bobbys jüngsten Konflikt mit dem Gesetz, aber derart genervt hatte sie sich bislang nicht gezeigt.

»Langsam, langsam, Honey«, sagte ich. »So spät ist es doch gar nicht. Es ist erst –«

»Halb elf!« Sie zitterte vor Wut, was mich komplett überraschte. Herrgott! Er war ein Teenager. Halb elf war ziemlich früh für einen Jungen seines Alters. Ich setzte an, etwas zu sagen, doch sie ging völlig ab, mit lodderndem Blick. »Ich habe eine Stunde mit dem Essen auf dich gewartet, Bobby. Du hast gesagt, du würdest gleich nach der Schule nach Hause kommen. Zuerst ruft mich dein Bruder an, verkündet in allerletzter Minute, dass er nicht nach Hause kommt, und dann tauchst du überhaupt nicht auf. Es hat mich eine Menge Mühe gekostet, das hier zu kochen, verstehst du?«

Sie ging hinüber zum Fenster, postierte sich dort mit dem Rücken zu uns. Bobby stand einfach nur da, seine Miene perplex.

»Bobby«, sagte ich und stand auf. »Wo bist du gewesen? Wenn du zum Essen hättest hier sein sollen, warum –«

»Weg«, erwiderte er lapidar, mit dieser jugendlichen Klugscheißerhaltung, die mir mittlerweile überall begegnete. »Ich war weg, mehr nicht. Meine Güte! Kann man nicht mal mehr mit Kumpels abhängen?« Die Röte kroch hoch von seinem Hals bis zum Ansatz seiner raspelkurzen Haare, die er aus seiner Zeit als Sportler beibehalten hatte, und die Verblüffung in seinen Augen verwandelte sich in Wut. »Ich kann hier einfach nichts richtig machen. Wer will überhaupt ihren ekligen Hackbraten? Der schmeckt echt beschissen. Gib ihr doch mal eins von Moms Rezepten, was hindert dich? Mir hängt das ganze Angebrannte zum Hals raus.«

»Pass auf, was du sagst, Bobby«, erwiderte ich scharf, aber er beachtete mich nicht, drehte sich auf dem Absatz um und ging Richtung Treppe.

»Lasst mich einfach in Ruhe«, sagte er, jetzt von der Treppe, die er hinauftrampelte. »Ich geh ins Bett.«

Ich ging zu Paris, schlang meinen Arm um sie, drehte sie zu mir herum. Ihre Augen waren randvoll mit Tränen.

»Ist ja gut, Schatz«, sagte ich, fuhr ihr mit der Hand sanft übers Haar, zog sie an mich, um sie in den Arm zu nehmen. »Er ist noch jung. Wahrscheinlich hat er die Zeit vergessen. Sich wahrscheinlich in eine Diskussion verstrickt, wer die beste Rockband ist oder wer die dicksten Titten in der Klasse hat. Du weißt doch, wie Teenager sind. Ich geh hoch und rede mit ihm. Ich werde nicht zulassen, dass er so mit dir spricht. Er braucht einen leichten Tritt in den Hintern, das braucht er. Er muss sich bei dir entschuldigen.« Ich probierte es mit einem Lächeln.

»Und dieser pampige Kommentar zu deinen Kochkünsten? Mein Gott, er liebt dein Essen. Er isst doppelt so viel wie wir beide zusammen. Und ich finde sie großartig, also, wen kümmert's? Pass auf. Ich geh gleich hoch und rede mit ihm.«

Ich ließ sie los und sah sie an. »Ich stutz ihn zurecht.«

Sie blickte hoch zu mir, nicht im Ansatz besänftigt. Man konnte förmlich die Funken sehen, die aus ihren

Augen sprühten, und die waren nicht von ihrem üblichen Braun, sondern schwarz.

»Aber gehörig«, sagte sie. »Heute Morgen habe ich ihm extra gesagt, er soll pünktlich sein. Und was macht er?«

5. Kapitel

»Bobby, das unten eben war echt daneben, klar?«

Er lag auf seinem Bett, Kopfhörer auf, und blätterte in einem seiner X-Men-Comics. Er sah nicht mal hoch.

»Nimm die verdammten Dinger ab!«, brüllte ich, griff nach den Kopfhörern und riss sie ihm vom Kopf. Er rappelte sich vom Bett hoch, machte große Augen. »Nun«, sagte ich in ruhigerem Ton. »Vielleicht kannst du mich jetzt hören und deinen Teil beitragen zu der kleinen Unterhaltung, dir wir jetzt führen werden.«

Er wollte etwas sagen, aber ich hob die Hand wie ein Verkehrspolizist. »Spar's dir. Hör einfach zu.«

Ich verpasste ihm eine Zigarre. Erklärte ihm, dass ich es nicht dulden werde, dass er Paris so behandelte. Die ganze Zeit starrte er mich mit diesem halb wilden, halb verschreckten Blick an, der sich bei Teenagern einstellt, wenn Erwachsene sich aufregen. Ich kannte diesen Blick. Ich selbst hatte ihn in meiner Jugend drauf, mehr als einmal. Plötzlich dämmerte es mir, dass ich die gleiche Lektion erteilte wie Dad, wenn ich Mom gegenüber patzig gewesen war. Ich bremste mich.

»Hör mal, Bobby«, sagte ich. Ich bemerkte die Überraschung in seinen Augen, als ich einen Gang runterschaltete. Verdammt, er war kein schlechter Junge. Er war mein Bruder, Herrgott noch mal, und hier war ich, ging ihn an, als hätte er ein Schwerverbrechen begangen. Er hatte seine Eltern verloren, und alles, was er noch hatte, war ein Arschgesicht von Bruder, der ihn runtermachte, und eine Schwägerin, die die Hälfte ihrer Zeit damit verbrachte, sich mit einem Ouija-Brett zu beschäftigen. »Gib dir einfach mehr Mühe, nett zu Paris zu sein. Sie macht 'ne Menge für dich, nicht wahr. Mir ist klar, dass du schwere Zeiten durchlebst, aber das musst du nicht an ihr auslassen. Du darfst nicht vergessen, dass sie es war, die vorschlug, dass du bei uns einziehst. Sie bemüht sich wirklich, verstehst du.«

Die Wut wich aus seinem Blick.

»Ich weiß, Jake. War Scheiße.« Er kehrte sich ab und ich meinte, feuchte Augen zu sehen. Er wandte sich mir wieder zu und ich sah, dass er sich gefangen hatte. »Ist einfach 'n mieser Tag, mehr nicht. Ich musste heute nachsitzen.«

»Weswegen?«

»Schwachsinn. Randy Ames hat mich als Knacki tituliert und ich hab ihm eine reingehauen.«

Ich konnte nicht anders. Ich musste lachen.

»Ich hoffe, du hast ihm ordentlich eingeschenkt«, sagte ich.

Ein breites Lächeln ging über sein Gesicht. »Ich glaube nicht, dass ich ihm die Nase gebrochen habe, aber sie hat geblutet, als ob.«

Ich setzte meine ernste Vormund-Miene auf. »Tja, so ein Scheiß ist ätzend. Bin ja einer gewesen und hab's zu hören bekommen. Aber«, ich beugte mich vor, umarmte Bobby und drückte ihn, stieß ihn dann lässig zurück, »... du musst dich besser im Griff haben, wenn Typen so was abziehen. Wissen sie erst mal, dass sie dich damit auf die Palme bringen, wirst du haufenweise in Schlägereien verwickelt. Und dann bist du derjenige, der Probleme kriegt.«

»Schon klar, ich weiß.«

Ich stand auf, reckte mich. »Hey, wenn du willst, es ist noch Hackbraten da. Mach ordentlich Ketchup drauf, so übel ist er nämlich nicht.«

Wir lachten, und er stand auf. »Ja. Ich denke, ich könnte was vertragen.«

Wir stiegen die Treppe nach unten und er ging zu Paris, die noch am Tisch saß, umarmte sie kurz und entschuldigte sich.

»Du hast gemeint, ich könnte was vom Hackbraten bekommen?«, sagte er. Sie deutete mit der Hand auf den Backofen. Sie war zwar immer noch sauer, das konnte ich sehen, hatte sich aber einigermaßen abgeregt. Bobby nahm sich einen Humpen aus der Pfanne, ertränkte ihn in Ketchup, und als er sich dranmachte, große Bissen zu verschlingen, entspannte sich der harte Zug um ihre Lippen.

Später machte Paris Popcorn in der Mikrowelle und wir saßen alle Mann im Wohnzimmer und sahen uns eine Wiederholung von *Cheers* an.

Ich hatte Glück. Sie vergaß, ihrer Frage nachzugehen, wen ich zuvor am Abend getroffen hätte.

Und tatsächlich hatte ich in der Nacht diesen Albtraum. Den, wo ich zurück in Pendleton war, eingeschlossen in meiner Zelle. Der Mitternachtszug fuhr vorbei, ließ sein Signal ertönen und im Bett über mir schluchzte jemand zum Gotterbarmen.

Mittendrin in diesem Mist wurde ich wach und schlief den Rest der Nacht nur noch sporadisch.

Besten Dank auch, Walker.

6. Kapitel

Nächsten Vormittag, ich war mitten beim Haareschneiden, kam Jessica vom Empfang zu mir, meinte, da sei jemand am Telefon für mich.

»Lass dir Namen und Nummer geben, ich rufe zurück«, sagte ich.

»Es ist dieser Spencer, der immer herkommt«, sagte sie und zog angewidert die Nase kraus. Als er das letzte Mal hier gewesen war, hatte er ihr angeboten, sie nach Acapulco mitzunehmen, und sie hatte die Nase gerümpft und gesagt: »Ich war schon mal mit einem echt hässlichen Typ zusammen, aber danke und viel Glück bei der Mission Impossible«, und ließ ihn stehen. Sie setzte sich angesichts meiner Worte nicht in Bewegung, sondern stand da, ein »Ich weiß, du würdest mir am liebsten eine kleben«-Grinsen im Gesicht und sagte: »Spencer meint, du würdest dich über den Anruf freuen.« Keine Ahnung, wie ich den Ton ihrer Stimme beschreiben könnte, mit dem sie die Nachricht rüberbrachte, außer dass offenkundig war, wie sehr sie vor Neugier brannte, weshalb er nach mir verlangte.

»Okay«, sagte ich. Und zu dem Mädchen im Stuhl:

»Entschuldige, Sandra. Geht ganz schnell.«

Ich ging zu dem Apparat im Hinterzimmer.

»Ja?«

»Jake!« Die Stimme dröhnte.

»Ja?«

»Wir müssen uns treffen.«

Ich versuchte zu bluffen. »Spencer, es gibt keinen Anlass für ein Treffen.«

Er kicherte. »Ich denke schon. Hat unser gemeinsamer

Freund nicht mit dir gesprochen?«

»Und wenn?«

»Und wenn er dir gegenüber einen Vorfall an einer kleinen Tankstelle erwähnt hat? Etwas, was eine Weile zurückliegt? Etwas, von dem du, so meine ich, nicht willst, dass die Cops davon erfahren?«

Fuck. Diesem verschlagenen Schleimer war es Ernst. Mir fiel nichts ein, was ich hätte sagen können. Am Ende blieb mir wohl nur, mich nach der Arbeit mit ihm zu treffen. Paris wäre nicht allzu glücklich darüber, käme ich zwei Abende am Stück spät nach Hause. Ich hatte keine Ahnung, wie ich ihr das erklären sollte.

»Du glaubst, du hast mich in der Hand, was? Fick dich und geh mir nicht auf den Zeiger.«

»Wie wär's mit dem Boat Club?«, sagte er mit diesem Schmelz in seiner ansonsten schleppenden Stimme, als hätte ich ihm soeben nicht ausdrücklich gesagt, dass er sich ficken könne. »Walker wird mitkommen. Er hat angedeutet, das könnte der passende Laden sein, einer, wo du dich wohlfühlst.«

Ich wusste nicht, wie ich mich dieser Situation entziehen sollte.

Ich wartete einige Sekunden und hörte ihm beim Atmen zu. Schließlich gab ich nach. »Du bist ein Dreckskerl, Spencer. Das weißt du, oder? Okay, ich setz mich mit dir zusammen, aber nur um dir klarzumachen, warum du für diesen Scheiß den Falschen im Auge hast. Aber nicht im Boat Club. Wir treffen uns im Linebacker. Um sechs. Für eine halbe Stunde. Nicht länger.« Das Linebacker lag genau gegenüber dem Tangerine Z. Ich wollte nicht, dass die Leute im Boat Club mich an zwei aufeinanderfolgenden Abenden dort sahen, vor allem nicht mit den beiden. Zuzulassen, mit ihnen in der Öffentlichkeit gesehen zu werden, war bereits ein Fehler, so viel war mir klar, aber was blieb mir übrig? Zumindest käme es im Linebacker niemandem merkwürdig vor, dort auf mich zu treffen. Obwohl ich nicht mehr trank, aß ich dort ziemlich oft zu Mittag und niemand würde sich was dabei denken, wenn ich dort nach der Arbeit aufschlug. Sollte ich dabei zufällig auf Spencer stoßen, würde sich auch dabei niemand etwas denken, ließ er sich schließlich bei uns die Haare schneiden.

»Prima!«, sagte er und wieder dröhnte seine Stimme. »Ich freu mich, Jake.«

»Besser nicht«, sagte ich. »Du solltest vielleicht noch mal drüber nachdenken, Arschloch. Ich mag es nicht, bedroht zu werden.« Ich knallte den Hörer auf und erschreckte Jessica, die gerade mit einer Tasse Kaffee in der Hand zur Tür hereinkam.

»Sollst du Spencer die Haare schneiden?«, fragte sie, als ich mich an ihr vorbeischob. Ich warf ihr einen vernichtenden Blick zu. »Er scheint nicht auf dich zu stehen«, rief sie mir hinterher. Ich hörte sie kichern und mein Blutdruck stieg noch höher, als er ohnehin schon war.

Nahezu wortlos bediente ich Sandra zu Ende. Normalerweise föhnte ich ihr das Haar, nachdem ich es geschnitten hatte, aber heute zitierte ich Keith zu mir, einen der Assistenten.

»Streich alle meine Termine für heute«, sagte ich zu Jessica, als ich den Laden verließ.

»Du bist komplett ausgebucht!«, jammerte sie. »Und Mrs. Doherty kommt. Was soll ich ihr sagen? Sie wird ausrasten. Sie –«

»Sag ihr, ich bin krank«, sagte ich kurz angebunden. »Sag das zu allen. Mach's einfach.«

Ich hatte Glück, dass Big Daddy bereits weg war. Er gehörte zu der Sorte Boss, die es überhaupt nicht gern sah, wenn sich ihr Stylist mitten am Tag auf diese Weise aus dem Staube machte, noch dazu bei einem vollen Terminkalender. Ich würde das morgen mit ihm klären. Jetzt musste ich mich irgendwohin verziehen, überlegen, wie ich mit der ganzen Chose umging.

Ich wollte zu meinem Wagen, überlegte es mir aber anders und ging über die Straße zum Linebacker.

Als der Barkeeper zu mir kam, sagte ich: »Jack und Wasser, Tommy. Sieh zu, dass er die richtige Farbe hat.«

7. Kapitel

Ich weiß nicht, warum ich das tat. Ich denke, es schockierte Tommy mehr als mich. Er wusste, dass ich trockener Alkoholiker war. Er starrte mich eine gefühlte Ewigkeit an, wollte etwas sagen, zuckte dann mit den Achseln und goss den Drink ein. Er stellte ihn mir hin und sagte: »Soll ich 'n Zettel machen, Jake?« Ich nickte, fixierte ihn mit starrem Blick, wollte ihn herausfordern, etwas zu sagen. Er wandte die Augen ab, ging zum anderen Ende des Tresens und machte sich daran, Gläser aus der Spüle abzutrocknen.

Für jeden war es noch zu früh am Tage, außer für die hartgesottenen Trinker, vielleicht ein halbes Dutzend meist Älterer, hier und da über die Bar verstreut, nippten sie einsam an ihrem Whiskey. Das Linebacker war eine Sportsbar aus vergangenen Tagen. Nicht dieser Chrome-und-Grünzeug-Mist. Nur signierte Fotos von Notre-

Dame-Footballern, an die Wand gepappt und aus Zeiten, die bis in die Rockne-Ära zurückreichten. Etliche Fotos von Basketballern wie Austin Carr, Sid Catlett und Collis Jones aus der Johnny-Jordan-Ära und von Kelly Tripucka unter der Ägide von Digger Phelps. Aber nichts aus der Zeit John MacLeods. Wie gesagt, eine Bar aus vergangenen Tagen, exakt die Art von Bar, die ich in meiner Zeit als harter Trinker favorisiert hatte. Paneele aus Eichenimitat, vergilbt über Dekaden voller Zigaretten- und Zigarrenrauch, der strenge Geruch nach schalem Bier und Ammoniak, eine Jukebox mit nichts Neuerem als die Rolling Stones und dazu eine verkratzte Aufnahme von Knute Rocknes berühmter »Win one for the Gripper«-Ansage, die mindestens zehnmal am Tag gespielt wurde, öfter noch an Football-Wochenenden. Ein Laden, wo man kein Michigan- oder Purdue-Sweatshirt tragen würde, sofern man keinen Todeswunsch hegte oder kein Kerl wie ein Schrank war oder keineswegs rabiat wie ein tollwütiger Rottweiler. Selbst wenn man all das wäre, käme man noch immer in die Bredouille. Hing hier nämlich ein Haufen ehemaliger Nose Tackles der Irish ab.

Ich umfasste das Glas mit beiden Händen, spürte seine feuchte Kühle und starrte auf die bernsteinfarbene Flüssigkeit. In meinem Kopf wollten allerhand Gedanken aufwirbeln, doch ich schnitt ihnen den Weg ab. »Ich schau dir in die Augen, Kleiner« sagte ich laut und kippte den Drink in einem Zug.

Nichts passierte. Kein Meteor krachte in die Bar, mir fiel der Kopf nicht von den Schultern, kein brennender Busch tauchte auf und fing an zu reden. Ich spürte nichts, selbst nach dieser Phase der Abstinenz. Fühlte mich nicht mal im Ansatz angesäuselt.

»Noch einen«, sagte ich, starrte stur geradeaus, wohl wissend, dass mich am anderen Ende der Bar Tommy aufmerksam beobachtete. Ich bezweifle, dass ich der Erste war, der in seiner Gegenwart wieder zur Flasche griff, aber ich bin sicher, dass es zumindest eine morbide Neugier in ihm wachrief.

»Geht klar, Jake«, sagte er, legte sein Handtuch weg und kam zu mir. »Das alte Eis?«

Ich war wieder zu Hause. Sollte ich nach allen Regeln der Kunst rückfällig werden, war ich wenigstens in den Händen eines Profis. Die lausigen jungen Barkeeper, mit denen man es heutzutage zu tun bekommt, denken, sie tun dir einen Gefallen, wenn sie dich bei jedem Drink mit neuem Eis versorgen. Die Spitzenleute fragen immer nach. Sie wissen um den Wert von altem Eis.

Ich lächelte und nickte. »Gib frisches dazu«, sagte ich. »Und kipp immer nach.« Ich blickte den Tresen entlang. »Wie wär's mit einem von diesen Eiern?«

Um elf Uhr spazierten drei Kellnerinnen herein, sahen zweimal hin, als sie mich bemerkten und das, was ich trank (alle drei kamen ins Tangerine und kannten mich), und gegen Mittag füllte sich der Laden und Tommy brachte mir ein Thunfisch-Sandwich und meinen vierten Drink. Als der Hochbetrieb sich legte und die Sekretärinnen und die Geschäftsleute verschwunden waren, um ihre angesetzten Termine wahrzunehmen, hatte ich den Laden für mich. Tommy musste gespürt haben, dass mir der Sinn nicht nach Unterhaltung stand, denn er blieb zumeist an seinem Ende des Tresens, kam nur zu mir, um nachzuschenken.

Ab halb fünf trudelten allmählich die Stammgäste ein, und eine Stunde später brummte der Laden, dröhnte es aus der Jukebox, entwickelten sich überall zivile Debatten über das Spiel der letzten Woche, das N.D. gegen die Michigan State verloren hatte. Punkt sechs zog ich den nächsten Zwanziger aus meiner Tasche, um den elften Drink zu bezahlen, als Walker und Spencer hereinkamen, das Gesicht des Juweliers ein fettes, schmieriges Grinsen, das Gesicht meines alten Zellenkumpels eine Studie der Schwermut, sehr wahrscheinlich meinetwegen.

Noch immer hatte ich keinen Affen sitzen. Bemerkenswert.

Am anderen Ende des Ladens wurde eine Nische frei, genau in diesem Moment, und ich deutete mit dem Kopf dorthin. Ich nahm mein Glas und bahnte mir meinen Weg durch die versammelten Trinker. Spencer machte Anstalten, sich hinter mir in die Nische zu schieben, aber ich rückte nicht beiseite.

»Setz dich da rüber«, sagte ich. »Ich will dich im Auge behalten. Außerdem habe ich gerade diese Hose reinigen lassen und möchte Flecken von Schmiere vermeiden.« Ich sah Walker an, der hinter Spencer stand. »Du kannst dich hersetzen, Spitball«, sagte ich und rutschte zur Seite. Er zerfurchte seine Stirn. Ich hatte ihn nie zuvor Spitball genannt. Die Botschaft war angekommen.

»Spitball, ja?« Spencer ließ ein schrilles Kichern hören und glitt mir gegenüber in die Nische. »Perfekter Name. Du hast mir nie erzählt, dass Leute dich so nennen, Walker. Mir gefällt's. Spitball. Passt.«

Walker rutschte auf den Platz neben mir. Ich konnte sehen, dass er innerlich kochte, aber er sagte nichts.

»Ist das ein Drink?«, fragte er. »Hab gedacht, du trinkst nicht mehr, Jakey.«

Ich ging nicht darauf ein, starrte den Mann auf der anderen Seite an, kam sofort zur Sache. »Was hast du vor, Spencer? Willst du mich etwa erpressen? Das solltest du eventuell noch mal überdenken, du Wichser.« Ursprünglich hatte ich vorgehabt, den Angepissten zu geben, den Schleimbeutel zu beeindrucken, einzuschüchtern, ihn zu beobachten, wenn er von seiner Drohung Abstand nehmen würde. Jetzt aber war es so weit, der Dreckskerl saß mir gegenüber, hatte zu Walker gesagt, er werde mich denunzieren, dafür sorgen, dass ich einfuhr für etwas, was ich vor langer Zeit getan hatte, und ich begriff, dass ich meine Wut nicht einmal zu spielen brauchte.

»Ich sollte dir gleich hier die Eier abschneiden, Spencer.« Ich lehnte mich nach vorn, bis ich seinen stinkenden Knoblauchatem riechen konnte. »Mach deinen kleinen Anruf, Spencer. Werd dir sagen, was passiert. Sie glauben dir, vielleicht, oder sie erklären dir vielleicht, dass du mitsamt dem Schwachsinn abzischen sollst. Die Scheiße ist vor Jahren passiert. Ich würde nicht drauf setzen, dass sich die Cops auch nur die Bohne für einen verschissenen Alki in einer Tankstelle interessieren. Du hast das nicht durchdacht, meine ich. Du weißt nicht mal, ob es den Typ überhaupt noch gibt. Vielleicht ist er längst tot. Je mehr ich darüber nachdenke, desto überzeugter bin ich, dass die Cops nicht besonders interessiert sein werden, wenn du mit deiner kleinen Anekdote bei ihnen auftauchst. Hast du jemals einen Cop erlebt, der nicht faul war, Spencer? Du redest hier von 'ner Menge Papierkram, von 'ner Menge Arbeit, uralte Fälle hervorzukramen. Dann muss sich jemand bemühen, diesen Typ aufzuspüren. Kein Opfer – was sollen sie machen? Weißt du –«, mir war etwas in den Sinn gekommen und ich blieb dran, »ich könnte sogar selbst nach dem Kerl suchen. Ich könnte ihn sogar zuerst finden. Er könnte verschwinden. Was würde das für deinen Fall bedeuten, du Schmierlappen? Er verschwindet, es ist alles Schwachsinn. Du redest Schwachsinn.«

Ich fragte mich, ob er den Hass spüren konnte, der in mir brodelte. Eins musste man Spencer lassen: Er war ein verdammt guter Pokerspieler. Sollte er eingeschüchtert sein, zeigte er es nicht. Starrte mich nur weiter mit diesen ausdruckslosen, kleinen blassblauen Augen an, die tief in seinem gemästeten Gesicht eingebettet lagen, ohne jede Spur von Gefühl darin.

»Jake, ich –«

»Halt's Maul.« Ich wandte mich zu Walker, sah ihn kurz an und wandte mich wieder dem Juwelier zu. Es war erstaunlich, wie der Alkohol, den ich intus hatte, für Klarheit in meinem Kopf sorgte. Keine Ahnung, ob ich all die Überlegungen angestellt hätte, wäre ich nüchtern gewesen. Ich dachte es zumindest. Woran ich noch dachte, war das mit Sicherheit gute Gefühl, wenn ich jetzt rüberlangen und Spencer eine reinhauen würde. Ich nahm noch einen Schluck von meinem Drink und lehnte mich zurück. Ich lächelte. Ich hatte einen Lauf.

»Spencer, ich glaube, du hast das alles nicht zu Ende gedacht, nicht wahr? Noch mal: Ich glaube, du hast dir nicht überlegt, was passieren könnte, wenn du mit deiner kleinen Geschichte zu den Cops gehst und die sich einen Scheiß dafür interessieren. Ich glaube, du hast dir nicht überlegt, wie das bei mir ankommt, wenn das geschieht. Ich bin lange weg von dem, was man außerhalb der Legalität nennt, aber einiges habe ich noch im Hinterkopf. Wie man mit Zuträgern verfährt, zum Beispiel. Vielleicht solltest du daran mal ’n Gedanken verschwenden.«

Ich bekam Blickkontakt mit Tommy an der Bar und nickte ihm zu. Er schnappte sich eine der Kellnerinnen, um sie zu uns an den Tisch zu schicken.

»Bist du fertig?«, fragte Spencer.

Ich konnte es echt nicht fassen. Da hatte ich gerade Spencers mögliche Zukunftsaussichten entworfen und er verhielt sich, als hätte ich ihm den Wetterbericht für den nächsten Tag geliefert. Er war wirklich ein beschränkter, fetter Drecksack. Und arrogant.

»Erklär ihm, dass ich’s ernst meine, Walker.« Ich fixierte den Juwelier, und wenn ich zuvor wütend gewesen war, dann schäumte ich jetzt. Das gute Dutzend Drinks, das ich gekippt hatte, war nur weiterer Brennstoff für das Feuer, das in mir aufloderte. Mehr als ihn fixieren ging nicht, um zu verhindern, dass ich rüberlangte und dem Mistkerl ein paar Backpfeifen verpasste. Am liebsten wäre ich ihm an die Kehle, hätte ihm einen Saufänger in den Leib gerammt. Da wusste ich, weshalb ich zuvor zu trinken angefangen hatte. Vor meinem inneren Auge sah ich nur meine alte, kalte Zelle in Pendleton, und meine Gedanken kreisten allein um diesen Schwanzlutscher, der damit drohte, mich dorthin zurückzuschicken, damit ich dort starb.

»Jake ...« Ich drehte mich zur Seite und da war dieser völlig hilflose, elende Ausdruck in Walkers Visage. Der Blick, den ich ihm zuwarf, ließ ihn vollends verkümmern. »Jake ...«, setzte er erneut an, »... da ist noch mehr.« Er sah hinüber zu Spencer, sein Blick ein stummes Flehen, ihm beizuspringen. Fast tat er mir leid. Fast. Dieser Gesichtsausdruck – dieser Blick eines getretenen Hundes –, aufgesetzt, um Mitgefühl in mir zu wecken, tatsächlich jedoch das Letzte, was sich dadurch in mir regte.

Mir kam ein Gedanke. Hatte Walker gelogen, von wegen er habe Spencer unser Geheimnis nicht verraten?

Die Kellnerin, eine ziemlich junge Frau namens Becky, erschien. Ich hatte ihr ein paarmal die Haare gemacht. »Hi, Jake«, sagte sie. Ich nickte ihr kurz zu.

»Noch 'ne Runde«, sagte Spencer und ließ dabei seinen Finger kreisen. »Schreiben Sie's auf meine Rechnung.« Sie lächelte mich wieder an und ging, fragte sich wahrscheinlich, warum ich ihr Lächeln nicht erwiderte.

Spencer lehnte sich zurück, gab sich völlig entspannt.

»Jake, ich will dich nicht wieder im Knast sehen. Wirklich nicht.«

Ich drehte den Kopf weg, sah hinüber zur Bar.

»Ich will dich aus einem bestimmten Grund.«

Ich drehte den Kopf wieder in Spencers Richtung, sah ihn an. »Ach? Was wird das, Spencer? Bin ich dein Fall? Womöglich möchtest du nur meinen Schwanz lutschen.«

Er lächelte. »Eigentlich sind es drei Gründe. Erstens, du bist der Beste. Jeder weiß, dass du irgendwo einsteigen und wieder verschwinden kannst, ohne auch nur Staub vom Boden aufzuwirbeln.«

Ich *war* gut gewesen, verdammt gut. Da hatte er recht. Nur vergaß er, dass es lange zurücklag. Und der Grund, weshalb ich gut gewesen war: Ich hatte starke Nerven gehabt. Was so viel bedeutete, wie keine Nerven gehabt zu haben. Das traf nicht mehr zu. Ich wusste, was auf dem Spiel stand. Freiheit. Ist man zwanzig, ist Freiheit nur ein anderes Wort ... wie es in dem Song heißt. Mit zweiunddreißig weiß man, was Freiheit wirklich bedeutet. Leben. Ich sagte nichts, saß nur da, um zuzuhören, mal sehen, welchen Quark er mir auftischen wollte.

»Das ist Grund Nummer eins.« Die Drinks kamen und diesmal gelang es mir, die Bedienung anzulächeln.

»Danke, Becky«, sagte ich, hob dabei mein Glas wie zu einem Toast. Sie grinste und drehte ab, um ihre Runde fortzusetzen.

Spencer nippte an seinem Drink, einem Martini, und nahm den Faden wieder auf. »Grund Nummer zwei, du hast mehr zu verlieren als jeder andere, den ich kenne. Ich weiß das, weil ich weiß, was du in den vier Jahren, die du jetzt raus bist, gemacht hast. Pendleton ist nichts, was du je wiedersehen möchtest, nicht wahr, Jake?«

Diese Frage bedurfte keiner Antwort.

»Und was ist dein Grund Nummer drei?«, fragte ich mit etwas Schärfe in der Stimme. Ich geriet schließlich doch unter den Einfluss des Alkohols und das Gefühl, das mich beschlich, war überwiegend negativ. Allmählich sickerte es ein, dass ich einen Fehler gemacht hatte, diesen ersten Drink zu mir zu nehmen.

»Grund Nummer drei ist ...«, er hielt kurz inne, dann wurde seine Stimme mit jedem Wort leiser, »... ist, dass der Typ, den du in dieser Clark-Tankstelle ausgeraubt hast, mein Onkel John war.«

Das ließ mich aufhorchen.

»*Was* sagst du?« Er wollte mich wohl verarschen!

»Die Wahrheit. Er ist der Bruder meiner Mutter. Ich räume ein, er ist nicht wichtig. Aber er ist mein Onkel. Als dein Freund Walker mir die Geschichte von deiner kleinen Eskapade erzählt hat, wurde mir klar, wen du dir da vorgenommen hattest. In dem Moment wusste ich, dass ich dich dazu bringen würde, diesen Job durchzuziehen. Sozusagen als kleine Rache.«

Er war ganz aus dem Häuschen, und ich dachte ... verdammt ... ich wusste nicht, was ich denken sollte. Die Klarheit, von der ich angenommen hatte, dass sie dank der Drinks mein Handeln bestimme, hatte sich einfach verabschiedet. Ich versuchte, gleichmütig daherzukommen, ihm meine Bestürzung nicht zu zeigen.

»Onkel John wäre beinahe gestorben, Bishop. Ist er aber nicht. Er lebt auch noch immer ganz in der Nähe. Drüben, in Mishawaka. Im belgischen Viertel. An diesen Tag kann er sich nach wie vor erinnern. Tatsächlich ...«, mit Glanz in den Augen beugte er sich wieder nach vorn, »... erinnern wir uns alle an diesen Tag. Meine Mutter hätte das fast umgebracht. Onkel John geht mir sonst wo vorbei, aber meine Mutter ...«

Er nahm sein Glas und trank es aus, schmatzte.

»Ah. Das ist gut.« Er fuhr sich mit dem Ärmel über die Lippen.

»Tja, wie du siehst, denke ich, dass es kein Problem wäre, ihn zu finden, und ich denke auch, dass es keine besondere Herausforderung für die Polizei wäre. Ich glaube sogar, dass sie ihre helle Freude daran hätten, würde ihnen jemand einen solchen Fall anbieten, quasi alles auf einem Silbertablett servieren.«

Der Scheißkerl hatte mich bei den Eiern. Wenn es stimmte, was er sagte, hatte er mich eiskalt erwischt. Während ich ihn anstarrte, während mein Verstand sich mühte zu funktionieren, erkannte ich, dass Spencer mir keinen Mist auftischte. Er hatte sich das nicht ausgedacht. Eins beherrsche ich – ich kann in anderen Menschen lesen und er war für mich ein offenes Buch. Es war tatsächlich sein Onkel gewesen, dem ich an diesem weit zurückliegenden Tag den Schädel eingedellt hatte.

Jetzt, wo ich darüber nachdachte, konnte ich mich wieder an den Typ erinnern – wie er ausgesehen hatte –, und er hatte die gleichen tiefliegenden blassblauen Augen gehabt, womit Spencer mich in diesem Moment über den Tisch hinweg fixierte. Jede Wette, dass seine Mom die gleichen farblosen Augäpfel hatte.

Scheiße.

Das einzig Gute war, dass Walker ihm nichts von der anderen Geschichte erzählt hatte. Hoffentlich.

Spencer war noch nicht fertig. Er hätte einen erstklassigen Basketballer abgegeben, wäre er dreißig Zentimeter größer gewesen und achtzig Pfund leichter. Er verfügte über diesen Killerinstinkt. Ein Spieler der Celtics, wie Larry Bird. Wenn du die Lakers unten hast, setz ihnen einen Fuß gegen die Kehle, gib ihnen den Rest.

»Falls dich das nicht überzeugt, Bishop, es gibt noch was anderes.«

»Ja? Und das wäre?« Ich probierte es mit einer nonchalanten Attitüde, als wäre das, was er gerade gesagt hatte, nicht die größte Bombe gewesen, die bisher in meinem Leben eingeschlagen hatte; doch wir wussten beide, dass es nur eins war – eine Attitüde. Meine Wut war irgendwie verraucht und an ihre Stelle trat das Gefühl ausgesprochener Hoffnungslosigkeit. Ich würde machen, was dieser Wichser wollte, ob es mir passte oder nicht. Der Zug fuhr bereits bergab.

»Du hast einen Bruder. Bobby, nicht wahr? Ja. Bobby Bishop. Netter Junge, soweit ich gehört habe.«

Die Wut kam zurück. Als Summen in meinen Ohren. Ich wollte aufstehen, über den Tisch langen, aber meine Beine wurden zu Gummi und ich sackte in der Nische zusammen. Ich war betrunken und nahm es nur vage wahr. Was für ein trauriger Fall ich doch war. Das eine Mal, dass ich hätte nüchtern sein müssen, und hier war ich nun, kurz davor, komplett abzustürzen.

»Lass mein Brud ... mein Bruda ... raus ...« Ich lallte jetzt, im Kampf um die Abstinenz unterlegen.

Spencers Grinsen war durch und durch böse. »Deinen Bruder rauslassen?« Er kicherte. »Tut mir leid, Kumpel. Dein Bruder ist der Trumpf in meiner Hand. Ich weiß von seiner Verhaftung, verstehst du? Ich weiß von seiner Bewährung, alles. Was du jedoch nicht weißt, ist Folgendes. Letzte Woche wurde ich beraubt. Hat mit der Gegend zu tun. Ereignet sich ständig, aber dieser Raubüberfall ereignete sich zur rechten Zeit. Einen Tag, nachdem dein Freund Walker und ich uns unterhalten haben, und einen Tag, nachdem mir klar geworden ist, dass ich dich für diesen Job will. Es waren Jugendliche, die den Überfall begangen haben. Haben nicht viel erbeutet –«, er lachte laut auf, »obwohl die Cops und meine Versicherung denken, sie hätten. Der Hammer an der ganzen Sache jedoch ist die Beschreibung der Täter, die ich den Cops geliefert habe und die auf nahezu jeden Teenager in der Stadt passt.« Er warf mir diesen Blick zu und ich wusste, was er bedeutete. Und er wusste, dass ich es wusste. Mit einer gewissen Befriedigung schüttelte er den Kopf.

»Mir ist klar, dass du nicht auf den Kopf gefallen bist, Jake.« Er war zu meinem Vornamen zurückgekehrt, ein Zeichen, dass wir seiner Vorstellung nach bei diesem Deal bereits Partner waren. »Wann immer es mir beliebt, kann ich zum Polizeirevier gehen, einen Blick in die Verbrecherkartei werfen und weißt du, was?«

Er drehte sich um, winkte in Tommys Richtung, vollführte noch mal diese kreisende Bewegung mit dem Finger und drehte sich wieder zu uns, ein breites Grinsen im Gesicht. »Es könnte sich herausstellen, dass es dein Bruder war, der meinen Laden überfallen hat.« Nie zuvor in meinem Leben hätte ich jemanden lieber umgelegt als diese Kakerlake in diesem Augenblick. Mit mir Schlitten zu fahren war eine Sache, aber mit meinem kleinen Bruder Schlitten zu fahren war etwas anderes. Wären wir unter uns gewesen, nur er und ich, irgendwo draußen, in der Natur, ich hegte keinerlei Zweifel, was ich dann getan hätte.

»Vielleicht wird er deswegen gar nicht mal verurteilt, verstehst du?«

Ganz offensichtlich genoss er sein kleines Drama. »Sie könnten jedoch seine Bewährung widerrufen, das Mindestmaß in einer solchen Situation. Was steht auf Autodiebstahl? Ein bis zehn Jahre? Ja, genau. Ein bis zehn Jahre. Normalerweise kommt man nach zwei Jahren auf Bewährung frei. Sofern man keine Scheiße baut. Ich denke, ich kenne dort genug Typen, die sich darum kümmern würden, dass er Scheiße baut.«

Er bewegte seinen schwabbeligen Arsch zum Ende der Nische und stand auf. »Ich geh mal 'n Haus weiter, Jungs. Wenn ich zurück bin, komme ich zu den Details. Ihr solltet euch dabei um Konzentration bemühen. Vielleicht willst du zu Kaffee übergehen, Jake, einen klaren Kopf bekommen? Du siehst aus, als würden deine Augäpfel bluten.«

Was ich empfand, als sich Sidney Spencer aus der Nische schob, lässt sich nur so beschreiben: Fassungslosigkeit.

Walker setzte an, etwas zu sagen. Seine Stimme klang

gepresst und in seinen Augen stand ein Flehen. »Jake, es tut mir leid. Ich –«

»Halt die Klappe«, sagte ich. »Halt einfach nur die Klappe, du dummes Arschloch.«

8. Kapitel

Spencer beschloss, wir sollten alle einen Ausflug nach Niles unternehmen, dorthin, wo der Typ wohnte, den er zu erleichtern gedachte. Mir wollte kein Ausweg einfallen, also setzte ich mich neben ihn, auf den Beifahrersitz seines Mercedes – ein weißer, natürlich, außen wie innen –, und Walker Joy stieg hinten ein, rutschte auf der Rückbank so weit wie möglich weg von mir, direkt hinter Spencer. Die Straße, in die Spencer einbog, sah aus, wonach mein Kopf sich anfühlte: Feuchte, Schwärze, Matsch. Ich versuchte, mir einen Plan zurechtzulegen, aber es wollte sich nichts einstellen. Spencer hatte mich an den Eiern und wir beide wussten das. War das hier vorbei, so mein Vorsatz, würde ich Walker umlegen. Ihn zumindest auffliegen lassen. So viel war ich ihm nun mal nicht schuldig. Wie ich mit Spencer verfahren würde, wusste ich nicht, aber dass ich mit ihm verfahren würde. Er würde sich meiner Person nicht so bedienen und sich danach mir einfach entziehen können.

Der Juwelier fuhr Richtung Highway 31 und bog an der Ecke am Notre Dame Golf Course nach Norden ab, nach Michigan. Als er sich in den Verkehr einfädelte, fing er das Prahlen an. Typisch für ein Arschloch wie ihn.

»Es wird dich vielleicht überraschen zu hören«, begann er, »aber ich bin einer der größten Diamantenhändler im Staat.«

Tja ... na und?, dachte ich – das hier ist Indiana, nicht New York, aber ich behielt diese Feststellung für mich. Sollte der Wichser doch drauflosquatschen. Vielleicht offenbarte er etwas, was ich verwerten konnte. Lässt man einen Typ lange genug reden, enthüllt er für gewöhnlich eine Schwäche. Obwohl ich, was seine anbelangte, keinen blassen Schimmer hatte. Oder wie sie mir eventuell den Weg aus dem Fiasko weisen könnte, in das ich gerade hineinschlitterte.

Er legte eine CD von einem Opernsänger ein. Es handelte sich um keine komplette Oper, nur um einzelne Arien. Spencers »Best of Singender Bauchgrößen« oder so was in der Art. Eine Arie kam mir sogar bekannt vor.

Etwa zehn Minuten später passierten wir die Grenze zwischen Indiana und Michigan, und fünf Minuten später bog Spencer links auf eine zweispurige Landstraße ab. Die Schneehaufen hier waren magerer. Michigan lag weiter nördlich, aber Niles war nicht dem Einfluss des Lake Michigan ausgesetzt wie wir im St. Joe Valley. Aus diesem Grund herrschten in South Bend exakt die Wetterverhältnisse wie in Chicago. Der ganze Mist von Kanada Richtung Süden geblasen und auf der anderen Seite des Sees abgeladen.

Bald schon fuhren wir auf einer anderen Straße, und die Häuser wurden weniger und weniger. Eine halbe Meile zwischen jedem Haus, an dem wir vorbeifuhren. Zumeist hundert Jahre alte Farmhäuser, zweigeschossige Monster, groß, weiß, manche an der Rückfront mit einer Scheune ohne Farbanstrich und kurz vor dem Einsturz. Das sah nicht unbedingt nach einer Gegend aus, wo man den Fischzug machen konnte, von dem Walker gesprochen hatte. Das sagte ich auch.

Spencer und Walker lachten. Es ließ mich einigermaßen kalt, dass der Juwelier lachte, aber es ärgerte mich wahnsinnig, dass Walker irgendwas witzig fand daran. Ich drehte mich um und warf ihm einen Blick zu, der ihm das Grinsen aus dem Gesicht wischte. »Ja«, sagte ich. »Ich krieg mich auch nicht mehr ein, Spitball.«

»Ich erklär mal den Ablauf«, sagte Spencer, ging dabei vom Gas, suchte mit den Augen die Landschaft rechts der Straße ab. Wir fuhren, so der Eindruck, an einem Wald vorbei, wie man ihn aus Oregon kennt. Die letzten zwei Meilen nichts als Bäume beiderseits der Straße. Was für ein Glück, dass Spencer genau in dem Moment das Tempo verringerte, als uns plötzlich ein Vierender vor den Kühler lief, der beim Wechsel von einem Waldstück zum gegenüberliegenden die Straße querte. Der Weißwedelhirsch war ziemlich nah, und wäre Spencer nur ein wenig schneller gefahren oder hätte er nur über halb so gute Reflexe verfügt, das verdammte Vieh hätte bei uns auf den Vordersitzen gesessen. »Herrgott!«, schrie Spencer, trat auf die Bremse und geriet auf dem Eis ins Schleudern, bis er den Wagen unter Kontrolle hatte. »Mistviech«, kam es von der Rückbank, also von Walker. Der Hirsch, jetzt sicher auf der anderen Seite, blieb stehen, funkelte uns einen langen Augenblick an, sprang in das Waldstück und verschwand. Spencer brachte das Getriebe in den Parkmodus, langte in die Innentasche seines Anzugs – eines Anzugs, der, darauf hätte ich wetten können, mehr gekostet hatte, als ich im Monat verdiente – und holte eine Packung Salem hervor. Mir fiel auf, dass seine Hände leicht zitterten, als er sich die Zigarette mit dem schönsten Feuerzeug anzündete, das ich je gesehen hatte. Reines Gold – man sah, dass es weich war, mehr

Karat hatte – und die Umrisse seiner Initialen waren aus Diamanten.

Mir gefiel, dass die Beinahekollision mit dem Hirsch ihn nervös gemacht hatte. Er war nicht so abgebrüht, wie es den Anschein hatte. Das war eine für mich nützliche Information. Eine Schwäche.

»Dort hindurch«, sagte er, sein Tonfall wieder im Normalbereich. Er deutete mit dem Kopf in die Richtung, die der Hirsch eingeschlagen hatte, bevor er verschwand. Zuerst konnte ich es nicht ausmachen, aber da war es dann: ein gewöhnliches, unscheinbares einstöckiges Haus, eher undeutlich zeichneten sich ein Teil der Eingangstür und ein Fenster zwischen den Bäumen ab. Schließlich sah ich den Weg, der etwa fünfzehn Meter vor uns dorthin führte. Eigentlich konnte man ihn gar nicht sehen, aber da war ein Briefkasten und ich dachte, man könne sicher davon ausgehen, dass von dort aus eine Zufahrt zum Haus führte.

»Hier steckt der Typ?«, sagte ich. »Ein Arsch aus der tiefsten Provinz, ja?«

»Genau, Jake«, tönte Walker von hinten zum zweiten Mal, seit wir South Bend hinter uns gelassen hatten. In seiner Stimme lag echte Erregung, und mir war klar, weshalb. Er nahm an, dass die Lage des Ortes mir beweisen würde, wie mühelos der Job sei, dass sie meinen Einbrecherinstinkt ansprechen würde. Er hatte nur nicht begriffen, dass ich keinen Einbrecherinstinkt mehr besaß.

Oder doch? Je länger ich das Haus anstarrte – beziehungsweise das, was ich erkennen konnte – und je mehr ich mich der Abgeschiedenheit erinnerte, die wir soeben durchfahren hatten, desto zuversichtlicher wurde ich hinsichtlich der Chance, dass es gut für mich ausgehen werde. Selbst mit einer Alarmanlage – wir mussten mindestens acht bis zehn Meilen von Niles entfernt sein und sollte nicht gerade ein Polizist in der Gegend rumkurven, bliebe uns sehr viel Zeit, einzusteigen, uns das Zeug zu schnappen, wieder rauszugehen und zu verschwinden. Das war das schlechteste Szenario: dass der Typ tatsächlich eine Alarmanlage hatte und wenn ja, eine, die ich nicht überlisten konnte. Was unwahrscheinlich war. Allmählich bekam ich ein besseres Gefühl, was diesen Job betraf. Wenn ich mich schon an diesem Fischzug beteiligen musste, erschien er mir doch durchführbar. Nicht dass ich mich bereits zum Mitmachen verpflichtet hätte – ich suchte noch immer nach einer Hintertür.

»Muss am Sonntag erledigt werden«, sagte Spencer, drückte auf die Taste für den Fensterheber und schnippte seine Zigarette nach draußen. Der Schwall kalter Luft tat gut und ich ließ mein Fenster herunter, ließ es zur Hälfte offen und atmete die prickelnde Landluft ein.

»*Sonntag*? Das soll wohl ein Scherz sein.« In drei Tagen. »Ich brauche mehr Zeit.« Ich sah Spencer an. »Sofern ich es überhaupt mache. Noch habe ich nicht zugestimmt, verstehst du?«

Vielleicht war es Zeit zu bluffen.

»Nun«, sagte ich, drehte mich zur Seite, um beide in den Blick zu nehmen. »Ich frage mich, wie lange es wohl dauern würde, bis man deine Leiche hier, am Arsch der Welt, findet, Sidney. Hast du darüber nachgedacht? Weißt du, wenn du hier draußen verschwinden würdest, das sähe so aus, als würde das mein Problem lösen und auch das von meinem Freund Walker hier.« Ich zweifelte nicht daran, dass ich jemanden wie Spencer ausschalten konnte, wenn ich mich nur richtig darauf konzentrierte.

Der Wichser lachte, dieses kleine, sanfte Ausstoßen von Luft, das eher wie ein Schnauben klang. »Das wirst du nicht machen, Jake.«

»Ach ja? Warum nicht, Arschloch? Du meinst, ich kann dir nicht den Arsch aufreißen, wann immer es mir passt?« Der Pisser machte mich rasend. Rasender. »Du meinst, ich könnte nicht rüberlangen, deinen Specknacken packen und ihn brechen wie einen Zweig?«

»Oh«, sagte er mit einem breiten Grinsen. »Keine Frage. Absolut keine Frage, mein Freund. Aber das wirst du nicht.«

»Warum das? Ich würde sagen, ich habe hinreichend Gründe dafür, meinst du nicht?«

Er langte hinüber zum Schalthebel, legte den Gang ein. »Du wirst nicht, weil du es nicht kannst, Jake. Ich lese in dir wie in einem Buch. Du bist ein Einbrecher, kein Killer. Wärst du ein Killer, würdest du deinem Freund Walker diesen kleinen Gefallen nicht schulden, oder?«

Er hatte recht. Ich sank in meinen Sitz zurück, keinen Wind mehr in den Segeln. Könnte ich tatsächlich mal so eben ein Menschenleben auslöschen, säße ich nicht hier. Walker hätte keinen Grund gehabt, diesen Gefallen einzufordern, und ein anderer säße hier an meiner statt. Nein, ich steckte jetzt drin. Drin bis zum Hals. Der Zug war auf dem Weg den Berghang hinunter. Selbst der Opernsänger verstummte genau in diesem Moment. Spencer beugte sich vor, nahm die CD heraus, trat aufs Gas und wir fuhren vorbei am Haus.

»Ich weiß alles über dich, Jake. Ich mache meine Hausaufgaben.«

»Was zum Teufel hat dieser Typ, dass du es unbedingt willst?«, fragte ich.

Ich verstand es nicht. Klar, ich war einmal der beste Einbrecher der Branche gewesen. Aber wenn Spencer diese Nachforschungen angestellt hatte, sollte er wissen, dass ich seit Jahren nicht mehr im Rennen war. Mit dem Einbrechen verhält es sich wie mit allem anderen. Es ist im Fluss. Es gibt neue Kniffe, neue Möglichkeiten, ein Ding durchzuziehen. Warum gerade ich und nicht jemand anderes? Warum stieg Walker nicht ein und erledigte die Sache selbst? Wenn zuträfe, was er sagte, dass es ein Kinderspiel sei, dort einzusteigen, weshalb war es so wichtig, mich für den Job an Land zu ziehen? Ich formulierte diese Fragen laut, und Spencer dachte kurz nach und fing dann das Reden an.

»Gute Fragen, Jake. Gute Fragen. Jetzt bist du auf dem richtigen Weg. Zunächst einmal, ich habe dir bereits erklärt, weshalb ich dich dabeihaben will. Mich interessiert nicht, wie lange du draußen bist, es gibt noch immer niemand Besseren in Sachen Einbruch. Ich weiß das. Ich kenne alle Akteure. Glaub mir, du könntest zehn Jahre nicht im Geschäft gewesen sein und wärst dennoch besser als die Komiker, mit denen wir es heutzutage zu tun haben. Zweitens, es ist etwas Persönliches. Ich denke, du bist mir was schuldig für das, was du dem Bruder meiner Mutter angetan hast. Schätze mal, du hast nicht gewusst, dass du sein Hirn zermanscht hast, oder? Nun, du hast. Der Junge ist praktisch nur noch Gemüse.«

Er wandte den Blick von der Straße ab, sah zu mir herüber und lächelte, bevor er sich wieder auf die Straße konzentrierte. Ich konnte in seinen Augen keinerlei Anflug von Wärme entdecken.

»Tag für Tag geht meine Mutter zu ihm ins Haus, zieht ihn an und setzt ihn vor den Fernseher. Sie kümmert sich um all seine Mahlzeiten. Weißt du, was er mag? Tombstone Pizza. Aus der Verpackung in die Mikrowelle. Was anderes isst er nicht. Deshalb auch mein Name für ihn: Onkel Tombstone.« Er kicherte und auf dem Rücksitz fing auch Walker an zu kichern, bis Spencer sich umdrehte, ihn starr ansah und Walker den Kopf wegdrehte, hinausstierte auf die vorbeiziehende Landschaft, die Miene verzog und rot wurde.

»Nun, so viel dazu«, fuhr Spencer fort. »Dann wäre da der Kanariengelbe.«

»Bitte?« Ich konnte ihm nicht folgen. »Kanariengelbe? Du willst, dass ich einen Kanarienvogel stehle? Wie, dieser Typ besitzt Tweety, das Original oder was?«

Diesmal lachte Walker laut auf und Spencer strafte ihn nicht ab. »Klär ihn auf, was ein Kanariengelber ist, Walker«, sagte er.

»Das ist ein Diamant, Jake. Er hat diese gelbe Farbe.«

»Ich habe gedacht, dass Diamanten mit Spuren von Gelb nicht viel wert sind«, sagte ich, erinnerte mich an einige der Details, die ich aufgeschnappt hatte, als wir, Paris und ich, uns nach einem Verlobungsring umgesehen hatten. »Gelbe Diamanten sind die preiswerten, nicht wahr?« Das war paradox.

»Handelt sich um ein anderes Gelb, Jake. Diese spezielle Art Diamant ist von intensiver gelber Farbgebung. Kanariengelbe – *perfekte* Kanariengelbe wie unser Mr. Calvin einen besitzt – sind eine Menge wert. In seinem Besitz ist auch ein Mokka, den ich unbedingt haben will. Ein Mokka ist –«

Ich fiel ihm ins Wort. »Braun, richtig? Ein brauner Diamant. Kaffeefarben?«

»Du begreifst ziemlich schnell, Jake«, sagte Spencer.

»Ja, stimmt. Ebenfalls selten. Mr. Calvin hat eine Menge seltener Edelsteine.«

»Calvin ist auch Juwelier?«

Walker klinkte sich ein. »Nee. Er ist Designer. Macht diese Ringe und so Kram für reiche Tussis.«

»Walker hat recht«, sagte Spencer mit einem Nicken. »Er ist einer der Besten. Hat Kundschaft im ganzen Land. Ich selbst vermittle Kunden an ihn.«

Wir näherten uns South Bend.

»Ich nehme an, deshalb weißt du, was er hat.«

»Du begreifst wirklich schnell, Jake«, sagte Spencer, Anerkennung in der Stimme. »Absolut korrekt. Er verarbeitet den Kanariengelben für eine Kundin, die ich an ihn verwiesen habe. Tatsache. Eine Lady aus Indianapolis.«

Das Bild gewann an Schärfe.

»So. Du erzählst mir also, dass du einen Kollegen berauben willst. Eine Art Partner. Ist es das?« Ich warf einen Blick nach hinten, zu Walker, wollte sehen, ob er es schnallte. Die Miene meines ehemaligen Zellenkumpels spiegelte nichts als Trübsal wider. Ich schätze mal, an seiner Stelle hätte mich das gleiche Gefühl beschlichen. Mit einem Kerl im Auto, der ihn wegen der Megascheiße, die er gebaut hatte, bei den Eiern hatte, und mit einem anderen Typ im selben Auto, einem *Freund*, den er in ein Vorhaben getrieben hatte, das mit einer lebenslangen Haftstrafe für diesen Freund enden könnte. Ich vermute, auch mein Gesicht hätte in dieser Situation einen finsteren Ausdruck angenommen. Im ersten Augenblick empfand ich Mitgefühl für ihn und im nächsten Abscheu vor mir selbst, weil ich empfand, was ich für Walker empfand. Tja ...

»Setz mich am Linebacker ab«, sagte ich unvermittelt.

»Meinst du nicht, du solltest dich ein bisschen mit dem Stoff zurückhalten?«, sagte Spencer.

»Meinst du nicht, du solltest dich ein bisschen mit deinem Gesülze zurückhalten, Sidney?« Wichser. »Weißt du was? Du gehst mir mittlerweile richtig auf den Geist. Wär ich du, ich wär mir nicht so verdammt sicher, dass ich dir nicht doch noch den Arsch aufreiße, Spencer. Die Vorstellung habe ich bereits im Kopf. Du weißt, was passiert, wenn man solche Vorstellungen entwickelt, nicht wahr, Spencer? Es zerrt so lange an einem, bis man etwas dagegen tun muss.«

»Ja, nun, ich denke schon«, sagte er, während er mit dem Daumen eine Reihe CDs zwischen unseren Sitzen durchging. Meine Ansage war verpufft.

»Die Sache muss am Sonntag steigen«, sagte er und beendete die Suche nach geeigneter Musik. »Calvin ist ein Fan der Bears. Nimmt seine Süße zu jedem Spiel mit. Diese Woche geht es gegen Minnesota. Das wird er nicht versäumen. Manchmal fährt er schon am Samstagmorgen los und übernachtet in einem Hotel. Schickt seine Süße auf Shoppingtour.«

Sonntag. Scheiße.

Wir waren am Linebacker. Spencer bog ab auf den Parkplatz, erfasste beinahe einen Typ samt weiblicher Begleitung, die gerade zwischen parkenden Autos hervortraten. Der Mann packte die Frau in letzter Sekunde und riss sie zurück. Als Spencers Mercedes ihnen mit einem Schlenker auswich, holte der Mann aus und schlug mit der Faust auf die Windschutzscheibe, direkt vor Spencer, der kreidebleich wurde, als er bremste. Angesichts des knappen Ausgangs war alles Blut aus seinem Gesicht gewichen. Ich machte die Tür auf. Sah, dass der Typ hinter mir näher kam. Er war ein Hüne von einem Kotzbrocken, machte den Eindruck, als hätte er für die Universität hier Football gespielt. Machte auch den Eindruck, als hätte er mächtig getankt. Mindestens zehn Bier, so meine Schätzung. »Anscheinend bekommst du Besuch, Spencer«, sagte ich. »Hoffe, du hast für ihn was auf Lager. Ansonsten solltest du diese gastliche Stätte hier verlassen. Man sieht sich.«

Ich schlug die Tür zu. Der Typ war etwa fünf Meter entfernt, bewegte sich auf den Wagen zu, dorthin, wo Spencer saß, und zwar in einer Stimmung, die ich nur als mächtigen Rochus hätte beschreiben können.

»Der Junge hat mich als Anhalter mitgenommen«, rief ich ihm zu. »Die Schwuchtel hat versucht, mich anzugraben. Hab ihm zu verstehen gegeben, hier zu halten, mich aussteigen zu lassen, aber ich glaube, er ist angepisst. Er und sein Herzblatt ...«, ich wies mit dem Daumen in Richtung Walker, der rausglotzte, »... haben gemeint, sie würden hier einen N.D.-Studenten aufgabeln, der ihnen einen blasen soll. An deiner Stelle wär ich vorsichtig.«

Daraufhin blieb der Typ wie angewurzelt stehen, aber nur kurz. Er steuerte wieder auf den Wagen zu, diesmal im Laufschritt.

Keine Ahnung, was dann geschah. Ich drehte mich um und ging über die Straße zum Tangerine, wo mein Wagen stand. Als ich auf die South Bend Avenue fuhr, sah ich, dass Spencer meinen Ratschlag nicht beherzigt hatte, nicht abgedampft war. Er hing mit dem Rücken zu seinem Wagen in der Luft. In der Luft, weil der Hüne ihn an den Revers gepackt und eine hitzige Debatte gestartet hatte. Ich konnte nur den oberen Teil seines Kopfes sehen, als Walker hinten ausstieg. Allzu froh sah er nicht aus. Na dann noch viel Spaß, Jungs, dachte ich feixend, bog dann auf den Twyckenham Drive ab und war postwendend nüchtern.

Was sollte ich Paris erzählen?

9. Kapitel

Paris schlief bereits, als ich nach Hause kam, und ich hatte nicht die Absicht, sie zu wecken, um ihr auseinanderzusetzen, wo ich gewesen war. Im Kühlschrank stand ein Teller mit gebratenen Koteletts, die ich zusammen mit einem von Paris' Budweisern vernichtete. Nachdem ich das Geschirr abgewaschen hatte, griff ich mir eine Decke aus dem Schrank im Flur und sackte unten auf dem Sofa zusammen. Das Letzte, was ich wollte, war eine hellwache Paris, die mich fragte, weshalb ich so spät noch unterwegs gewesen sei. Oder die meine Fahne roch. Am Morgen stand ich quasi senkrecht, Grund war ein lautes Krachen oben, in unserem Bad. Die Uhr an der Wand zeigte sechs an und in meinem Schädel hämmerte es.

Ich öffnete die Tür zum Bad. Gesplittertes gelbes Plastik, überall verstreut. Im Waschbecken, auf dem Boden, selbst in einem der Haken des Duschvorhangs hatte sich ein Teil verfangen. Paris stand da, eine Bürste in der Hand, das Haar zerzaust und nass.

»Ist dein Föhn explodiert?«, fragte ich und probierte es mit einem Lächeln. Ich bekam keines zurück.

»Hab ihn hingeschmissen«, erwiderte sie lakonisch. »Bist du gerade rein?« Ich steckte noch in meinen Klamotten vom Tag zuvor.

»Oh ... nein. Ich bin etwas spät nach Hause gekommen und hab gedacht, du brauchst deinen Schlaf. Ich hab mich unten hingehauen, aufs Sofa.«

»Wie rücksichtsvoll von dir.«

Ich erwiderte nichts darauf, betrat das Bad und machte mich daran, Teile eines gelben Föhns vom Boden aufzusammeln. Ich hatte das Gefühl, Paris' Augen wurden zu Punktlasern.

»War sie gut?«

Ich stand auf. »Was?«

Ihre Augen waren schmal und dunkel und glänzten, die Richtung, in die sie sich samt ihren winzigen gelben Einsprengseln manchmal veränderten, und ich bemerkte das leichte Zittern ihrer Unterlippe. Zuerst begriff ich nicht, was sie da sagte, und dann ging mir auf, dass sie dachte, ich wäre mit einer anderen Frau zusammen gewesen.

»Oh, Baby!« Ich ging auf sie zu, versuchte, sie in den den Arm zu nehmen. Sie drehte sich weg.

»Nun?« Ihre Lippe hatte aufgehört zu zittern. Paris war jetzt nur noch auf eine angestaubte Weise stinksauer.

Ich lachte. Das Schlimmste, was ich hatte tun können.

Sie ohrfeigte mich. Heftig. Mein Ohr fing sofort Feuer. Was meinem Kater nicht sonderlich gut bekam. Sie hob die andere Hand, wollte nochmals zuschlagen, und ich packte ihre Handgelenke. Diesmal lachte ich nicht.

»Baby, Baby, beruhige dich.«

»Leck mich, du Hurensohn«, so ihre Antwort. »Du triffst dich mit irgendeiner Nutte, nicht wahr? Sag mir die Wahrheit, Jake.«

Verdammt, was sollte ich machen? Die Wahrheit war das Letzte, was ich ihr sagen konnte.

»Mir macht etwas zu schaffen«, sagte ich schließlich

und ließ ihre Hände los. »Ich kann dir nur nicht sagen, was, Süße. Ich wünschte, ich könnte, aber ich kann nicht. Es hat mit meiner Vergangenheit zu tun und mehr kann ich dazu nicht sagen. Du musst mir vertrauen. Wenn es vorbei ist, erzähle ich dir alles, jetzt aber muss ich dich bitten, mir zu vertrauen. Glaube mir, es geht nicht um eine Frau.«

Ich wusste nicht, was ich ihr noch hätte sagen können.

Sie musste mir geglaubt haben. Ihre Augen waren nicht länger schmal und die harte Linie ihrer Lippen entspannte sich.

»Okay, Jake«, sagte sie nach einem kurzen Schweigen, nachdem ihr Augenpaar hin und her gehuscht war, in meinem Gesicht geforscht hatte. »Ich denke, mir bleibt nichts anderes übrig. Also dreht es sich um etwas im Zusammenhang mit deinem Aufenthalt im Gefängnis, ja?«

Ich nickte. »Stell mir bitte keine weiteren Fragen«, bat ich mit Nachdruck.

Sie bezog wieder Position vorm Spiegel und fuhr sich mit der Skelettbürste grob durchs Haar.

Ich hatte mich bereits umgedreht, war im Begriff hinauszugehen, als ich hörte: »Geh nicht davon aus, dass ich dich besuche, wenn du wieder ins Gefängnis kommst. Geh nicht davon aus, dass ich auf dich warte. Das wird nicht passieren.«

Ich ging hinunter, stellte den Fernseher an und sah mir *Good Morning America* an, bis sie, für die Arbeit angezogen, herunterkam.

»Du bist heute Abend zu Hause?«, fragte sie, eine Hand an der Türklinke.

»Ich denke schon«, sagte ich. »Wahrscheinlich. Hey, vielleicht können wir beide was unternehmen.«

Sie schlug die Tür hinter sich zu.

»Oder auch nicht«, sagte ich zur Tür. Mein Gott.

Es war ein beschissener Tag im Tangerine. Drei Stornierungen in Folge, und eine halbe Stunde vor meinem nächsten Termin kam der Boss aus seinem Büro und gab mir ein Zeichen rüberzukommen.

»Wir müssen uns unterhalten, Jake«, sagte er.

»Ja, klar, Big Daddy«, sagte ich aufgekratzt, als ich hinter ihm das Büro betrat. Ich lächelte zwar, nur war mir nicht danach zumute. Big Daddy Koontz unterhielt sich nur mit einem, wenn ihn etwas mächtig nervte. Ich fühlte mich, wie sich der alternde Baseballstar möglicherweise fühlt, wenn sich sein Batting Average südlich der Mendoza Line bewegt und sein Manager ihn in sein Büro zitiert, und dort sitzt bereits ein Rookie mit leuchtendem Blick und vermeidet jeglichen Augenkontakt.

»Mach die Tür zu«, sagte Big Daddy, ging hinüber zu seinem Schreibtisch, um sich zu setzen. Ich setzte mich in den Stuhl ihm gegenüber und Big Daddy drückte die Taste der Sprechanlage. »Jessica, bring mir Jakes Terminplaner.« Danach lehnte er seine Körpermasse entspannt zurück, hob seine dicken Arme und verschränkte die Hände hinter seinem Kopf. Er lächelte.

Scheiße.

Big Daddy lächelte nie. Es sei denn, man war Teil der zahlungskräftigen Kundschaft ... was ich nicht war.

»Mir ist etwas über dich zu Ohren gekommen, Jake«, begann er.

Großartig. Mir war klar, es ging nicht darum, dass ich zierliche Ballettmädchen im Hinterzimmer vögelte. Das hatte ich eine ganze Weile nicht mehr gemacht. Genau genommen nie. Ich versuchte mir vorzustellen, was für einen Mist er gehört hatte, der nach dieser Unterhaltung verlangte. Ich vermutete, er wolle mich zusammenscheißen dafür, dass ich gestern einen frühen Abgang gemacht und meine Termine gecancelt hatte.

Jessica kam herein und legte meinen Terminplaner auf Big Daddys Schreibtisch. Kein gutes Zeichen. Beim Hinausgehen hob sie verstohlen beide Daumen, kreuzte dann die Finger und biss sich auf die Unterlippe, gab so die universelle Farce zum Besten von wegen »Halt durch Champ! Viel Glück! ... Außer dass du am Arsch bist ...«

Ich zwinkerte ihr hinterher, als sie die Hüften durch die Tür schwang, drehte mich dann mit ernster Miene zu Big Daddy um, der auf meinen Planer starrte.

»Du bist hier nicht glücklich, Jake?«, sagte er.

Was sollte man darauf erwidern?

»Himmel, ja, ich bin ganz gerührt vor lauter Glück. Warum? Geht's um gestern? Ich habe mich nicht wohlgefühlt.« Das klang wenig überzeugend, selbst in meinen Ohren.

Er klappte den Planer zu, lehnte sich zurück und faltete die Hände im Schoß.

»Komisch. Ich habe gehört, du verlässt uns.«

Mist. Ich hätte wissen müssen, dass er es herausfindet. Also das war es. Ich war fast erleichtert.

»Wie –«

»Ich dahintergekommen bin?« Er räusperte sich. »David hat's mir erzählt.«

Ich wusste sofort, von wem er sprach. David Jerna, der Vertreter für Zubehör und Pflegeprodukte von Fashion Lines. Von Jerna bezog ich meinen Kram.

Dann überraschte er mich.

»Jake, etliche meiner Stylisten haben aufgehört und ihren eigenen Laden eröffnet. Du erinnerst dich an Dixie? Wir haben sogar eine Party für sie veranstaltet.«

Ein wenig Hoffnung keimte in mir auf. Für die kommenden drei Wochen bis zu unserer Eröffnung brauchte ich diesen Job unbedingt. Es war schließlich nicht so, dass ich Geld ohne Ende hatte.

»Und ob«, sagte ich. Ich beugte mich nach vorn, bemüht, wie der glücklose, aber unschuldige Junge auszusehen, der gerade mit den Händen in Moms Keksdose erwischt worden war. »Sie hat sich einen angesoffen und auf ihren besten Kunden gekotzt.«

Er lachte und ich stimmte ein.

»Das *war* urkomisch, nicht wahr?« Sein Lächeln begann sich zu verabschieden.

»Der Punkt nur, sie hat mir gesagt, dass sie gehen wird, und für mich war das in Ordnung. Nichts dagegen einzuwenden, wenn jemand vorwärtskommen will. Meine Güte ... ich bin auch von dem Typ weg, für den ich gearbeitet habe. Sind im Guten auseinander.«

»Hör mal, Big Dady«, setzte ich an. »Es tut mir leid, dass ich dir nichts erzählt habe. Ich hab nur gedacht –«

»Ich weiß, was du gedacht hast, Jake. Nur ist das nicht das Problem.«

Nicht? Was zum Teufel war es dann?

»Das Problem ist, dass ich heute Morgen einen Anruf bekommen habe.«

Ich hatte keinen blassen Schimmer, wovon er sprach. Ich sagte erst mal gar nichts, hielt den Mund und wartete.

»Er kam von einem Kunden. Weißt du, was mir diese Person erzählt hat?«

Er machte keine Pause. Es war keine Frage, worauf er eine Antwort erwartete. »Man hat mir gesagt, du seist ein ehemaliger Häftling, Jake.«

Wie reagiert man auf so was? Ich hatte es ihm nicht erzählt – ich hatte es niemandem erzählt. Das war nichts, womit man hausieren ging. Aber, verdammt, über zwei Jahre hatte ich für diesen Typ gearbeitet. War es nicht offensichtlich, dass ich kein Krimineller war? Mir fehlten die Worte.

Er nahm den Faden wieder auf. »Ich habe ein bisschen rumtelefoniert. Sieht so aus, als hätte diese Person die Wahrheit gesagt. Jake, ich habe hier einen Namen. Einen Ruf. Ist dir klar, was es für das Geschäft bedeuten kann, wenn das die Runde macht? Die Frau des Bürgermeisters kommt her. Vater Joyce kommt her.« Joyce war der, der sich an der Notre Dame um alles kümmerte, was mit Sport zu tun hatte. Große Nummer.

Ich seufzte. »Ja, verdammt. Was willst du von mir hören?«

Sein Lächeln war endgültig verschwunden.

»Wie wär's mit ›Auf Wiedersehen‹.«

10. Kapitel

»Du bist zu Hause?«

Ich schrak hoch. Ich musste eingedöst sein. Ich ließ die Beine vom Sofa rutschen, setzte mich auf und rieb mir die Augen, um den verschwommenen Blick zu klären.

»Oh, hi, Schatz.«

Sie kam herüber, sammelte die Zeitschriften ein, die über dem gesamten Couchtisch verteilt waren, und fing an, sie zu Stapeln zu sortieren.

»Machst du blau?«

»Schön wär's.« Ich lachte, versuchte, ihr Zuversicht zu vermitteln, das Gefühl, dass ich überhaupt nicht beunruhigt sei. »Wir werden unsern Laden ein wenig früher eröffnen müssen, wie's aussieht.«

Paris richtete sich langsam auf. Sie verschränkte die Arme und starrte mich an.

»Man hat dich gefeuert, stimmt's?« Ohne meine Antwort abzuwarten, drehte sie sich um, ging hinüber zum Fenster und sah hinaus. »Big Daddy hat dich erwischt, wie du mit dieser Kleinen vom Empfang rumgemacht hast, oder?«

Ich stand auf, ging zu ihr, stellte mich neben sie. Ich legte meinen Arm um sie, spürte, wie sie verkrampfte, aber sie blieb.

»Er ist dahintergekommen, dass wir einen Salon aufmachen.«

Sie entwand sich meiner Umarmung und wich zurück. Ihr Gesichtsausdruck ließ sich am treffendsten mit »unwirsch« beschreiben und ihr Blick flitzte hin und her, als sie mich musterte.

»Darum geht's? Sagst du mir auch die Wahrheit?«

Sie musste es in meinen Augen gelesen haben, denn ihre Züge entspannten sich und ihr Kinn zitterte nicht die Spur.

»Oh, Jake!«

Sie machte einen Schritt auf mich zu und ich nahm sie in die Arme und sie presste ihr Gesicht gegen meine Brust. Ihre Worte kamen gedämpft, stockend.

»Jake ... Baby ... ich war so in Sorge. Wie du dich verhalten hast. Ich habe gedacht ... ich war mir sicher –«

Sanft schob ich sie zurück, strich ihr das Haar aus der

Stirn. »Dass ich mich mit jemand anderem treffe?«

Sie schluckte, sah zu Boden. »Ja.«

»Ach, Paris!« Ich nahm sie bei der Hand, führte sie zum Sofa und setzte mich, zog sie neben mich und legte den Arm um sie.

»Ich treffe mich mit niemandem, Süße, stecke aber irgendwie in der Klemme.«

»Dein Job?«, sagte sie. »Das ist doch keine große Affäre. In knapp einem Monat machen wir auf. Das verschafft dir mehr Zeit, mit allem fertig zu werden. Es wird eng, aber das schaffen wir.«

Ich fühlte mich beschissen. Ich hatte sie nicht angelogen – streng genommen. Ich hatte ihr nur nicht alles erzählt. Stellte das keine Lüge dar? Ich wollte diesem Einwand gedanklich nicht weiter nachgehen.

»Ja, du hast recht. Aber ich meine was anderes. Ich meine den Grund, weshalb ich die letzten beiden Abende so spät nach Hause gekommen bin.«

Ich würde vorsichtig vorgehen müssen. Beschliche Paris auch nur die leiseste Ahnung, ich könnte in eine Straftat verwickelt sein, würde es nur eine Nanosekunde dauern und sie wäre oben, um ihre Sachen zu packen. Gleich zu Beginn hatte sie klargestellt, dass ich sie vergessen könne, sollten wir jemals aufhören, völlig ehrlich zueinander zu sein.

»Walker Joy hat mich angerufen«, sagte ich schließlich.

»Walker Joy? Weshalb sagt mir der Name was?«

Ihre Brauen zogen sich zusammen, während sie nachdachte, und bevor ich etwas erwidern konnte, sagte sie: »Walker Joy! Er war dein Zellengenosse!«

Ich nickte.

Ihr Miene verdüsterte sich.

»Was zum Teufel will der? Geld, schätze ich. Gib ihm zu verstehen, er soll wie wir für sein Geld arbeiten gehen. Ich will verflucht sein, wenn ich irgendeinem erbärmlichen Ex-Häftling etwas von unserm sauer verdienten Geld gebe!«

Ihr Gesicht war auf eine Weise von Wut entstellt, wie ich es noch nie gesehen hatte. Ich spürte, wie mir das Blut in die Wangen schoss. Es war, als hätte sie *mich* mit diesem »erbärmlichen Ex-Häftling« gemeint.

Sollte ich irgendwie in Erwägung gezogen haben, ihr zu erzählen, was für ein Spiel Walker Joy spielte, so nahm mir das hier meine Entscheidung ab. Nie zuvor hatte ich diesen Gesichtsausdruck an ihr wahrgenommen, und er machte etwas mit mir. Einer dieser kurzen Momente im Film des Lebens, und man wird sich bewusst, dass sich etwas Entscheidendes verändert hat, aber man will es in dieser Sekunde nicht wahrhaben und lässt den Moment vorüberziehen. Im Hinterkopf hat man sehr wohl, dass man später darauf zurückblicken und erkennen wird, dass der ganze Mist hier seinen Anfang nahm, aber man ist zu diesem Zeitpunkt noch optimistisch ... und macht nichts. All das – oder zumindest das Wesentliche davon – ging mir durch den Kopf, und ohne Paris direkt anzusehen, meinen Blick zur Seite gerichtet, zum Fenster, wo sich eine verschwommene Sonne durch verschmierte Wolken kämpfte, sagte ich:

»Nein, es ist nichts dergleichen.«

Ich spürte meine Story sich aufbauen, während ich sie erzählte. Ich war überrascht, feststellen zu müssen, wie spielend mir die erste Lüge gegenüber meiner Frau über die Lippen kam. Die erste Lüge, sofern ich die Halbwahrheit nicht mitzählte, die ich mir kurz zuvor erlaubt hatte. Diese Erkenntnis rief bei mir das gleiche Gefühl hervor wie eine Innenohrentzündung: Schwindel und Übelkeit. Allerdings gebot es mir keinen Einhalt.

»Nun, er hat mich in der Tat um Geld angehen wollen, aber ich habe ihn abgewiesen.«

Paris starrte mich an, als wolle sie sagen, *ich wusste es*, und ich machte weiter im Text.

»Allerdings habe ich eingewilligt, ihn bei einem Job zu unterstützen.«

»Job?« Die dunklen Wolken zogen erneut über ihr Gesicht.

»Nicht was du denkst. Ein richtiger Job. Ganz legal.«

Ich konnte nicht glauben, dass ich das fertigbrachte. Es war das erste Mal, dass ich meine Frau bewusst anlog. Mit Walkers Anruf hatte sich der erste Stein gelöst und riss bereits einen größeren Brocken mit sich. Zusammen mit mir begann die Gerölllawine den Abhang hinunterzurollen und ich kümmerte mich nicht mal darum, nach etwas zu suchen, woran ich mich hätte festhalten können.

»Er ist mein Freund, Paris. Er hat mir mal das Leben gerettet. Hätte es Walker Joy nicht gegeben, ich wäre heute nicht hier. Ich habe keine Möglichkeit gesehen, es ihm abzuschlagen. Wäre jemand aufgekreuzt, den ich gerade mal einen Monat kenne, und hätte mich um diesen Gefallen gebeten, hätte ich es auch getan.«

Sie sagte nichts, wartete nur ab, was ich als Nächstes vorbringen würde. Mit einer Miene, die mich nicht in Begeisterung versetzte. Ich sah darüber hinweg, sprach weiter.

»Worum es geht ...« Ich dachte es mir aus, während ich erzählte. »Er hat den Auftrag, diese Jagdhütte am anderen Ende von Niles umzubauen, und er ist auf diese alte

Scheune gestoßen, wo er sich das Holz nehmen kann, sofern er's selbst abtransportiert. Ich werde beim Abriss helfen und das Holz zusammen mit ihm hierherschaffen.«

Für jemanden, der seine Frau noch nie angelogen hatte, machte ich die Sache gut, wie ich verblüfft feststellte.

Das Ding war, dass sie es mir abnahm. So einfach war es.

Ich schmückte das Ganze ein wenig aus, erzählte ihr, dass ich Walker kennen würde und wüsste, was passierte, wenn er sein Geld nicht auf ehrliche Weise verdiente. Er würde einen Raubüberfall durchziehen und binnen einer Woche wieder in Pendleton sitzen. Ich würde ihn vor etwas bewahren, erklärte ich ihr, so wie er mich seinerzeit vor etwas bewahrt hatte. Ich konnte sehen, dass sie anfänglich zögerte, mir das abzukaufen, aber sie schien eine Art Urteil gefällt zu haben und nickte. »Ich denke, ich kann diese Form von Verpflichtung verstehen, Jake.«

Sie streckte die Hand aus und legte sie auf meinen Arm. »Okay. Ich denke, du musst das tun. Aber nicht mehr, oder?«

Ich sah ihr in die Augen und blinzelte nicht mal dabei. »Ich werde nicht einmal ein Bier mit ihm trinken gehen. Nebenbei, das ist eine Chance, ein paar Scheine zu verdienen und die brauchen wir jetzt. Mit ...«, ich zögerte, »... der Sache im Tangerine und so.«

Das genügte ihr und später, nachdem wir eine Pizza bestellt und etwas ferngesehen hatten, gingen wir ins Bett und liebten uns. Sie machte den ersten Schritt, ließ ihre Hand unter die Bettdecke gleiten. Zuerst bekam ich keinen hoch und das irritierte mich, weil ich nie Probleme damit gehabt hatte, aber dann tauchte sie mit dem Kopf nach unten und mehr brauchte ich nicht.

Hinterher küsste sie mich flüchtig auf die Lippen, drehte mir den Rücken zu und war fast im selben Moment eingeschlafen.

Ich nicht.

Ich lag auf dem Rücken, starrte an die Decke, dachte an den Weg, den ich in unserer Beziehung eingeschlagen hatte. Einmal streckte ich meine Hand aus, um Paris aufzuwecken, ging dabei so weit, ihr die Hand auf die Schulter zu legen, um sie ein wenig zu rütteln, aber ich besann mich und zog sie zurück.

Zu spät.

»Was is?«, murmelte sie, bewegte sich leicht und streckte ihre Beine aus, um meine zu berühren.

»Nichts«, sagte ich. »Schlaf weiter. Ich liebe dich.«

»Ich dich auch«, sagte sie, ihre Stimme durch das Kopfkissen gedämpft.

Ich hörte, dass unten die Haustür geöffnet und wieder geschlossen wurde. Bobby. Ich warf einen Blick auf die Uhr auf der Kommode. Zehn nach zwölf. Ich würde mich mit dem kleinen Scheißer wohl noch mal unterhalten müssen.

Ich fragte mich, wer es gewesen sei, der bei Big Daddy angerufen und mich angeschwärzt hatte. Ich konnte mir in etwa denken, um wen es sich gehandelt haben könnte.

11. Kapitel

Paris war bereits zur Arbeit aufgebrochen, als ich wach wurde. Ich musste tatsächlich müde gewesen sein, wenn ich nicht mitbekam, wie sie aufgestanden und unter die Dusche gegangen war. Die Digitalanzeige der Uhr zeigte neun Uhr fünfunddreißig, und durch das Fenster sah ich einen wolkenlosen Himmel. Ein schöner Tag. Vielleicht würde sich mein Glück wenden.

Eine halbe Stunde später, geduscht, rasiert, mit geputzten Zähnen und angezogen, öffnete ich die Haustür, machte einen Schritt nach draußen und ging wieder hinein. Draußen war es ausgesprochen mild. Ich hängte den Ledermantel, den ich zuvor getragen hatte, zurück in den Flurschrank und griff mir meine Notre-Dame-Jacke. Draußen musste es fünfzehn Grad warm sein, vielleicht sogar mehr. Der Schnee war bereits zur Hälfte geschmolzen und braune Grasflecken durchbrachen das schwindende Weiß im Vorgarten. Nur die matschigen Haufen am Straßenrand waren dieselben geblieben.

Ich hatte die Hand an der Türklinke, war im Begriff, wieder hinauszugehen, als das Telefon klingelte.

Es war eine Dame von der Adams High School, die stellvertretende Schulleiterin, wie sie sagte. Sie rufe an, um sich zu erkundigen, ob Bobby krank sei. Sehe so aus, als sei er nicht zu seinen Kursen erschienen. Ich deckte ihn, erzählte der Frau, ja, er liege mit einer Erkältung im Bett, werde jedoch morgen wieder kommen.

Dieser kleine Mistkerl!

Sobald ich aufgelegt hatte, hastete ich nach oben in sein Zimmer.

Er war weg.

Nicht mal das Bett gemacht.

Kleiner Primitivling!

Ich dachte daran, ihn zu suchen, wusste aber, dass ich keinen blassen Schimmer hatte, wo anfangen. War vielleicht bei einem seiner Kumpel zu Hause, fuhr womöglich durch die Gegend, trank Flavoured Vodka. Veranstaltete das Gleiche wie ich auf der Highschool. Erwischte ich ihn, würde ich ihm ein neues Arschloch bohren. Bei dem Gedanken musste ich laut auflachen. Ich mutierte zum Dad.

Ich würde mich später drum kümmern. Über kurz oder lang würde er sich zu Hause einfinden und sei es nur, um etwas zu essen zu bekommen. Im Augenblick musste ich mich anderen, drängenderen Angelegenheiten widmen als einer Jagd durch die Stadt auf der Suche nach meinem Bruder.

Ich sprang ins Auto und fuhr zum Highway 31. Mein Plan sah vor, zurück nach Niles zu fahren, mir selbst ein Bild von dem Job zu machen.

Eine halbe Stunde später bog ich vom Highway auf die Landstraße ab, die Spencer tags zuvor genommen hatte. Hier draußen lag der Schnee noch hoch auf den Feldern und das grelle Licht blendete derart, dass ich gezwungen war, eine Sonnenbrille aufzusetzen, und selbst dann noch musste ich ein wenig blinzeln.

Das Haus war leicht zu finden. Auf dem Weg dorthin war mir etwas eingefallen, wovon ich glaubte, es handele sich um ein halbwegs vernünftiges Vorgehen, mir einen guten Überblick über die Situation verschaffen zu können. Ich würde einfach an die Tür klopfen, und sollte der Typ öffnen, würde ich ihm erklären, ich sei Jäger und wolle eine Genehmigung, um in der Gegend auf

Kaninchenjagd gehen zu können. Das war nicht ohne Risiko. Nächste Woche, nachdem er beraubt worden war, würde er sich womöglich an unser Zusammentreffen erinnern und könnte mich auf einem der Polizeifotos wiedererkennen, aber ich trug eine Sonnenbrille, hatte Schal und Pudelmütze dabei, womit ich mich ausstatten würde, bevor ich an seine Tür klopfte. Auf diese Weise würde er keinen besonders guten Eindruck gewinnen. Zumindest nicht gut genug, um eine Identifizierung vorzunehmen, sollte es dazu kommen. Möglich auch, dass er nach dem Raub die beiden Ereignisse gar nicht miteinander in Verbindung bringen würde.

Ich wollte gerade in die Einfahrt einbiegen, als ich es mir anders überlegte und bremste. Der Pisser hatte sie seit dem letzte Schneefall nicht geräumt, und obwohl es taute, konnte ich ein paar Meter vor mir eine Schneeverwehung sehen, von der ich annahm, dass die Sommerreifen am Lumina sie nicht bewältigen würden. Paris hatte letzte Woche neue Winterreifen kaufen wollen, aber ich war damit nicht einverstanden gewesen, wollte jeden Penny, den wir hatten, für den neuen Laden auf die Seite legen.

Tatsächlich jedoch kam es der Sache zugute. Ich fuhr ein Stück vor, knapp an der Einfahrt vorbei, und hielt so weit am Rand der Straße, wie ich es verantworten konnte. Es schien nicht viel Verkehr zu herrschen und dem einen oder anderen vereinzelten Wagen, der vorbeikäme, bliebe genug Platz um auszuweichen. Ich würde zu Fuß zum Haus hoch und er würde meinen Wagen nicht sehen.

Ich band den Schal um und setzte die Pudelmütze auf, zog sie mir bis über die Augenbrauen und richtete den Schal so, dass er den unteren Teil meines Gesichts bis zu meiner Unterlippe verdeckte. Ein kurzer Blick in den Rückspiegel verriet mir, dass ich mit aufgesetzter Sonnenbrille dem Typ keine Chance gab, überhaupt eine Beschreibung von mir abzugeben.

Als ich ausstieg, war ich überrascht, wie knackig-frisch die Luft war. Angesichts der strahlenden Sonne hatte ich wohl angenommen, dass es draußen mild sein müsse. Vielleicht war es in der freien Landschaft an dem, doch hier, inmitten der Bäume, war es verdammt kalt.

Was hatte Spencer gesagt, wie der Mann hieß? Calvin. Genau. Ich konnte mich nicht erinnern, ob es sein Vor- oder Nachname war. Auf dem Briefkasten lag Schnee und den fegte ich weg.

Calvin musste sein Vorname sein. »C. Brewer« stand auf dem Briefkasten.

Ich ging auf das Haus zu. Als ich bei der Schneeverwehung anlangte, war ich froh, mich dagegen entschieden zu haben hochzufahren. Sie reichte mir bis zu den Knien und darunter war das blanke Eis. Ich hätte eine Ewigkeit festgesteckt.

Durch eine Gardine hindurch sah ich eine Lampe auf einem kleinen Tisch brennen, als ich durch das Frontfenster linste und dabei das von der Scheibe reflektierte Sonnenlicht mit der Hand abschirmte, und als ich auf die Klingel drückte, konnte ich das Klingeln klar im Hause hören, das, aber nichts weiter. Ich drückte noch mal und noch mal, nichts.

Es begann zu schneien und die Sonne hatte sich hinter eine Wolke verzogen. Durch eine Lücke zwischen den Bäumen ringsum sah ich eine dunkle Wolkenbank, die in meine Richtung jagte. Von den Lauten zweier Eichhörnchen abgesehen, die einander durch eine Eiche an der Seite des Hauses hetzten und dabei wie irre keckerten, gab es keine anderen Geräusche.

Das war hervorragend. Der Typ war nicht zu Hause. Ich konnte die Örtlichkeiten unter die Lupe nehmen und mir Zeit dabei lassen. Sollte er auftauchen, konnte ich ihm meine Geschichte von der Jagdgenehmigung auftischen. Ich begann an der Ostseite des Hauses.

Zehn Minuten später wusste ich alles, was ich wissen musste.

Es gab keine Alarmanlage. Nichts dergleichen. An zwei Fenstern an der Rückseite hatte der Knabe Aufkleber, die darüber informierten, dass das Haus von ADT Systems überwacht wurde, also suchte ich nach einem Kabel zum Strommast, aber es gab keins. Das war nicht ungewöhnlich. Viele kauften diese Aufkleber auf dem Schwarzmarkt und brachten sie an, und dem durchschnittlichen Einbrecher genügte das, um Abstand zu nehmen.

Was bedeutete, dass dieser Typ auf billig stand. Vermutlich aufgrund der Tatsache, dass kaum jemand wusste, was er machte, und seine einzige Sorge Einbrüchen durch Jugendliche galt. Ich hätte den neuen Salon dafür verwettet, dass er drinnen einen Klotz von Safe hatte, wahrscheinlich noch im Boden verankert, und sich total abgesichert fühlte, wohl wissend, dass selbst wenn jugendliche Delinquenten einbrächen oder gar ein eher gestandener Dieb einstiege, sie einen Versuch unternähmen, den Safe zu knacken, und es dann auf sich beruhen ließen, weil ihnen die Aussichtslosigkeit bewusst wäre, das Teil abzubauen und wegzuschaffen, bevor jemand dazukäme.

Es war offensichtlich, dass er einen echten Profi nicht auf dem Schirm hatte.

Ich beschloss, Spitball und Spencer anzurufen, sie darüber zu informieren, was ich herausgefunden hatte. Vielleicht hatten sie ein Einsehen, dass sie mich gar nicht benötigten. Jeder, der einen Schraubenzieher besaß, konnte mit Leichtigkeit in dieses Haus eindringen. Ich war nicht wirklich überzeugt, dass Spencer darauf eingehen würde, schließlich wollte er mich allein aus persönlicher Rache dabeihaben, aber einen Versuch war es wert. Sollte er mich nicht vom Haken lassen, wusste ich wenigstens, dass es recht einfach und unproblematisch war. Mir war um einiges wohler, als ich über die Einfahrt zur Straße und zu meinem Wagen ging.

Bis mich etwa sechs Meter von der Straße trennten.

Auf der Straße stand ein Wagen, direkt hinter meinem. Und es war nicht irgendein Wagen. Es war nicht etwa der Wagen von diesem Brewer. Es war nicht mal ein Streifenwagen.

Es war schlimmer.

Es war Paris' Escort.

Und sie saß drinnen.

12. Kapitel

Stocksauer.

Was unschwer zu erkennen war.

Aber was zum Teufel machte sie hier?

»Hi, Honey«, war alles, was mir einfiel.

Sie rauchte eine Zigarette, schnippte sie aus dem Fenster, vorbei an meinem Kopf, und traf dabei fast meine Nase.

»Hi, Honey? Selbst für dich ist das reichlich schwach, Jake.« Sie zündete sich eine neue Zigarette an. »Wie heißt sie? *Honey.*«

Das war es also. Sie glaubte weiterhin, dass ich sie betrog.

Sie nahm noch einen Zug, schnippte die frisch angezündete Zigarette wieder an meiner Nase vorbei, diesmal noch knapper, und stieß die Wagentür auf. Ich machte einen Satz nach hinten, gerade noch rechtzeitig, um nicht getroffen zu werden.

Sie schwang ihre Beine aus dem Wagen. »Dann wollen wir mal deine Freundin besuchen, Jake.«

Gott, gab es eigentlich eine Steigerung von total beschissen?

»Paris, steig wieder in den Wagen. Dort ist keiner zu Hause und es gibt dort auch kein Mädchen.«

Nicht nur, dass ich mir Sorgen um meine Ehe machen musste, die sich vor meinen Augen in Nichts auflöste, mir fiel zudem urplötzlich ein, dass sich Calvin Brewer entschlossen haben könnte, gerade jetzt nach Hause zu fahren. Ich hegte keinerlei Zweifel, dass – würde er jetzt angefahren kommen – Paris sich vor ihm aufbauen und fordern würde, mit der Ehefrau zu sprechen, die er nicht hatte, und detailfreudig beschriebe, wie ich sie durchvögelte.

Ich musste sie von hier weglotsen.

»Pass auf. Du steigst in deinen Wagen und fährst mir nach. Ich mache ein Café ausfindig, wir trinken einen Milchkaffee und ich erzähl dir alles. Es gibt keine Frau, aber es gibt etwas, worüber ich nicht mit dir gesprochen habe. Ich geb dir mein Wort, dass ich dir alles erzähle.«

Sie stand da, die Arme verschränkt, und ihre Augen laserten mich in kleine Stücke.

»Vertrau mir nur dieses eine Mal, Honey«, flehte ich sie an. »Kommt der Typ, der hier wohnt, zurück, stecke ich in ernsthaften Schwierigkeiten. Allmächtiger! Lass uns einfach von hier verschwinden. Ich versichere dir, dass ich dir alles erzählen werde. Ich –«

Scheiße. Ich sah einen Wagen, der sich hinter Paris näherte. Er war noch ein gutes Stück weit weg, würde aber bald hier sein. Vielleicht fuhr er einfach vorbei, vielleicht aber war es auch Brewer.

»Los«, sagte ich schroff, packte sie am Arm und drängte sie zum Fahrersitz. »Nun mach schon. Lass uns abhau'n. Willst Du mich zurück in den Knast wandern sehen? Wenn du nicht umgehend in den Wagen steigst und mir hinterherfährst, ist die Wahrscheinlichkeit groß, dass genau das eintritt.«

Sie musste mir geglaubt haben. Sie hatte noch immer diesen verärgerten Blick – jetzt erst recht –, aber sie stieg hinter das Lenkrad, schlug die Tür zu, ließ den Motor an und schrie aus dem Fenster: »Ich hoffe, das stimmt. Wenn nicht, fahre ich sofort zurück und spreche mit demjenigen, der in diesem Haus wohnt.«

Ich lief zu meinem Wagen, startete den Motor und gab Gas. Die Reifen rutschten ein wenig im Schnee, dann bekamen sie Grip. Im Rückspiegel sah ich, dass Paris losfuhr. Das Auto, das ich die Straße hatte hochkommen sehen, kam immer näher, war vielleicht noch zwei Häuserblocks entfernt.

Und es war Brewer. Vielleicht. Höchstwahrscheinlich. Ich hatte keine Ahnung, wie der Typ aussah, und der Wagen war noch so weit entfernt, dass ich nicht hätte sagen können, ob ein Mann oder eine Frau es fuhr oder ob sogar mehr als eine Person in dem Fahrzeug saß.

Ich beobachtete, wie der Wagen zur Einfahrt fuhr und dort einbog. Paris musste das ebenfalls beobachtet haben. Als Signal an mich blendeten ihre Scheinwerfer auf und wieder ab. Für den Fall, dass ich es nicht gesehen hatte, so meine Vermutung.

So viel räumte sie ein, als sie mir an einem hinteren Tisch in dem Café gegenübersaß, das ich zuvor bei meiner Fahrt durch Niles entdeckt hatte.

»Ich wollte mich vergewissern, ob du deine kleine Freundin triffst«, sagte sie.

»Paris«, ich langte über den Tisch nach ihrer Hand, nur um sehen zu müssen, wie sie sie zurückzog, in ihren Schoß, und den Kopf wegdrehte, um Richtung Schaufenster zu starren.

Es war, als hätte sie mir ins Gesicht geschlagen. Ich wusste nicht, was ich jetzt sagen sollte. Die Wahrheit, so nahm ich an. Während der ganzen Fahrt nach Niles hatte ich mich mit einer Lösung herumgeschlagen, und Paris schlicht und ergreifend die komplette Geschichte zu erzählen, war das Einzige, womit ich aufwarten konnte, in der Hoffnung, Paris werde es verstehen.

Und mich nicht verlassen.

Es wurde mir bewusst, wie sehr ich meine Frau liebte. Nicht, dass es mir nicht zuvor bewusst gewesen wäre, aber jetzt, mit der Aussicht, sie könnte ihre Siebensachen packen und sich aus unserem gemeinsamen Leben verabschieden, ergriff mich fast Panik. Was sollte ich ohne sie anfangen? Sie bedeutete mir alles.

Mir war nicht klar gewesen, wie ich es ihr hätte beibringen sollen, und so legte ich unbeholfen los, mit klopfendem Herzen und feuchten Händen, doch dann fing ich mich und breitete alles vor ihr aus.

Walkers erster Anruf, das Treffen mit Spencer, die

Fahrt zum Haus von diesem Brewer. Ich erzählte ihr von dem Vorfall in der Clark-Tankstelle und versuchte, den Ausdruck von Fassungslosigkeit auszublenden, der über ihre Züge glitt, als ich ihr schilderte, wie ich dem Typ die Stange des Wagenhebers übergezogen hatte. Ich erzählte ihr alles. Fast alles. Ich ließ den Vorfall aus, von dem ich ihr nie etwas erzählen würde.

Sie hatte nie nach den Einzelheiten der Straftaten gefragt, die ich begangen hatte, und ich hatte mich nie von mir aus dazu geäußert, aber an ihrem sich verändernden Mienenspiel konnte ich ablesen, dass sie den Eindruck, den sie bislang von mir gehabt hatte, hinterfragte. Nicht, dass sie nichts über meine kriminelle Vergangenheit gewusst hätte; vielmehr denke ich, dass es sich bislang um eine abstrakte Vorstellung ihrerseits gehandelt hatte. Vielleicht hatte sie das, was ich gewesen war, bevor wir uns kennenlernten, in einem romantischen Licht gesehen. Fest stand, dass – welche Vorstellung auch immer sie sich von mir gemacht hatte, bevor wir uns in das Café setzten – diese Vorstellung in ihrem Kopf rasch eine Überarbeitung erfuhr und neu ausgerichtet wurde. Wenn wir nachher diesen Ort verließen, würde unsere Beziehung grundlegend anders sein als zu dem Zeitpunkt, als wir ihn betreten hatten.

Ich ließ meinen Blick über die versammelten Normalos gleiten, die an den anderen Tischen und in den Nischen saßen, und fand es fast witzig, dass drei Meter entfernt von ihnen das Leben eines Mannes eine große, folgenschwere Umwälzung erfuhr und sie von diesem Ereignis nichts mitbekamen, während sie unter Lachen und Labern bei ihren Cappuccinos und Milchkaffees saßen.

Ich kam schließlich zum Ende und wartete auf Paris'

Reaktion. Kein einziges Mal hatte sie meinen Vortrag über die Ereignisse der letzten Tage unterbrochen. Einmal war sie im Begriff gewesen, etwas zu sagen, hatte es sich dann anders überlegt und lediglich mit der Hand gewedelt, als wolle sie einen Schwarm Mücken verscheuchen, als Zeichen an mich, weiter zügig mit der Sprache herauszurücken.

Jetzt kannte sie die ganze Geschichte. Ich wartete darauf, dass sie etwas sagen würde, irgendwas, aber sie starrte mich nur weiter an. Nach gefühlt fünf Minuten, vermutlich aber eher nach einer Minute, wenn nicht gar weniger, setzte ich zum Sprechen an, doch sie machte wieder diese abwehrende Handbewegung. Mir kam der schräge Gedanke, dass sie ihre eigenen Mord-und-Totschlag-Fantasien verscheuchte.

»Du bist tatsächlich dabei, nicht wahr?«, sagte sie.

Ihre Worte klangen monoton, aber ich meinte, eine Spur Mitgefühl in ihren Augen zu entdecken, die nicht von meinen ließen. Eigentlich war ihr Blick befremdlich und ich wandte meinen als Erster ab.

»Tatsächlich, das bin ich«, murmelte ich.

»Wenn man dich erwischt und herausfindet, dass ich im Vorfeld davon gewusst habe, kann man mich als Komplizin festnehmen, oder?«

Von allen Reaktionen, die ich erwartet hatte, hätte ich diese hier nicht für möglich gehalten.

»Nun, ja, aber –«

Wieder diese abwehrende Handbewegung … Eher, als schlage sie nach einer Biene, nachdrücklicher, eine Geste, die zum Ausdruck brachte, dass Paris bedauere, was sie gesagt hatte.

»Es tut mir leid, Jake.«

An dem zerknirschten Ausdruck, der über ihr Gesicht huschte, konnte ich ablesen, dass sie es genau so meinte, und daran, wie sie für einen kurzen Moment den Blick abwandte und mich dann wieder ansah, ein mattes Lächeln auf den Lippen. Diesmal war sie es, die hinüberlangte; sie legte ihre Hand auf meine, drückte sie. In mir zündete ein Funken Hoffnung, was uns betraf.

»Es ist nur so, dass ...«, begann sie und ließ ihre Worte verebben.

»Es ist nur so, dass du dich bereits in einer zwei mal drei Meter großen Zelle gesehen hast, nicht wahr? Ich habe mich in der gleichen Zelle gesehen. Ziemlich gruselig, was?«

Ich hatte mich nur noch in dieser Zelle gesehen, seit Walker deutlich gemacht hatte, was er wollte.

Ich drehte meine Hand um und umschloss ihre zärtlich.

»Alles gut, Schatz. Aber mach dir keine Sorgen. Ich würde niemals etwas tun, was dich hinter Gitter bringen würde. Egal, was kommt.«

Für einen Moment war sie still.

Sie räusperte sich und dann legte sie los. Mir wurde bewusst, dass ich den Atem angehalten hatte.

13. Kapitel

»Du wirst das machen, unabhängig davon, was ich sage, nicht wahr?«, begann sie. »Oder tue.«

Ich dachte gründlich nach über meine Antwort. Die Wahrheit, Jake, ermahnte ich mich. Bleib einfach bei der Wahrheit und denk dir nichts aus. Sei ein Mann.

Ich sprang ins kalte Wasser.

»Mir bleibt keine Wahl, Baby«, sagte ich. »Spencer blödelt hier nicht rum.«

»Ein Arschloch!«

»Sehe ich genauso. Doch Arschloch hin oder her, er hält alle Karten in der Hand. Ich mache das nicht ihm zuliebe, er wird Bobby was anhängen. Nicht nur das, er wird dafür sorgen, dass die Cops von diesem kleinen Zwischenfall mit seinem Onkel erfahren.« Ich seufzte. »Er hält alle Asse in der Hand, Paris, und ich sitze hier mit einem unvollständigen Straight.« Ich stieß ein hohles Lachen aus. »Ich bin schlicht und ergreifend am Arsch.«

Ich sah buchstäblich die sich drehenden Räder, während sie die Lage überdachte.

»Ja«, sagte sie schließlich. »Ich glaube tatsächlich, er hat dich bei den Eiern, wie ihr Jungs sagen würdet.«

Ich musste gegen meinen Willen grinsen. Und dann, wunderbarerweise, lächelte sie ebenfalls. Es war nur flüchtig und sie griff umgehend auf ihren todernsten Gesichtsausdruck zurück, aber es reichte aus, um mich glauben zu machen, dass es womöglich noch Hoffnung gebe.

»Vielleicht hat die Sache auch was Gutes«, sagte ich; ein Versuch, aus dem flüchtigen Lächeln und dem möglichen Verheißen dahinter einen Nutzen zu ziehen. Das hier zum Abschluss zu bringen.

»Das wird nicht das härteste Ding werden, das ich je durchgezogen habe. Es scheint vielmehr ziemlich simpel zu sein. Binnen einer halben Stunden sollten wir's gepackt haben, zumal der Typ in Chicago sein wird. Wenn wir es schaffen, haben wir für den Rest unseres Lebens ausgesorgt. Unseren Kindern steht Harvard offen.«

Das war die Wahrheit. Jetzt, da ich offen eingestanden hatte, dass mir nichts anderes übrig blieb, als Teil von

Spencers Plan zu werden, sah ich allmählich die Pluspunkte des Ganzen. Ich wollte sie Paris unbedingt nahebringen, wollte sie dazu bewegen zu erkennen, was mein Anteil an der Beute für uns bedeutete. Das konnte klappen – tatsächlich klappen. Ich bemühte mich, die wachsende Begeisterung daran zu hindern, sich in meine Stimme zu drängen.

»Er spricht von –«

»Einer Menge Geld. Das habe ich mitbekommen, Jake. Wir brauchen kein Geld. Ich habe einen Job und du stehst kurz davor, einen Salon zu eröffnen und der wird ein Erfolg werden. Probier nicht, mich einzuwickeln, Jake. Ich bemühe mich, das hier nachzuvollziehen, und ein Versuch deinerseits, mich zu bequatschen, lässt mich nur eine Richtung einschlagen, entgegengesetzt der Richtung, von der ich glaube, dass du möchtest, dass ich sie einschlage.«

Das Prickeln der Begeisterung, das ich kurz zuvor empfunden hatte, verflüchtigte sich. Es schien, als sei ich wieder an dem Punkt, etwas zum Verkauf anzubieten. Nur wusste ich nicht, ob ich dazu fähig war. In Wahrheit fiel mir nicht mehr viel ein, was ich hätte sagen können, um das Bild anders zu zeichnen, als es war.

»Da ist noch was anderes«, sagte sie nach einem gefühlt endlosen Schweigen. »Dein Freund Spencer. Wie kommst du darauf, dass es danach ein Ende mit ihm haben wird. Ich meine, gehen wir mal davon aus, du ziehst das durch. Er hat dann immer noch dieselben Karten in der Hand. Was hinderte ihn, dich noch mal zu nötigen? Und noch mal?«

Da war was dran. Etwas in der Art war mir bereits in den Sinn gekommen, aber ich hatte es vorgezogen, diesen Gedanken hinten in meinem Kopf einzupferchen, ihn nicht weiterzuverfolgen.

»Keine Ahnung. Wahrscheinlich nichts. Es sei denn ... die Ehre unter Dieben?« Das war eine derart skurrile Anmerkung, dass ich selbst darüber lachen musste. »Tja«, fuhr ich fort, ohne sie anzusehen, wohl ahnend, wie ihre Reaktion ausfallen würde, »ich vermute, es ist ziemlich bescheuert, so was zu sagen, nicht?«

Sie erwiderte nichts, wofür ich dankbar war. An diesem Punkt wusste ich jedes kleine Entgegenkommen zu schätzen, wie zum Beispiel die Möglichkeit, mich an den letzten Rest von Würde zu klammern, der mir geblieben war.

Dann sagte Paris etwas, wofür ich sie noch mehr liebte.

»Damit werden wir uns erst zu beschäftigen haben, wenn es zum Problem wird.«

Ich starrte sie an.

»Wir?«

»Ich bin am Überlegen.«

Ihre Augen waren zwei große, leuchtende Monde.

»Ich habe Angst, Jake.«

Damit war sie nicht allein.

14. Kapitel

Draußen, vor dem Café, hatte der Wind Zähne bekommen, spuckte vereinzelte Schneeflocken aus und die Sonne hatte sich hinter einer scheußlichen, nahezu schwarzen Wolkenbank verkrochen. Ich schlug den Kragen meiner Jacke hoch und legte den Arm um Paris, während wir zu unseren Wagen gingen. Mir war nicht klar, ob sie der Kälte wegen wie erstarrt war, wegen ihrer Schwangerschaft oder wegen unserer Lage. Ich beschloss, es auf die Kälte zu schieben.

»Und nun?«, fragte ich, als ich die Tür ihres Escort für sie öffnete.

»Fahren wir nach Hause«, sagte sie. Sie stieg ein und sah hoch zu mir.

»Nach Hause?«

»Ich will mich sicher fühlen. Vor allem möchte ich ... weg.« Sie deutete mit der Hand in eine vage Richtung, Richtung Downtown Niles. »Weg von hier.«

Ich wusste, worauf sie sich bezog. Calvin Brewers Haus und den Einbruch, den ich demnächst dort begehen würde, nur wenige Meilen von der Stelle entfernt, wo wir uns gerade befanden. Die Straftat, die unser Leben und unsere Beziehung unwiderruflich verändern würde, egal, wie die Sache ausginge.

Zu Hause dann machte Paris etwas, was mich komplett überraschte. Ich ging ins Wohnzimmer und schaltete den Fernseher an, setzte mich hin, um *CNN* zu sehen, und dachte träge daran, dass wegen des neuen Salons noch ein paar Pflichten auf mich warteten. Unsere Lieferlisten checken, schauen, ob die Friseurstühle, die ich bestellt hatte, inzwischen eingetroffen waren. Eine Druckerei aufsuchen und Anzeigen in Auftrag geben, um sie an die Kundschaft zu verschicken. Nichts, was pressierte – bis zur Eröffnung hatte ich mehr als drei Wochen Zeit und es war bereits fast alles erledigt –, doch bloßes Herumsitzen würde mich kirre machen, so viel war klar. Würde ich wenigstens etwas in Angriff nehmen, würde mich das gedanklich vom Sonntag ablenken. Paris war nach oben verschwunden, und irgendwie hatte ich nicht mehr auf dem Schirm, dass sie zu Hause war, als ich eine Treppenstufe knarren hörte, und da kam sie die Treppe herunter.

In einem Negligé.

Völlig perplex, so der Ausdruck, den ich für das Gefühl verwenden würde, das mich überkam.

»Du willst Sex?«, stammelte ich.

Als Antwort drehte sie sich um, wollte die Treppe wieder hochsteigen, wandte den Kopf in meine Richtung und nickte bedeutungsvoll. Beim Umdrehen verrutschte ihr rotes Negligé – mein Lieblingsteil – und entblößte ihren halben Hintern. Sie trug keinen Slip. Sie ging den Weg zurück, den sie gekommen war. Und ich sah nur diese langen, langen Beine entschwinden und hatte sofort einen Ständer.

Und ging ihr hinterher.

Ich wusste, warum sie Sex wollte. Sie verhielt sich genau wie ich, als ich mich bei meiner Berufswahl aufs Einbrechen verlegt hatte. Das Schreckgespenst »Knast«‹ droht und damit das Faktum, dass im Falle einer Verhaftung Sex, so wie man ihn kennt, nur sehr stark eingeschränkt möglich ist.

Ich schloss die Tür hinter mir und fing an, mich auszuziehen. Paris lag bereits im Bett, die Decke hoch bis zum Kinn, und sie lächelte nicht. Das hier sollte eine todernste Angelegenheit werden.

Ich ließ Hemd und Hose fallen und stieg ins Bett. Ich fasste sie an, ihre Arme schlangen sich um meinen Nacken und ich schmiegte mich an die Rundung ihres Körpers. Ich spürte die zarte Haut ihrer Beine an meinen und ihre Brüste, die sich gegen meine Brust pressten. Ihren Bauch spürte ich kaum und aus irgendeinem Grunde erregte mich das mehr als irgendwas sonst. Unsere geöffneten Münder trafen aufeinander und ihre Zunge war sanft und elektrisierend, ihr Atem heiß. Ich war so geil, dass ich glaubte zu kommen, bevor ich in sie eingedrungen war. Ich beugte meinen Kopf hinunter und nahm einen ihrer Nippel in den Mund, umspielte ihn sanft mit der Zunge, so, wie sie es mochte. Sie stöhnte und wölbte den Rücken, um mir mehr von ihrer Brust zu präsentieren, und ich nahm so viel in den Mund, wie ich konnte, saugte daran, als wäre ich ein Neugeborenes, und griff zugleich nach ihrer anderen Brust, umschloss sie mit meiner Hand und begann, sanft den Nippel zu drücken. Ihre Brüste waren um die Hälfte größer als vor ihrer Schwangerschaft, angeschwollen von Milch. Ihr Keuchen steigerte sich, hin und wieder durchsetzt mit einem leichten Stöhnen. Eine ihrer Hände befand sich an meinem Hinterkopf, ihre Finger zwirbelten meine Haare und drückten mich gegen ihre Brust, und die andere knetete meinen Hintern. Und dann ...

Schossen wir beide in die Höhe.

Unten war jemand im Haus.

Ich wälzte mich herum, wollte nach dem Louisville Slugger unterm Bett greifen.

»Bobby«, sagte Paris.

Wer immer es war, nahm zwei Stufen auf einmal und stampfte in Bobbys Zimmer. Nahezu simultan wurde die Stereoanlage angeschaltet, der Sound von Limp Bizkit dröhnend entlassen.

»Bobby«, sagte ich, seufzte und rollte den Schläger wieder unter das Bett. Ich schwang die Beine über die Bettkante.

»Wo willst du hin?«, flüsterte Paris.

»Was meinst du?«, sagte ich. »Bobby ist zu Hause. Wir können nicht –«

Noch ehe ich meinen Satz vollenden konnte, hatte sie rübergelangt, mich bei den Haaren gepackt und riss mich zu sich.

Ich jaulte auf.

»Hör mal, Freundchen«, sagte sie mit leisem Knurren, ihr Gesicht nur Zentimeter von meinem entfernt und rot vor Zorn. »Das ist mein Haus und wenn ich in meinem Haus gefickt werden will, werde ich auch gefickt. Es ist mir egal, ob das da hinten im Flur der verdammte Papst ist oder sonst wer.«

Ich musste lachen, und das amüsierte sie und sie kicherte. Und langte nach meinem schon ein wenig im Schrumpfen begriffenen Schwanz. Setzte die gegenteilige Entwicklung in Gang.

Ich warf das Bettzeug zurück und glitt hinüber und nach unten, bis meine Nase in ihrem Busch vergraben war. Paris stöhnte, tief und kehlig, als meine Zunge ihre Klitoris fand und mit kurzen, flinken Bewegungen ihr Spiel aufnahm. Paris griff hinunter, zog an meinen Haaren, trieb mein Gesicht noch heftiger an sich. Der Geruch ihres Geschlechts stieg mir in die Nase, ihr Schamhaar ein sanftes Kitzeln und ... die Musik verstummte.

Stille in Bobbys Zimmer.

Ich hob meinen Kopf ein paar Zentimeter und sah Paris an. Sie neigte ihren Kopf zur Seite und bedachte mich mit einem starren, wilden Blick, als wollte sie sagen: »Wage es nicht, jetzt aufzuhören, Mister.«

»Aber, Baby ... mein Bruder ist zu Hause. Er wird's hören.«

»Du sprichst doch, oder? Weshalb sprichst du? Dein Gerede macht mich nicht an, klar?« Ich sah ihr ins Gesicht und erkannte sie nicht wieder.

Ich tauchte wieder nach unten. Sie zog mich hoch, führte mich in sich ein.

Die Stille aus Bobbys Zimmer breitete sich aus im Haus. Die alltäglichen Geräusche in einem alten Haus, das zur Ruhe kommt, unten das Knacken der Dielen, wenn es im Erdgeschoss in ihnen arbeitet, Graupelschauer gegen das Küchenfenster – man konnte alles hören. Was jeden Laut verstärkte, den wir produzierten, während wir uns liebten. Paris, die lauter keuchte, als ich es je zuvor gehört hatte, die mit jedem Stoß die zuvor scharf inhalierte Luft variantenreich wieder ausstieß ... wobei »Stoß« nicht der passende Ausdruck war ... während ich mich mit aller Kraft bemühte, so leise zu sein, wie irgend möglich. Jedes Stöhnen ihrerseits, jedes Ächzen der Sprungfedern klang in meinen Ohren übertrieben laut, und mein wachsendes Bemühen, jegliches Geräusch unseres Verkehrs zu unterdrücken, animierte sie offensichtlich dazu, noch mehr, noch lautere Geräusche zu produzieren. Sie fluchte. Paris fluchte nie, zumindest nicht so. Ich machte die Augen auf und erhaschte einen Blick in ihr Gesicht, und was ich sah, war pure Raserei. Spielend hätte es der beste Sex sein können, den ich jemals gehabt hatte, aber es war nicht an dem. Es war der übelste. Es war brutal. Ich kann es nur so beschreiben. Ihre Reaktionen vermittelten mir, dass sie sich an einem Ort befand, den sie nie zuvor betreten hatte, zumindest nicht mit mir – aber ich glaube nicht, dass mit »super« der Ausdruck gefunden wäre, womit sie ihre Gefühlslage beschrieben hätte. Sie vergewaltigte mich nahezu. Sie hatte mich bei den Haaren gepackt, an den Seiten meines Kopfes, mit beiden Händen, und sie drückte ihn so kräftig zurück, dass ich dachte, mir würde das Genick brechen, und hielt mich bei alldem mit ihren Beinen fest an sich gepresst. Am befremdlichsten war, je mehr sie sich an mir festkrallte, je mehr tierische Laute sie ausstieß, desto schrecklicher wurde der Akt für mich … und desto passiver verhielt ich mich. Sie machte mich zu ihrem »Stecher«, und zum ersten Mal überhaupt hatte ich das Gefühl, der Kontrolle durch meine Partnerin komplett unterworfen zu sein. Es war erschreckend und ich richtete meine ganze Konzentration nur darauf, so schnell wie möglich zu kommen, das genaue Gegenteil dessen, was ich normalerweise anstrebte.

Es war ... beängstigend.

Je länger es dauerte, umso lauter und lauter Paris wurde, desto mehr wollte ich, dass es aufhörte. Es schlicht hinter mich bringen. Mir war klar, was sich hier abspielte. In ihrer Vorstellung ging alles verloren, wir gingen verloren. Das Baby, das Geschäft, das Haus. Sie kämpfte darum, alles festzuhalten. Ich wusste, was sie fühlte, denn ich fühlte das Gleiche. Nur ... verfuhren wir unterschiedlich mit unserer jeweiligen Frustration.

Das war ... denke ich ... Sex à la Danielle Steel. Für Paris auf jeden Fall. Für mich, nun, für mich war es eher das, von dem ich bisher gedacht hatte, dass es zumindest einigen Frauen widerfahre. Ich schlafe mit meiner Frau – versuche es – und sie *fickt* mich, und dann kam sie, eine wahre Explosion von Flüchen entlud sich über ihre Lippen, und sie zog mich derart fest an sich, dass ich nicht atmen konnte, umschlang mich mit den Beinen, grub ihre Fersen in meinen Rücken und presste so stark, dass ich keine Luft mehr bekam. Ich wagte nicht, mich zu bewegen, bis sie fertig war, und dann, endlich, war sie es und lockerte ihren Griff und ich schnappte nach Luft.

Ich war nicht gekommen.

Es schien ihr egal zu sein. Ich bezweifle, dass sie überhaupt wahrgenommen hatte, dass ich da gewesen war, in jenem flüchtigen Moment der Erleichterung. Oder davor.

Endlich konnte ich Luft holen und beugte mich hinunter und küsste Paris auf die feuchte Braue.

Sie sah mich an, und was immer auch in ihren Augen stand, Liebe war es nicht.

»Du Mistkerl«, flüsterte sie. Dann ... spielte sich etwas in ihren Augen ab und der Blick war weg. Für ein, zwei Sekunden schien sie durcheinander, dann lächelte sie matt. »Entschuldige«, sagte sie. »Ich –«

Ich legte ihr einen Finger auf die Lippen. »Sch«, sagte ich. »Ich weiß. Alles gut.«

Wieder lächelte sie dünn, drehte mir schließlich den Rücken zu und rollte sich zusammen. Ich ging in die Rückenlage; der Schweiß auf meiner Brust und Stirn kühlte sich ab. Paris' Atem wurde zunehmend gleichmäßiger, und bald schnarchte sie sanft.

Nach einer Weile glitt ich mit der Hand hinüber. Nur ganz leicht fuhr ich mit den Fingerspitzen über die kühle Haut der Außenseite ihres Oberschenkels, direkt unterhalb der Rundung ihres Hinterns. Als ihre Haut warm wurde, bewegte ich meine Finger ein wenig, begab mich auf die Suche nach einer kühleren Partie. Ich dachte nicht darüber nach, was sich gerade zwischen uns ereignet hatte. Ich wollte nur ihr Bein berühren, ihre Zartheit spüren. Mir wurde bewusst, was ich tat. Ich war dabei, mir eine Erinnerung zu erschaffen und sie abzuspeichern.

Meine Zelle in Pendleton kam mir in den Sinn, und ich war wieder dort, auf meiner Pritsche, an einem Sonntagnachmittag. Irgendeinem Sonntagnachmittag. Um mich herum konnte ich das Gefängnis *fühlen*. Konnte fühlen, was ich damals gefühlt hatte. Das hier, daran würde ich mich erinnern. Wie sich ihr Bein angefühlt hatte. Das Kühle und Feste und Sanfte ihres Schenkels. *Das* konnte ich im Innern spüren. Den Sex würde ich vergessen. Das wusste ich. Dies hier jedoch nicht. Wenn es denn so sein sollte, dass man mich schnappte, ich für den Rest meines Lebens einfuhr, dann, so wusste ich, war das die Erinnerung, aus der ich schöpfen konnte: das Erleben ihres Schenkels an meinen Fingerspitzen, zarter Flaum und Kühle.

Ich musste eingeschlafen sein.

Es wurde gegen die Tür gehämmert. Wir fuhren beide hoch.

»Hey! Wann legt ihr wieder los?«

Bobby.

»Ich bring ihn um«, sagte Paris. Sie hatte Mühe, sich aufzusetzen, rieb sich die Augen.

Ich hob die Hand. »Nein«, sagte ich. »Ich mach das.«

Ich griff nach meinen Klamotten und fing an, mich anzuziehen. Paris beobachtete mich.

»Ich will mein Zuhause zurück«, sagte sie. »Ich will Bobby hier nicht mehr.«

Ich sah sie nur an. Ich verstand, wie sie sich fühlte, doch unter keinen Umständen würde ich meinem armen, bedauernswerten kleinen Bruder erklären, er solle verschwinden. Obwohl, hätte ich das jemals in Betracht gezogen, wäre das der richtige Zeitpunkt gewesen. Aber, nein. So sauer ich auch gerade auf ihn war, es war für mich unmöglich, ihn rauszuschmeißen. Das eröffnete ich Paris nicht, sondern nickte mit dem Kopf und sagte lediglich: »Ich werde mit ihm reden.«

Ich war auf dem Weg zu Bobbys Zimmer, als die Türklingel ertönte. »Scheiße«, sagte ich laut.

Ich öffnete zwei Anzügen die Tür.

»Es ist nicht unser Haus«, sagte ich. »Wir sind an keiner Aluminiumverkleidung interessiert. Auch an nichts anderem. Und ich bin Anhänger eines Glaubens. Ich glaube an Reinkarnation. Ich werde als Marilyn Monroes BH wiedergeboren.«

Ich war im Begriff, ihnen die Tür vor der Nase zuzuschlagen, als einer der beiden, der kleinere, korpulentere, einen Schritt auf mich zu machte und den Fuß in die Tür stellte, mich daran hinderte, sie zu schließen.

»Hey, Arschloch«, sagte ich – Manometer!, ging es mir durch den Kopf, ich hab schon von Vertretern gehört, die derart unverfroren sind –, als der Mann in seine Jackentasche griff und eine Dienstmarke hervorholte.

Ich ließ wohl allmählich nach. Ich hätte die billigen Anzüge erkennen müssen. Und wenn schon nicht die, so hätte mir zumindest die viertürige blaue Limousine, die mir am Straßenrand ins Auge gefallen war, sagen müssen, um wen es sich bei den zwei Typen handelte. Vertreter für Aluminiumverkleidungen und Versicherungen fahren gewöhnlich Cadillacs und keine Chevy Caprices.

»Polizei«, sagte er. »Wir haben einen Haftbefehl für Robert Bishop.«

15. Kapitel

Verdammt, was is!?

Das sagte ich zu dem anderen Cop, einem schmalen, mageren Typ mit kräftiger Kinnlade, die aussah, als wäre sie eine Leihgabe vom Man of Steel, so wenig, wie sie zum Rest seiner Erscheinung passte.

»Es ist simpel, Mann«, sagte er, einen spöttischen Zug um die Fresse. Sein Auftreten vermittelte mir das Gefühl, dass er vermutlich über mich und meine Vergangenheit Bescheid wusste.

Er wusste.

»Haftbefehle sagen Ihnen was, nicht wahr? Sie sind der Bruder, richtig? Jacob Bishop? Der Einbruchsexperte?« Er drehte den Kopf zur Seite, um seinen Partner anzugrinsen, einen, der aussah wie ein Polack, ein vierschrötiger Trottel mit Bürste und deutlich erkennbaren Teilen des letzten Lunches auf der Clip-Krawatte. Er warf einen Blick auf das Papier in seiner Hand. »Pendleton-Insasse Nummer vier neun null zwei acht?«

»Wie lautet die Anklage?«, fragte ich, rückte ein wenig nach vorn, um ihm den Weg ins Haus zu versperren.

»Wer ist denn da?« Ich sah nach hinten und da war Paris oben an der Treppe, und mehr war nicht vonnöten, um Kinnlade zum Durchbruch zu verhelfen. Er schob sich an mir vorbei und ging zur Treppe. Ich unternahm nicht einmal den Versuch, den anderen Typ aufzuhalten, der, locker an mir vorbei, das Haus betrat.

»Sie sind die Ehefrau?«

Kinnlade zu Paris. Zu sehen, dass dieser kleine Widerling meine Frau überhaupt ansprach, erst recht, dass er sie mit »die Ehefrau« ansprach, brachte mich in Rage.

Ich machte einen Schritt auf ihn zu und packte ihn an der Schulter und drehte ihn herum.

»Das geht Sie nichts an«, sagte ich. Ich hatte seinen vierschrötigen Partner vergessen, der jetzt mich mit einer gewaltigen Pranke bei der Schulter packte. Ich schüttelte sie ab und sah ihn finster an.

»Sie haben gesagt, Sie hätten einen Haftbefehl. Sie sind verpflichtet, ihn mir zu zeigen, bevor Sie mein Haus betreten und einen auf hart machen. Bei diesem Kurs auf der Akademie durchgerasselt? Ist das der Tag, wo Sie herausfinden, dass Ihr Schwanz nur halb so groß ist wie Ihr Stupsnasenrevolver?«

Der Magere lachte. »Ihr Knastanwälte habt euern Scheiß drauf, was, Bishop? Hier.« Er hielt mir das Papier hin, wartete, dass ich es mir ansah. Ich musste es mir nicht ansehen um zu wissen, dass es echt war.

»Wo ist Robert Bishop?«

»In der Schule«, antwortete ich. Ich dachte nicht, dass ihn das zufriedenstellen werde, aber ich wollte es diesem Dick-Tracy-Duo so schwer wie möglich machen. Mich beschäftigte, was zur Hölle Bobby jetzt angestellt hatte.

»Da waren wir bereits, Bishop. Wir wissen, dass er hier ist. Wollen Sie ihn holen oder sollen wir es tun?«

»Weshalb ein Haftbefehl?«

Ich hörte, dass oben, in Bobbys Zimmer, die Musik wieder einsetzte. Während unseres Wortwechsels war Paris die Treppe zur Hälfte heruntergekommen. Ich sah sie an und sie schüttelte nur den Kopf, als wolle sie sagen: *Was ist dein Bruder nur für ein Dummkopf.*

Ich musste ihr recht geben. Nicht blöd – es war offensichtlich, dass er nicht wusste, wer hier unten war –, aber was hatte er für ein schlechtes Timing!

Der Magere grinste.

»Man hat ihn als Täter identifiziert. Bewaffneter Raubüberfall auf Spencer's Jewelry Store an der South Michigan. Der Inhaber hat ihn auf den Polizeifotos wiedererkannt. Wollen Sie ihn jetzt holen? Oder wir können auch.« Er grinste seinen vierschrötigen Partner an, machte klar, welche Alternative er präferierte.

Mist! Sydney hatte ihn angezeigt. Nur, weshalb?

Momentan gab es nicht viel zu sagen oder zu tun. Ich nickte Paris zu und sie ging die Treppe hoch, und binnen Sekunden hörten wir, dass die Musik abgestellt worden war, und kurz darauf tauchten beide auf.

»Mach dir keinen Kopf, Bobby«, sagte ich, als sie ihm die Handschellen anlegten und ihm seine Rechte vorlasen. »Ich hol dich da raus. Hab Geduld und sprich mit niemandem.«

»Jake«, sagte er mit dem kläglichsten Gesichtsausdruck, den ich je bei einem Menschen gesehen hatte. »Zum Henker, ich weiß nicht, wovon die reden. Ich hab's nicht getan. Sie haben den Falschen.«

Mein Herz öffnete sich für meinen kleinen Bruder, wie er dastand, die Hände auf dem Rücken gefesselt, verloren wie ein Hund, den man gerade kastriert hatte. Einen flüchtigen Moment lang dachte ich daran, diesen dürren Mistkerl von Detective einfach zusammenzuschlagen und Bobby zuzurufen, er soll die Flatter machen. Man würde uns beide erschießen, schätzte ich, und selbst wenn er entkommen würde, es wäre nur eine Frage der Zeit, bis sie ihn wieder schnappten. Und ich dann im Knast, weil ich ihm zur Flucht verholfen habe, nun ... lebenslänglich, ganz klar.

Noch bevor die Detectives und Bobby außer Sicht

waren, griff ich mir meine Jacke und suchte nach meinen Autoschlüsseln.

»Paris«, sagte ich, »zieh dich an und fahr zum Gefängnis, erkundige dich nach Bobbys Kaution. Hol ihn da raus.«

Als ich mit dem Wagen aus der Einfahrt fuhr, hörte ich, wie Paris mir etwas hinterherrief, doch ich hatte keinen Schimmer, was. Obwohl ich mir vorstellen konnte, was. Sie hatte etwas Mörderisches in meinem Blick gesehen. Doch sie würde machen, was ich gesagt hatte, dann dasitzen, besorgt, ich könnte etwas Durchgeknalltes abziehen.

Wie zum Beispiel Sydney Spencer umbringen.

16. Kapitel

Mächtig geladen stieß ich die schwere Glastür von Spencer's Jewelry auf, und da stand er, der Fettarsch Sydney, hinter dem Ladentisch. Bediente eine Kundin, eine alte Dame in schwarzem Nerz, die, über den Ladentisch gebeugt, die Diamanten anschmachtete. Bei meinem Anblick riss er zuerst die Augen auf, kniff sie dann zusammen und sein Gesicht verformte sich zu einem Grinsen.

»Entschuldigen Sie mich«, bat er die Kundin. Er eilte um den Ladentisch herum auf mich zu.

»Du bist tot, du Hurensohn«, sagte ich. Aus dem Augenwinkel konnte ich sehen, dass die alte Frau nach Luft schnappte und sich die Hand vor den Mund schlug.

Spencer blieb stehen, wandte sich in seiner Fettleibigkeit von mir ab und der Dame zu. »Mrs. Culver, es wäre besser, wenn Sie später noch mal vorbeischauen. Dieser Gentleman und ich müssen etwas klären.«

Er wandte sich mir wieder zu und sagte: »Entspann dich, Jake. Ich habe dich erwartet. Mach dir um deinen Bruder keine Sorgen. Ihm passiert nichts. Montagfrüh ist er wieder draußen und in seinem Zimmer bei der Lektüre seiner Playboy-Hefte.«

Was mich davon abhielt, auf ihn zuzugehen, ihm den Kiefer zu brechen, um ihn, Spencer, anschließend in kleine Stücke zu reißen, war allein das bisschen gesunder Menschenverstand, der sich durch die Rage hinter meinen Augen durchkämpfen konnte. Die reiche Zicke würde anfangen zu schreien, die Cops würden kommen und Bobby und ich würden uns die Arrestzelle teilen. Und wenn ich es recht bedachte, konnte ich mir nicht sicher sein, ob Paris mich raushauen würde. Spielte keine Rolle, ob sie es täte oder nicht. Ich wäre ohnehin am Arsch. Dieses verdammte Lebenslänglich beeinflusste jeden meiner Schritte. Ich hatte es satt.

Die Frau verschwand so schnell, wie es ihre arthritischen Knie durch die Tür schafften. Sie war an mir vorbeigehuscht wie eine quietschende Maus an einer Katze. Spencer rief ihr hinterher: »Kein Grund zur Sorge, gnädige Frau. Alles in Ordnung. Mein großer Freund und ich haben lediglich ein paar persönliche Differenzen auszuräumen. Schauen Sie später am Nachmittag vorbei und dann habe ich etwas für Sie, davon werden Sie hingerissen sein.«

Sobald sich die Tür hinter ihr geschlossen hatte, ging Spencer hinüber, schloss ab und drehte das Geöffnet-Geschlossen-Schild um. Er zog das Rollo herunter, drehte sich um und sah mich an. »Jake, Jake. Ich sehe, du bist sehr aufgebracht. Es geht um Bobby, nicht wahr? Die Polizei hat ihn mitgenommen, nehme ich an?«

»Das weißt du doch, du Mistkerl. Du warst es, der ihn angezeigt hat. Warum zur Hölle? Du hast gewusst, dass ich deinen Scheißjob machen werde.«

»Ich weiß, dass du ihn machen würdest. Ich weiß, dass du ihn *machst*. Ich wollte nur eine kleine Versicherungspolice.«

»Versicherung? Ich versicher dir gleich mal was, Fettsack.« Ich bewegte mich auf ihn zu, die Faust geballt, bereit, zuzuschlagen.

Er hob die Hand wie ein Verkehrspolizist. »Wart mal. Hier kommt die Abmachung. Du wirst diesen Job am Sonntag erledigen wie ein folgsamer Junge und ich gehe zum Revier und erkläre ihnen, ich hätte mich geirrt. Mir sei gerade eingefallen, dass der Knabe, der mich ausgenommen hat, auf der linken Wange ein großes Muttermal hatte. Bei diesen Teenagern sieht schließlich einer aus wie der andere. Dein Bruder sah dem Täter ähnlich, aber zum Glück habe ich mich an das Muttermal erinnert.«

Er hatte mich in der Hand. Er wusste es und ich wusste es. Ich starrte ihn an, keiner von uns sagte etwas. Ich brach das Schweigen als Erster.

»Okay, Wichser. Ich mache deinen beschissenen Job. Sobald ich da raus bin und du dein Zeug hast, bewegst du deinen fetten Arsch zum Revier und sorgst dafür, dass Bobby freikommt. Nicht Montag, sondern Sonntag. Wenn nicht ...« Ich ließ die Drohung in der Luft.

»Ich weiß, ich weiß«, sagte er abschätzig. »Du schneidest mir dann die Nüsse ab oder so.« Er lachte. »Versprich nichts, was du nicht halten kannst, mein Freund.«

Ich sah ihn nur an und sein Lächeln erstarb.

»Na los«, sagte er. »Verschwinde aus meinem Laden.

Ich habe hier ein Geschäft zu führen. Morgen früh bist du beim Haus, Punkt acht. Vorhin habe ich mit meinem Freund Calvin geplaudert. Er hat mir gesagt, dass er frühzeitig Richtung Chicago aufbricht, damit seine Kleine auf der Michigan Avenue Weihnachtseinkäufe tätigen kann. Müssten eigentlich bereits unterwegs sein. Und sieh zu, dass dein Kumpel Walker nüchtern aufkreuzt.«

Seine Ansprache war bestimmt, anders sein Tonfall. Sein Timbre sagte mir, dass Spencer mein Innerstes erblickt hatte, und das verstörte ihn.

Das sollte es auch.

17. Kapitel

Noch mehr schlechte Nachrichten. Es häufte sich. Wäre mein Leben ein Footballspiel, Gott hätte wegen Piling on eine Strafe aussprechen müssen. Er schien jedoch nirgendwo auf dem Spielfeld zu sein.

Paris war da, als ich auf dem Revier eintraf. Sie saß auf einer Bank vor dem Pult des diensthabenden Beamten und sprang auf, als ich durch die Tür kam.

»Es sieht nicht gut aus, Jake«, sagte sie. »Seine Kautionsanhörung wird nicht vor Montag stattfinden.«

»Ich an Ihrer Stelle würde dem Bruder einen guten Anwalt besorgen«, sagte der Diensthabende, als ich ihn fragte, ob zutreffe, was Paris mir gesagt hatte.

»Obwohl das bis zu seiner Anhörung nix bringen wird. Wahrscheinlich könnte nicht mal F. Lee Bailey ihn bis dahin rauspauken. Tut mir leid.« Der Typ mochte ein Arschloch sein, aber er schien halbwegs fair.

Er hatte recht und ich wusste das. Sie konnten Bobby bis zu achtundvierzig Stunden in Gewahrsam nehmen, bevor es zu einer Kautionsstellung käme. Ich fragte, ob wir ihn sehen könnten.

Der Sergeant zögerte. »Ich weiß nicht. Besuchszeit ist erst am Nachmittag.«

Paris trat auf den Plan. »Officer, wir sind seine einzigen Verwandten. Seine Eltern wurden letztes Jahr getötet. Hier liegt ein Irrtum vor – Bobby kann diese Straftat nicht begangen haben. Ich habe Ihnen bereits gesagt, dass er an diesem Tag bei uns zu Hause war. Er ist ein armer, verstörter Jugendlicher, der all das hier nicht versteht und schreckliche Angst hat.« Sie drückte auf die Tränendrüse und einen Moment lang dachte ich, sie würde gleich losheulen. Ich verfolgte, wie sie den Typ bearbeitete, war fast schon von meiner Wut auf Spencer abgelenkt, verblüfft über die Verkaufstaktik, die sie an den Tag legte. Selbst ihren Bauch schob sie mehr nach vorn als sonst.

Es funktionierte. Der Diensthabende gestattete uns zehn Minuten. Er verständigte einen anderen Beamten, er solle uns in den Aufenthaltsraum begleiten, und fünf Minuten später wurde Bobby von einem weiteren Cop hereingeführt, in Fußfesseln, das ganze Programm.

»Oh, Jake«, sagte er und bewegte sich halb hüpfend zu einem Stuhl an der anderen Seite des Tisches, an dem Paris und ich saßen. »Ich verstehe das nicht. Ich habe keinen Laden ausgeraubt.« Er war den Tränen nahe.

Ich nickte. »Ich weiß, dass du's nicht getan hast, Bobby. Mach dir keinen Kopf. Wir werden dich hier rausholen.«

Seine Miene hellte sich auf, verdüsterte sich jedoch wieder, als ich ihm erklärte, ich würde alles versuchen, aber es sehe so aus, als könne ich ihn nicht vor Montag, also vor seiner Vorführung vor den Haftrichter hier rausholen.

»Hey, Kumpel«, sagte ich. Ich wollte ihn aufmuntern. »Mach dich locker. Du bekommst hier drei Mahlzeiten am Tag. Und keine Softdrinks. Für ein paar Tage mal die Pepsi sein lassen wirkt Wunder bei deinen Pickeln!«

Mein hilfloser Versuch, seine Stimmung zu heben, entlockte ihm nicht einmal im Ansatz ein Lächeln. Er beugte sich vor, senkte die Stimme, damit der Cop ihn nicht verstehen konnte, der in der Ecke Wache stand. »Jake, da ist ein Typ in der Arrestzelle, der meint, er wird ...« Er hielt inne, sah Paris an und wurde rot. »... mich zu Sachen zwingen. Ist ein ziemlich kräftiger Typ, Jake. Was soll ich machen? Gegen den komm ich nicht an. Der nimmt mich auseinander.«

Das ganze jugendliche Maulheldentum, von dem ich dieser Tage ständig wahrnahm, dass mein kleiner Bruder sich damit schmückte, war verflogen. Er ließ die Schultern hängen und er erschien ... klein. Mir wurde langsam klar, dass er noch ein Kind war. Ein verängstigtes Kind. Ich war auf hundertachtzig, bemühte mich aber, meine Gefühle nicht zu zeigen. Auch war mir bange wegen meines Bruders und ich versuchte, auch das nicht zu zeigen.

»Alles wird gut, Bobby. Bitte die Wache um sicheren Gewahrsam. Ach was, ich frag ihn selbst.«

Ich drehte mich auf meinem Stuhl zur Wache. »Hey, Sportsfreund. Wer ist mein Ansprechpartner, wenn ich um sicheren Gewahrsam für meinen Bruder bitten will? Irgendeine Schwuchtel baggert ihn an.« Aus dem Augenwinkel sah ich, dass Bobby rot wurde, und mir war bewusst, dass ich ihn in Verlegenheit gebracht hatte ... aber drauf geschissen.

»Ich werd den Captain fragen«, sagte der Beamte. »Aber ich glaube nicht, dass wir im Moment was frei haben. Es gibt nur eine, die wir als Einzelzelle nutzen, und da sitzt bereits einer drin.«

Ich rang den Impuls nieder, aufzuspringen, zu ihm zu gehen, ihm die Hände um den Hals zu legen und mit Gewalt darauf zu bestehen, dass er meinen kleinen Bruder aus dieser verschissenen Arrestzelle holt.

Ich lächelte stattdessen, brachte Ruhe in meine Stimme. »Nun, hey, versuchen Sie's doch wenigstens. Mein Bruder ist noch ein Kind. Sie wissen, was da drin abgeht. Man hätte ihn erst gar nicht dort unterbringen sollen.«

Der Cop nickte. »Ja. Ich würde meinen Bruder auch nicht da drin sehen wollen. Der Typ, der gerade in der Einzelzelle sitzt, ist am Nachmittag für eine Überstellung nach Pendleton vorgesehen. Die Papiere müssten jede Minute hier unten ankommen. Sobald er uns verlässt, schau ich, was ich tun kann, damit der Junge verlegt wird.«

Ich bedankte mich. »Das klingt gut. Vielen Dank. Ob Sie mir in der Zwischenzeit einen Gefallen tun könnten? Die Zelle im Blick behalten? Oder einen Kollegen bitten, ein Auge drauf zu werfen?«

»Sicher«, sagte er. »Geht klar.«

Ich drehte mich wieder zu Bobby um und grinste, und er schien sich etwas zu entspannen. Paris langte über den Tisch und legte ihre Hand auf Bobbys mit Handschellen gefesselte Hände.

»Bleib auf Distanz«, sagte sie. »Verhalte dich nicht wie sonst.«

Das rief bei Bobby ein schwaches Lächeln hervor und bei mir einen Lacher.

»Du meinst, nicht den Klugscheißer geben?«, sagte er.

»Genau das meine ich«, sagte sie.

»Da gibt sie dir einen guten Rat«, klinkte ich mich ein. »Mach dich unsichtbar, wenn du im Knast bist. Geh dem Typ einfach aus dem Weg, bis man dir eine andere Zelle besorgt.«

Die Wache kam herüber, tippte Bobby auf die Schulter. »Die Zeit ist um, Junge. Ich muss dich zurückbringen.«

Wir konnten uns noch verabschieden. Paris umarmte Bobby und stellte sich auf die Zehenspitzen, um ihm einen Kuss auf die Wange zu geben. Ich trat zu ihm, nahm ihn in die Arme und drückte ihn. Ich flüsterte ihm ins Ohr: »Bobby, wenn's drauf ankommt, nimm dir die Augen vor. Keinen John-Wayne-Scheiß wie im Film. Nimm dir einfach die Augen vor und vergiss alles andere. Versetz ihm keine Backpfeifen, versuche kein dämliches Boxgehampel. Setz deine Finger ein und stich ihm in die Augen. Hast du seine Augen erwischt, ist es vorbei. Hast du verstanden?«

Er nickte, die Augen aufgerissen. »Die Augen ...«

»Ja«, sagte ich. »Die Augen. Der Typ ist schon länger hier, oder?«

»Ja. Denke schon.«

»Gut. Das heißt, er ist sauber. Wäre es einer, den man gerade betrunken oder high eingebuchtet hat, wär das 'n anderes Ding. Ein paar von diesen Typen kannst du keine Schmerzen zufügen. Ist es jedoch einer, der nüchtern ist, dann ist es einer, der den Schmerz spürt. Passiert was, bedrängt er dich, dann habe nur den einen Gedanken im Kopf: Du wirst alles tun, was in deiner Macht steht, um ihm die Augen auszustechen.«

»Oh Gott«, sagte er. »Jake ...«

Er beendete den Satz nicht. Ich sah Bobby hinterher, als die Wache ihn abführte, und schüttelte den Kopf.

Bevor sie um die Ecke verschwanden, drehte er sich noch einmal um, und ich deutete ein Winken an und zeigte ihm ein verunglücktes »Daumen hoch!«.

Auf dem Weg zum Parkplatz sagte Paris: »Du wirst es also wirklich machen, nicht wahr? Den Typ ausrauben.«

»Bobby ist mein Bruder, Süße. Was bleibt mir übrig.«

Sie überlegte kurz, nickte schließlich. Wir blieben stehen und sahen einander an. Streifenwagen fuhren heran, fuhren weg, und einer, der auf den Parkplatz bog, wurde langsamer, als der Fahrer uns ein paar Sekunden lang musterte, bis er vorbeizog und am Ende der Reihe hielt. Dachte womöglich, wir veranstalteten gleich ein Riesenspektakel, so, wie wir einander ansahen, mit funkelnden Blicken. Vielleicht glaubte der Beamte, Paris sei eine Nutte und ich ihr Zuhälter. Ich konnte ihn aus dem Augenwinkel sehen, wie er da saß, in seinem Streifenwagen, uns beobachtete.

»Fick dich!«, dachte ich.

»Dann komme ich mit«, erklärte sie.

Das war Irrsinn, und das sagte ich ihr. »Nein, wirst du nicht. Bist du verrückt? Wenn sie uns schnappen ...« Hastig fügte ich hinzu: »Nicht, dass das passieren wird ... aber wenn, landest du mit Sicherheit im Gefängnis. Wenn hier einer einfährt, dann ich. Nicht du. Denk nicht mal dran, darüber zu debattieren, Paris.«

Wenn es sein musste, würde ich sie fesseln und im Keller einschließen. Ich glaube, sie ahnte, dass ich über so etwas nachdachte, denn sie setzte an, wollte etwas erwidern, besann sich und reckte sich nach oben, küsste mich auf die Wange, ging zu ihrem Wagen und war im Nu weg.

Als ich vom Parkplatz fuhr, kam ich an dem Cop vorbei, der noch immer in seinem Wagen saß, und ich empfand eine gewisse Genugtuung, als Schneematsch von meinen Reifen auf sein Rückfenster spritzte. Er stieg gerade aus dem Wagen, als ich auf die Straße bog. Ich winkte, dachte dann aber, was für eine bescheuerte Aktion. Doch er sprang nicht zurück in seinen Wagen, und ich verschwendete keinen weiteren Gedanken an ihn. Es gab Wichtigeres, worüber ich nachzudenken hatte.

Wie ich Walker Joy finden konnte, zum Beispiel.

Ich hatte eine Idee, was den Job betraf, den wir durchziehen sollten, und alles hing davon ab, ob ich Walker fand, umgehend.

Um Bobby machte ich mir echt Sorgen. Klar, der Cop hatte gemeint, er versuche, Bobby in eine sichere Zelle zu verlegen, aber ich kannte die Abläufe. Er könnte den Worten Taten folgen lassen, er könnte nicht. Auf ihn konnte ich nicht zählen. Es hing an mir. Ich musste machen, was Spencer verlangte, und ihn dazu bewegen, seinen fetten Arsch sofort zum Revier zu schaffen und Bobby rauszuholen. Vor Montag. Käme Bobby nicht in sicheren Gewahrsam, wäre es Montag zu spät, um seinen Arsch zu retten. Im wahrsten Sinne des Wortes. Ich konnte nur darauf hoffen, dass Bobby die Nacht unversehrt überstand, sollten sie ihn in der Arrestzelle belassen.

Im Aufenthaltsraum hatte ich kurz erwogen, etwas abzuziehen, um gemeinsam mit Bobby in der Arrestzelle zu landen. Vielleicht die Wache attackieren. Ich hatte das verworfen, wohl wissend, dass damit der Deal mit Spencer platzen würde, und während ich Bobby übers Wochenende hätte beschützen können, bestand kein Zweifel, dass Spencer seine Drohung wahr machen und Bobby einer empfindlichen Haftstrafe entgegensehen würde. Träte das ein, konnte ich ihn nur beschützen, würde ich selbst für ein schweres Vergehen einfahren und müsste dann darauf hoffen, dass Bobby und ich im selben Knast landeten.

Eine schlechte Idee, so mein Schluss. Eine ganz, ganz schlechte Idee. Nein, Bobby musste die Nacht überstehen, bis ich ihn am Morgen rausholen konnte. Und vielleicht würden sie ihn doch verlegen, und zwar zügig.

Dieses verschissene Lebenslänglich beeinflusste alles, was ich tat. Oder nicht tat.

Zur Abwechslung hatte ich mal Glück. Walker saß im ersten Laden, den ich angesteuert hatte. Saß hinten im Boat Club. So weit hinten, dass ich ihn fast übersehen hätte. Ich war durch die Tür, hatte meinen Blick über Bar und Tische wandern lassen und war im Begriff, wieder hinauszugehen, es woanders zu versuchen, als er sich aufrichtete und ich seinen Oberkopf über die Kante der Nische ragen sah.

So, wie er da hockte, allein, musste er wohl zusammengesackt sein, sodass ich davon ausgegangen war, die Nische sei unbesetzt.

Ich ging hin und setzte mich ihm gegenüber.

Bei seinem Anblick schwante mir, dass es sich nicht um meine beste Idee an diesem Tage gehandelt haben könnte. Der Arsch hatte gut einen im Tee. Drauf geschissen. Ich brauchte ihn lediglich, um den Diamanten rauszufischen, den wir mitgehen lassen sollten. So weit draußen, wie das Haus dieses Kerls lag, in der tiefsten Provinz, spielte es keine große Rolle, ob Walker stockbesoffen in jedes Möbelstück dort torkelte. »Walker, es gibt eine Planänderung.«

»Hä?« Kaum noch Weißes in seinen Augen. Eine Menge roter Blutäderchen, die aussahen, als stünden sie kurz vorm Platzen. Scheiße.

»Wir steigen heute Nacht ein. Sobald ich dich ausgenüchtert habe.«

Meiner Ansage begegnete mein ehemaliger Zellenkumpel mit einer Miene, die man nur als gequält bezeichnen konnte. Eine Miene, wie ich sie mir an einem politischen Gefangenen vorstellen könnte, wenn der Gefängnisdirektor in seine Zelle tritt, um ihn darüber zu informieren, dass ihn das Erschießungskommando erwartet.

»Heute Nacht? Bist du irre? Der Typ wird zu Hause sein. Hat Sydney –«

»Spencer hat damit nichts zu tun. Erwähn nicht mal den Namen von diesem Arschloch. Weißt du, was er getan hat?«

Ich erzählte es ihm.

»Jake, es tut mir leid, Mann.« Er stützte seinen Kopf in die Hände.

»Ja, das sagtest du bereits. Es wird dir erst recht leidtun, wenn das alles vorbei ist.«

Er wollte nach seinem Drink greifen, aber ich schob das Glas ans Ende des Tisches.

»Schluss damit, Spitball. Ich brauch dich nüchtern.«

»Aber, Jake«, sagte er, sah hoch, einen bekümmerten Zug – vermutlich der Gewinner gegenüber Richtern – um die Lippen. »Was, wenn Brewer zu Hause ist?«

»Dann gehen wir nicht rein. Dann werden wir warten. Aber die Chancen stehen gut, dass er nicht da ist. Spencer meint, der sei schon früh nach Chicago.«

Das schien für Stressabbau bei ihm zu sorgen.

Etwas anderes kam ihm in den Sinn. »Warum nennst du mich Spitball?«, fragte er, Wehmut in der Stimme. »Das hast du bisher nie gemacht, Jake.«

Fast fühlte ich mit ihm. Er wusste nur zu gut, weshalb ich dazu übergegangen war, ihn mit dem Namen anzusprechen, den er hasste. Himmel. Nachdem er mich in diesen ganzen Mist verwickelt hatte, wollte er auch noch, dass ich ihn mochte! Ich sah die Schwäche in ihm, die ich bisher nie wahrgenommen hatte. Das beunruhigte mich. Jemand, der weich ist, ist zugleich jemand, der sich irgendwann gegen dich richtet.

»Ich nenne dich, wie du willst, sofern du deine Sache richtig hinbekommst«, so meine Antwort.

»Versau's nicht ... Walker.«

Das sorgte für ein Grinsen und ich musste mich kurz abwenden angesichts seiner freiwilligen Demontage. Das war nur ein Schatten des Mannes, der mir vor so vielen Jahren das Leben gerettet hatte.

»Wie konntest du dich überhaupt mit diesem Kerl einlassen?«, wollte ich wissen. »Spit-, Walker, wärst du doch zu mir gekommen, wenn du einen Job brauchst. Ich kenne eine Menge Leute. Ich hätte dir helfen können.«

Und so etwas hatte ich schon getan. Arbeitet man in einem Salon wie dem Tangerine, kommt man mit Hunderten von Leuten zusammen, etliche davon betucht, mit eigenen Unternehmen. Ich hatte in puncto Job für mehr als eine Person den Kontakt zu einem anderen Kunden hergestellt.

»Ach, Jake«, sagte er, griff dabei nach dem Glas, das ich beiseite geschoben hatte. »Ich stehe außerhalb des

Gesetzes. Ich gebe nicht vor, anders zu sein. Mach aus mir keinen Jake.« Mein Blick drückte Missbilligung aus, aber ich ließ den Griff zum Glas zu. Walker kippte den Rest hastig hinunter, als befürchte er, ich würde ihm den Drink wieder wegnehmen. Der Whiskey schien seine Lebensgeister zu wecken, ihm die Zuversicht zurückzugeben. »Ah«, sagte er, klopfte sich dabei auf den Bauch. »Das trifft ins Schwarze.«

Zu sehen, wie er seinen Alk runterspülte, weckte in mir ein unbändiges Verlangen. Für einen Moment war es überwältigend, aber ich kämpfte es nieder. Gestern war ich rückfällig geworden, aber es stand zu viel auf dem Spiel, um jetzt schwach zu werden. War das Ganze erst einmal vorbei, könnte ich eine einwöchige Sauftour unternehmen, um es mir aus dem System zu schwemmen. Ich wollte keinen weiteren Gedanken an den Schwachsinn verschwenden, der mich hier beschäftigte, also vertrieb ich ihn aus meinem Kopf.

Walker rutschte nach unten, bis er halb in der Nische hing. »Jake, ich hätte dich auf keinen Fall um Hilfe gebeten. Ich hab gewusst, dass du jetzt ’ne ehrliche Haut bist.«

Ein ausgemachter Blödsinn. »Genau. Deshalb hast du mich in diese Zwickmühle gebracht.«

Er richtete sich ein wenig auf, sah mich mit einer Miene an, die als ernst hätte durchgehen können, und sagte: »Das war nicht meine Absicht. Das musst du mir glauben. Als ich über dich gesprochen habe, sind die Pferde mit mir durchgegangen. Woher sollte ich denn wissen, dass der Typ, dem du damals eins übergezogen hast, Spencers Onkel war?«

Damit lag er nicht falsch. Dennoch, er hätte seine

Klappe nicht so weit aufreißen müssen. Er hatte gewusst, dass ich ihm diese Sache im Vertrauen erzählt hatte.

Während ich den Mann ansah, der jahrelang mein Zellenkumpel gewesen war, spürte ich tiefe Beklommenheit in mir. Das war der Mann, der nicht nur mein Leben gerettet hatte, als sich mir ein Mithäftling in »liebevoller« Absicht genähert hatte – war auf Toles losgegangen –, sondern der tagein, tagaus ein Freund gewesen war, in der übelsten Umgebung überhaupt: in einem Staatsgefängnis. Wir hatten zusammen gelacht und wir hatten zusammen geweint. Zwischen uns bestand eine Bindung, eine Bindung, wie sie zwischen Brüdern existiert. Stärker.

Zumindest hatte sie bestanden. Sie lag jetzt in Trümmern, weswegen ich eine unglaubliche Traurigkeit empfand. Was man auf keinen Fall tun sollte, man sollte auf keinen Fall mit seinem Handeln die Familie eines Mannes bedrohen. Und genau das hatte Walker »Spitball« Joy getan.

Ich würde diesen Job für ihn durchziehen, ihn danach aber niemals wiedersehen. Ich denke, er erkannte das und empfand in Teilen genauso wie ich. Wir waren uns so lange so nah gewesen, dass ich fast glaubte, seine Gedanken lesen zu können, und ich denke, er besaß die gleiche Empfindsamkeit mir gegenüber.

Seine einzige anständige Tat hatte darin bestanden, Spencer nichts von der anderen Sache zu erzählen.

Ich bestellte einen Kaffee für Walker, schwarz, und er konnte an meinem Blick ablesen, dass er gut daran tue, ihn zu trinken. Ich bestellte auch einen für mich. Nachdem man sie serviert hatte und er an seinem nippte, erklärte ich Walker, er solle sich nicht von der Stelle rühren, ich käme gleich zurück.

Paris hob beim ersten Klingeln ab. Musste direkt neben dem Telefon gelauert haben, weiß Gott, was sich in ihrem Kopf abspielte.

»Ich bin im Boat Club«, sagte ich. »Ich wollte dir nur Bescheid geben, dass ich noch nicht nach Hause komme und du dir keine Sorgen machen sollst. Es wird etwas spät werden. Vielleicht so gegen zehn, elf.«

»Du ziehst jetzt diese Sache durch, nicht wahr?«, erwiderte sie mit matter Stimme.

»Nein, nein, Baby«, beeilte ich mich zu sagen. »Nie im Leben! Morgen Nacht. Ich halte mich an den Plan. Nein, die Sache ist die, ich sitze hier mit Walker und nüchtere ihn quasi aus. Wir wollen gleich los und das Werkzeug besorgen, das wir brauchen. Vielleicht schauen wir bei dem Typ vorbei. Nur um noch mal zu checken.«

Das Letzte, was ich wollte, war eine Paris, die auf die Idee käme, wir würden heute Nacht einsteigen. Neben Bobby und seinem Dilemma war sie der andere Grund für meine Entscheidung, die Sache vorzuziehen. Ich wäre drinnen und wieder draußen, bevor sie überhaupt Wind davon bekäme, und musste mir so nicht den Kopf darüber zerbrechen, dass sie – wie sie es angedroht hatte – womöglich auftauchte. Das Letzte, was ich gebrauchen konnte, war eine Amateurin, die dort umherging und beim leisesten Geräusch aufsprang oder sogar losschrie, als würde das Haus einstürzen oder so. Oder für den Fall, dass man uns hochnähme. Um keinen Preis wollte ich meine Frau bei dieser Sache dabeihaben. Selbst wenn ich mir felsenfest sicher wäre, dass nichts schiefgehen konnte.

Auf meinem Weg zurück zum Tisch stieß mir auf, dass ich meine Frau erneut belogen hatte. Noch vor einer Woche war der Gedanke, Paris in irgendeiner Form in die Irre zu führen, für mich unvorstellbar gewesen; jetzt gehörte es zur Normalität. Ich seufzte, sagte mir, dass alles so werde wie früher, war das hier vorbei. Komme, was wolle, nie wieder würde ich sie belügen, wäre die Sache erst mal über die Bühne gegangen.

Ich war zutiefst davon überzeugt.

Als ich mich ihm wieder gegenübersetzte, verlegte sich Walker als Erstes aufs Jammern. »Warum gehen wir heute Nacht rein? Spencer hat gesagt, die Sache soll am Sonntag steigen. Der Typ ist möglicherweise da, Jake.«

»Halt verdammt noch mal die Klappe, Spitball. Wir geh'n da heute rein, und damit basta! Ich trage die Verantwortung für die Operation, nicht du. Spencer hat mir gerade gesagt, dass der Typ vielleicht schon abgedampft ist. Wenn Spencers Infos verlässlich sind, wird alles rundlaufen. Wir gehen rein und wieder raus, beschaffen das Zeug für diesen Kotzbrocken von einem Freund, den du da hast, und ich hol morgen früh meinen Bruder raus. Trink deinen Kaffee aus. Wir müssen ein paar Sachen besorgen.«

Der Blick, den er mir zuwarf, versetzte mich nicht in Begeisterung. Was er dann sagte, ebenso wenig. »Fick dich, Jake. Ich steige da heute Nacht nicht ein. Morgen, hat Spencer gesagt, soll es laufen. Er weiß, was er tut. Ich mache es heute Nacht nicht.«

Ich starrte ihn ungläubig an. Der Wichser hatte mich in diese Bredouille und meine Familie in Gefahr gebracht, setzte mich dem Risiko aus, Lebenslänglich zu kassieren ... und jetzt sagte er ... ich beugte mich vor, näherte mich seinem Gesicht bis auf ein paar Zentimeter. Ich konnte seinen stinkenden Atem riechen. »Wie bitte, Spitball? Ich hab mich wohl verhört. Würdest du's bitte wiederholen?«

Er wiederholte es, dumpf, wich meinem Blick aus.

»Ich steige da heute Nacht nicht ein. Man wird uns erwischen, wenn wir heute Nacht reingehen.«

Eine Weile sagte ich nichts mehr, starrte nur seine feige Miene an, widerstand dem Bedürfnis, dieses hässliche, zerfurchte Gesicht zu ohrfeigen.

18. Kapitel

Total bescheuert!

Das war ich, ja.

Dieses Wort – *bescheuert* – samt all seinen Synonymen ging mir während der gesamten Fahrt nach Niles und weiter aufs Land durch den Kopf.

Zu Calvins Haus.

Allein. Ohne Partner.

Am helllichten Tag.

Aber ... es regnete. Und blitzte. Und war fast dunkel wegen der Gewitterwolken. Es goss aus Kübeln, die Sicht betrug vielleicht sechs, sieben Meter. Aus Schnee wurde Eis.

Eigentlich war es jetzt besser als nachts. Mit all dem Krachen und Grollen des Gewitters. Ich würde mich nicht darum kümmern müssen, Geräusche zu vermeiden. Und bei einem derart miesen Wetter fuhr draußen niemand durch die Gegend. Ich ging davon aus, jeder Cop, jeder Sheriff würde tun, worauf sich Cops am besten verstanden – sich einen warmen Donut-Laden suchen, um drinnen das Ende des Unwetters abzuwarten.

Als ich am Grundstück eintraf, hielt ich nicht an, um die Lage einzuschätzen, um zu checken, ob jemand zu Hause war. Rollte einfach die Zufahrt hoch und dann hinters Haus, wo mein Wagen nicht entdeckt werden konnte. Ein Glücksumstand mehr: Sollte Calvin zu Hause sein, dann war er ohne Auto.

Hineinzugelangen gestaltete sich einfacher als gedacht. Was sich als extrem vorteilhaft erwies, da es Teil meiner Blödheit gewesen war, meinen ursprünglichen Plan zu verwerfen, einen Stopp bei einem Eisenwarenhandel einzulegen und etwas Werkzeug zu besorgen. Wut sorgt dafür. Lässt uns den gesunden Menschenverstand über Bord werfen. Ich hatte nur einen großen Flachschraubenzieher, den ich im Handschuhfach gefunden hatte, aber mehr benötigte ich nicht.

Ich ging nach vorn, zum Vordereingang, klingelte und klopfte und wartete.

Nichts.

Es kostete mich insgesamt um die zehn Minuten, wieder nach hinten zu gehen, mir dort die Holztür vorzunehmen und den Türknauf zu knacken, indem ich den Schraubenzieher als Meißel einsetzte und das Ding herausstemmte.

Die Denke der ehrlichen Bürger hatte bei mir schon immer für Erstaunen gesorgt. Sie meinten, es reiche aus, die Tür abzuschließen. Oder dass ein Bolzenschloss die bösen Jungs abhalte. Calvin hatte nicht mal das, aber es hätte auch keine Rolle gespielt, hätte er. War bei früheren Brüchen vom Eigentümer ein Bolzenschloss eingebaut worden, bedurfte es nur weniger Minuten mehr, um einsteigen zu können. Wenn nicht anders möglich, hätte ich ein Loch in die Seite des Gebäudes gehackt.

Drinnen dann blieb ich erst mal stehen und lauschte.

Nur das Geräusch des Regens, der aufs Dach schlug, und ein Donnern ab und an.

Ein seltener Gewitterregen im Dezember, gottlob.

Überzeugt davon, allein zu sein, ging ich durch die Küche – hier war ich eingestiegen – und weiter ins Wohnzimmer. An das Wohnzimmer schlossen sich zwei weitere Räume an; Schlafzimmer. Ich betrat einen, sah mich um. Nichts. Kein Safe, kein Aktenschrank. Ich ging wieder hinaus und hinüber zum anderen Schlafzimmer, war im Begriff, es zu betreten, als eine Bewegung in Höhe der Küchentür nicht nur meine Aufmerksamkeit erregte, sondern auch mein Herz. Es blieb mir fast stehen. Meine Hand umklammerte noch immer den Schraubenzieher und ich ließ sie nach vorn schnellen, darauf vorbereitet, zuzustechen.

Es war ein Mann.

Scheiße.

Hätte er eine Waffe, wäre ich tot, so mein erster Gedanke. Ich wäre es, auch wenn er mich nicht erschießen würde. Ich sah bereits diesen Richter von seiner Richterbank hinabblicken, mir die Strafe verpassen. Lebenslang ohne Aussicht auf Bewährung.

Ganz klar, der Typ sah mich nicht. Er blickte sich um, ging dann ins Wohnzimmer. Zu dunkel, um ihn auszumachen, doch in dem Moment, als ich den Entschluss fasste, ihn (sofern ich könnte und er nicht bewaffnet sein sollte) mit dem Schraubenzieher zur Strecke zu bringen, als ich zugleich dachte, meine Güte, ich will den Kerl nicht umbringen, ihn vielleicht nur mit dem Schraubenzieher bedrohen, ihm klarmachen, dass ich das Ding einsetzen, damit zustechen würde, ihn dann irgendwo einsperren und dann nichts wie weg hier – in dem Moment, als all das in meinem Kopf rotierte, schlug in der Nähe ein Blitz ein und tauchte den ganzen Raum in Licht, und ich sah den Mann klar und deutlich, im selben Augenblick, als er mich sah.

»Walker!«

»Hey, Jake.« Er kam lässig auf mich zu, ein breites Grinsen im Gesicht, gab sich, als hätte er mich soeben bei seinem Klassentreffen entdeckt.

»Verdammt noch mal, was machst du hier? Hättest beinahe einen Black & Decker in den Arsch geschoben bekommen, du blöder Wichser.«

Ich sah auf den Schraubenzieher in meiner Hand und dann wieder zu Walker, und wir fingen beide an zu lachen. Ich konnte nicht anders und Walker fiel wohl auch nichts Besseres ein.

»Hast es dir anders überlegt.«

»Ja«, sagte er. »Wie ich sehe, bist du ohne Probleme rein.«

Ich nickte. »Nur ist hier nichts. Hast hoffentlich hinten geparkt?«

Als Antwort stützte er die Hände in die Hüften, sah mich an und schüttelte den Kopf, als hätte ich gerade eine saudumme Frage gestellt.

Er ging Richtung Küche und ich hinterher. Er blieb im Türrahmen stehen, ging dann hinüber zu einer Tür neben der Spüle.

»Keller«, sagte er und machte die Tür auf. »Da wird er sein. Dort ist seine Werkstatt.«

Er hatte recht.

Und dort stand er, ganz präsent, an der Wand, davor das, was die Werkbank des Mannes sein musste. Man konnte ihn nicht übersehen. Den Safe. Eine schwarze Mutter, grob geschätzt ein Meter achtzig mal ein Meter dreißig. Die Werkbank, ein großer Tisch mit Klemmleuchten, stand mitten im Raum. An der hinteren Wand Regale, vollgestopft mit allem möglichen Zeug, musste sein Werkzeug sein. Hinten, in der Ecke, ein Kühlschrank. Ein paar Möbelstücke. Mich interessierte nichts von alldem. Mein Interesse galt allein dem Safe.

Nur dass das mit einem Mal verflog.

Ich stöhnte.

»Was ist los?«

Ich antwortete mit einem weiteren Stöhnen. »Lass uns abhauen, Walker.«

»Was?« Seine Augen waren groß wie Kuchenteller. »Was meinst du mit ›lass uns abhauen‹? Da ist der verdammte Safe. Öffne ihn und dann holen wir uns das Zeug.«

Ich schüttelte den Kopf, ohne Schwung. »Du hattest recht, Walker. Der Typ muss richtig wertvollen Scheiß da drin haben.«

»Ja, ja. Natürlich ist da wertvoller Scheiß drin. Warum sind wir hier? Was meinst du? Spar dir das Labern und mach ihn auf. Wir haben nicht ewig Zeit.«

»Ich kann's nicht.«

»Was meinst du, von wegen du kannst nicht? Du bist der Beste. Jake Bishop knackt alles.«

»Nur keinen Brown Super Fortress.«

Er starrte mich an, als versuche er zu erfassen, was ich soeben gesagt hatte.

»Du kriegst ihn nicht auf? Du kriegst ihn *wirklich* nicht auf?«

Wieder schüttelte ich den Kopf. »Ich kann ihn tatsächlich nicht öffnen, Walker. Das ist das Spitzenmodell von Brown. Der TL-30. Selbst Gott könnte ihn nicht knacken.«

Ich konnte sehen, wie das Getriebe in seinem Hirn auf Touren kam, als er meine Ansage verarbeitete.

»Okay«, sagte er schließlich. »Du kannst ihn nicht knacken. Dann tragen wir ihn raus.«

Ich lachte, aber es schwang keine Heiterkeit mit. »Ach ja? Das Baby hier wiegt über fünftausend Pfund. Ich stemme vielleicht zweihundert. Vermute, du übernimmst den Rest?«

Wir waren am Arsch. Hatten keine Alternative.

Walker ging hinüber zum Safe und startete die dümmste Aktion schlechthin. Er versuchte, das Ding anzuheben. Es rückte und rührte sich nicht. Dann wollte er es von der Wand abrücken. Doch das Einzige, was sich jetzt bewegte, war seine Hose. So gebückt, so angespannt, wie er dastand, rutschte sie ihm runter. Erinnerte an den Sketch mit diesem Klempner bei *Saturday Night Live.* Ich konnte nicht mal grinsen, so gefrustet war ich. Hier waren wir nun, ganz allein mit wer weiß wie vielen Diamanten ... und konnten sie nicht anrühren.

»Spencer hat dir nicht zufällig die Kombination gegeben, oder?«

Ich wusste, er hatte nicht, aber fragen musste ich. Sicher ist sicher.

Walker richtete sich auf. »Schön wär's.« Er betrachtete den Safe. »Hey, ich düse in die Stadt und besorg einen Schweißbrenner. Wir schweißen ihn auf.«

»Das funktioniert nicht.«

»Warum nicht?« In seine Stimme mischte sich ein Quengeln. »Wir haben alle Zeit der Welt. Der Typ ist das ganze Wochenende in Chicago.«

»Darum geht es nicht.«

»Worum dann?«

»Darum, dass dieses Scheißding ein absolutes Spitzenmodell ist, Spitball.« Allmählich fand ich unsere Unterhaltung ermüdend und ich wollte nur noch weg, wollte herausfinden, wie weit südlich dieser Mendoza Line mein Leben womöglich verlaufen würde. Irgendwie musste ich Spencer davon überzeugen, dass unser Einsatz fruchtlos gewesen war, und ihn dazu bewegen, Bobby rauszuholen. Vielleicht konnte ich einen anderen Job für ihn erledigen, aber der hier war definitiv ein Griff ins Klo. Ich versuchte, Walker zu erklären, wie tief. »Das ist das Beste, was Brown produziert, Walker. Was bedeutet, dass er über einen Alarm im Lautlosmodus verfügt, über ein Zeitschloss und andere Extras. Eine Menge Extras. Selbst wenn man meint, sich durch fünf Zentimeter allerfeinsten Stahls schneiden zu können, löst man einfach nur den Alarm aus. Es ist sinnlos.«

Er kniff die Augen zusammen. »Fick dich, Bishop. Du weißt doch gar nicht, ob der Alarm überhaupt aktiviert ist. Du bist einfach nur ein Lappen.«

Ich seufzte. Ich war nicht mehr so wütend auf ihn. Ich fühlte mich nur ... besiegt.

»Glaub, was du willst, Walker. Du wirst Spencer wohl oder übel sagen müssen, dass dieser Job nicht zu machen ist.«

»Kann ich nicht!« Die Worte kamen als kleiner, erstickter Schrei. Der Ausdruck in seinen Augen wechselte von Wut zu Flehen. »Jake, ich muss diesen Job erledigen. Mach ich's nicht, lässt Spencer mich umlegen. Komm schon, Junge, denk nach. Es muss doch einen Weg geben, das Ding hier zu knacken.«

Nur dass es keinen gab. Das musste ich ihm kein weiteres Mal sagen. Er hatte begriffen. Er ließ die Schultern hängen und alle Luft schien aus ihm zu entweichen.

Ich weiß nicht, was ihn bewog – vermutlich Verzweiflung –, jedenfalls streckte er die Hand aus und zog am Türgriff des Stahlschrankes.

Die Tür schwang auf.

Walker sah mir ins Gesicht und ich bin sicher, meine Augen spiegelten das Erstaunen in seinen wider.

Selbst von meinem Standort aus konnte ich sehen, wie gut gefüllt der Safe war. Es mussten um die hundert Diamanten sein, die dort auf kleinen Unterlagen aus Seidenpapier lagen, die man wiederum auf kleinen Manila-Umschlägen abgelegt hatte, darauf Zahlenreihen. Vermutlich Calvins Form der Buchhaltung.

»Heilige Scheiße!« Mehr brachte ich nicht heraus.

Walker beugte sich vor und begann, die Edelsteine mit beiden Händen abzuräumen. Ich stand nur da und beobachtete. Sprachlos.

Er drehte sich um, sah mich an. »Ich nehme an, ich bin der Safeknacker dieser Gang, was?«

»Fauler Sack«, war alles, was mir einfiel.

Walkers Gesicht wurde rot. »Was hast du grade gesagt?«

»Nicht du. Dieser Calvin. Ich hätt's wissen müssen. Viele haben keinen Bock, jedes Mal die Kombination einzugeben, wenn sie den Schrank öffnen. Sie schließen ihn lediglich, verstellen nichts. Bringt ihnen ein paar Minuten Zeitersparnis, wenn sie das nächste Mal ranwollen.«

Er war dabei, sich die Diamanten in die Taschen zu stopfen. »Sag es, Jake.«

»Was?«

»Sag, du bist der smarteste Typ, der mir je begegnet ist, Walker. Sag –«

Was immer er noch hatte raushauen wollen, ich sollte

es nie erfahren. Ihm war eine Stimme ins Wort gefallen, oben, an der Tür zu der Treppe, die wir hinuntergegangen waren.

»Calvin? Bist du da unten, Calvin?«

Die Stimme einer Frau.

19. Kapitel

Noch bevor ich schnallte, was er tat, war Walker unter die Treppe gehuscht.

»Sprich sie an! Sag ihr, du bist von der Telefongesellschaft«, soufflierte er.

Ich begriff seine Absicht sofort. Ab und an setzte Walker seinen Verstand ein. Ich war jedes Mal verblüfft, wenn es dazu kam.

»Hier unten, Madam«, sagte ich in einer Weise, von der ich beabsichtigte, sie wie meine Telefon-Monteur-Stimme klingen zu lassen. »Telefongesellschaft. Bin beim Überprüfen der Verkabelung, weil Sie ein Problem gemeldet haben.«

Ich sah ihre Füße und dann ein Paar kräftiger Beine. Ihr Gesicht bekam ich nicht zu sehen – zumindest nicht augenblicklich –, da nur ihre untere Hälfte auf der Bildfläche erschienen war, als Walker eine dieser Säulen packte und wegriss und die Frau aufschrie, nach vorn stürzte, Richtung Kellerboden, dabei auf jeder Stufe aufschlug, als sie den Abgang machte. Sie lag mit dem Gesicht nach unten am Boden und rührte sich nicht mehr. Nicht nach dem letzten Aufschlagen, das ihren letzten Schrei erstickte.

Ich hastete hinüber und hatte Mühe, sie umzudrehen. Was für eine schwere Frau! Obwohl, sie war recht hübsch.

Ein großflächiges, sympathisches Gesicht und mit ihren geschlossenen Augen und dem unglaublichsten angedeuteten Lächeln auf den Lippen sah sie aus, als träume sie davon, irgendwelche hausfraulichen Dinge zu verrichten, wie das Backen von Schokoladenkeksen oder so. Ich konnte die frische Dauerwelle riechen, die man ihr und ihrem kinnlangen brünetten Haar wohl gerade verpasst hatte; gute Arbeit, von wem auch immer. Apart wippende Locken statt Krause.

Etwas Blut rann ihr aus der Nase und an der Stirn entwickelte sich eine Beule von der Größe eines Golfballs, dort, wo die Frau auf die Stufen aufgeschlagen war. Ich tastete nach ihrem Puls, konnte aber keinen finden, aber nur, weil ich an der falschen Stelle getastet hatte, also fühlte ich an ihrem Hals, erspürte die Halsschlagader und einen kräftigen, wenn auch erhöhten Pulsschlag. Sie war nicht tot, würde es aber mit tierischen Kopfschmerzen zu tun bekommen.

»Nichts wie weg hier«, sagte ich zu Walker, der hinter der Treppe hervorgekommen war und sich jetzt über die Frau und mich beugte.

»Ja«, sagte er. »Lass mich nur eben den Rest von dem Zeug einstecken.«

Er hastete zurück zum Safe und fing an, seine Taschen mit den restlichen Diamanten zu füllen. Ich ging hinüber, um ihm zu helfen. Die kleinen Umschläge schien er zurücklassen zu wollen, aber irgendwas riet mir, sie mitzunehmen. Ich sammelte ein paar Handvoll Umschläge ein und stopfte sie mir in die Taschen. Walker sah mich merkwürdig an, aber kommentierte nicht.

»Hinten ist noch was«, sagte ich. Einer dieser Stoffbeutel, wie verhinderte Künstlerinnen sie benutzten, als Ersatz für Einkaufstüten. An Orten wie Flohmärkten hatte ich die Dinger schon gesehen.

Walker langte hin, zog ihn hervor. Machte ihn auf und förderte vier Geldbündel zutage. Dicke Bündel. Wenn der Rest den ersten Scheinen entsprach, dann handelte es sich um einen Haufen Geld. Es waren Hunderter.

»Krass!«, riefen wir beide wie aus einem Munde. Es mussten Hunderte von Scheinen in jedem dieser mit einem Gummi zusammengehaltenen Bündel sein.

»Was glaubst du, wie viel ist das hier?«

Ich legte den Kopf auf die Seite, sah Walker an. Seine Augen waren diese riesigen funkelnden Kuchenteller. »Eine Menge.«

Er kicherte. »Echt jetzt?«, sagte er, holte die Diamanten aus seinen Taschen und versenkte sie in diesem Stoffbeutel. Ich gab ihm die Umschläge, die ich eingesammelt hatte, und sie wanderten mit hinein.

Als wir unsere Taschen geleert hatten, war der Beutel nahezu gefüllt. Walker packte die Henkel, hob den Beutel hoch, prüfte das Gewicht, erfreute sich daran wie ein Affe an einer eigenen Bananenstaude. »Du hast die Absicht, es später zu teilen, nicht wahr?«, sagte ich.

Er richtete sich auf, steckte den Arm durch die Henkel und klemmte sich den Beutel unter die Achsel. »Aber sicher. Wir sind doch Partner, oder? Los, komm. Hau'n wir ab.«

Er wandte sich zur Treppe, ich ebenfalls und ... die Frau berappelte sich. Stöhnte, bewegte den Kopf sacht hin und her, als versuche sie, die Benommenheit loszuwerden.

»Scheiße.«

Das hatte nicht ich gesagt, Walker hatte, aber es war in

etwa das, was ich gesagt hätte, wäre er mir nicht zuvorgekommen.

Die Frau unternahm Anstrengungen aufzustehen. Zuerst stützte sie sich auf die Arme, richtete sich halb auf, versuchte dann, auf die Knie zu kommen, spreizte dabei die Beine wie ein neugeborenes Fohlen bei seinen ersten Versuchen im Stall, und dann fiel sie einfach nach hinten, landete auf ihrem Hintern, die Arme ausgestreckt, um zu verhindern, dass sie nach vorn stürzte. Noch immer lief Blut aus ihrer Nase, nur lief es jetzt schneller, heftiger. Es lief ihr am Kinn entlang und tropfte auf den Teppichboden. Vermutlich hatte der ihr das Leben gerettet, als sie dort aufgeschlagen war, nachdem Walker sie kräftig gepackt hatte.

Sie saß da, benommen, vornübergebeugt, dazu ein stetes leises Stöhnen aus den Tiefen ihrer Kehle. Als hätte man sie niedergestreckt. Ich denke, das hatte man auch.

Walker warf mir über die Schulter hinweg einen Blick zu. »Dir ist klar, was das bedeutet.«

Das war es, nur wollte ich es nicht aussprechen. Oder darüber nachdenken. Ich wollte das Haus längst verlassen haben. »Vielleicht hat sie uns nicht gesehen«, sagte ich – das Erste, was mir in den Sinn kam. »Unsere Gesichter, meine ich. Vielleicht –«

»Komm schon, Kompagnon. Willst du das Risiko wirklich eingehen?«

Die Antwort auf meine nächste Frage wollte ich eigentlich nicht hören. »Was sollen wir deiner Meinung nach tun?«

Er antwortete mit einem Grienen.

»Nein«, sagte ich. Ich spürte kalten Schweiß in den Achseln. »Das mache ich nicht mit.«

»Ach, wirklich?« Ich hasste es, wie er regelmäßig die Augenbrauen hochzog, wenn er das sagte. »Was machst du denn mit, Jake? Eine Fahrt in den Knast?« Er wartete meine Antwort nicht ab. »Denn dort wirst du hinfahren, wenn wir uns um die Alte nicht kümmern.«

Eine Antwort auf die Frage, ob die Frau unsere Gesichter gesehen hatte oder nicht, erübrigte sich urplötzlich, denn sie hob den Kopf und sah uns direkt an.

»Wer ... was ...«

»Wir sind Ihr schlimmster Albtraum, Lady«, so Walkers Antwort in Anlehnung an ein Filmzitat. Ich konnte die boshafte Genugtuung in seiner Stimme hören, als hätte er jahrelang auf Ort und Zeit gewartet, das Zitat anbringen zu können, und nun war der Moment gekommen. Meine Güte. Wäre die Situation nicht so kritisch gewesen, ich hätte gegrinst. Er machte einen Schritt auf die Frau zu.

Und versteinerte.

Ich versteinerte ebenfalls.

Zumindest äußerlich. Innerlich stockte mir das Blut in den Adern bei diesem unerwarteten Geräusch, das die Stille durchriss.

Ein Telefon klingelte.

20. Kapitel

Es klingelte noch einmal. Irgendwo im Keller. Laut. Eine dieser klirrenden Geschichten. Ich schwöre, es war das gleiche Geräusch, das der Schließer auslöst, kurz bevor er den Hebel betätigt, der die Zellentüren öffnet. Im Nu war ich für eine Millisekunde zurück in Zellenblock J, bevor mir aufging, dass es nicht das war, was ich hörte, sondern nur ein Telefon im Haus irgendeines Typs in der tiefsten Provinz.

Walker stand da, wir beide sahen die Frau an und die starrte hoch zu uns.

Es klingelte noch einmal und dann zwei weitere Male. Ich drehte mich um, hielt Ausschau nach der Geräuschquelle und fand sie. Ein weißes schnurloses Telefon samt Basisstation plus Anrufbeantworter, direkt auf einem Regal über dem Safe.

»Warum gehst du nicht ran?«, sagte Walker mit einem Scheißgrinsen. »Sag, wir haben geschlossen. Wir bringen gerade den Müll raus, ziehen die Rollos runter, machen Kassensturz. Sollen sich Montag wieder melden, zu den regulären Geschäftszeiten.«

Witzbold.

Aus einem blechern tönenden Lautsprecher drang eine Stimme, es klang abgehackt oder nach Wackelkontakt. »Leider kann ich Ihren Anruf derzeit nicht entgegennehmen ...« Der übliche Sermon auf einem Anrufbeantworter.

»Hinterlassen Sie Ihren Namen und Ihre Telefonnummer nach dem ...«

Der Pieps ertönte und anschließend eine kraftlos-weinerliche männliche Stimme.

»Sally, wenn du da bist, nimm ab.« Pause. Dann fuhr die Stimme fort, zuerst mit einem vernehmlichen Seufzer und dann: »Mary und ich haben uns gestritten. Ich wette, du bist nicht überrascht, nicht wahr? Scheiße! Verdammtes Weibsbild! Wie auch immer, ich bin auf dem Weg nach Hause ... Ich setze sie an ihrem Haus ab. Bin in fünfundvierzig Minuten da. Wenn du das hier hörst, bleib da. Es ist jetzt ... halb vier. Ich möchte noch das

Bettenhausen-Konto durchgehen.« Ein Klick, er hatte aufgelegt.

»Ihr Boss? Calvin Brewer?«, fragte Walker und die Frau nickte.

»Ich ... ich bin nur vorbeigekommen, um mich um die Buchhaltung zu kümmern. Werden Sie ...« Ihr Blick wanderte zwischen Walker und mir hin und her. »... mich umbringen?«

Heilige Mutter Gottes!

»Sally und weiter?«, fragte ich.

Den Kopf auf die Seite gelegt, sah Walker mich an. »Willst du auch noch ihre Telefonnummer? Sie ein bisschen ausfragen?«

»Boxleiter«, sagte sie mit unsicherer Stimme. »Sally Boxleiter, ich bin Calvins Buchhalterin. Werden Sie ...« Wieder wanderte ihr Blick zwischen uns beiden hin und her. In ihren Augen stand ein Flehen. »... mir was antun?«

»Walker, lass uns einfach gehen.«

»Bist du verrückt? Fahr doch gleich nach Pendleton, spart dem Staat 'ne Menge Zeit.«

Er hatte recht. Diese eisernen Tore begannen bereits, sich für uns zu öffnen. Mach's gut, Paris. Mach's gut, mein ungeborener Sohn. Mach's gut, Bobby. Mach's gut, Friseursalon. Aber Mord?

Das konnte ich nicht. Egal, was kam. Ich zweifelte nicht daran, längst auf bestem Wege zurück in den Knast zu sein, für den Rest meines Lebens, sofern nicht eine Art Wunder geschähe ... und Wunder gab es meiner Erfahrung nach nicht; doch selbst wenn mein Körper im Knast landen sollte, war da noch immer meine Seele. Beteiligte ich mich daran, das Leben dieser Frau auszulöschen, löschte das auch meine Seele aus. Nein.

»Walker«, sagte ich. »Uns bleiben fünfundvierzig Minuten. Vielleicht weniger. Abhängig davon, wie schnell der Typ unterwegs ist. Ich habe eine Idee.«

Die hatte ich in der Tat. Sie war mir gerade gekommen. Nicht unbedingt eine brillante Idee, aber eine, die uns etwas Zeit verschaffen würde. Und die meinen alten Zellenkumpel zumindest vorübergehend von seinem Vorhaben abbrächte, diese Frau umzubringen.

»Fessel sie«, sagte ich. »Wir nehmen sie mit.«

»Drehst du jetzt komplett durch?«, sagte er. »Wie jetzt, sie mit nach Hause nehmen, zum Abendessen? Ich sage, wir legen sie um und ziehen Leine.«

»So? Und, was meinst du, wohin? Weißt du, wie lange sie brauchen, um dahinterzukommen, wer das hier war? Wirf mal 'n Blick auf deine Hände.«

Er hatte keinen blassen Schimmer, wovon ich sprach. Um das zu illustrieren, hob ich meine Hände hoch. Sie steckten noch immer in den Gummihandschuhen, die ich übergestreift hatte, bevor ich eingestiegen war. Er sah auf seine bloßen Finger und ihm dämmerte, was ich meinte.

»Scheiße.«

»Genau!« Ich spürte, dass ich Oberhand gewann. »Erwäge nicht mal, alles hier abzuwischen. Das kostet dich eine Stunde, selbst wenn dir einfallen würde, was du alles angetatscht hast, was ich bezweifle. Ich gebe den Jungs in Blau etwa zwei Stunden und sie haben dein Foto an jedes Polizeirevier in den USA geschickt. Und es wird für dich auf Gottes grüner Erde nichts geben, was dir die Möglichkeit verschafft, die dir gegebene Visage zu verbergen. Du gerätst in die Mühle. Und wenn du in die Mühle gerätst, werde ich mit geschrotet. Haben sie dich erst mal, wie lange wird es dauern, bis du mich ans Messer lieferst?«

Ich wartete seine Beteuerungen nicht ab, von denen wir beide wussten, dass sie gequirlte Scheiße waren. »Anderthalb Tage, vielleicht. Ich kenn dich, Partner. Der Typ Stoiker bist du nicht.«

»Pass mal auf«, fuhr ich fort, »wir machen das so. Wir nehmen die Lady mit. Die Eltern meiner Frau haben ein Haus am Chapman Lake. Sie sind gerade in Florida. Ich beschaff den Schlüssel und wir bringen sie dorthin. Überlegen dann, was zu tun ist.«

»Ich weiß längst, was zu tun ist«, sagte er. »Sie umlegen.«

»Nein, nein! Das ist dumm, Walker. Findet man sie hier tot auf, wird umgehend jeder Bulle im Land an dem Fall dran sein. Ist sie nicht hier, ist es ein gewöhnlicher Einbruch. Sie werden eine Weile brauchen, bis sie herausfinden, dass sie vermisst wird. Das verschafft uns Zeit. Zeit, das Zeug loszuschlagen, unseren Anteil einzustecken, das Land zu verlassen. Du willst sie umbringen? Dann bring sie am See um. Ich kenn da einen Wald, wenn wir sie dort ablegen, brauchen die Jahre, um sie zu finden. Wenn man sie überhaupt findet.«

Sally Boxleiter saß die ganze Zeit da und starrte uns an. Am treffendsten beschreibt man ihren Gesichtsausdruck mit »fassungslos«. Sie gab keinen Mucks von sich, aber ich hätte alles verwettet, was ich besaß, dass sie nonstop Stoßgebete nach oben sandte.

Ich sah auf meine Armbanduhr. Uns blieben höchstens vierzig Minuten. Sofern der Typ seine Ankunftszeit richtig eingeschätzt hatte.

»Warum warten wir nicht auf ihn und legen ihn mit um?«, sagte Walker.

Herrgott! Es war zwecklos, mit dem Jungen zu debattieren. Ich nahm die Sache selbst in die Hand. Ich ging hinüber, riss das Kabel aus Telefon und Wand. Ging zurück zu dieser Frau, packte eine ihrer Hände und drehte sie ihr auf den Rücken und schlang das Kabel um die Hand. Ich griff nach vorn, schnappte mir die andere Hand, zog sie nach hinten und band beide Hände zusammen. Fünfzehn Sekunden. Ich hätte beim Rodeo mitmachen können.

»Auf geht's«, sagte ich, packte sie hinten an ihrem Mantel und zog sie hoch, überhörte das kurze Stöhnen, das sie von sich gab, als ich sie nach oben zerrte. »Verschwinden wir.«

Ich hatte erwartet, dass Walker Probleme machen würde, doch erstaunlicherweise kam nichts von ihm. Folgte mir und der Frau die Treppe hinauf und durch die Hintertür hinaus. Ungeachtet seines Redens, so meine Vermutung, war er ebenso wenig wie ich darauf erpicht, die Frau umzubringen.

Sein Wagen stand neben meinem.

Ich schubste die Frau vor mir her. Zog meine Handschuhe aus und steckte sie mir in die Gesäßtasche. Griff in meine Hosentasche, holte die Wagenschlüssel heraus und schloss den Kofferraum auf.

»Fass mit an«, befahl ich Walker.

»Da soll sie rein?«

»Genau, Einstein. Ich will nicht, dass ich an 'ner Ampel halte, irgendein Mitbürger rüberschaut und sieht, dass ich eine blutende, gefesselte Frau auf der Rückbank habe.«

Er nickte und half mir, sie hochzuheben. Sie war schwer und nicht sonderlich kooperativ, aber wir bekamen sie hinein.

»Bitte«, bat sie.

»Seien Sie still«, sagte ich, bemüht, sie mit meinem Blick davon zu überzeugen, dass es in ihrem ureigensten Interesse sei, sich ruhig zu verhalten. »Ich versuche, Ihnen zu helfen.«

»Was, wenn sie schreit oder so?«, sagte Walker.

Mist. Daran hatte ich nicht gedacht.

»In der Küche habe ich Klebeband gesehen. Auf der Arbeitsplatte.«

Er rannte ins Haus, kam ein paar Sekunden später mit einer Rolle Duct Tape und ihrer Handtasche zurück. Er hielt sie hoch. »Die habe ich in der Küche gefunden.« Walker bewies Grips. Zum zweiten Mal binnen einer Stunde.

»Sehr gut«, sagte ich. »Hätten sie die gefunden, wüssten sie, dass sie nicht freiwillig gegangen ist. Ohne ihre Handtasche geht eine Frau nirgendwohin.«

Walker strahlte angesichts des Lobs und warf die Handtasche in den Kofferraum. Ich umfasste das Gesicht der Frau mit beiden Händen und Walker riss ein Stück von dem Tape ab und verklebte ihr damit den Mund. Als das erledigt war, schloss ich die Klappe des Kofferraums über ihr.

»Ihr Wagen«, sagte ich.

»Was?«

»Ihr Wagen. Wir müssen ihn loswerden.« Ich ging an der Seite des Hauses entlang, dann um die Ecke und dort stand tatsächlich der Wagen der Lady. Buchhaltung schien sich auszuzahlen. Es war ein zwei Jahre alter schwarzer Caddy. Der Schlüssel steckte. Wie umsichtig ihrerseits.

»Wo sollen wir ihn loswerden?«

Ich überlegte.

»Zurück von wo wir gekommen sind. Es gibt da die Zufahrtsstraße eines Farmers. Führt in den Wald und auf ein großes Feld, schien Winterweizen gewesen zu sein. Ist nur ein paar hundert Meter von hier. Am Rand habe ich einen großen alten Geräteschuppen gesehen. Dort stellen wir ihn unter. Wird voraussichtlich Frühling werden, bis einer ihn entdeckt.«

»Okay, Schlaumeier«, sagte er. »Grandiose Idee, aber wer fährt ihn? Dir ist schon aufgefallen, dass es hier drei Wagen gibt, aber nur zwei Fahrer? Es sei denn, du willst die Tussi wieder rausholen, damit sie einen davon fährt.«

»Du hast den Typ gehört«, sagte ich, »er ist jetzt auf der Mautstraße. Ich vermute, er gondelt gerade durch Gary. Uns bleibt also noch Zeit. Genug, das hier durchzuziehen. Du fährst mit ihrem Wagen dorthin, fährst mir hinterher, und wir stellen ihn im Schuppen unter. Dann fahren wir hierher zurück und holen deinen.«

Diesmal machte Walker keine Probleme. Er sprang in den Cadillac und drehte den Zündschlüssel. Ich eilte zu meinem fahrbaren Untersatz. Zehn Minuten später hatten wir den Cadillac in dem Schuppen untergebracht, wo der Farmer glücklicherweise keine Geräte abgestellt hatte. Ein paar Bretter des Schuppens hatten sich gelöst, sodass man hineinsehen konnte, aber kein Problem. Wir rissen ein paar Bretter aus der Rückseite, deckten damit die Zwischenräume ab. Etwas, womit ich nicht gerechnet hatte und was uns ein paar zusätzliche Minuten kostete.

Mir kam eine Idee. Eine großartige Idee.

»Gib mir einen von den Diamanten«, sagte ich zu Walker.

»Wie bitte?«

»Einen Diamanten. Warte ab.«

Er zuckte mit den Achseln und griff in den Beutel, von dem er sich bislang keine Sekunde getrennt hatte. Ich streifte die Handschuhe über, öffnete die Hintertür des Caddys und beugte mich hinein. In meinem Rücken spürte ich Walker und sein angestrengtes Bemühen mitzubekommen, was ich da machte. Ich hob die Ecke der Fußmatte an und legte den Diamanten darunter. An die Kante. Nachdem die Fußmatte wieder an ihrem Platz war, konnte man einen Teil des Edelsteins sehen. Aber nur, wenn man genau hinsah.

»Bist du irre? Was zum Teufel soll das?«

»Das könnte uns den Arsch retten, Walker. Wenn die Cops den Wagen finden ... und irgendwann werden sie, dann finden sie auch den Diamanten. Was denkst du, werden diese Sherlocks dann annehmen? Wenn sie zwei und zwei zusammenzählen und wie üblich auf fünf kommen?«

Hinter seinen Augen leuchtete ein Licht auf. »Dass sie ihren Chef beklaut hat!«

Noch mal, manchmal bewies der Junge Verstand.

»Wenn sie die Frau nicht finden, ob tot oder lebendig, werden sie logischerweise annehmen, dass sie den Typ beraubt und nach Mexico oder sonst wohin geflohen ist«, fuhr er fort. »Genau!« Ihm kam noch ein Gedanke: »Vielleicht sollten wir den Wagen nicht ganz so gut verstecken.«

»Nein«, sagte ich. »Das ist perfekt. So hat es den Anschein, als hätte sie ihn hier untergestellt, um Zeit zu gewinnen.«

»Du hast recht«, sagte er und nickte. Ich machte die Vordertür auf und fuhr mit meiner behandschuhten Hand über das Lenkrad und verfuhr genauso bei allen

Stellen, von denen ich dachte, dass Walker sie berührt haben könnte. Gegen die Fingerabdrücke, die er im Haus hinterlassen hatte, konnte ich nichts unternehmen. Walker sah zur Seite, als ich ausstieg und die Tür schloss. Er war nun mal nicht lernfähig.

»Los, beeilen wir uns«, sagte ich. Unser Gequatsche hatte weitere Minuten gekostet. Der Typ musste bereits ganz in der Nähe sein. Ich hätte nur zu gern gewusst, wie schnell Calvin unterwegs war. Wir rannten zu meinem Wagen.

Keine drei Minuten später rollte ich über Calvin Brewers Zufahrt zurück auf die Straße, hinter mir Walker in seinem Wagen. Als ich auf die Straße bog, Richtung Norden, sah ich, dass sich uns aus entgegengesetzter Richtung ein Wagen näherte. Ich streckte den Arm aus dem Fenster, gab Walker hinter mir ein Zeichen und trat zugleich aufs Gas. Im Rückspiegel sah ich Walker winken und dann losheizen. Ich wusste nicht, ob es sich um den Schmuckdesigner handelte, doch wenn ja, dann war es eine derart enge Nummer, wie ich sie mir an diesem ganz bestimmten Tag in meinem Leben eigentlich nicht gewünscht hatte.

Kurz darauf war der Wagen hinter uns kaum noch auszumachen, als ich ihn endgültig in der Zufahrt verschwinden sah, von der wir gerade abgebogen waren. Dieser Typ wurde zu einem verschissenen Gespenst in meinem Leben. Es war das zweite Mal, dass ich sein Grundstück gerade verlassen hatte und er direkt hinter mir eintraf. Ich trat das Gaspedal stärker durch, kam auf dem Eis ein wenig ins Rutschen, rutschte über einen Streifen Kies und bekam den Wagen wieder unter Kontrolle. Verfluchte Landstraßen. Das hatte mir gerade noch gefehlt, in einem Graben landen und im Kofferraum das Opfer einer Entführung.

Ich hatte noch ein anderes Problem.

Der Schlüssel zum Landhaus von Paris' Eltern. Ich wusste, wo er war. Hing an einem Haken in unserer Speisekammer.

Ich kam nicht darum herum. Ich musste nach Hause, ihn holen. Und hoffen, dass Paris nicht da war. Falls doch, darauf hoffen, dass ich ihn in die Finger bekommen und wieder verschwinden konnte, ohne einen Haufen Fragen beantworten zu müssen.

Zum Beispiel, ob ich gerade einen Einbruch begangen hätte. Oder wer da zusammengekrümmt im Kofferraum meines Wagens liege.

Ich fuhr auf dem Highway an die Seite und sah, dass Walker hinter mir hielt. Ich stieg aus, ging hin zu ihm.

»Ich muss kurz nach Hause«, sagte ich. »Den Schlüssel holen. Fahr mir hinterher. Es ist oben am Twyckenham.«

Eine späte Sonne zeigte sich, als ich nördlich der Notre Dame die Staatsgrenze passierte. Komisch. Hier im Wagen fühlte sich nichts sonnig an.

Am Rand von Roseland fuhr ich bei Gelb über eine Ampel und sah im Rückspiegel, dass Walker zwei, drei Wagenlängen hinter mir war. Ich war im Begriff, rechts ranzufahren, auf ihn zu warten, da er nicht wusste, wo genau ich wohnte, als mir eine Idee kam und ich stattdessen wieder Gas gab. Ich würde weiterfahren, hinein in eine Seitenstraße, herausspringen und den Kofferraum öffnen, die Frau freilassen. Keine Leiche, kein Mord.

Und kein Denkvermögen, Jake. Alles, was falsch war an diesem kleinen Geistesblitz, fegte als Szene aus einem Film durch mein Hirn. Jede dieser Szenen auf der großen Leinwand meines Bewusstseins endete mit mir auf dem unteren Teil eines Etagenbettes beim Starren an eine graue Wand. Aus irgendeinem Grund saß Walker auf dem Bett über mir, mit schlenkernden Beinen. In keiner dieser Szenen erschien Paris oder unser Baby.

Nein, die Boxleiter freizulassen war keine gute Idee. Am besten am ursprünglichen Plan festhalten. Zum Landhaus fahren, dort etwas entscheiden. Ich hatte keinen Schimmer, was genau, aber zumindest sprang etwas Zeit dabei heraus. Für uns beide – für die Frau im Kofferraum und für mich. Vielleicht hatte ich Glück, stieß auf einen genialen Plan, der uns beiden den Arsch rettete. Wenn nicht, wenn wir sie umlegen mussten, hatte ich wenigstens dieses Ass im Ärmel, den Diamanten, den ich im Wagen platziert hatte.

»Verdammt«, entfuhr es mir, denn ich bekam Kopfschmerzen von dem ganzen Mist, und ich seufzte, lenkte den Wagen an die Seite, blieb vor einem Blumenladen stehen. Keine Minute später sah ich Walker im Rückspiegel, der die anderen Fahrzeuge umkurvte, als wäre er beim Indy 500. Ich kutschierte zurück zum Highway 31, der jetzt Michigan Street hieß, winkte aus dem Fenster, als Walker hinter mir heranschoss und vom Gas ging, und fünf Minuten später bog er nach mir links in die Notre Dame Avenue ein, dann ging es vorbei am Notre Dame Golf Course und wenige Sekunden später tauchte links der Golden Dome auf.

Noch mal zehn Minuten und ich hielt vor meinem Haus, nur um zu erkennen, was für ein Glück ich doch hatte.

Eines, das sich in die falsche Richtung bewegte.

Paris' roter Escort stand in der Einfahrt.

21. Kapitel

Sie war zu Hause, natürlich. Die Geschichte meines Lebens.

Nachdem ich Walker gestikulierend zu verstehen gegeben hatte, er möge im Wagen bleiben, ging ich zum Haus, damit beschäftigt, mir etwas zurechtzulegen, was Paris mir abkaufen würde. Mir darüber im Klaren, dass mein Gelübde, sie niemals wieder zu belügen, kurz davor stand, erneut gebrochen zu werden ...

Sie saß auf dem Sofa und sah fern. Sie sah nicht mal hoch, als ich zur Tür hereinkam. Klebte mit den Augen am Bildschirm. *L.A. Law* war es, was sie sich reinzog, glaube ich. Perfekt. Vielleicht schnappte sie den einen oder anderen juristischen Tipp auf, der mir aus meinem kleinen Desaster heraushelfen würde.

»Hi, Süße«, sagte ich, so ziemlich das Dürftigste, was mir hätte einfallen können.

Sie löste ihren Blick vom Bildschirm und sah zu mir herüber, wie ich da so im Türrahmen stand, als habe sie mich nicht kommen hören und sei von meiner Gegenwart komplett überrascht, setzte gar noch einen drauf, als hätte ich sie aus ihrer tiefen Versunkenheit aufgeschreckt.

»Oh«, sagte sie. »*Du* bist es. Was machst *du* zu Hause? Ich bin davon ausgegangen, dass ich dich wahrscheinlich erst morgen sehe. Vielleicht auch erst nächste Woche, irgendwann. Vielleicht einen Anruf von dir bekomme. Mich bei dir sehen lassen soll, wenn ich Bobby besuche, so in etwa. In der Zelle neben seiner. Was für eine nette Überraschung, dich in Alltagsklamotten zu sehen und nicht in einem dieser orangefarbenen Anstaltsoveralls.«

Ihr Blick wanderte vorbei an mir durch die Tür in meinem Rücken, die ich nicht geschlossen hatte. Ich drehte mich um, wollte sehen, wohin sie schaute. Mein Wagen und auch Walkers waren deutlich zu erkennen, auch Walker, der mit dem Arm aus dem Fenster hing, und der Rauch, der, sich kräuselnd, von der Zigarette aufstieg, die Walker gerade paffte.

»Einer deiner Kunden aus dem Tangerine?«, fragte sie. »Den du mit nach Hause bringst, um ihm in der Küche die Haare zu schneiden? Möchtest du den Gentleman nicht hereinbitten?«

Sie gab's mir richtig.

Und ich musste es hinnehmen. Ich beschloss, mich taub zu stellen. Mir etwas auszudenken, weshalb ich zur Speisekammer gehen wollte, wo der Schlüssel zum Landhaus hing.

Und dann zu verschwinden, bevor Walker auf den Trichter kam, hier hereinzuspazieren.

Und die Wogen bei Paris zu glätten.

»Nö«, sagte ich. »Das ist Walker. Wir sind auf dem Weg zum Grundstück, um es zu inspizieren. Ich wollte dir zuvor nur sagen, wo ich gewesen bin, damit du dir keine Sorgen machst.«

Sie stand vom Sofa auf und kam zu mir herüber. Die Hände in den Hüften, rückte sie dicht an mich heran und machte dann etwas äußerst Befremdliches. Sie stellte sich auf die Zehenspitzen, ihr Kopf nur Zentimeter von meinem entfernt, und musterte meine Nase. Tastete sie geradezu mit den Augen ab. Machte dann einen Schritt zurück, schüttelte den Kopf, als wäre sie verwundert.

»Was?«, fragte ich.

»Ich begreif's nicht.«

»Was?«

»In dieser Geschichte mit der Holzpuppe, wenn die lügt, wird ihre Nase länger. Deine verändert sich nicht. Ich glaube, ich bin einfach nur enttäuscht.«

Ich setzte an, wollte etwas einwerfen, aber Paris hob nur die Hand, ging und ließ sich aufs Sofa fallen, griff sich eine Zeitschrift vom Couchtisch und fing an, darin zu blättern.

Ohne den Blick davon abzuwenden, sagte sie: »Nicht deinetwegen enttäuscht, Jake. Sondern wegen der Geschichte. Ich habe immer gedacht, sie wäre wahr. Jetzt weiß ich, dass es nur ein Märchen ist. Ich glaube, es ist das Ende meiner Unschuld, oder? Wenn man nicht mehr an Pinocchio glauben kann, an wen kann man dann noch glauben?«

Ach, scheiß drauf. Mir fiel keine gute Begründung für einen Abstecher zur Speisekammer ein, also ging ich einfach hin. Ging hinein, schnappte den Schlüssel vom Haken und steckte ihn in die Tasche. Nahm noch eine Packung Saltines und ging wieder hinaus. Und zu Paris, baute mich vor ihr auf, während sie noch immer in der Zeitschrift blätterte.

»Ich wusste gar nicht, dass du was für *Sports Illustrated* übrig hast«, sagte ich und deutete dabei mit dem Kopf auf die Zeitschrift. Auch ich konnte klugscheißen. »Vielleicht solltest du den Artikel über Barry Bonds lesen. Lohnt sich.«

Sie sagte nichts, blätterte nur weiter durch die Seiten. Wie man eben blättert, wenn man sauer ist.

»Ist weiter hinten«, fuhr ich fort und forderte mein Glück heraus. Aber welches Glück? Dieses Gut war jüngst zur Neige gegangen. Vielleicht war ich auch nur schlecht drauf. Ich drehte mich um und ging zur Tür.

»Ich bin bald zurück. Warte nicht auf mich.«

Sie sagte etwas, aber ich bekam nur das Wort »Arzt« mit. Meine Stimmung schlug um.

»Was?«

»Ich habe gerade gesagt, dass ich Krämpfe bekommen habe, nachdem ich aus Niles zurückgekommen bin. Mir war auch schwindlig und übel. Also habe ich beim Arzt angerufen.«

»Und?«

»Zusammen mit den Schwellungen an den Beinen … nun, er will eine Präeklampsie ausschließen und mich untersuchen. In einer Stunde habe ich einen Termin außer der Reihe.«

»Was ist eine Prä ... die Sache, die du da eben erwähnt hast.«

»Präeklampsie. Schwangerschaftsvergiftung. Kommt eher selten vor. Aber er will das unbedingt abklären.«

Mein Gott. Was noch alles?

»Meinst du, du schaffst das? Ich muss dich nicht begleiten? Ich würde ja, aber ...« Ich sah zur Tür, unschlüssig, wie ich mich verhalten sollte.

»Geh einfach, Jake. Mach, was du meinst, machen zu müssen.«

Ich wusste nicht, was ich tun sollte, und fand keine Worte. Das war der denkbar schlechteste Zeitpunkt für alles. Am liebsten hätte ich gesagt: »Hör zu, Süße, ich würd gern bleiben und dich zum Arzt fahren, die Sache ist nur, ich habe eine entführte Frau im Kofferraum und, tja ... du weißt doch, ich habe was zu erledigen.«

Ich sprach es aber nicht aus. Ich starrte sie nur an, zuckte dann mit den Achseln und sagte: »Nun denn, hört sich doch alles nicht so schlecht an, oder? Ich würde dabei auch nur im Weg stehen, nicht wahr? Ich muss nun mal diese ... diese Sache erledigen. Danach komme ich gleich nach Hause.« Das war beschissen und ich wusste das, und sie wusste das, aber was blieb mir übrig?

Kaum hatte ich die Tür hinter mir geschlossen, hörte ich, dass etwas dumpf dagegen schlug. Sehen konnte ich ja nichts, aber ich wette, Paris hatte die Zeitschrift gegen die Tür geworfen und sich dabei vorgestellt, es handele sich um meinen Kopf.

»Was geht denn da ab?«, fragte Walker, den Kopf aus dem Wagenfenster gestreckt.

»Eine Scheidung«, sagte ich. »Egal. Hauen wir ab. Fahr hinter mir her.«

Ich sprang in meinen Wagen und ließ den Motor an. Walker drückte auf die Hupe, ich glaube, weil ich beim Losfahren eine Ladung Splitt auf seiner Windschutzscheibe verteilt hatte.

Fick dich, dachte ich. Fick dich, Paris. Ja, du auch. Ich bemüh mich hier. Ich bemüh mich wirklich.

Am liebsten wäre ich ausgestiegen, hätte mich quer auf die Fahrbahn gelegt, um mich von einem Sattelschlepper überrollen zu lassen, um dem ganzen Schwachsinn ein Ende zu setzen. Die Situation war auf dem totalen Tiefpunkt angelangt. Hier war ich nun, kutschierte mit einer entführten Frau im Kofferraum durch die Gegend, einen so frischen wie beschissenen Einbruch hinter mir, mit dem sich vermutlich in dieser Minute neben Mr. Calvin Brewer auch Cops in Gummihandschuhen beschäftigten.

Oh, Mann.

Hatten wahrscheinlich bereits Walkers Fingerabdrücke, hatten sie abgeglichen, waren dabei, den Fahndungsaufruf nach ihm herauszugeben. Keine Stunde würde es sie kosten, zwei und zwei zusammenzuzählen und herauszufinden, wer im Knast sein Zellenkumpel gewesen war. Jacob Bishop, Meisterdieb. Der Fall trug meine Handschrift. Ich hätte alles Geld, das ich je in meinem Leben gemacht hatte, darauf gesetzt, dass unsere Visagen demnächst über alle Polizeikanäle herausgegeben wurden.

Frustriert schlug ich mit der Faust aufs Lenkrad.

Bei meinem Aufenthalt zu Hause hatte ich vermutlich ein, zwei Stunden Vorsprung vor den Cops gehabt. Jede Wette, dass sie noch am Abend dort auftauchen würden, so in etwa das schlimmste Szenario, das mir auszumalen, ich in der Lage war. Mein Naturell – die Vorstellung vom stets halb leeren Glas. Was würde Paris ihnen erzählen? Würde sie mich hinhängen? Eine Sache war für mich von Vorteil: Wenigstens hatte ich ihr nicht gesagt, wohin ich fuhr. Sollte sie mich hinhängen, konnte sie ihnen nicht sagen, wohin ich gefahren war.

Mein Leben war vorbei. Zumindest die freie Phase. Ich steuerte direkt auf die hässliche Phase zu und mich beschlich das Gefühl, alles werde nur schlimmer und schlimmer.

Mir blieb nur die Hoffnung, das Landhaus zu erreichen, Walker irgendwie davon abzuhalten, die Tussi umzulegen, ihn dazu zu bringen, unseren Anteil bei Spencer zu kassieren, und anschließend wie vom Erdboden verschwinden zu können.

Nur konnte ich das nicht. Ich konnte meinen Bruder sich nicht selbst überlassen, bevor ich wusste, dass Spencer ihn rausgeholt hatte, und dann war da noch Paris. Ich klammerte mich weiter an die schwache Hoffnung, dass wir eine gemeinsame Zukunft hätten, wenn ich nur einen märchenhaften Happy-Hollywood-Plan aushecken könnte.

Problem nur, ich besaß keinesfalls Vertrauen im Überfluss, dass es mir gelingen könnte.

Wir waren gerade vom Highway 331 auf die U.S. 30 abgebogen, fuhren gen Osten Richtung Warsaw und Chapman Lake. Tief in meinem Elend versunken, musste ich unbewusst vom Tempo gegangen sein. Ich hörte Walker hinter mir hupen und warf einen Blick auf den Tacho. Er zeigte gerade mal vierzig.

Was sich als Glücksfall herausstellen sollte.

Denn genau in diesem Moment gab es einen lauten Knall, ein Geräusch, wie es beim Abfeuern einer .30-06 entsteht, und zwar direkt vor mir, auf der linken Seite.

Der Vorderreifen.

Geplatzt.

Flappendes Gummi, sofort.

Ich holperte von der Straße, froh, dass ich nicht wie wenige Minuten zuvor fünfundsechzig darufgehabt hatte.

Hinter mir fuhr Walker an die Seite und sprang heraus, kaum dass ich meine Wagentür geöffnet hatte. Gerade hatte ich die Beine aus dem Wagen geschwungen, da kam er auch schon angelaufen.

»Hast du einen Ersatzreifen?«, rief er mir entgegen.

Yep. Im Kofferraum.

Unsere Freundin, die Buchhalterin Sally Boxleiter, lag oben drauf. Das war schlecht, doch ich hatte keine Muße, darüber nachzudenken, wie schlecht, denn plötzlich wurde es noch schlechter.

Hinter Walkers Wagen zog eine weiße Limousine rüber an den Straßenrand.

Der weiße Ford eines Streifenpolizisten.

22. Kapitel

Hier war er – der Fluch moderner Technik! Sie hatten unsere Fahndungsfotos bereits in Umlauf gebracht. Schon vernahm ich das wütende Scheppern der sich hinter mir schließenden Stahltüren von Pendleton. Oder die von Michigan City. Mir war ganz entfallen, dass ich seit meinem letzten Aufenthalt im Knast ein paar Geburtstage begangen hatte. Pendleton war für Straftäter unter dreißig; Michigan City für die älteren. Und ich war auf dem Weg nach Michigan City.

Derart gefangen in meiner fatalen Lage, fiel mir nicht auf, dass der Polizist die Dienstwaffe nicht gezogen hatte, als er aus seiner Kiste stieg, und dass er lächelte. Als das meinen Schock durchdrang, als ich es wahrnahm, nahm ich zugleich Walkers Bewegung hinunter zu seinem Stiefel wahr. Wo er, wie ich wusste, eine klitzekleine Raven MP-25, eine Saturday Night Special, verbarg.

»Stopp!«, sagte ich und legte ihm die Hand auf den Arm. Walker sah mich mit einer Mischung aus Angst, Konfusion und nackter Heimtücke an, die den Blick prägt, fühlt man sich in die Enge getrieben, aber er kam der Aufforderung nach und richtete sich langsam wieder auf.

Der Streifenpolizist kam auf uns zu.

»Probleme, Jungs?«

Ich nickte, gab mir Mühe, den Angepissten raushängen zu lassen statt des dümmlich-verängstigten Henny Penny, der ich in Wirklichkeit war.

»Ja. Sieht aus, als hätte mein Pferd ein Eisen verloren.«

Er ging an mir vorbei, um einen besseren Blick auf den Reifen werfen zu können.

»Jo. Sieht so aus. Haben Sie einen Ersatzreifen?«

Ich schüttelte den Kopf, hoffte, er werde den Kloß in meiner Kehle nicht bemerken, den ich kaum herunterschlucken konnte, als ich sagte: »Ja, aber der ist auch platt. Vor 'ner Stunde hatte ich den ersten Platten. Scheint nicht gerade mein Glückstag zu sein heute.«

Völlig ausgeschlossen, dass ich den Kofferraum öffnete, solange dieser Uniformierte hier rumstand. Während des ganzen Palavers mit ihm hatte die Frau da drinnen keinen Laut von sich gegeben. Entweder wusste sie nicht, dass wir mit einem Cop sprachen, oder sie war ohnmächtig geworden. Oder war gestorben. Oh, Mann ... tot?

Im Moment gab ich dem Ohnmachtsszenario den Vorzug. Tot oder lebendig, wie auch immer, eine gefesselte und geknebelte Frau im Kofferraum wäre kein positiver Befund für zwei Ex-Knackis wie uns, würde der Cop sie sehen. Träte das ein, wäre für uns das ›Ex‹ binnen einer Nanosekunde gestrichen.

Walker sah mich an. Ich stieß einen stillen Seufzer der Erleichterung aus, dass er ausnahmsweise was Schlaues machte und sagte: »Wir sind zu zweit, Officer. Ich fahr sofort mit meinem Freund los, wir suchen eine Tankstelle, damit er an einen frischen Reifen kommt. Wir kriegen das in einer halben Stunde hin.«

Der Cop dachte kurz nach und nickte. »In Ordnung. Sieht so aus, als hättet ihr keine andere Wahl. Ihr solltet den Wagen aber etwas weiter weg von der Straße abstellen. Der steht sehr dicht an der Fahrbahn. Kommen 'ne Menge Lkw vorbei. Ihr wollt sicher nicht, dass euch einer ins Fahrzeug rauscht.«

»Nein, Sir«, sagte Walker. »Das wollen wir nicht.«

Ich stieg ein, ließ den Motor an und lenkte den Wagen etwa eineinhalb Meter weiter bis an den Rand des Grabens, der entlang der Straße verlief. Zog dann den Zündschlüssel ab, betätigte die Türverriegelung, stieg aus, vergewisserte mich, dass die Tür verschlossen war, und ging zurück zu Walker und dem Cop.

»Wir sind so gut wie weg«, sagte ich. »Fahren wir, Walker.« Kaum hatte ich den Namen ausgesprochen, hätte ich ihn am liebsten aus der Luft gepflückt. Unsere Fotos mochte der Cop bislang nicht zu Gesicht bekommen haben, aber mir war klar, dass zumindest die Möglichkeit bestand, dass man unsere Namen durchgegeben hatte. Einen Namen wie »Walker« würde er nicht vergessen.

Sollte man ihm unsere Namen übermittelt haben, konnte er sich wohl nicht daran erinnern oder er brachte sie nicht in den Zusammenhang hier. Walker und ich gingen zurück zu Walkers Wagen und der Cop hängte sich dran an uns. Im Wagen kramte Walker den Schlüssel hervor und steckte ihn ins Zündschloss.

Und dann klopfte der Cop ans Fenster. Ich sah Walkers Hand wieder hinunter zum Stiefel wandern, aber er besann sich und ließ das Seitenfenster herunter.

»Ja, Sir?«, sagte er so freundlich und zuvorkommend wie jemand nach einem jüngst absolvierten Dale-Carnegie-Training.

»Eine Stunde«, sagte der Cop. »Ich geb euch eine Stunde, Jungs, um den Reifen zu wechseln und die Straße zu räumen. Ich komm wieder, und wenn er dann nicht weg ist, muss ich konsequent sein und ihn abschleppen lassen. Wird euch richtig was kosten, ihn zurückzubekommen.«

Ich beugte mich hinüber. »Schon verstanden, Officer. Keine Sorge. Wir werden das weit früher gebacken kriegen. Warsaw ist ja gleich da vorn. Sollte nicht lange dauern, einen Ersatzreifen zu besorgen und wieder hierherzufahren.«

»Also gut«, sagte er. »Seht zu, dass ihr's hinbekommt.«

Walker startete den Wagen und legte den Gang ein. Der Cop ging zu seinem Wagen und stieg ein. Als er in einem Bogen an uns vorbeifuhr, winkte er uns zu. Walker winkte zurück, fuhr aber nicht los.

»Worauf wartest du?«, sagte ich. »Halt dich ran. Wir müssen einen Reifen besorgen und dann hierher zurück.«

Er kicherte. »Jake, du bist köstlich. Du glaubst deine eigene Geschichte? Du brauchst keinen Ersatzreifen. Lass uns einfach warten, bis der Knabe weg ist, und dann das verdammte Ding wechseln.«

Er hatte völlig recht. Es war überhaupt nicht notwendig, nach Warsaw zu fahren, einen Reifen zu kaufen. Es gab einen völlig intakten, der von der Frau aufgewärmt wurde.

»Was, wenn er umkehrt und sieht, dass wir ihn wechseln? Nachdem wir ihm verklickert haben, dass er platt ist?«

»Ganz einfach, Kumpel, wir nehmen meinen. Wir erzählen dem Jungen, mir wär gerade eingefallen, dass ich im Kofferraum einen passenden habe.«

Das klang vernünftig.

»Oder«, fuhr er fort, einen neuen Gedanken im Kopf, »wir lassen den Wagen samt Tussi hier stehen und vergessen die Sache mit dem Landhaus. Holen uns unsern Anteil von Spencer. Obwohl, wenn ich so drüber nachdenke –«

»Nein!«, fiel ich ihm ins Wort. »Wir wechseln diesen verdammten Reifen und fahren zum See, so wie wir es geplant haben. Der Typ kommt zurück, sieht, dass mein

Wagen da noch immer steht, lässt ihn abschleppen und schon wird sich die Frau bemerkbar machen. Verstehe gar nicht, weshalb sie es nicht längst schon getan hat.«

»Vielleicht hat sie ins Gras gebissen. Der Stress und alles. Auch Frauen kriegen 'n Herzinfarkt.«

»Das ist mir durch den Kopf gegangen. Meinst du, das wäre besser? Wenn er zurückkommt und der Wagen hier noch steht, öffnet dieser Typ als Erstes den Kofferraum. Typen in Uniform und mit Waffe sind von Natur aus misstrauisch. Er kommt zurück, findet den Wagen vor, denkt zuerst an Drogendealer. Darauf kannst du wetten. Jetzt hat er einen hinreichenden Verdacht, den Kofferraum zu öffnen. Cops zählen nämlich keine Schafe, um einzuschlafen – sie sagen wieder und wieder ›hinreichender Verdacht‹, bevor sie abklappen. Er bricht den Kofferraum auf, findet die Frau – tot oder lebendig –, und uns bleiben vielleicht zwanzig Minuten, um uns in eine Bananenrepublik abzusetzen, die nicht ausliefert, sofern es so was gibt, was ich bezweifle, oder zumindest in eine, deren Landessprache wir verstehen. Ich glaube nicht, dass man das in zwanzig Minuten oder binnen einer halben Stunde hinbekommt. Was glaubst du, wie lange er braucht, um mich als Halter des Wagens zu ermitteln und eine Fahndung herauszugeben, Achtung: bewaffnet und gefährlich?«

Er kam ins Grübeln.

»Vielleicht hast du recht, Jake. Ich denke, wir lassen ihn hier nicht stehen. Wenn wir die Leiche beiseiteschaffen, haben sie keinen Fall, richtig?«

Ich stieß einen Seufzer der Erleichterung aus. »Gut. Na dann, legen wir los. Lass den Deckel von deinem Kofferraum hochgestellt, falls der Typ zurückkommt. Wir nehmen deinen Ersatzreifen, wie du gesagt hast.« Das sollte nach einem logischen Schluss klingen, aber in Wahrheit sah ich mich nicht in der Lage, bereits jetzt meinen Kofferraum zu öffnen. Sollte die Frau tot sein, wäre ich komplett überfordert. Würden wir unten am See feststellen, dass sie tot war, gäbe es wenigstens einen Ort, um die Leiche loszuwerden.

Ausnahmsweise war das Glück auf meiner Seite.

Walkers Ersatzreifen passte genau und in nicht mal zehn Minuten hatten wir das Ding ausgetauscht.

Und auch der Cop kam nicht zurück.

Noch immer hatte die Frau sich nicht bemerkbar gemacht. Kein Klopfen, kein von Klebeband gedämpfter Schrei, nichts. Nachdem der Reifen gewechselt, der Wagenheber zurück in Walkers Kofferraum war und ich im Begriff, in meinen Wagen zu springen, klopfte ich auf die Klappe meines Kofferraums.

»Alles klar da drinnen?«, rief ich.

Keine Antwort. Kein Ton.

Mir war sauübel.

23. Kapitel

Am Chapman Lake angekommen, ging ich zuerst ins Landhaus, um die Lage zu peilen. So wie sich die Dinge für mich entwickelten, hätten Paris' Eltern durchaus Hummeln im Hintern gehabt haben und aus Florida angereist sein können, damit Paris' alter Herr ein wenig Eisangeln betreiben und ihre alte Dame sich mit ihren Leuten vom Bridgeclub treffen konnte. Sie waren für derlei Unternehmungen bekannt.

Dem war nicht so. Im Haus roch es dumpf, wie es in

einem an einem See gelegenen Landhaus riecht, wenn es ein paar Monate lang nicht bewohnt wird. Zudem hatten wir Glück. Sie hatten die Heizung laufen lassen, um sicherzugehen, dass die Rohre nicht einfroren. Sie war auf dreizehn Grad eingestellt, aber es bedurfte nur einer Sekunde, den Thermostat zu bedienen, ihn auf zweiundzwanzig Grad hochzujubeln.

Als ich wieder draußen war, hatte Walker meinen Wagen bereits bis zur Tür gefahren, den Kofferraum geöffnet und versuchte nun, die Frau herauszuholen. Sie regte sich nicht und ihre Augen waren geschlossen.

Ich fühlte mich noch schlechter als sauschlecht.

»Wie hast du ihn aufbekommen?«, fragte ich.

»Du hast die Schlüssel stecken lassen«, sagte er unter Ächzen, während er sich damit abmühte, Kopf und Schultern der Frau anzuheben. »Machst du das öfter? Ein Wunder, dass dir noch keiner die Karre geklaut hat.«

Ich sah nach rechts und links, zu den Häusern dort. Nichts rührte sich. Das Haus zur Linken war näher an den See gebaut, und selbst wenn jemand aus dem Fenster geschaut hätte, man hätte uns, die wir näher an der Straße standen, nicht sehen können. Das Landhaus rechts von uns befand sich zwar auf gleicher Höhe, aber es standen keine Wagen in der Auffahrt und das einzige Fenster, aus dem man einen Blick auf uns hätte erhaschen können, war verrammelt.

»Hab das schon gecheckt«, sagte Walker, als er bemerkte, was mich beschäftigte. »Los. Schaffen wir die Alte rein.«

Dazu musste er mich nicht überreden.

Verdammt! Sie war wirklich ein Brocken von einer Lady. Ich packte ihre Füße und Walker ihre Schultern, wir hoben sie heraus und ich ließ sie fallen, überrascht von dem Gewicht. Schnell langte ich nach unten und packte fester zu. Beim Hineingehen war Walker unaufmerksam und ihr Kopf schlug mit einem heftigen dumpfen Knall gegen den Türpfosten.

Sie stöhnte. Gesegnet sei dieser liebliche Laut!

»Sie lebt!«

»Ach was«, sagte Walker, wobei ihm die Worte infolge der Anstrengung nur pfeifend über die Lippen kamen.

Im Nu hatten wir sie drinnen und trugen sie durch die Küche ins Wohnzimmer und legten sie dort auf dem Boden ab. Ich ging zurück in die Küche, weil ich meinte, mich daran zu erinnern, dass Paris' Mutter ihre Wäscheleine dort aufbewahrte. Sie war dort, wo ich sie vermutet hatte; ordentlich aufgewickelt, hing sie an einem Nagel in einem kleinen Schrank, der als Vorratskammer genutzt wurde.

Zurück im Wohnzimmer, hatte ich die Füße der Frau binnen einer Minute gefesselt, und gemeinsam mit Walker hievte ich den Körper aufs Sofa.

»Vielleicht solltest du sie ans Sofa fesseln«, schlug Walker vor.

Ich dachte kurz darüber nach.

»Nein. Das mache ich, wenn wir schlafen gehen. Sie wird nirgendwohin verschwinden.«

»Legen wir sie doch gleich um«, sagte er. »Wär 'ne humane Sache. Die ist völlig weggetreten, wird nichts mitbekommen.«

»Gott, Walker! Nicht schon wieder diese Geschichte von wegen umlegen! Hör zu, wenn du sie erst mal umgelegt hast, gibt's kein Zurück mehr. Das ist Mord, Kumpel. So weit gehe ich nicht.«

Er lachte, wiehernd wie ein Pferd. »Du bist ein Idiot, Jake. Mit einer Entführung handelst du dir das Gleiche ein wie mit Mord.«

Richtig, dennoch ... *Mord.* Mit einer Entführung konnte ich womöglich leben – verdammt, ich *musste,* wir hatten sie längst durchgezogen –, aber Mord? Der Fluch meiner religiösen Erziehung. Ich konnte die Flammen der Hölle bereits spüren und meine Mutter sehen, wie sie mit dem Finger anklagend auf mich zeigte. Ich wusste nicht, wie ich Walker davon abhalten sollte, zumindest auf unbestimmte Zeit davon abhalten sollte, die Frau umzubringen, aber ich würde es versuchen. Und einfach darauf hoffen, dass mir etwas einfiele, irgendwas, um ihn umzustimmen.

»Du hast recht. Nur, ich bin jetzt noch nicht dazu bereit. Gib mir etwas Zeit.«

»Okay«, sagte er. »Aber am Ende werden wir es tun müssen, Kumpel. Ich werd's machen. Ich hab damit kein Problem.« Trotz seines Geredes glaubte ich nicht, dass er so versessen darauf war, sie umzubringen. Dafür verabschiedete er sich zu schnell von dieser Idee. Zunächst.

»Zählen wir das Geld«, sagte ich, hatte dabei etwas im Kopf, das ihn ablenken, ihn auf andere Gedanken bringen könnte. »Schau'n wir mal nach, wie viele Diamanten wir haben.«

Eine Idee, die ihm gefiel.

Wir gingen in die Küche und schoben den Küchentisch an eine Stelle, von wo aus wir das Sofa im Blick hatten für den Fall, dass sich die Frau entschloss, wieder zu sich zu kommen. Sie schien normal zu atmen, rührte sich aber nicht.

Walker leerte den Beutel auf dem Küchentisch aus. Die Geldbündel und die Klunkern. Es war ein kleinerer Haufen Diamanten und anderer Edelsteine.

»Müssen etwa hundert Diamanten sein«, sagte ich. Ich hatte keine Ahnung, was sie wert waren, wusste aber, es musste eine Menge sein. »Da ist der Kanariengelbe!«

Er war nicht zu übersehen. Er war mit Abstand der größte Stein und von einem leuchtenden Zitronengelb. Da war noch ein anderer von ähnlicher Größe und er war hellbraun. Einer dieser Mokkas.

Walker nahm zwei der vier Geldbündel und schob sie über den Tisch zu mir. »Du zählst die und ich die hier«, sagte er und zog die beiden anderen Bündel zu sich.

Fünfzigtausend Dollar in jedem Bündel.

Zweihundert Riesen.

Ich bekam meinen Herzschlag nicht unter Kontrolle, als mir klar wurde, welche Geldsumme hier vor uns lag.

»Echt fett«, sagte Walker. Er lehnte sich zurück, verschränkte die Hände hinter seinem Kopf und bekam einen träumerischen Gesichtsausdruck. »Wir haben im Lotto gewonnen. Hast du schon mal so viel Geld gesehen?« Er löste seine Hände, beugte sich vor, nahm eine Handvoll Diamanten, ließ sie durch die Finger rieseln. »Und das ist nichts. Die hier müssten eine halbe Million wert sein. Wenn nicht mehr.«

»Für einen Juwelier«, sagte ich. »Was sind sie einem Hehler wert? Vorausgesetzt, wir würden einen Hehler kennen. Halb so viel? Ein Drittel?« Kaum hatte ich es ausgesprochen, bereute ich es. Walker dazu zu animieren, sich einen Plan zurechtzulegen, wie er Spencer abziehen könnte, war das Letzte, wonach mir der Sinn stand.

Nicht mit einem Bobby hinter Gittern und diesem fetten

Schwein als alleinigem Schlüssel für seine Freilassung.

»Selbst wenn, heißt es nicht, dass wir's könnten«, schob ich rasch hinterher. »Leg Spencer aufs Kreuz, so deine Worte, und wir sind tot.«

»Vielleicht auch nicht«, sagte er, und wie er es sagte, verdeutlichte mir, dass ich ihm nichts in den Kopf gesetzt hatte, was zuvor nicht da gewesen wäre. »Ich kenne den Typ in Chicago, den er einspannt – verdammt, ich bin schon zehnmal zu seiner Klitsche gefahren.«

Ich hörte die sich steigernde Aufregung in Walkers Stimme, als das laute Denken bei ihm einsetzte. »Mann, verdammt, wir liegen mit einem Tag vor dem Zeitplan«, fuhr er fort. »Spencer geht nicht mal davon aus, dass wir das *bis* morgen durchziehen. Wir könnten nach Chitown fahren, dem Typ auftischen, dass wär'n Steine, die Spencer ihm verkaufen will, und dass wir ihm das Geld überbringen sollen.«

»Du vergisst meinen Bruder, Walker.« Ich konnte den dumpfen Schmerz, den ich empfand, nicht aus meiner Stimme verbannen. Mir war sofort klar, dass dieser neue Plan für Walker bereits stand. Was zur Hölle passierte hier?

»Scheiße, Jake, für deinen Bruder wird's gut laufen. Sein Wort steht gegen Spencers. Was ist das Höchste, was er bekommt, wenn er verknackt wird? Ich meine, erster Verstoß und so. Ein Jahr? Ein bis zehn Jahre, so sieht's aus. Ist in zehn Monaten wieder draußen.«

»Erstens bringt bewaffneter Raubüberfall zehn Jahre und drei Monate. Ein paar bekommen nur ein bis zehn, aber dieses Glück haben die Bishops nicht. Bobby wurde zuvor schon mal geschnappt. Er ist auf Bewährung. Sie werden das nicht als erste Straftat betrachten, wofür man ein bis zehn Jahre anordnet. Du kannst drauf wetten, legen wir Spencer rein, legt er Bobby rein. Großes Kino. Er wird denen eine Geschichte präsentieren, da kämst nicht mal du mit. Wird die Sympathien auf seine Seite ziehen wie Pacino in dieser Szene in *Hundstage*. Nebenbei, es ist völlig egal, ob wir das einen Tag früher durchziehen. Meinst du nicht, Spencer sieht fern? Dieser Scheiß wird überall in den Spätnachrichten sein. Wahrscheinlich ist er's schon.«

Ich war der Panik nah. Ich wusste, woran Walker dachte. Wir würden die Diamanten an diesen Typ in Chicago verticken, das Geld einsacken, dazu das, was wir bereits hatten, und abtauchen, nach Mexico fahren oder an einen anderen beschissenen Ort. Für ihn ging das in Ordnung. Er hatte keine Frau, die er liebte, kein Kind, das unterwegs war, kein Geschäft, das er demnächst eröffnen wollte. Keinen Bruder im Gefängnis. Ich glaube nicht mal, dass es Walker etwas ausmachte, einzusitzen. Seit seinem vierzehnten Lebensjahr hatte er keine zwei Jahre am Stück draußen zugebracht. Der Knast war sein Zuhause. Seine Zelle war seine Burg, so ein Typ war Walker. Entgegen seiner ganzen Nörgelei war mir klar, dass er den Knast *liebte*.

»Walker, wir werden diese Diamanten nicht verkaufen und ich will solchen Scheiß nicht mehr hören. Wir bringen Spencer die Steine, so schnell wie möglich. Das Geld behalten wir. Spencer weiß davon nichts. Er wollte nur diesen gelben Diamanten. Er gibt dir vielleicht was für die anderen Diamanten, vor allem für dieses braune Teil. Verdammt, du kannst alles behalten. Das Geld und was immer er dir für den Rest gibt. Ich will es nicht. Du kannst auch das hier haben.« Ich wedelte mit dem Arm, über dem Tisch, über den vier grünen Geldbündeln dort. »Ich will nur meinen Bruder aus dieser Zelle holen und ich will mein Leben zurück.«

Ich war verzweifelt. Und geriet in Rage. Ich hatte diesem Arschloch aus der Klemme geholfen, weil ich für etwas in seiner Schuld stand, was sich damals im Knast ereignet hatte, und er war dabei, mir das zu versauen, was von meinem Leben noch übrig war. Die Wut gewann die Oberhand.

Ich stand auf. »Walker, du machst jetzt Folgendes. Du schaffst deinen Arsch zurück nach South Bend, übergibst Spencer den ganzen Mist. Du wirst die Frau nicht umlegen. Dann verpisst du dich. Geh nach Südamerika, wohin auch immer. Vögel ein paar spanische Weiber, trink Mai Tais.«

Ich dachte ein paar Schritte voraus. Nicht meine Fingerabdrücke fanden sich in Calvin Brewers Haus, es waren Walkers. Mit ein wenig Glück war ich aus dem Schneider. Die Cops würden es als Job von Insidern bewerten, die Buchhalterin und Walker. Würden Walker und sie verschwinden ... ich wollte nicht darüber nachdenken, was zu tun wäre, um das real werden zu lassen. Auch, dass die Frau verschwinden musste. Aber ... wenn sie verschwände und Walker verschwände ... Ich musste nur Paris davon überzeugen, mir ein Alibi zu geben.

Ein heikler Punkt. Ehrbare Leute verstehen die Sache mit der Ehefrau als Zeugin regelmäßig falsch. Das Gesetz sagt nicht, eine Ehefrau *könne* nicht gegen ihren Ehemann aussagen – es sagt nur, sie *müsse* nicht. Will sie es, kann sie es. In dem Wissen, wie sich Paris vermutlich fühlte, wollte ich meine Zukunft nicht davon abhängig machen, doch es sah so aus, als bliebe mir keine andere

Wahl. Selbst wenn sie anfänglich meinen Arsch würde retten wollen, wäre Paris erst mal fünf, sechs Tage hintereinander Befragungen ausgesetzt und Detectives, die ihr mit Drohungen und all dem Scheiß den Verstand vernebelten, konnte ich nicht sonderlich optimistisch sein, dass sie am Ende für mich lügen würde. Und doch blieb es meine einzige Hoffnung.

Mir war sehr wohl bewusst, dass hier die wichtigste Überzeugungsarbeit meines Lebens auf mich wartete. Ein weiterer heikler Punkt war die nötige Gewissheit, dass Walker verschwand, für immer. Schnappten sie ihn, war es vorbei. Ich zweifelte nicht daran, dass er singen würde, und zwar eine Stunde nachdem man ihm die Handschellen angelegt hatte, und der Song, den er singen würde, hätte den Titel ›Jake Bishop, My Dear Rap-Partner‹.

Ich wollte es nicht einräumen, aber Walker hatte recht. Es stand zu viel auf dem Spiel, als dass man die Frau am Leben lassen konnte. Sie hatte unsere Gesichter gesehen, klar, ungeschönt. Das wusch kein Regen ab. Ließen wir sie am Leben, ging es für mich zurück in den Knast. Lebenslänglich. Selbst über das Damoklesschwert über meinem Haupt brauchte ich mir dann keine Gedanken zu machen, sollte die Frau mich identifizieren. Dieses Lebenslänglich würden sie als Bonus obendrauf packen. Das nur unter der Voraussetzung, ich handelte mir lebenslänglich ein und nicht die Todesstrafe. Was oder wie auch immer, es war egal. Sollte ich in meinem Alter lebenslang hinter Gitter wandern, konnten sie mich genauso gut sofort an den Stuhl schnallen. Ein Leben hinter Gittern wäre schlimmer.

Obwohl ich das wusste, war ich mental und emotional noch nicht dazu bereit, dass Walker die Frau umbrachte.

Hundertpro hatte ich nicht die Absicht, die Sache selbst zu erledigen. Dieser Knackpunkt mit der Seele, der sich immer mit meiner Logik anlegte.

Ich musste dorthin gelangen. An den Punkt, wo Mord in Betracht kam. Weiter noch. An den Punkt, wo ich nicht mehr darüber nachdachte. Es einfach zulassen, es in die dunkelste Ecke meines Verstandes packen, dorthin, wohin ich niemals ginge. Fern der Stelle, wo sich Albträume entwickeln. Ich wusste nicht, ob das möglich war.

Jetzt jedenfalls nicht. Mein Verstand jonglierte mit allen nur erdenklichen Szenarien, nichts darunter, was ich als Disney-Material bezeichnen würde, wäre das ein Film.

In Gedanken versunken, überhörte ich, dass Walker etwas sagte.

»... einen Ochsen verschlingen. Haben die hier was im Haus?«

Er stand auf, ging hinüber zur Küchenzeile und fing an, Schranktüren zu öffnen und sie wieder zuzuschlagen, eine nach der anderen.

»Im Wagen hab ich ein paar Cracker«, sagte ich.

Er drehte sich um, warf mir einen vernichtenden Blick zu. »Cracker? Das soll wohl 'n Witz sein. Wir haben fast 'ne Viertelmillion in bar und du willst, dass ich furztrockene Cracker esse? Kumpel ...«

Er lachte. »Ich bin für ein T-Bone-Steak. Sieben Zentimeter dick. In Butter gebraten und fett mit Zwiebeln belegt.«

Ich hielt es nicht für möglich, angesichts von Stress und Besorgnis etwas essen zu können, aber als er »T-Bone-Steak« sagte, lief mir das Wasser im Mund zusammen.

»Tja«, sagte ich, »ich glaube, ich könnte auch eins vernichten. Fahr doch in die Stadt, besorg uns zwei. Ich bleibe hier und habe ein Auge auf unseren Gast.«

Davon hielt er gar nichts.

»Ich habe keine Ahnung, wo ich hier bin«, sagte er. »Du warst hier schon mal. Weißt, wo die Läden und so sind. Ich würde mich verfranzen, bevor ich auch nur sechs Blocks weg bin.«

Ich musste anerkennen, dass er hier ins Schwarze getroffen hatte.

Es ging noch ein wenig hin und her zwischen uns, dann lenkte ich ein und erklärte mich einverstanden. Ich nahm einen Hunderter vom Tisch.

»Bring Schaufeln mit«, sagte er, als ich im Begriff war loszugehen. »Wir müssen die Schlampe vergraben, schon vergessen?« Ich schnappte mir einen zweiten Schein. »In Ordnung«, sagte ich. »Aber du rührst sie nicht an, solange ich weg bin. Ich denke noch immer drüber nach, wie wir einen Mord umgehen können.«

»Du denkst nach, Jake, aber ich sag dir jetzt was. Wir kommen nicht drum herum, hier geht's ans Eingemachte. Du weißt, dass es so ist.«

Ich wusste es, war aber nicht bereit, es einzugestehen.

»Möglich. Doch warte ab. Wir machen's später. Ich bin dabei.«

Ich war fast zu Tür hinaus, als Walker sagte: »Zigaretten.«

Ich drehte den Kopf nach hinten. »Was?«

»Zigaretten«, sagte er. »Bring Kippen mit. Meine werden knapp.«

Die Steaks bekam ich bei Owens' Supermarkt und – man soll es nicht für möglich halten – sie hatten nicht eine einzige Schaufel, im gesamten Laden nicht. Der pickelgesichtige Junge, bei dem ich mich erkundigte, meinte, sie kämen nächste Woche wieder rein. Er meinte, die meisten Leute würden ihre Gärten nicht bepflanzen, wenn der Boden mit einer zehn Zentimeter dicken Schneeschicht bedeckt sei, und für einen kurzen Moment dachte ich daran, mir seine kleine Klugscheißerzunge zu schnappen, um sie ihm um den Hals zu wickeln, was ich natürlich nicht tat. Aufmerksamkeit auf mich zu lenken war aktuell kein Ziel, das ich verfolgte. Ich kaufte zwei der größten T-Bone-Steaks, die sie hatten, und noch anderes Zeug zum Essen.

Zurück im Landhaus, die Arme voller Lebensmittel, stand ich in der offenen Tür, rief nach Walker und weshalb er nicht herauskommen könne, um mir zu helfen.

Er hatte mächtig zu tun, Sally Boxleiter in die Küche zu schleifen.

Eine tote Sally Boxleiter. Das war ziemlich offensichtlich, selbst von der Tür aus betrachtet. Hätte ich ihre Kehle nicht gesehen, die aussah, als hätte Walker sie mit einem verrosteten Dosenöffner aufgerissen, hätten mir die Blutlache am Sofa und die karmesinrote Spur, die Walkers Last hinterließ, als Anhaltspunkte gedient.

Ich spürte, dass meine Seele sich von mir losriss, meinen Körper verließ und sich davonmachte.

24. Kapitel

»Ach du Scheiße«, sagte ich und ließ die Tüten mit den Lebensmitteln fallen.

Meine Knie drohten unter mir nachzugeben. Ich spürte, wie sich mir der Magen umdrehte und der Schweiß aus allen Poren drang. Ich war mittendrin in einem Stephen-King-Horrorfilm. »Du hast es tatsächlich getan? Konntest nicht abwarten?«

Walker drehte sich nicht einmal um, ächzte und zog weiter an Boxleiters Beinen.

»Ich könnte hier ein wenig Unterstützung gebrauchen«, sagte er. Er ließ die Füße der Frau los, drehte sich um, starrte mich an.

»Das ist eine Frau ohne Vertrauen in Diäten«, sagte er. »Schätze, ihr ist nie ein Hostess Cupcake begegnet, dem sie ausweichen musste. Ganz zu schweigen davon, dass sie vermutlich zu ihrer Zeit die Position des Center bei den Purdue Boilermakers innehatte. Los, Jakey. Fass mit an.«

Ich stand nur da, sah ihn an. Und die Frau. Die tote Frau.

»Gottverdammt, Jake. Du hast gewusst, dass es sein musste. Du hast gewusst, dass du dazu nicht fähig bist. Jemand musste es machen. Einmal mehr hab ich dir deinen nutzlosen Arsch gerettet.«

Allmählich dämmerte mir, was gerade passierte. »Du hast recht, Walker. Nur warst du es, der mich diesmal in eine Sackgasse manövriert hat. Schon mal drüber nachgedacht, während du dir einbildest, eine Art Held zu sein, was mich betrifft?«

Er schüttelte genervt den Kopf. »Also schön. Vielleicht hab ich das. Aber wir stecken nun mal drin, Jake, und das hier war notwendig. Akzeptier es. Was hattest du denn vor? Sie laufen lassen, ihr Geld für eine Fahrt mit dem Taxi zum nächsten Polizeirevier geben? Du weißt, was passiert wäre, hätten wir sie laufen lassen.«

Er lag richtig. Verdammt richtig. Ich vermutete, ihm etwas schuldig zu sein, dafür, dass er getan hatte, was ich nicht hätte tun können und was das einzig Kluge darstellte. Wenigstens hatte nicht ich sie umgelegt. Vielleicht brachte das beim großen Mann im Himmel Pluspunkte.

Ganz bestimmt.

»Ja, verdammt«, sagte ich. »Okay, Walker.« Ich ging hinüber zum Küchentisch und setzte mich. »Lass sie mal für 'ne Minute und wir überlegen, wie wir vorgehen.«

»Vorgehen? Ganz einfach. Wir werden sie zu deinem Wagen bringen, sie einladen und zu dem Waldstück fahren, das du erwähnt hast. Verbuddeln sie dort. Und machen uns so schnell wie möglich aus dem Staub.«

»Am besten um Mitternacht, was? Walker, wir haben nicht mal eine Taschenlampe. Wie sollen wir da eine Grube graben? Erst recht eine Stelle finden, wo man eine Grube graben kann? Es könnte dir womöglich entgangen sein, aber heute scheint nicht mal der Mond. Im Wald ist es dunkel, Bruder. Und womit sollen wir graben? Es war keine Schaufel zu bekommen. Meinst du, wir sollten unsere Finger einsetzen? Du willst dir diese manikürten Nägel schmutzig machen?«

»Du hast keine Schaufeln bekommen?« Er kam herüber und setzte sich auf einen der Küchenstühle neben mir. »Himmel, Jake. Warum nicht?«

»Weil es neun Uhr abends ist, Walker. Es ist schräg, aber alle Eisenwarenläden im Umkreis scheinen früher zu schließen.«

»Tja«, sagte er mit einem schwunglosen Nicken. »Gut. Nun, dann legen wir sie einfach irgendwo ab. Zumindest könnten wir sie in irgendein Waldstück hier in der Gegend schaffen. Könnte Tage, wenn nicht sogar Wochen dauern, bis man sie findet. Dann sind wir längst weg.«

Mich überkam ein immenses Gefühl der Leere. Die ganze Sache zermürbte mich mehr und mehr. Die ganze Situation war einfach ... falsch. Mir wurde bewusst, dass ich ein Stadium erreicht hatte, das die Cops liebten, hatten die bösen Jungs es erreicht. Ein Stadium, wenn sie seelisch derart weidwund waren und ausgepowert und voller Schuld, dass sie ihre Sünden und Verbrechen nur noch gestehen und sich hinlegen und auf ewig schlafen wollten. Ein gefährliches Stadium, wollte ich auf freiem Fuß bleiben. Keine drei Meter von mir entfernt lag eine Frau in ihrem Blut. Eine Frau, die mir nie etwas getan hatte und in ihrem ganzen Leben vermutlich auch niemand anderem. Jetzt war sie tot, und zwar wegen zweier mieser, wertloser Arschlöcher.

Ich wollte Walker Joy die Schuld an allem zuschieben, aber konnte es nicht, nicht an allem.

Urplötzlich sah ich meine Zukunft vor mir – die im diesseitigen und die im jenseitigen Leben –, und Schwindel erfasste mich. Ich beugte mich weit nach vorn und ließ den Kopf zwischen meine Beine sinken.

»Ich hab schon«, hörte ich Walker sagen, und es klang wie von weit her. »Gekotzt. Jetzt erwischt es dich, nicht wahr?«

Ich atmete so tief wie irgend möglich ein und bekam meinen Magen Stück für Stück unter Kontrolle. Ich zog die Packung Zigaretten aus meiner Hemdtasche und zündete mir eine an, mit zitternden Fingern.

»Es ist schlimm, Walker«, sagte ich und zog den Rauch tief in die Lungen.

»Ich weiß«, erwiderte er und seine Stimme war auf seltsame Weise untypisch für ihn. Düster. Ich sah ihn an und bemerkte, wie ernst er war. Möglich, dass auch er seine Dämonen hatte. Darüber hatte ich nie nachgedacht.

»Pass auf«, sagte ich und nahm noch einen tiefen Zug. »Wir dürfen hier nichts überstürzen. Zunächst mal können wir sie nicht einfach irgendwo ablegen. Wir müssen sie vergraben. Tief. Irgendwo, wo niemand hinkommt. Ich kenne eine Stelle.«

Ich erzählte Walker von der Stelle, die ich im Sinn hatte. »Wir machen Folgendes«, sagte ich. Das Entsetzen darüber, was er getan hatte – was *wir* getan hatten –, löste sich nicht auf, aber von irgendwoher aus meinem Innern übernahm ein Sinn für kalte Logik das Geschäft und verbannte die tote Frau tief in meinen Hinterkopf. »Wir nehmen erst mal 'ne Mütze Schlaf. Wir sind beide müde. Zu müde, um vernünftige Entscheidungen zu treffen. Morgen fahren wir frühzeitig in die Stadt, besorgen Schaufeln und eine Spitzhacke, um die harte oberste Schicht des Bodens zu überwinden, kommen hierher zurück und laden die Frau ein, fahren dann zu besagter Stelle.«

Mein Verstand raste zum nächsten Tag, bezog alle Aspekte mit ein. »Wir werden schwarzen Pfeffer besorgen. Erinner mich dran.«

»Schwarzen Pfeffer?«

»Ja. Wir vergraben sie und verstreuen rundum Pfeffer. Hält die Tiere davon ab, sie auszubuddeln.« Ich hatte das mal irgendwo gelesen oder im Fernsehen gesehen.

»Ja«, sagte er mit leuchtenden Augen.

»Hast du Hunger?« Ich stand auf und ging hinüber zu den umherliegenden Lebensmitteln. »Ich hab die Steaks.« Ich bückte mich und fing an, Steaks, Kartoffeln und anderen Kram zurück in die Tüten zu packen.

»Ja«, sagte er. Und dann: »Nein, eigentlich nicht.«

Ich richtete mich auf, brachte die Tüten zum Kühlschrank, öffnete ihn und stellte die Tüten hinein.

»Geht mir genauso«, sagte ich. »Gönnen wir uns ein wenig Schlaf. Betten sind oben. Ich für mein Teil nehm erst mal 'n Bad.«

»Was sollen wir mit ihr machen?«, fragte er und sein Blick wanderte zur Leiche auf dem Boden.

»Wir bringen sie zurück zum Sofa.«

Wir legten sie wieder aufs Sofa und bedeckten sie mit einem Quilt, der, wie ich zuvor gesehen hatte, über den Lieblingssessel meines Schwiegervaters Jerrol gebreitet war. Erweckte den Eindruck, als hätte sich jemand für ein Nickerchen hingelegt, zu frösteln begonnen und sich mit dem Quilt zugedeckt. Anschließend ging ich Richtung Treppe. »Such dir 'n Bett aus. Ich steig in die Wanne.«

Wenige Minuten später war die Wanne zur Hälfte mit Wasser gefüllt, Wasser, so heiß, wie ich es gerade noch ertragen konnte, und ich stieg hinein und ließ das Wasser laufen. Ließ es laufen, bis es gut eine Handbreit unter dem Rand stand, stellte es ab und glitt hinunter ins Heiße, sodass – bis auf mein Gesicht – mein gesamter Körper umspült wurde. Selbst meine Ohren. Ich lag einfach nur da, versuchte, nicht an die tote Frau dort unten zu denken.

Nach einer Weile, nach etwa zehn Minuten, roch ich etwas. Steak und Butter. Schien, als hätte Walker es sich anders überlegt, als hätte er beschlossen, doch hungrig zu sein. Der Geruch bescherte mir Übelkeit. Ich langte hinüber und schob die Tür zu, doch es bewirkte nicht viel. Ich stieg aus der Wanne, zog den Stöpsel und trocknete mich flüchtig ab. Zog meine getragenen Shorts wieder an. Ich hörte Walker unten rumhantieren, Schubladen aufziehen, vermutlich auf der Suche nach Besteck, und dann war Ruhe. Ich ging in das Schlafzimmer von Paris' Eltern und legte mich aufs Bett, halb nackt und halb feucht, kümmerte mich nicht darum, die Bettdecke zurückzuschlagen und darunter zu kriechen. Ich musste tatsächlich müde gewesen sein, denn ich erinnere mich nicht, an irgendetwas gedacht zu haben, sondern musste nahezu augenblicklich eingeschlafen sein.

Irgendwann – keine Ahnung, wie lange ich geschlafen hatte – weckte mich der Klang von Stimmen auf.

Eine männliche – Walkers. Und die einer Frau. Eine vertraute Stimme. Ich vertrieb den Nebel des Schlafes, setzte mich auf, horchte, mit rasendem Herzen, und dann erkannte ich die Stimme.

Paris' Stimme. Die nach mir rief.

25. Kapitel

Genauer gesagt: schrie.

»Jaa–aaaake!«

Ich schlüpfte in Hemd und Hose, hastete zur Treppe, nahm zwei Stufen auf einmal und das letzte halbe Dutzend mit einem Satz, der mit mir am Boden endete und mit einem angeknacksten Knöchel. Ich jaulte auf, aber kämpfte mich hoch, ignorierte den Schmerz.

Du lieber Himmel.

In der Tat, es war Paris. Sie stand mit dem Rücken zum Küchentresen und Walker, einen halben Meter von ihr entfernt, schwang ein massives Küchenmesser in ihre Richtung. Das bei Truthähnen eingesetzte Tranchiermesser von Paris' Mutter. Eines aus einem Set von Messern, das wir ihr zwei Jahre zuvor zu Weihnachten geschenkt hatten. Vielleicht sogar das Messer, das bei der Boxleiter zum Zuge gekommen war.

»Walker!«, brüllte ich. »Scheiße, was machst du? Das ist meine Frau!«

Er wich einen Schritt zurück, Enttäuschung in den Augen. Allmählich schien er Spaß am Töten zu entwickeln.

Paris' Gesichtsausdruck wechselte im Nu von Panik zu Rage. Sie versetzte Walkers Brust einen Stoß mit dem Unterarm, wie man ihn Erstsemestern beim College-Football beibringt – obwohl der hier Uniauswahl-Qualität aufwies –, woraufhin Walker noch einen Schritt nach hinten stolperte, und dann wandte sie sich wutentbrannt mir zu. Ich wollte sie in die Arme nehmen. Zwei Schritte von mir entfernt, blieb sie stehen, riss die Hände hoch, als wollte sie »Langsam, langsam!« sagen, und holte dann aus, versetzte mir einen Schlag gegen den Kopf, dass ich Glocken läuten hörte, mir die Ohren klangen und kurzzeitig die Sinne schwanden. Ob der Überraschung oder der Wucht des Schlages wegen, vermag ich nicht zu sagen.

Ich bewegte den Kopf hin und her, um die Benommenheit abzuschütteln, und legte die Hand ans Ohr. Ich spürte die Hitze an meinen Fingern und wusste, das Ohr war feuerrot.

»Weshalb hast du das getan, verdammt noch mal?«,

fragte ich, mir meiner jammernden Stimme bewusst, von der ich wünschte, sie klänge anders.

»Das muss Walker Joy sein, dein Schwachsinnsfreund«, sagte sie. »Hi, Mr. Joy, ich bin die Ehefrau.« Sie streckte ihm nicht die Hand entgegen. »In welche Scheiße haben Sie meinen Mann geritten?«

Walker sagte kein Wort. Nicht zu ihr, nicht zu mir. Er sah auf das Messer in seiner Hand, als ob er sich plötzlich seiner Existenz erinnerte, ging hinüber zur Spüle und warf es unter Geschepper hinein. Er sah zu mir herüber, und ich konnte seine Gedanken lesen. Seine Miene sagte: »Scheiße, was macht die hier?«

Eine Frage, die ich mir selbst stellte. Scheiße, was machte Paris hier? Meine Güte, konnte das Ganze noch vertrackter werden? Noch beschissener?

»Woher hast du –«, begann ich.

»Gewusst, dass du hier bist?« Sie schüttelte angewidert den Kopf und stolzierte an mir vorbei ins Wohnzimmer. Mein Herz kam kurz aus dem Takt, als mir einfiel, dass nur wenige Schritte von ihr entfernt eine Leiche lag, doch Paris hatte keinen Blick fürs Sofa übrig, marschierte einfach weiter durchs Wohnzimmer in den Wintergarten, den ihr Dad an der Rückseite angebaut hatte. Eine verglaste Erweiterung des Wohnzimmers, die er mit einigen bequemen Sesseln und einem Sofa ausgestattet hatte, sodass man dort sitzen, einen Drink oder was auch immer nehmen und auf den See hinausschauen konnte. Sie ließ sich in den Relaxsessel fallen, den ihr Vater bevorzugte, stützte den Kopf in die Hände und beugte sich nach vorn.

In meinem Kopf blitzte eine Erinnerung auf. Das war der Raum, wo ich ihr den Heiratsantrag gemacht hatte.

Das erste Mal, als wir ihre Eltern hier besucht hatten. Sie hatte in genau diesem Sessel gesessen und ich hatte mich hingekniet. Ihre Eltern waren in der Küche gewesen, hatten den Abwasch gemacht, Gloria hatte gespült, Jerrol abgetrocknet, ihr allabendliches Programm. Ich höre Gloria noch immer freudig aufkreischen, nachdem Paris kurz zuvor in die Küche gegangen war, um die Neuigkeit zu verkünden. Ich unterdrückte die Erinnerung.

Ich wusste, dass Paris weinte, obwohl sie keinen Laut von sich gab. Ich ging hin zu ihr, fragte mich, was um alles in der Welt ich ihr sagen solle. Ich setzte mich in den Sessel daneben, wo ihre Mutter für gewöhnlich saß und strickte oder auf den Bildschirm des kleinen Fernsehers sah, der an der gegenüberliegenden Wand auf einem Bücherregal stand.

Paris hob den Kopf und sah mich an, und ich erkannte, dass ich richtiggelegen hatte. Ihre Augen waren gerötet und feucht.

»Du bist nicht sonderlich gerissen, Jake«, sagte sie. »Es hat mich vielleicht zehn Minuten gekostet, dahinterzukommen, wohin du wolltest.«

»Wie jetzt?«, sagte ich. »Wie –«

»Ganz einfach«, fiel sie mir ins Wort. »Du hast die Schachtel mit den Crackern mitgenommen. Du kannst Salzcracker nicht ausstehen, Jake. Du hast nicht mal im Kühlschrank nachgesehen. Wäre es dir ums Essen gegangen, hättest du's getan. Da ziemlich schnell klar war, dass du nicht des Essens wegen nach Hause gekommen bist, habe ich mich gefragt, was wohl in der Vorratskammer war, das du haben wolltest. Was nicht besonders schwer herauszufinden war. Neben den Lebensmitteln befinden sich dort nur unsere Ersatzschlüssel. Ich bin sie durchgegangen, bis ich rausbekommen habe, welcher fehlt.«

»Oh«, sagte ich. Tja, nun ...

»Es geht nicht darum, wie ich dahintergekommen bin, wo du steckst. Es geht darum, dass ...« Sie hielt inne, sah verstört aus. »Jake, ich weiß nicht, wo ich anfangen soll. Du bist bereits in das Haus dieses Mannes eingestiegen, nicht wahr?«

Ich nickte. Was hätte ich sonst tun sollen?

»Passt. Irgendwas ist schiefgelaufen, stimmt's? Ich nehme an, sonst wärst du nicht hier.«

Ich erwiderte nichts darauf. Sie war nicht dumm. Einer der gewichtigsten Gründe, weswegen ich mich in sie verliebt hatte. *Das* Wort, womit man Paris niemals hätte beschreiben können, war Dummchen.

»Ja, wir hatten ein kleines Problem«, sagte ich. »Nichts, was wir nicht in den Griff bekommen.«

»Kann ich mir vorstellen«, sagte sie fast wie nebenbei, als ob welche Panne auch immer wir gerade erlebt hatten, nicht der Rede wert sein könne. Das kam mir seltsam vor. Weshalb gab sie sich nicht theatralisch? Schrie und goss einen Kübel voller Vorwürfe und Schuldzuweisungen über mir aus, verlangte zu erfahren, worum genau es sich bei diesem »kleinen Problem« handelte? Das war nicht das, womit ich gerechnet hatte. Ich beschloss, die gesamte Geschichte zu präsentieren, mich der Gnade des Gerichtes auszuliefern, aber ich bekam gar nicht die Chance, mich zu erklären.

»Sind wir –« Ich stockte. Ich wollte sie fragen, ob sie hierhergekommen sei, um mir zu sagen, dass sie beschlossen habe, bei mir zu bleiben. Nur, dass ich es nicht konnte. Was, wenn sie nein sagte?

»Jake, ich wünschte, es gäbe einen bequemen Weg, es dir zu sagen. Gibt es aber nicht.« Sie machte eine Pause und ich stellte mir vor, wie zwei Menschen in diesem Raum den Atem anhielten. Mir war halbwegs bewusst, dass Walker hinten in der Küche war, Schränke und so öffnete. Vermutlich wieder mit einem Essen beschäftigt. Ich ging davon aus, dass er sich bemühte, Paris so weit wie möglich auszuweichen, damit wir unsere Situation in den Griff bekamen.

Was sie mir erklären würde, so meine Vermutung, wäre eine Alternative von zweien. Entweder würde sie bei mir bleiben oder ... Oder die Cops waren bei uns aufgeschlagen, so wie ich es befürchtet hatte. Und sie hatte mich ausgeliefert. Sie musste ihnen nicht einmal gesagt haben, wo sie vermutete, dass ich steckte, aber das war egal. Ich würde hinter Gittern sein, kaum dass ich mich aus dem Landhaus gewagt hätte. Sie wussten, welchen Wagen ich fuhr, und kannten höchstwahrscheinlich auch Walkers, und selbst wenn wir einen Wagen stahlen, war es nur eine Frage der Zeit, wann sie uns hatten. Ich fragte mich, warum sie ihnen nicht gesagt hatte, wo wir uns aufhielten, kam dann zu dem Schluss, dass sie mich eventuell ein letztes Mal sehen, mir ins Gesicht sagen wollte, was sie getan hatte.

Ich hatte mich geirrt.

»Jake«, sagte sie so unumwunden, wie man so etwas einem anderen überhaupt mitteilen kann, »Bobby ist tot.«

Beim ersten Mal verstand ich sie nicht richtig. »Was?«, sagte ich und grinste, wahrscheinlich ein idiotisches Grinsen, als würde ich unterstellen, sie triebe einen üblen Scherz mit mir.

»Bobby ist tot«, wiederholte sie, ihr Blick plötzlich leer,

ausdruckslos, müde. »Er ... Jake, es tut mir leid ... Jake ... er hat sich erhängt.«

26. Kapitel

Was sie sagte, traf mich wie ein Schlag.

Mein Bruder.

Tot.

Ich konnte es nicht glauben. Wollte es nicht glauben.

»Bist du sicher?« sagte ich, das Hirnverbrannteste, was ich hätte äußern können.

Sie nickte, und ihre Augen schwammen plötzlich in Tränen. Sie stand auf, kam zu mir und beugte sich hinunter, nahm mich in die Arme. Am Ende landete sie irgendwie auf meinem Schoß, und ich weinte und wollte doch nicht weinen, hielt Paris an mich gedrückt, als wäre sie meine Mutter oder so.

»Man hat ihn ... angegriffen«, sagte sie. Ich hatte meinen Kopf an ihrem Bauch und sie fuhr mir sanft über den Nacken. »Er hat dir was Schriftliches hinterlassen.«

Ich hörte das Rascheln von Papier und bemerkte, dass sie ein Blatt Papier aus ihrem Ausschnitt holte. Sie löste sich von mir, kniete sich auf den Boden und sah zu mir hoch. Sie hielt mir das Blatt hin und ich nahm es ihr ab. Mir wurde das Zittern meiner Hand bewusst, konnte es aber nicht stoppen. Es war nicht das Original, sondern eine Fotokopie. Aber es war Bobbys kleine Handschrift. Über seine Handschrift hatte ich mich immer lustig gemacht. Hatte ihm gesagt, die sehe aus wie die von einem Mädchen.

Daran musste ich denken und Reue überfiel mich, dass ich das zu ihm gesagt hatte. Veralbern hin oder her.

»Sie haben das Original behalten«, sagte Paris. »Für die Verhandlung. Sie haben gesagt, wenn's vorbei ist, kannst du es bekommen.«

Ich hatte keine Ahnung, wovon sie sprach, aber das spielte keine Rolle. Ich konzentrierte mich auf die Worte.

Lieber Jake,
es ist hart, diesen Brief zu schreiben, Bruder. Wenn du ihn erhältst, bedeutet das wohl, dass ich getan habe, was ich mir vorgenommen habe. Ich muss mir noch einiges von der Seele schreiben und dann werde ich dieser ganzen Scheiße ein Ende machen. Zuallererst muss ich dir sagen, dass du keine Schuld an meinem Tod hast. Es ist meine Entscheidung. Nichts, was du hättest tun können, hätte mich davon abgehalten. Du warst immer ein guter Bruder, Jake. Hier ist was passiert. Ein Typ hat mich vergewaltigt. Ich weiß nicht, ob dir das jemals passiert ist, als du eingesessen hast, aber mir ist es todsicher passiert. Der Typ hat mir ein Messer an den Hals gesetzt, und »hat sein Werk vollbracht.«

Jake, ich habe versucht, mich gegen ihn zur Wehr zu setzen, aber ich konnte nicht. War auch ein kleiner Kerl. In einem fairen Kampf hätte ich ihn klar schlagen können. Ich habe aber nur dieses Messer gespürt und gewusst, dass ich tot bin, wenn ich was mache. Danach habe ich mir nur gewünscht, ich hätte gesagt »drauf geschissen« und zumindest versucht, gegen den Scheißkerl zu kämpfen. Habe ich aber nicht gemacht.

Damit kann ich nicht leben. Da ist noch was anderes, mit dem ich nicht leben kann. Habe ich lange Zeit mit mir herumgetragen. Bevor ich dir das erzähle, möchte ich dich bitten, mich nicht zu hassen, Jake. Eigentlich kann ich dich nicht bitten, es mir zu versprechen, aber ich bitte dich.

Ich bin für den Tod von Mom und Dad verantwortlich.

So. Jetzt ist es raus. Seit einem Jahr will ich dir das schon sagen. Du verdienst es, zu erfahren, was passiert ist. Es geht darum, dass ich Gras geraucht hatte. Ich hatte den ganzen Tag geraucht. War so high wie nie zuvor. Gegen ein Uhr morgens kam ich nach Hause und wollte unsere Leute nicht aufwecken. Alle meinten, es wäre Mom gewesen, die meine Sachen in den Trockner getan hat, aber so war's nicht. Du kennst Mom. Sie würde niemals was in den Trockner tun und dann ins Bett gehen. Ich war es, Jake. Ich war nicht mehr ganz bei mir, wusste aber, dass Mom am Morgen das Gras an meinem Shirt riechen und ich mächtig Ärger bekommen würde. Ich habe Hose und Shirt im großen Becken mit der Hand gewaschen und dann in den Trockner geworfen. Ich habe mich so elend gefühlt – übles Dope, Bruder! – und bin auf die Veranda gegangen, um wieder klar im Kopf zu werden. Ich hatte vor, wieder nach unten zu gehen, meine Sachen aus dem Trockner zu holen und dann ins Bett zu gehen.

Jake, es tut mir so leid! Ich bin eingeschlafen und nicht nach unten gegangen. Der Trockner geriet in Brand. Du kennst den Rest.

Ich wollte etwas sagen, nachdem es passiert war, aber ich konnte nicht. Alle hätten mich für den widerlichsten Typ überhaupt gehalten. Vor allem du.

Das hat mich innerlich zerrissen. Für immer.

Darum muss ich das jetzt machen. Auschecken. Ich bekomme das alles nicht mehr auf die Reihe. Ich kann nur hoffen, dass ich in der Hölle lande, damit ich Mom und Dad nicht gegenübertreten muss.

Unterschrieben war es mit: *Dein dich liebender Bruder* und dahinter, in Klammern: *Bobby.*

Und ein Postskriptum. Es lautete: *Und richte Paris aus, dass ich es wirklich zu schätzen weiß, dass sie mich so aufgenommen hat, wie sie mich aufgenommen hat. Ich bedauere, dass ich manchmal so gemein zu ihr war. Ich mag ihr Essen wirk-*

lich. Ich glaube, ich war einfach nur wütend, dass sie nicht Mom war. Wütend auf mich, nicht auf sie.

Mich überrollte eine unglaubliche Welle der Trauer, so intensiv, dass ich nicht weinen konnte. Ich fühlte mich innerlich völlig ausgehöhlt, da war nichts mehr in mir.

Ich ließ die Hände in den Schoß sinken, der Brief fiel zu Boden, irgendwohin, und ich starrte hinaus auf den See, aber ich sah nichts. Ich sah weit über den Chapman See hinaus, überblickte die Jahre. Sah einen kleinen Jungen, dem ich Boxunterricht gab. Dem ich riet, die Rechte oben zu halten mit der Linken als Führhand. Den ich einen Blödmann nannte und auslachte, wenn er in die Luft schlug und meinen Bauch mindestens dreißig Zentimeter verfehlte. Und dann, schneller als ich womöglich gewettet hätte, konnte er Schwinger platzieren, war mein kleiner Bruder Bobby dran und versetzte mir mit seiner Rechten einen Schlag direkt zum Kiefer, mit so viel Schlagkraft, dass ich Sterne sah. Sah, wie ich ihm hinterherjagte. Er lachend, und dann auch ich, und wie wir beide auf den Rasen vorm Haus sanken, außer Atem und einfach zwei gute Freunde an einem warmen Samstagmorgen im Sommer. Allmählich verblasste das Bild und ich bekam mit, dass Paris sprach.

»... kannst stolz auf ihn sein, denke ich. Der Typ, der über ihn hergefallen ist, liegt im Krankenhaus.«

»Hä?«, sagte ich. Sie begann noch mal von vorn. Ich saß da und blickte auf den See hinaus und Paris berichtete, was sie von der Polizei erfahren hatte. Eine Stunde nachdem er vergewaltigt worden war, hatte er sich aufgerafft, wie es schien, und sich den Typ vorgenommen.

»Er hat ihm ein Auge ausgestochen«, sagte Paris. »Mein Gott!«

Ich nickte stumm. Ich erinnerte mich, ihm das gezeigt zu haben, kurz bevor man ihn zurück in die Arrestzelle gebracht hatte. Wie man zwei Finger zu einem Haken formt.

Sie fuhr fort, erzählte, dass ein Cop den Lärm gehört habe und in die Zelle gegangen sei, um nachzusehen. Wie sie Bobby in eine andere Zelle gebracht und den Typ auf eine Trage gepackt und ins Memorial Hospital transportiert hätten.

Und wie Bobby sich an seinem Gürtel, den man ihm nicht abgenommen habe, erhängt habe.

Wie – sie berichtete mir noch mehr, aber ich erinnere mich nicht, was genau.

Plötzlich, ohne jegliche Vorwarnung, schienen alle Knochen in meinem Körper zu zerfallen. Eine vollständige und betäubende Lähmung machte sich in jeder Zelle breit. Im selben Moment schoben sich derart viele Gefühle gleichzeitig nach oben, dass keines davon entweichen konnte und sich statt Trauer oder Wut, Frustration oder Schuld – all das, was ich irgendwo in meinem Innern als ein Brodeln wahrnahm – nichts artikulierte. Nicht dass ich es nicht versucht hätte. Ich machte beständig den Mund auf und zu und, verdammt, wenn sich da mal nicht ein Schluckauf anbahnte. Ein nicht zu kontrollierender. Keiner, den man normalerweise bekommt, alle zehn Sekunden oder so, sondern ein beständiges »Hicks!«

»Jake?« Und noch mal: »Jake?«

Ich bemerkte, dass Paris mich ansah, ihre Augen noch größer, noch schimmernder als sonst, mich fragte, ob ich mich hinlegen wolle – ich meine, ich vernahm ihre Stimme und verstand, was sie sagte, aber es war, als säßen wir einander gegenüber, am Rande einer tiefen

Kluft, die sich mehr und mehr öffnete zwischen uns, und während sie breiter wurde, hob in meinen Ohren ein Dröhnen an, und dann weiß ich nur noch, dass ich mich am Boden aufsetzen wollte und Paris mit einem kühlen, feuchten Tuch über meine Stirn fuhr und direkt hinter ihr Walker, der auf mich hinuntersah, mit einer Miene, die leichte Belustigung widerzuspiegeln schien. Mir war eiskalt und meine Zähne schlugen aufeinander und ich spürte, dass ich klatschnass war, wie Eis aus jeder Pore meines Körpers drang, eisiger, salziger Schweiß, der mir in die Augen rann und mich zum Blinzeln zwang.

»Geht's wieder, Schatz?«, fragte Paris, die sah, dass ich die Augen geöffnet hatte. »Du bist ohnmächtig geworden. Ich habe gedacht, du hättest einen Schlaganfall!«

»Ja«, sagte Walker. »Genau das hat sie gesagt, Mann. Einen Schlaganfall!«

Als er sah, dass ich soweit in Ordnung war – oder zumindest am Leben –, warf er den Kopf in den Nacken und lachte, was mich wütend machte. »Verdammt, einen Schlaganfall, hat sie gesagt! Als wärst du irgendein alter Sack.«

Auf einen Ellbogen gestützt, rappelte ich mich ein wenig hoch, wartete einen Moment, wollte testen, ob ich noch benebelt war, und als ich spürte, dass dem nicht so war, rutschte ich zurück, damit ich mich mit dem Rücken gegen die Wand stützen konnte, und fuhr mir mit dem Ärmel über die Augen. Allmählich bekam ich meine Atmung wieder unter Kontrolle.

»Er ist wirklich tot, oder?«, fragte ich, richtete die Frage mehr an mich selbst als an Paris.

»Ja, ist er, Jake. Jake, ich –«

»Schon gut«, fiel ich ihr ins Wort und hob die Hand.

»Ich brauche nur einen Moment, um mich drauf einzustellen.«

Ich würde mehr als einen Moment brauchen.

Ein ganzes Leben wäre nicht ausreichend.

Mein armer kleiner Bruder.

Ich hätte es kommen sehen müssen. Bobby war für den Knast nicht gerüstet. Wofür er bereit war, das war Skateboard zu fahren und mit seinen Jungs abzuhängen und Mädchen abzuchecken und an seinem Curveball zu arbeiten. Schiss haben vor dem Algebratest am nächsten Freitag. Nur nicht das – in einer Arrestzelle zu sterben, an so einem Ort. Für etwas, womit er nichts zu tun hatte. Weil ein Scheißkerl mich für sich arbeiten lassen wollte und womöglich aus Rache für etwas, was ich vor Jahren dem Onkel dieses Scheißkerls angetan hatte. Und dann dieser Schwachsinn, er habe den Tod unserer Eltern verursacht. Hätte er nur mit mir darüber gesprochen, was ihn umtrieb. Ich hätte ihm den Kopf zurechtgerückt, dafür gesorgt, dass er begriffen hätte, dass ihn keine Schuld daran traf. Dass es sich um eines dieser beschissenen Unglücke gehandelt hatte, die uns im Leben ereilen.

Diese Chance gab es nicht mehr.

Bobby gab es nicht mehr.

Und ich, die Ursache dafür, dass er jetzt dort war, wo er war, der eine Situation für ihn geschaffen hatte, die ihn in den Selbstmord getrieben hatte ... ich war in einem Landhaus an einem See, auf dem Sofa die Leiche einer Frau – einer Frau, die mir nicht ansatzweise etwas getan, die lediglich etwas Mehrarbeit hatte leisten wollen, als sich unsere Wege kreuzten. Saß am Boden eines Landhauses, dazu ein Partner, der in der Küche herumfuhrwerkte, auf der Suche nach etwas, was er sich in seine unansehnliche Fresse stopfen konnte, ein Idiot von Partner, der mich nur noch tiefer reinreiten konnte als ohnehin schon – sofern das überhaupt möglich war. Saß in einem Landhaus mit einer Ehefrau, die mich mit besorgtem Blick musterte, mit einer Frau, die ich anbetete und deren Verlust mir drohte. Ganz zu schweigen von einem Geschäft, das sich zügig in Luft auflöste und angesichts des Restes nicht einmal mehr etwas bedeutete.

Was an seiner Stelle erschien, war der vorstoßende Schemen grauer Gitterstäbe, grauer Betonwände, keuchender mesomorpher Typen um mich herum, die unselige Pläne ausheckten, um sich für den Rest meiner Tage meines Loches bedienen zu können, jahrein, jahraus, bis ich einsam starb, ohne meine Seelenverwandte und ohne ein menschliches Wesen, das man als normal bezeichnen konnte, in einer dieser Institutionen voller geistig Zerrütteter und Verlorener, auch Gefängnis genannt.

Ich glaube, ich war nahe dran an einigen Empfindungen, die Bobby gehabt haben musste, als er sich das Leben nahm. Mir fehlte nur seine Entschlossenheit. Aber ich hätte sie gern gehabt in diesen wenigen, diesen intensivsten Sekunden meines Lebens. Ich wollte eine Waffe nehmen – die, die Walker an seinem Knöchel trug –, sie auf meinen unnützen Schädel richten und den Abzug drücken, die Kugel in mein fiebriges Gehirn jagen und allen Schmerzen und Qualen ein Ende setzen, die mich am Arsch hatten, an meinem nutzlosen.

Aber ich tat es nicht.

Inmitten des Selbstmitleids und des Bedauerns über mein jämmerliches Ich sah ich hinüber und mir ging auf, dass es meine Frau war, die dort saß, mich ansah, und sie steckte mittendrin und auch das mein Werk. Und mir ging auf, dass ich sie Walkers Gnade ausliefern würde, ginge ich Bobbys Weg, und ich hatte keinen Zweifel, was Walker machen würde.

Da wusste ich, was getan werden musste.

27. Kapitel

Alles wieder in Ordnung bringen, irgendwie. Für Paris.

Egal, was es mich kostete.

Zuerst musste ich in Erfahrung bringen, ob sie zu mir stand. Mir fiel nichts Besseres ein, als unumwunden zu fragen.

»Ja«, sagte sie.

»Bist du sicher?«

Sie zögerte, bevor sie antwortete. »Als ich hierhergekommen bin, war ich es nicht. Mir war nur klar, dass ich dir das mit Bobby erzählen musste. Aber ...«

Sie hielt inne, reckte das Kinn, um mir in die Augen zu schauen, fast schon trotzig, »... als du ohnmächtig geworden bist, habe ich gedacht, du würdest sterben. Das hat bei mir für Gewissheit gesorgt. Da habe ich gewusst, dass ich nicht leben will, wenn du nicht bei mir bist.«

Sie räusperte sich und sah hinaus auf den See und dann wieder zu mir. In ihren Augen stand ein neuer Ausdruck blanker Entschlossenheit. »Aber du musst ehrlich zu mir sein, Jake. Ich meine, absolut ehrlich. So sehr ich dich auch liebe ...«, wieder hielt sie inne, als müsse sie sich sammeln, »... lügst du mich noch einmal an, bin ich weg.«

Da wusste ich, was mir abverlangt wurde. Die ganze Wahrheit, nichts auslassen, nichts verharmlosen, nichts beschönigen.

Das war heftig.

Es wurde noch heftiger. Ihre Augen zu beobachten, als ich ihr offenbarte, was gestern geschehen war, als ich jede Einzelheit ausbreitete, jede Stufe benannte auf meinem Weg tiefer und tiefer ins Klo. Zu beobachten, wie sie vor Entsetzen die Hand vor den Mund schlug und ihr Blick zum Sofa schoss, als ich ihr von der Frau erzählte, die dort unter der Decke lag und wie sie dorthin gekommen war. Danach konnte ich Paris nicht mehr direkt anschauen, fuhr aber mit meiner traurigen Schilderung fort, den Blick die ganze Zeit über starr auf die Wand hinter Paris gerichtet.

Als ich durch war damit, blieb mir nur zu sagen, dass ich es bedauere. Bedauern! Als hätte ich den Topf mit ihrer Lieblingspflanze umgestoßen oder so.

Als ich durch war damit, geschah nichts. Schweigen.

Ich wusste nicht, womit ich zu rechnen hatte, und konnte mich nicht durchringen, sie anzusehen.

Mit einem Schrei? Einer Attacke? Einer Paris, die sich die Fäuste schwingend auf mich stürzte, mir das Gesicht blutig schlug? Das wäre diesem Schweigen fast vorzuziehen gewesen.

Und dann ...

Sie überraschte mich.

Zog mir quasi die Schuhe aus.

Keine Schuldzuweisungen, kein Geschrei, keine Anklagen. Nichts davon. Nur Paris, die sich dem Team anschloss. Sich nicht nur anschloss. Die das Heft in die Hand nahm.

»So wie ich es sehe, habt ihr zwei Optionen.« Ich bemerkte, dass Walker zurückgekommen war, am Türrahmen lehnte, zuhörte, die Arme verschränkt, den Blick auf Paris gerichtet. »Erstens«, fuhr sie fort, »ihr könntet euch stellen.«

Woraufhin Walker verächtlich knurrte.

Sie drehte sich zu ihm um, sah ihn an. »Nicht? Irgendwie habe ich vorausgesehen, dass Sie so reagieren würden, Mr. Joy. Was ist mit dir, Jake? Eine Option, die dir nicht gefällt?«

Absolut nicht. Nur ...

Vielleicht hätte ich das machen sollen. Hätte ich diesen führerlosen Zug früher gestoppt, wäre ich zu den Cops gegangen, hätte sie informiert, was Sydney Spencer vorhatte, vielleicht wäre Bobby noch am Leben.

Fest stand, dass Paris nicht knietief mit mir drinstecken würde.

Wann springt man ab von einem sich beschleunigenden Zug mit Kurs auf die eigene Zerstörung? Ich schwieg.

»Also gut«, sagte sie. »Das habe ich mir gedacht. Ich hab's nur mal so in die Runde geworfen. In Ordnung. Wir müssen also darüber nachdenken, wie wir aus dem ganzen Schlamassel rauskommen.«

Sie hatte Option drei nicht erwähnt. Dass sie zu den Cops gehen, uns anzeigen würde. Ich hoffte, Walker hatte das bemerkt.

Angesichts ihrer Entscheidung hätte ich mich gut fühlen müssen, wenn nicht gar großartig. In Wahrheit jedoch wurde dem ganzen Durcheinander nur noch mehr Elend beigegeben. Jetzt erklärte meine »ehrliche« Frau, bei uns einzusteigen. Meine Frau, die vordem nur von einem hübschen Haus geträumt hatte, von einem florierenden Geschäft und von einem oder zwei gemeinsamen Kindern. Meine Frau, die die Grenze zur Kriminalität überschritt, während ich nur hilflos zusah. Die nur meinetwegen diese Grenze überschritt. Die Liebe meines Lebens, die ich mit mir in den Sumpf gezogen hatte.

Viel schlimmer konnte es nicht mehr werden ...

Ich bemühte mich, wieder einen klaren Kopf zu bekommen, schob die Gefühle, die mich bewegten, beiseite und zwang mich, dem zuzuhören, was Paris sagte.

Es war Erstaunliches.

»So wie ich das sehe und solange dein kühner Partner hier, Mr. Joy«, sie hielt inne und sah Walker komisch an, »... solange Mr. Joy keine Fingerabdrücke im Haus dieses Mannes hinterlassen hat, seid ihr sicher.«

Eben noch Ehe- und Karrierefrau und im nächsten Moment eine Meisterin der kriminellen Planung.

Alles Mögliche hatte ich erwartet, nur nicht das. Paris steckte komplett in der Situation und dachte logischer als Walker oder ich. Ich hörte zu, von Sekunde zu Sekunde faszinierter angesichts dieser völligen Veränderung in ihr.

»Jetzt heißt es abwarten. Haben sie seine Fingerabdrücke, wird es nicht lange dauern, bis sie alles zusammengefügt haben und davon ausgehen, dass du, Jake, mit drinsteckst. Der gewisse Hintergrund von euch beiden, versteht ihr?«

Ich nickte und sah das Auf und Ab von Walkers Kopf, synchron mit meinem.

»Ich fahre nach Hause, und sollten mir die Cops einen Besuch abstatten, wissen wir, dass sie an euch dran sind. Wenn nicht, seid ihr vermutlich sicher.«

»Du hast recht«, sagte Walker. »Sagen wir mal, die finden Fingerabdrücke und kommen wegen Jake vorbei. Du alarmierst uns dann, richtig?«

Eine Frage, die auch ich mir stellte.

»Natürlich«, sagte sie. »Ihr bleibt hier im Haus. Wir

fahren nachher in die Stadt, suchen uns eine Telefonzelle, merken uns die Nummer und jeden Tag, sagen wir um fünf, rufe ich euch dort an. Geb euch Bescheid, was los ist, wenn überhaupt was los ist.«

»Wie lange, glaubst du, müssen wir das machen?«, wollte Walker wissen.

»Zwei Tage?«, lautete mein Vorschlag.

»Zwei Tage klingt gut«, sagte Paris. »Ja. Zwei Tage. Wenn in der Zeit nichts passiert, seid ihr wahrscheinlich nicht im Spiel.«

Walker grinste. »Eine klasse Alte, die du da hast, Jake! Köpfchen und Optik. Wow!«

»Ich bin noch nicht fertig«, sagte Paris. »Ihr solltet euch nicht zu früh freuen. Ihr habt da hinten noch immer ein Problem, das einer Antwort bedarf.«

Sie deutete in Richtung Wohnzimmer, in Richtung der Leiche auf dem Sofa. »Ich will sie hier raushaben.«

»Darüber habe ich mir bereits Gedanken gemacht«, sagte ich. »Wir verbuddeln sie kommende Nacht. In dem Waldstück nahe des County Highway Department. Du weißt doch, an der Straße Richtung Stadt.«

Sie dachte kurz nach, nickte dann. »Ja. Das wäre die beste Stelle. Wenn sie verschwindet, wird die Polizei wahrscheinlich annehmen, sie hat das Ding durchgezogen und dann das Land verlassen. Erst recht, wenn man ihren Wagen findet. Sie werden glauben, sie hätte einen Komplizen gehabt.«

»Genau«, sagte ich. »Meine Überlegung, als ich diesen Diamanten hinten im Auto auf den Boden gelegt habe.«

Dann kam mir etwas in den Sinn. Ich konnte nicht glauben, dass ich nicht früher daran gedacht hatte.

»Bobby«, sagte ich.

Paris griff meinen Gedanken sofort auf.

»Seine Beisetzung.«

»Genau.«

Sie ging kurz in sich. »Okay. Wir machen Folgendes. Ich fahre nach Hause, kümmer mich um alles. Du kommst für die Beisetzung zurück. Sollte zwischenzeitlich jemand nachfragen, sage ich, du bist unterwegs, siehst dich nach Mobiliar für den Salon um. Ich werde sagen, du bist rüber nach ... Pennsylvania. Suchst nach antiken Sachen. Ich hätte Nachrichten für dich hinterlassen, aber du hast wohl das Motel gewechselt.«

Ich hasste es, ihr das überlassen zu müssen. Er war mein Bruder. Das wäre meine Aufgabe. Aber sie hatte recht. Wenn sie hinter uns her waren und ich käme jetzt zurück, war's das. Daraus ergab sich logischerweise eine weitere Überlegung. Sollten wir abhauen müssen, wie sollte ich dann dabei sein, wenn man Bobby beisetzte?

Das war alles Kacke.

Ach, drauf geschissen. Ich beschloss, mit Paris zurückzufahren, die Vorbereitungen selbst in die Hand zu nehmen.

Aber dann ...

... Walker Joy.

Ich konnte ihn hier nicht allein lassen. Ich vertraute dem Typ schlichtweg nicht. Ich kannte ihn, er würde sich abseilen. Es ging nicht um das Geld, um die Diamanten – nichts wäre mir gleichgültiger gewesen. Es ging einfach um das Zutrauen ihm gegenüber, sich nicht schnappen zu lassen, war er auf sich allein gestellt. Und wenn man ihn schnappte, so wusste ich, würde er den Kopf nicht allein hinhalten. Früher oder später – eher früher als später –, nach ein, zwei Schlägen gegen diesen Kopf wäre mein Name raus und ich bekäme dreißig Meilen entfernt von Chicago wieder von jemandem wie Toles Besuch. Der Knast war voller Typen wie Toles. Scheiße, die Welt war voll von ihnen ... ich sah die Zukunft, und zwar klar. Sah mich, auf einem reservierten Sitz in einem blauen Bus, auf dem Weg nach Michigan City und zu einer lebenslangen Bohnendiät.

Womit sich für mich der Kreis zu meinem wenige Minuten zuvor entwickelten Gedanken schloss, als diese flüchtige Vorstellung von Selbstmord meinen Kopf betreten und ich begriffen hatte, was Paris allein mit Walker zurückzulassen bedeuten würde. Ihren sicheren Tod.

Walker musste verschwinden.

Aber war ich dazu in der Lage?

Konnte ich jemanden umbringen?

Konnte ich den Typ kaltmachen, der mir einmal das Leben gerettet hatte?

Ich musste.

Nur ...

Ich hatte bisher niemanden umgebracht.

Tja, mit Ausnahme von Toles, aber das zählte nicht.

Das war eher Notwehr gewesen.

Das hier wäre ... Mord. An jemandem, der als Freund durchging.

Mein Gott.

Paris war noch etwas eingefallen.

»Ihr wisst, was in zwei Tagen ist, oder?«

Ich sah Walker an und der zuckte mit den Schultern.

»Was ist in zwei Tagen?«, fragte ich.

Sie sah uns beide an. Mit düsterer Miene.

»Weihnachten.«

28. Kapitel

Endgültig entschieden wurde – nun, eigentlich hatte Paris entschieden, die mehr oder weniger das Kommando übernommen hatte –, dass nicht wir beide in die Stadt fahren und eine Telefonzelle samt Nummer ausfindig machen würden, sondern dass Walker das tun solle. Wenn er unterwegs war, um ein paar Einkäufe zu erledigen. Er sollte Schaufeln und eine Spitzhacke besorgen und was zu futtern für uns drei. Für mich war das in Ordnung. Es war sogar besser, wenn er ging und meine Frau und ich im Landhaus blieben. Ich musste mit ihr reden.

Ich zeichnete eine kleine Karte für ihn, damit er den Weg in die Stadt fand und wieder zurück zum Landhaus.

Sobald Walker weggefahren war, sagte ich zu Paris: »Dir ist schon klar, dass er seinen Kontakt in Chicago anrufen wird, oder?« Sie sah verwirrt aus, also erklärte ich es. »Walker ist so was wie ein Krimineller, Paris.« Bevor sie eine spitze Bemerkung loswerden konnte, die, da bin ich sicher, auch auf mich gemünzt gewesen wäre, fuhr ich fort. »Walker hat seinen Verstand Überstunden machen lassen, um sich zu überlegen, wie er Geld und Diamanten für sich behalten kann. Ich wette, dass er die Nummer vom Chicagoer Hehler seines Bosses hat, und er wird schnurstracks das nächste Telefon ansteuern, um etwas mit ihm auszumachen.«

»Was?«, sagte sie, und in ihrem Gesicht stellte sich der Ausdruck ein, den ich immer als ihre »Schlauberger-Miene« bezeichnete. »Du glaubst, dein Busenfreund wäre fähig, dich aufs Kreuz zu legen? Ha! Ich nicht. Niemals.« Zusammen mit ihren letzten Worten lieferte sie ihre beste Scarlett-O'Hara-Parodie ab.

»Ich befürchte es«, sagte ich. »Wie auch immer, es juckt mich nicht. Scheiß auf das Geld. Er kann alles haben. Ich will nur wieder ein normales Leben für uns. Das Problem nur, sie werden Walker schnappen. Kannst 'ne Wette darauf abschließen. Er wird immer geschnappt. Hat er erst mal das ganze Geld, wird er binnen einer Woche die Hälfte verjubelt haben und das ist sein Untergang. Und unserer dazu. Keine zehn Minuten und ein mieser Cop mit entsprechender Haltung holt alles aus ihm raus.«

»Nun, ganz einfach«, sagte sie. »Wir werden ihn umlegen müssen.«

Fassungslos könnte den Effekt ihrer Worte auf mich nicht annähernd beschreiben.

»Paris«, sagte ich. »Paris.«

»Komm mal wieder runter, Jake.« Sie ging in die Küche, ließ mich mit heruntergefallener Kinnlade zurück.

Wie in Trance tappte ich einen Moment später in die Küche, wo Paris Schranktüren zuschlug, mit dem Rücken zu mir, die Schultern nach vorn gekrümmt.

»Wo in aller Welt hat Mom nur den Kaffee?«, sagte sie mehr zu sich selbst als zu mir. Sie entdeckte die Dose, knallte sie auf die Arbeitsplatte, öffnete Schränke und Schubladen, nahm Tassen und Untertassen und Löffel heraus. Ging zum Kühlschrank, gab mir einen Schubs, da ich ihr im Weg stand, ihre Augen ein Funkeln, ihre Lippen fest aufeinandergepresst. Sie holte die Schale mit dem Würfelzucker, die ihre Mutter im Kühlschrank aufbewahrte, stellte sie auf die Arbeitsplatte und wendete sich dann der Kaffeemaschine zu. Es waren die Würfel aus braunem Rohrzucker, die ihre Mutter ausschließlich kaufte. Sie lagen in der blau-weißen Schale, die wir ihr zum letzten Hochzeitstag geschenkt hatten, Teil eines Service, das Paris bei einem unserer Ausflüge nach Chicago entdeckt hatte. Mir kam der schräge Gedanke, was Gloria letzte Nacht wohl von einem Walker in ihrer Küche gehalten hätte.

»Paris –« Ich setzte an, hatte zwar keinen blassen Schimmer, was ich ihr sagen sollte, wusste aber, dass ich etwas sagen, ein Gespräch beginnen und dahinterkommen musste, wer dieser Mensch war, von dem ich gedacht hatte, ihn zu kennen. Vermutlich hätte ich froh sein müssen, dass sie mit dem rausgerückt war, was ich beschlossen hatte, Walker anzutun, doch ich war es nicht. Nie im Leben hätte ich meine Süße eines solchen Gedankens für fähig gehalten. Unsere Beziehung hatte sich verlagert, hin zu einem anderen Ort. Zu einem dunklen Ort.

»Verschon mich mit deinem ›Paris‹«, sagte sie, drehte sich zu mir um und ich sah, dass sie mit den Tränen kämpfte. Aus irgendeinem Grund gab mir das ein gutes Gefühl.

»Schau mich nicht so an, als wär ich ein Alien. Oder ...« Sie suchte krampfhaft nach dem aus ihrer Sicht passenden Ausdruck. »Oder ... eine Art Ungeheuer. Ich habe lediglich ausgesprochen, was du sowieso sagen wolltest. Stimmt doch, oder?« Nur formulierte sie das weniger als Frage, sondern eher als Feststellung.

Die Tränen, mit denen sie gekämpft hatte, waren verschwunden, und an ihre Stelle waren eine ausgemachte Angriffslust getreten, ein vorgerecktes Kinn, zusammengekniffene Augen, Schroffheit. Sie bewegte sich auf mich zu, bis sie direkt vor mir stand.

»Nun ...«

»Also ja.« Sie drehte sich um und ging zurück zu ihrer

Kaffeemaschine, nahm die Kanne und goss die dampfende Flüssigkeit in die beiden Tassen, die sie hingestellt hatte.

»Ein Stück Zucker, richtig?«, sagte sie mit dem Rücken zu mir.

Sie reichte mir eine Tasse und ich nahm gedankenverloren einen Schluck und verbrühte mir den Mund daran. Die Tasse in der Hand, schritt sie an mir vorbei und ich hinterher wie ein dröger Hund, der seinem Frauchen hinaus in den Wintergarten folgt. Sie ging zum Fenster, starrte hinaus auf den See. In diesem Moment fuhr ein Schneemobil vorbei, darauf ein Paar, beide lachten breit, als der Mann sich weit zur Seite beugte, das Teil navigierte, als wäre es ein Segelboot, und die Frau vor Vergnügen aufschrie, wie wir gedämpft hören konnten. Er nahm erfolgreich die Kurve und steuerte die andere Seite des Chapman an, mit Vollgas, und das Schneemobil flog geradezu über das Eis.

Ich stellte mich zu Paris. In ruhigem Ton sagte sie: »Weißt du noch, die Hobie Cat, die wir mal hatten?«

»Die Tequila Sunrise.«

»Yep«, erwiderte sie, drehte sich zur Seite, um mich anzusehen. Der Ausdruck in ihren Augen war jetzt weicher, was mich verwirrte. Eben noch die weibliche Version eines Stone Killer, jetzt die alte Paris. Einfach so. »Ich wollte das blaue und du wolltest das rote Segel. Du hast gewonnen.«

»Wir hatten eine Menge Spaß mit dem Boot«, sagte ich.

»Hatten wir«, sagte sie und nickte. »Ich frage mich, wie viele Hobies wir mit all dem Geld finanzieren könnten.«

»Ganz bestimmt eine für jeden von uns«, sagte ich.

Zugleich fragte ich mich, wohin das jetzt führen würde. »Du bekommst deine mit dem blauen Segel und ich krieg wieder eine Tequila Sunrise.«

»Meinst du, das wird uns glücklich machen?«, fragte sie. Sie wandte sich wieder zum Fenster, starrte hinaus in die Richtung, wohin das Schneemobil verschwunden war. Ich hatte keine Antwort darauf. Und aus irgendeinem Grund war mir angesichts der Frage fast nach Weinen zumute.

Ganz unter dem Einfluss meiner depressiven Anwandlung hörte ich Paris sagen: »Du fragst dich, was mit mir los ist, nicht wahr, Jake? Du stellst dir Fragen zu dieser Person, von der du gedacht hast, du würdest sie kennen. Nun, es gibt einen Grund.«

29. Kapitel

Es war die Sache mit der Präeklampsie.

»Mir wurde bewusst, dass ein menschliches Wesen in mir ist.«

»Also ... echt jetzt? ...«, lag mir auf der Zunge, aber ich besann mich eines Besseren.

»Ich habe das gewusst«, sagte sie und berührte ihre Stirn mit dem Finger, »... hier oben ... Aber nicht hier.« Sie deutete jetzt mit dem Finger auf ihre Brust. »Jetzt weiß ich, dass er ein richtiger Mensch ist. Und ich bin für ihn verantwortlich.«

»Du meinst«, sagte ich, »wir sind für ihn verantwortlich.«

Sie zögerte, wandte kurz den Blick ab und sah mich wieder an. Etwas geschah in diesem Moment, etwas, was sich falsch anfühlte. Ich spürte eine Art von Gemeinschaft, die mich an einem bedeutenden Punkt ausschloss. Ich zuckte mit den Achseln, schüttelte den Kopf, wollte das Gefühl verscheuchen. Das ist nur die Schwangerschaft, sagte ich mir. Paris legte den Arm um mich und drückte mich. »Also. Was sollen wir tun?«, fragte sie und löste sich wieder von mir.

»Du meinst ...« Ich zögerte. »... das Baby?«

»Nein«, sagte sie mit einem leichten Lächeln. »Was das Baby betrifft, weiß ich, was zu tun ist. Nein, ich meine das unmittelbare Problem. Unmittelbare *Probleme*. Die Leiche da hinten. Dein Freund Walker Joy. Wie sollen wir uns um ihn kümmern?«

»Walker ...«

»Du musst zugeben, das würde eine Menge erleichtern«, sagte sie. Sie sah hinunter auf den Boden, dann wieder zu mir. »Es würde nahezu alles erleichtern.«

Exakt die Überlegungen, die ich angestellt hatte, aber es waren *meine*, die eines Ex-Knackis, nicht die meiner Ehefrau, der Frau, die bei einer Versicherungsgesellschaft arbeitete, an Außerirdische glaubte und an etwas, was man »positive Lebensenergien« nannte.

»Vielleicht könnten wir einfach abhauen«, sagte sie.

»Was soll das bringen?«, fragte ich. Irgendwie schienen wir in unserer Debatte die Rollen zu tauschen. »Außerdem haben sie mich noch nicht ins Visier genommen und aller Voraussicht nach werden sie's auch nicht. Das ist zwar weit hergeholt, aber Walker wird vielleicht nicht erwischt, dann sind wir aus dem Schneider.«

»Mal ehrlich, wie weit hergeholt?«, sagte sie.

Ich wusste nicht, wie dick die Lüge sein würde, die ich brauchte, um mich hier rauszuwinden, und entschied am Ende, dass es das nicht wert sei.

»Sehr weit. Würde ich drauf wetten, dass er nicht gefasst wird ... nun, ich würde nicht drauf wetten.«

Sie stieß einen lauten Seufzer aus. »Das habe ich mir gedacht. Ich kenne ihn erst seit knapp einer Stunde und ich sehe nur einen Verlierer.«

»Er hat auch seine guten Seiten.« Dann sagte ich: »Ja.« Ich seufzte genau wie sie.

Wir saßen eine Weile schweigend da.

»Wie sollen wir uns um ihn kümmern?«, wiederholte sie ihre frühere Frage. Das Schweigen hatte so lange angehalten, dass ich beim Klang ihrer Stimme leicht zusammenzuckte.

Es zeigte sich, dass Paris Teil der Lawine geworden war.

Irgendetwas kam über mich. Woher, weiß ich nicht. Ich weiß nur, dass sich das elende Chaos irgendwie verkroch, verschwand, weit nach hinten in den schwärzesten Bereich der Höhle, die mein Verstand war, und wenn ich es auch nicht in Worte fasste oder ein Gebet sprach, wusste ich doch, dass ich soeben einen unheiligen Pakt für meine Seele geschlossen hatte. Es war ein Vertrag, der keiner Worte bedurfte, nur eine Übereinkunft, die über die reine Sprache hinausging.

Für meine Familie. Für meine Frau und für meinen Sohn. Warum ich daran festhielt, dass es ein Junge sei, weiß ich nicht, aber ich wusste, dass das, was sich in ihr befand, männlich war. Paris selbst hatte »er« gesagt. Frauen wissen so etwas.

»Wir werden Folgendes machen«, sagte ich. Zum ersten Mal, seit Walker Joy wieder in mein Leben getreten war, hatte ich einen klaren Kopf. »Fahr nach Hause, ruf das Bestattungsinstitut an und regle die Dinge für Bobby.

Wenn du das erledigt hast, ruf einen Typ namens Jimmy Barnes an. Er steht im Telefonbuch. Lebt in Colfax. Ruf ihn an, sag ihm, dass du meine Frau bist und dass ich eine .45er will. Sag es aber nicht so. Sag, dass ich eins seiner *Produkte* möchte. Er weiß dann, was du meinst. Könnte sein, dass er dich von einem anderen Telefon zurückrufen will. Wahrscheinlich wird er das.«

Sie sah verwirrt aus, also erklärte ich es.

»Jimmy ist 'n alter Freund. Dealt mit Waffen. Sein Telefon könnte abgehört werden.«

Sie nickte, das Gesicht blass.

»Eine .45er. Mit zwei Ladestreifen. Kannst du mir folgen?«

»Denkst du echt, du kriegst das fertig, Jake?«, sagte sie. »Ihn zu töten?«

»Ich muss. Entweder er oder wir.«

»Also gut«, sagte sie, nachdem sie mir für einen langen Moment eindringlich in die Augen gesehen hatte. »Okay«, kam es dann, mit einem weiteren, einem bedächtigen Nicken, als hätte sie zufriedengestellt, was sie gesehen hatte.

»Fahr jetzt los«, sagte ich. »Du hast 'ne Menge zu erledigen und nicht viel Zeit. Versuch, bis sieben zurück zu sein. Gegen halb sechs ist es bereits dunkel.«

»Ich versuch's«, sagte sie.

Das einzige Anzeichen eines Aufgewühltseins war das leichte Zittern ihrer Unterlippe, das ich spürte, als sie mich auf die Wange küsste, bevor sie ging. Bereits im Begriff hinauszugehen, hielt sie an der Tür kurz inne und warf einen Blick zurück.

»Was glaubst du tatsächlich, wird passieren, Jake?«

Ich starrte sie an.

»Ich werde ihn umbringen oder etwas anderes wird passieren.«

»Was?«

Ich antwortete nichts darauf, und einen Moment später schüttelte sie den Kopf, warf ihr Haar hin und her. Die Hand am Türknauf, sah sie mich an.

»Tschüss«, sagte sie schließlich, ging hinaus und schloss leise die Tür hinter sich.

30. Kapitel

Ich ging nach oben und duschte auf die Schnelle. Goss mir danach in der Küche den Kaffee ein, den Paris gemacht hatte, und setzte neuen auf. Ich steckte den Stecker von Glorias kleinem tragbarem Fernseher ein, schaltete auf Kanal 22, einen der South-Bend-Sender, in der Hoffnung, die Nachrichten empfangen zu können, wenn sie kamen. Das Bild war unscharf und rollte durch, aber das war egal. Ich brauchte nur den Ton, sollte etwas über einen Einbruch in Niles berichtet werden. Oder über eine vermisste Person, die zufällig im selben Ort arbeitete.

Die Mittagsnachrichten kamen, aber keines der beiden Ereignisse wurde erwähnt. Das habe nicht viel zu sagen, so meine Vermutung. Vielleicht informierte die Polizei nicht darüber. Der Einbruch allein wäre nicht erwähnenswert. So etwas brachte bestenfalls ein paar Absätze in der Zeitung, im Fernsehen wesentlich weniger, aber verknüpfte man es mit dem Verschwinden der Frau, wäre das eine Story. Entweder war keine Verbindung zwischen beiden Vorfällen hergestellt worden oder wenn doch, hatten die Cops es niemandem auf die Nase gebunden.

Ich schaltete den Fernseher aus und stellte im Radio einen Oldie-Sender ein.

Eine halbe Stunde später spazierte Walker Joy durch die Tür, ein schmieriges Grinsen im Gesicht. Meiner Meinung nach ein schuldbewusstes Grinsen. Ich hätte Haus und Hof verwettet, dass er mit dem Hehler in Chicago etwas klargemacht hatte. Vermutlich für morgen.

»Ich hab alles, Kumpel«, sagte er. »Hey, wo ist der Wagen deiner Frau? Ist sie irgendwohin gefahren?«

»Du hattest auch ein paar Drinks, nicht wahr?« Der Geruch von billigem Whiskey breitete sich im Raum aus. »Wie dicht bist du?«

»Nicht annähernd dicht genug. Hey. Mach dich locker, Partner. Ich brauch keinen Dad, Arschloch.« Er lachte, reckte den Hals, sah hinüber ins Wohnzimmer. »Deine Frau ist weg, oder? Wohin?« Ich sah, dass er versuchte, die Frage lässig rüberzubringen, unter der Oberfläche aber angespannt war.

»Sie kommt wieder zurück«, sagte ich. »Sie ist nach Hause gefahren, um sich um Bobbys Beerdigung zu kümmern. Sie wird heute Abend wieder hier sein, wird uns helfen, die Leiche zu verbuddeln.«

»Ja«, erwiderte er. »Diese Leiche.«

Einen Moment lang sagte er gar nichts mehr und dann: »Also ... was hast du mit ihr vor?«

Was meinte er? Die tote Frau?

»Mit ihr?«

»Mit deiner Frau. Wie heißt sie gleich noch mal? Patsy? Paris. Ja, Paris. Komischer Name.«

»Was meinst du, was ich mit ihr vorhabe?«

»Nur so, Alter. Sie ist eine von den Braven, Jake. Du weißt, was das heißt.«

»Nein, was heißt das? Sag du's mir.«

»Herrgott noch mal.« Er ließ sich auf einen der Küchenstühle fallen, holte seine Zigaretten hervor und zündete sich eine an. Er blinzelte durch den sich nach oben kräuselnden Rauch zu mir hoch und sagte: »Du warst zu lange draußen, Jake. Vielleicht bist du selbst zu solide geworden.«

»Du denkst, sie wird reden. Ist es das? Uns den Cops ausliefern?«

Er grinste. »So was in der Art ... äh ... was denn sonst, Junge. Komm mal langsam klar.«

Ich hatte den Knaben richtig eingeschätzt. Aber leicht würde ich es ihm nicht machen. Würde ihn ein wenig herumdrucksen lassen bei dem Versuch, es mir zu verklickern. Dass es das Schlaueste sei, sich meine Frau vom Hals zu schaffen.

Er druckste jedoch nicht allzu sehr herum. Er schien beinahe glücklich über diese Vorstellung. »Hey, Jake, sie ist ja ganz niedlich und so weiter, aber, Mann! Wir reden hier über deine Freiheit, Alter. Es hat noch nie 'ne Muschi gegeben, für die es sich gelohnt hätte, in den Knast zu gehen. Oder?«

In seiner Welt gewiss nicht.

»Und erzähl mir bloß nicht, du glaubst, sie hält den Mund«, fuhr er fort. »Zum Teufel, was weiß ich, vielleicht spricht sie in dieser Minute mit den Cops. Vielleicht auch nicht, aber was glaubst du, wie lange wird sie das hier mitmachen?«

»Wie erkläre ich ihr Verschwinden?«

Er schnaubte.

»Gar nicht. Du und ich, wir werden an irgendeinem Strand in Rio sitzen. Du wirst Bräute haben, noch und nöcher. Wirst dich an die hier kaum noch erinnern.«

»Warum sie dann umbringen? Darüber redest du doch, oder? Sie umzubringen?«

»Nun, ja.«

»Warum nicht einfach verschwinden, sie einfach zurücklassen? Wenn ich ihr nicht sage, wohin wir verschwinden, kann sie den Cops schwerlich was erzählen, oder?«

»Nun, vielleicht«, sagte er, auf der Suche nach Argumenten. »Aber es kostet Zeit, alles zu erledigen. Die Steine verkaufen, falsche Pässe besorgen, der ganze Scheiß eben.«

Ich hatte halbwegs Spaß daran.

»Sag mal, Sundance, weißt du, wie man an einen falschen Pass kommt? Warst du schon mal auf der Flucht nach Bolivien? Dabei fällt mir ein – du sprichst immer von Rio, von solchen Orten. Woher weißt du, welche Länder kein Auslieferungsabkommen mit uns haben? Ich hab den leisen Verdacht, dass du keinen blassen Schimmer hast. Wie willst du das herausfinden? Das State Department anrufen, da nachfragen? Nach dem Motto: ›Hi, werter Regierungsbeamter. Können Sie mir sagen, in welche Länder ein Typ seinen jämmerlichen Arsch bewegen kann, ohne wegen einer Mordanklage zurückgeschickt zu werden? Rein hypothetisch gefragt, versteht sich.‹«

Seine Miene verdüsterte sich. »Ich habe keinen verdammten Pass, wenn du das meinst. Aber es gibt Mittel und Wege. Es gibt Leute, die kann man anrufen. Ich kenne einen, der uns so was besorgen kann, denke ich. Er wird auch die besten Orte kennen, wo man hinkann.«

Ich lachte. »Walker, ich wette einen Dollar, dass du es

allenfalls bis nach Las Vegas schaffst oder an irgendeinen Strand in Florida.« Da war noch eine Wette, woran ich ihn jedoch nicht teilhaben ließ. Dass es in seinem Plan nicht nur darum ging, Paris aus dem Weg zu räumen, sondern mich gleich mit. Zu schade, dass ich keinen Buchmacher kannte, der eine solche Wette angenommen hätte. Es wäre leicht verdientes Geld gewesen.

Drei Leichen in einem Grab. So Walker Joys Vorstellung; das war so sicher, wie Vögel im Winter nach Süden fliegen und Junkies ihre Mütter berauben.

Genau in diesem Moment setzte draußen Eisregen ein. Eis prasselte wie wild gegen die Küchenfenster.

Ich wechselte das Thema.

»Wird kälter«, sagte ich und deutete auf die Fenster. »Hast du eine Spitzhacke besorgt? Der Boden wird steinhart sein.«

»Ja«, murmelte er, noch immer angepisst wegen meiner Äußerung. »Ich bin kein kompletter Idiot, verstehst du.«

»Nun«, sagte ich. »Ich habe dir doch eine Liste gegeben, oder?«

»Sag an. Ich hätte auch so gewusst, was zu besorgen ist. Du hast keine Taschenlampe auf deine Liste gesetzt, stimmt's? Wie sollten wir deiner Meinung nach etwas erkennen, Klugscheißer?«

»Ich wette, du hast eine gekauft, nicht wahr?«

»Zwei.«

Danach übten wir uns in Schweigen, Walker rauchend und mit Groll, und ich starrte aus dem Fenster. Der Eisregen war jetzt richtig heftig. Weswegen ich an Paris dachte. Sie war nicht die beste Fahrerin, und so wie es schüttete, mussten die Straßen pures Eis sein. Vielleicht erwischte es South Bend nicht so wie uns hier.

»Okay«, sagte ich schließlich und setzte dem Schweigen ein Ende. »Worüber streiten wir uns eigentlich? Du hast recht. Keine Muschi in der Welt ist es wert, ihretwegen in den Knast zu gehen. Was meinst du, wie sollen wir's machen?«

Mehr war nicht nötig, um ihn aufzumuntern, um seiner unansehnlichen Fresse ein Lächeln zu entlocken.

»Das ist mein alter Junge!«, sagte er und schlug sich dabei auf den Schenkel. »Wir machen's heute Nacht. Wenn wir die Tussi verbuddeln. Schaffen beide da rein. Verdammt, *ich* werd's machen, Jakey. Von dir erwarte ich das gar nicht. Ich weiß, du liebst die Braut. Ich versteh diesen Scheiß. Wir graben ein Loch und du sagst, du musst mal pissen. Gehst weg, hinter einen Baum, und ich kümmer mich drum. Sie wird nichts spüren. Ich mach's kurz und schmerzlos.«

Das kam ihm so schnell, so locker über die Lippen, es war offensichtlich, dass er viel Zeit darauf verwendet hatte, sich das auszudenken.

Jetzt war er glücklich. Er bildete sich ein, es geschafft zu haben. Ich sah es geradezu lebhaft vor mir, das Bild auf der Mattscheibe seines inneren Sony in diesem Moment. Er, an einem Strand in Rio, dazu drei, vier Latino-Schönheiten in Stringtangas, dabei, mit ihren Titten seinen Rücken mit Sonnenmilch einzureiben. Er, eingefügt in eine Szene, die er bei E! Entertainment Television gesehen hatte.

Ich war mir sicher, dass ich nirgendwo in dieser Szene vorkäme.

»Hey«, sagte er und stand auf. »Ich hab 'ne Flasche im Wagen. Wie wär's? Bock drauf, dich volllaufen zu lassen?«

Dieser Schwachkopf schien zu denken, ich müsse betrunken sein, um das durchzustehen.

»Logo«, sagte ich. »Hol sie her.« Grandiose Idee, Walker. Großartige Idee. Ein Mann, die Reflexe durch Alkohol beeinträchtigt, wäre unendlich viel leichter zu überwältigen, wenn der Zeitpunkt für die Tat gekommen war. Mehr noch, ein betrunkener Walker war sogar ein noch widerwärtigerer Walker als die nüchterne Ausgabe, womit sich das, was ich zu tun hatte, irgendwie einfacher gestalten ließe.

Er kam mit einer 0,75-l-Flasche Bushmills zurück.

»Bushmills?«, sagte ich. »Ich dachte, du wärst ein Wild-Turkey-Mann, Walker.«

Er kicherte. »Das war mal. Scheiße, Jake. Wir sind *reich*, Mann. Gewöhn dich dran.«

Er war bereits auf halbem Wege zu diesem Strand in Rio, der arme, bedauernswerte Arsch.

31. Kapitel

In weniger als zwei Stunden war Walker voll wie tausend Mann. Voll nach dem Motto »Setz dir den Lampenschirm auf und mach den Affen«. Komisch, obwohl er erstklassigen Bushmills trank, behielt seine Stimme das Ölige von Wild Turkey bei. Was mich betraf, ich hatte so getan, als wäre es ein gemeinsames Hinter-die-Binde-Kippen, hatte aber tatsächlich alles in allem weniger als einen steifen Drink intus. Walker hatte nicht mitbekommen, wie wenig Whiskey ich in das Ginger Ale gab, das ich zum Verlängern der Drinks verwendete. Ich war stolz auf mich ob dieser Selbstbeherrschung. Womöglich war ich keineswegs der Alkoholiker, für den ich mich hielt.

Im Moment stolperte er durch reichlich zusammenhangloses Zeug, irgend so ein Wortassoziationsding war in seinem konfusen, alkoholisierten Verstand im Gange.

»... Schlampen, die sich die Muschis rasieren«, sagte er soeben. Etwas über die Frauen, die wir würden aufreißen können als reiche Männer. Er war bereits auf Fantasy Island gelandet und mit diesem Wichtel auf dem Weg ins Hotel.

Und ich ... ich gab vor, seinem Gefasel zuzuhören, über all die tollen Sachen, die wir mit unserem Geld machen würden, doch in meinem Innern starb ich. Ich war mir der Situation, der Tatsache bewusst, absolut, dass nur noch wenige Stunden blieben, bis ich dem Leben des Mannes ein Ende setzen würde, der mir am Küchentisch meiner Schwiegermutter gegenübersaß – eines Mannes, der mir einst das Leben gerettet hatte, ohne dessen Eingreifen seinerzeit es jetzt hieße, dass ich nicht einmal hier sitzen würde, hier oder an irgendeinem anderen Ort. All seiner Dummheit, all seiner üblen Absichten ungeachtet – das war der Mann, der mir das Leben gerettet hatte, als ich hilflos war, und jetzt wollte ich ihm seines nehmen.

Das war mehr als nur beunruhigend. Das war ätzende Lauge in meinen Eingeweiden.

Schließlich konnte ich die Bilder in meinem Kopf nicht länger ertragen – die Szene, die sich später in der Nacht abspielen würde –, also griff ich zu einem Drink. Einem Drink mit Folgen.

Noch bevor das Glas zur Hälfte geleert war, das ich zuvor mit bernsteinfarbenem Bushmills gefüllt hatte, war mir klar, dass ich einen Fehler beging. Den klaren Kopf, von dem ich wusste, dass ich ihn behalten musste, um die Sache durchzuziehen, würde es nicht geben. In dem

Moment – das Glas an meinen Lippen, die brennende Flüssigkeit in meiner Kehle auf dem Weg nach unten – wusste ich, dass ich am Ende betrunkener sein würde, als Walker je hoffen konnte, es zu werden. Ich verstand, was ich tat, und konnte nicht innehalten. Da wusste ich etwas, von dem ich immer behauptet hatte, es zu wissen, ohne es jedoch zu wissen: Ich war Alkoholiker.

Ein richtig beschissener Alkoholiker.

Als gäbe es andere ...

Noch bevor ich mich versah, ging es auf sechs zu, und wir hatten die Flasche vernichtet.

»Wir brauchen 'ne neue Pulle«, sagte Walker, blickte dabei zwischen mir und der leeren Flasche auf dem Tisch hin und her, als erwarte er von mir, eine neue zu holen.

»Ich werd gehen«, sagte ich. »Aber Paris müsste bald zurück sein.«

»Verdammt«, sagte er, »dann geh ich. Obwohl ...«

Er hatte innegehalten und sah mich an.

»Obwohl was?«

»Wenn du fährst und sie zufällig zurückkommt, wenn du weg bist, würd ich gern aktiv werden und unser Problem lösen.«

»Welches Problem?«, sagte ich einfältig, und dann wurde mir klar, was er meinte.

Ich musste mir schnell was überlegen.

»Nö«, sagte ich, bemüht, meiner Miene und meinem Tonfall eine Nonchalance zu verpassen, die ich überhaupt nicht spürte. »Wenn es gemacht werden muss, ist das meine Aufgabe. Sie ist *meine* Frau.«

Er nickte, schien überzeugt von meiner Logik.

»Ja. Das ergibt Zinn.« Er sagte es genau so. Das ergibt

Zinn. »Immer das Richtige machen, was, Bruder?«

»So in der Art«, murmelte ich.

»Du bist schon in Ordnung, Kumpel«, sagte er. Stand auf, kam um den Tisch herum, wankte ein wenig und schlug mir auf die Schulter. »Mein Mann.«

Er war völlig besoffen. *Ich* war besoffen, aber ihn konnte man komplett vergessen. Ihn zu beobachten hatte zur Folge, dass ich etwas nüchterner wurde. Nun kam eine neue Sorge auf. War er körperlich in der Lage, die ganze Strecke in die Stadt zurückzulegen und zurückzukommen, ohne den verdammten Wagen zu Schrott zu fahren?

Ich dachte daran, ihn zu einem Kaffee zu überreden, dazu, noch etwas zu warten, bevor er sich wegen einer neuen Flasche auf den Weg machen würde, verwarf die Idee jedoch, wohl wissend, dass sie sinnlos war.

Außerdem kam mir der Gedanke, dass ich vielleicht Glück haben könnte. Vielleicht würde er einen Unfall bauen und sich selbst erledigen. Das würde eine Menge Probleme lösen.

Oder neue schaffen.

Würde das Leben jemals wieder einfach werden? Ich sehnte mich nach den Tagen, als mir die Frage, wie nur die Lücke von zwei Stunden füllen, die mir eine Stammkundin durch Nichterscheinen bescherte, das stärkste Kopfzerbrechen bereitet hatte.

Am Ende tat ich gar nichts. Das war meine große Entscheidung.

Walker torkelte zur Küchentür hinaus und stieg in seinen Wagen. Ich blickte aus dem Fenster und verzog das Gesicht, als er den Motor aufheulen ließ, immer und immer wieder. Ich sah, wie er mit der Gangschaltung kämpfte, dann im Rückwärtsgang davonschoss und Mitte der Straße auf die Bremse trat. Es gab einen Gruß vom Getriebe, der Wagen machte einen Satz nach vorn und war verschwunden.

Mit mindestens sechzig Meilen die schmale Straße am See entlang.

Viel zu spät rannte ich zur Tür. Das Geld. Er hatte das Geld und die Diamanten. Ich hatte erst so recht wahrgenommen, dass er sich beides vom Tisch geschnappt hatte, als er wie ein Besengter davongeschossen war, und mir dämmerte, was ich ihn auf den Beifahrersitz hatte werfen sehen, als er in den Wagen gestiegen war. Sollte er tatsächlich einen Unfall bauen, würden sie beides finden. Was ansonsten ein normaler Autounfall wäre, würde sich als gänzlich anderer Fall entpuppen. Als ein FBI-Fall, ohne jeden Zweifel.

Er war längst außer Sichtweite, als ich die Straße erreichte.

Das befremdlichste Bild überhaupt kam mir in den Sinn. Meine sterbende Mutter. Mein Versprechen, »Gott zu finden«.

Ich wünschte fast, ich hätte getan, was ich ihr versprochen hatte. Meine Gebete hätten womöglich eine Chance gehabt, erhört zu werden.

Wohl eher nicht.

32. Kapitel

Eine Stunde verging.
Dann eine weitere.
Diverse Male war ich im Begriff gewesen, zur Tür zu gehen, die Autoschlüssel in der Hand, hatte gedacht, jetzt gehst du Walker suchen. Doch jedes Mal hatte ich mich anders entschieden.
Eine Tortur.
Es war halb neun und noch immer kein Walker. Auch keine Paris. Sie hätte bereits vor gut zwei Stunden zurück sein sollen. Ich hatte gehofft, sie würde unsere Angelegenheiten zügig regeln und zurückkommen können, doch danach sah es nicht aus.
Vielleicht hätte ich an Walkers Stelle die Flasche besorgen sollen. Ich hatte aber nicht das Risiko eingehen wollen, dass Paris früh zurückkäme und ich nicht da wäre.
Es sah so aus, als könnte ich keinen brillanten Zug machen, der sich nicht als Fehler herausstellte.
Ich gierte nach einem Drink.
Und dann der drängende Stuhlgang.
Durchfall.
Ich hatte immer unter Durchfall gelitten, seinerzeit, in den Stunden davor, wenn ich gewusst hatte, dass ein Job anstand. Das hatte ich vergessen.
Ich schaffte es knapp in das Badezimmer im Erdgeschoss, direkt neben dem Wohnzimmer, und setzte mich, als es auch schon abging. Ich musste schwer unter Stress gestanden haben. Mannomann! Ich hatte gerade zum dritten Mal gespült, als ich hörte, wie die Eingangstür geöffnet und wieder geschlossen wurde.
Walker.

Oder war es Paris?

Ich rief, aber niemand antwortete.

Ich zerrte Boxershorts und Hose hoch, zog eilig den Reißverschluss zu, schloss den Gürtel und stieß die Tür auf.

Es war nicht Walker.

Es war auch nicht Paris.

Es war eine Frau; sie stand mit dem Rücken zu mir, vor dem Sofa, wo wir die Leiche abgelegt hatten. Hielt den Quilt in der Hand, womit wir die Leiche bedeckt hatten. Obwohl sie mir den Rücken zuwandte, kam sie mir seltsam bekannt vor. Noch ehe Erkenntnis bei mir einsetzte, drehte sie sich langsam um.

Es war Gloria Meecham.

Paris' Mom.

33. Kapitel

Glorias Augen waren fast bis zum Äußersten aufgerissen, sie fuhr sich mit der anderen Hand ins Haar, packte ein paar Strähnen, zog daran, ließ los und griff sich erneut ins Haar, tat es immer und immer wieder. Ihr für gewöhnlich gut frisiertes Haar war bereits ein einziges Durcheinander.

Ich denke, ich an ihrer Stelle wäre auch sehr aufgewühlt gewesen – betrete mein Haus und finde eine tote Frau auf meinem Sofa vor.

Auch ich hatte einen Schock ersten Grades.

Sie ließ von ihren Haaren ab und wickelte sich fest in den Quilt, den sie in der Hand hielt, fast so, als wäre sie, Gloria, nackt und würde ihre Blöße vor mir bedecken wollen.

»Ich habe deinen Wagen gesehen«, begann sie. »Ich dachte ... du und Paris ...«

Mein Gott.

Ich machte einen Schritt auf sie zu.

»Nicht!«, sagte sie, ihre Stimme schrill, fast ein Kreischen. Sie hielt eine Hand hoch. Mit der anderen umklammerte sie noch immer den Quilt. »Bleib stehen!«, befahl sie, als wäre ich ein Hund. »Wo ist Paris? Wo ist meine Tochter? Was geht hier vor? Wer ist das?« Mit jeder Frage erklomm ihre Stimme neue Höhen, wurden ihre Augen noch größer.

»Paris?«

Zuerst wusste ich nicht, weshalb sie nach Paris fragte, doch dann begriff ich, dass sie wohl angenommen hatte, wir seien beide hier.

»Paris ist zu Hause«, sagte ich. »Ihr geht's gut. Wo ist Jerrol?«

»In Kanada. Angeln. Er wird Mittwoch hier sein.«

Das war übel. Das war sogar mehr als übel.

»Wer ist diese Frau?« Sie hatte ihre Stimme gesenkt, aber da war noch immer dieser Ausdruck ihrer weit aufgerissenen Augen.

»Nur jemand ... der einen Unfall gehabt hat«, sagte ich. Wie wild versuchte ich, mir eine Geschichte zurechtzulegen, ersonnen, um Zeit zu schinden. Obwohl ... wofür? Gleichgültig womit ich herausrücken würde, die Wahrheit käme ans Licht. Was würde passieren, wenn Paris hier eintraf?

Ich wusste, was passieren würde.

Ich wusste, was ich zu tun hatte.

Es gab in dieser Sache keine Alternative. All das Nachdenken darüber, jemanden zu töten – war ich dazu in der Lage, war ich es nicht –, löste sich schlicht in Luft auf. Ließe ich sie laufen, würde sie die Polizei alarmieren.

Sollte ich mich noch nicht vollends entschieden haben, so sprang mir Gloria bei.

»Das war kein Unfall«, sagte sie. »Man hat dieser Frau die Kehle durchgeschnitten –« Sie hielt inne. »Mein Gott«, fuhr sie fort, als sei ihr erst jetzt bewusst, was sie gesagt hatte.

»Es tut mir so leid«, sagte ich. Ich bewegte mich auf Gloria zu.

»Jacob«, sagte sie. Nur meinen Namen. Und dann fing sie an zu schreien. Nur dass sie nicht weglief oder es zumindest versuchte. Sie stand da, schrie und schrie, während ich mich auf sie zubewegte. Als ich bei ihr war, brach ihr letzter Schrei unvermittelt ab, sie ging auf die Knie, schloss fest die Augen und begann mit einem Kindergebet. Begleitet von einem Schluckauf.

»Müde (hicks) bin ich, geh zur Ruh ...«

Als es dem Ende zuging, machte sie einen kraftlosen Versuch, mich abzuwehren, und zog mir ihre Fingernägel übers Gesicht. Allerdings musste sie da der Bewusstlosigkeit bereits sehr nahe gewesen sein, denn das war er, der Umfang ihres Kampfes. Es war leichter, als ich gedacht hatte.

Nachdem sie längst tot war, verharrte ich noch immer in der gleichen Position; meine Hände um ihren Hals gelegt, drückte ich so heftig zu, wie ich konnte. Erst als meine Arme zu verkrampfen begannen, ließ ich los. Eher sanft sackte sie auf dem Boden zusammen und ich begriff, dass ich sie hochgehalten hatte.

Heilige Mutter Gottes, dachte ich. Was habe ich getan?

Was ich tun musste, sagte ich mir. Nur was ich tun musste. Ich verschränkte die Arme vor der Brust und senkte den Kopf, drehte meinen Oberkörper hin und her. Ich wollte weinen, aber konnte es nicht. Aus irgendeinem seltsamen Grund bildete ich mir ein, alles komme wieder in Ordnung, wenn ich nur weinen könne.

Ich stand noch ein paar Minuten lang so da, schwang sacht vor und zurück, mit einem Verstand, der ins Schwimmen geriet. Ich atmete tief durch, und allmählich wurde mir schwindlig, bis mir auffiel, dass ich hyperventilierte. Ich hastete in die Küche, zu dem Schrank, von dem ich wusste, dass dort Mülltüten aufbewahrt wurden, griff mir eine und atmete hinein; zunächst schnelle, heftige Atemzüge, und dann zwang ich mich, ganz bewusst langsamer zu atmen. Meine Atmung regulierte sich, aber mein Herz pumpte weiter wie wild. Ich spürte es in den Ohren. Sie brannten, und ich wusste, sie waren knallrot. Irgendwie erlangte ich die Kontrolle über mich selbst zurück und trieb meinen Verstand dazu an, darüber nachzudenken, was ich jetzt zu tun hatte.

Ich ging zurück ins Wohnzimmer, hinüber zu Gloria, diesem kleinen zusammengesackten Haufen am Boden. Ich stand vor ihr, starrte auf sie hinunter, befürchtete absurderweise, sie könne womöglich gar nicht tot sein. Ich ging nicht davon aus, alles noch einmal machen zu können, sollte sie noch leben.

Nachdem ich schier endlose Sekunden lang ihr Gesicht beobachtet, nicht gewagt hatte, zu blinzeln, damit mir keine Regung, kein Lebenszeichen entginge, war ich sicher, dass sie tot war. Vermutlich hätte ich nur nach unten greifen und nach ihrem Puls tasten müssen, aber ich wollte ihre Haut nicht berühren.

Meine Gedanken überschlugen sich.

Ich konnte nicht zulassen, dass Paris ihre Mutter fand.

Ich musste Glorias Leiche wegschaffen.

Könnte ich sie einfach verschwinden lassen, würde ich eine Lösung finden. Was ich brauchte, war Zeit.

Ich hatte ständig meine Mutter im Kopf. Sah sie vor mir, wie sie anklagend den Finger auf mich richtete, ihn schüttelte. Mir erklärte, ich käme jetzt mit Sicherheit in die Hölle. Ich hatte die eine unentschuldbare Sünde begangen. Auf der Liste der üblen Geschichten, die mir widerfahren konnten, war das Lebenslänglich jetzt auf Platz zwei gerutscht. Auf Platz drei. War vielleicht gar nicht mehr auf der Liste. Hierfür könnte ich nämlich die Giftspritze bekommen.

Ich hörte jemanden aufstöhnen, dachte zuerst, es sei Gloria, und begriff dann, das Stöhnen kam von mir.

Ich schob meine Mutter samt ihrer anklagenden Miene beiseite und hatte umgehend einen, wenn auch keinen kompletten Plan im Kopf.

Ich würde Gloria in meinen Kofferraum verfrachten. Würde dann, wenn wir später hinausfuhren, um die Boxleiter zu vergraben, ihre Leiche rausholen und auf die der Boxleiter legen. Mir war nicht klar, wie ich das bewerkstelligen sollte – dass Paris nicht mitbekäme, dass bereits eine Leiche im Kofferraum lag –, aber kommt Zeit, kommt Rat.

Ich ging nach oben, nahm den Quilt vom Bett ihrer Eltern, ging wieder nach unten und wickelte Gloria darin ein. Als das erledigt war, hastete ich in die Küche und nach draußen, um die Lage zu sondieren. Keine Menschenseele zu sehen. Zum Glück war gerade Winter. Mir fiel ein, dass alle unmittelbaren Nachbarn »Sommerfrischler« waren – Leute, die nur im Sommer hierherkamen. Noch mehr Glück stellte sich ein – es hatte erneut zu schneien begonnen, große, dicke, nasse Flocken und ich konnte in jede Richtung nur wenige Meter weit sehen. Das Haus direkt neben Glorias war bereits in dichtes Weiß gehüllt und von den anderen war rein gar nichts zu erkennen. Ob von den Nachbarn auf der anderen Straßenseite jemand zu Hause war, vermochte ich nicht zu sagen. Nicht einmal das Licht der wenigen Straßenlaternen sickerte durch den heftigen Schneefall. Wenn das anhielte, würden wir eingeschneit.

Mir kam in den Sinn, dass es angemessener sei, dem Wetter zu danken, statt es zu verfluchen. Bei diesem Schneetreiben würde niemand durch die Gegend kurven, nicht einmal die Cops. Wenn Paris und Walker bald zurückkämen, konnten wir die Leichen vergraben, verschwinden lassen, ohne dass es jemand spitzkriegte. Alle Spuren, die wir hinterließen, würden binnen fünf Minuten getilgt.

Ich sprang in den Wagen und fuhr rückwärts an die Küchentür. Die Reifen drehten ein wenig durch und es wurde bereits schwierig mit der Bodenhaftung. Nachdem ich den Kofferraum geöffnet hatte, rannte ich zurück ins Haus und hievte mir Glorias Leiche auf die Schulter. Sie war eine kleine Frau, nicht größer als ein Meter fünfundfünfzig, und wog nicht mehr als fünfzig Kilo, wenn überhaupt. Ich spähte nochmals kurz nach draußen und trug sie dann die etwa eineinhalb Meter zum Wagen, beugte mich nach vorn, um sie in den Kofferraum zu legen, nur dass sie mir aus den Händen und in den Kofferraum glitt. Bei ihrer Landung wippte der Wagen ein wenig und eine Ecke des Quilts verrutschte, gab ihr Gesicht frei. In diesem Moment sah sie aus wie Paris. Mir blieb fast das Herz stehen.

Ich griff nach unten, zog den Quilt wieder über ihr Gesicht und schlug die Klappe des Kofferraums zu. Unter Tränen.

Ich hatte zu kämpfen, meine Gefühle wieder in den Griff zu bekommen, und zugleich überlegte ich, was als Nächstes zu tun war.

Ihr Wagen!

Den hatte ich fast vergessen.

Das war blöd. Da stand er, der T-Bird, den sie vor zwei Jahren gekauft hatten, kanariengelb, gut sechs Meter weiter in der Zufahrt. Ich war so daran gewöhnt, ihn dort zu sehen, wenn Paris und ich an den Wochenenden hierherkamen, ich hatte nicht einmal daran gedacht.

Mein Gott, was hatte ich noch übersehen?

Ich musste ihn loswerden.

Vielleicht sollte ich Gloria in ihren eigenen Wagen ...

Eine Kreuzung weiter stand ein Haus, das ich kannte. Der Eigentümer war Künstler und arbeitete in Chicago, ein Schmuckdesigner. Er kam nur im Sommer hierher. Paris' Eltern waren mit dem Mann befreundet, wie ich wusste, und besaßen einen Schlüssel zum Haus. Aus Gefälligkeit behielten sie Haus und Grundstück für ihn im Auge. Gelegentlich ging Gloria sogar hin und wischte Staub für den Typ, wenn sie wieder mal in Indiana waren und für ein Wochenende herkamen. Ich wusste, wo der Schlüssel war. Und es war eines der wenigen Häuser am See mit einer Garage. Die meisten Häuser und Hütten verfügten nur über einen Carport. Eigentlich ...

Im Nu wusste ich, was ich zu tun hatte.

Eine halbe Stunde später war es erledigt.

Ich hatte den Hausschlüssel des Mannes gefunden – er lag dort, wo er immer lag, der Name *Bill Tyler* stand sogar auf einem weißen runden Anhänger – und war in dem Wagen der Meechams zu dem Haus gefahren. Der T-Bird verhielt sich im Schnee besser als mein Lumina. Ich hatte die Garage aufgeschlossen, den T-Bird hineingefahren, hatte wieder abgeschlossen und war weggefahren.

Ich wusste, der Künstler würde sein Refugium so bald nicht aufsuchen. Zumindest nicht vor dem Frühjahr, höchstwahrscheinlich, und vielleicht nicht einmal bis zum Frühsommer.

Lange zuvor jedoch hatte ich mir bereits vorgestellt, Jerrol würde bei uns zu Hause in South Bend anrufen, sich fragen, wo in aller Welt seine Frau abgeblieben sei, würde hierherkommen, um herauszufinden, was los war, wohin Gloria verschwunden war. Oder weshalb. Mein Plan, sollte das eintreten, sah vor, dass ich ein paar Wochen abwarten und dann der Polizei in Warsaw einen anonymen Tipp geben würde. Seht euch mal in der Garage dieses Mannes um, würde ich sagen. Sie würden den Wagen dort finden, aber keine Leiche, und schon wäre der Typ der Hauptverdächtige. Wenn es mir gelänge, Glorias Leiche zu verbuddeln, ohne dass Paris sähe, wie ich sie aus dem Wagen holte, hätte ich es geschafft. Ich hielt das für machbar. Ich sah es vor mir, wie ich die Boxleiter raus zum Kofferraum brachte, während Paris noch im Haus war, und waren wir erst einmal im Wald, würde ich mir was ausdenken, damit Paris für eine Weile aus dem Weg war, sodass ich Gloria in das Loch werfen konnte, das wir zu graben planten. Ich würde sie quasi zum Aufpassen abkommandieren, während wir das Loch gruben.

Ich würde Walker einweihen müssen – zumindest in einiges – und würde vorsichtig vorzugehen haben, damit ich ihn aus dem Weg geräumt hatte, bevor er auspacken konnte. In der Tat, das würde helfen, ihn davon zu überzeugen, dass ich gedachte, meine Frau umzulegen. Es wäre leichter, wenn er sähe, dass ich meine Schwiegermutter getötet hatte.

Und ich brauchte eine Geschichte, um die Kratzer zu erklären, die Gloria meinem Gesicht beigebracht hatte. Walker böte sich hierfür an – sagen wir mal, er hätte getrunken und wir seien in einen handfesten Streit geraten. Ich war bereits dabei, mir etwas Glaubhaftes auszudenken, was er würde sagen können. Ich hätte ihn am Boden gehabt und er habe nach oben gelangt und mich dabei gekratzt und dann sei er zur Vernunft gekommen und wir hätten aufgehört zu streiten.

Das sollte alles so hinhauen.

Es musste.

Zurück im Landhaus, sah ich dort nach, wo ich vermutete, dass Gloria sich aufgehalten haben könnte, bevor ich aus dem Bad gestürmt war, suchte nach irgendwelchen Hinweisen, dass sie hier gewesen war. Zum Glück verfuhr ich so.

Keine Ahnung, weshalb es mir zunächst entgangen war, aber mitten auf dem Küchentresen lag ihre Handtasche.

Herrgott noch mal.

Fast hätte ich sie übersehen. Wahrscheinlich weil ich sie früher so oft dort hatte liegen sehen und sie jetzt nicht mal mehr registrierte.

Ich verdrängte das Entsetzen darüber, was ich getan hatte, mehr und mehr aus meinem Kopf.

Ich rannte nach draußen, machte den Kofferraum auf und warf die Handtasche auf Glorias Leiche.

34. Kapitel

Ich war fünf Minuten im Haus, als ich einen Wagen hörte.

Dann einen weiteren.

Gedämpfte Stimmen.

Ich eilte zum Fenster, rieb einen Kreis auf die beschlagene Scheibe und sah hinaus. Walker und Paris. Sie mussten gleichzeitig angekommen sein.

Scheiße.

Ich ging zur Tür und riss sie in dem Moment auf, als die beiden fast davor standen.

»Habt ihr die Katze gesehen?«, rief ich, streckte den Kopf heraus und blickte in alle Richtungen.

»Katze?«, sagte Paris.

»Was zum Teufel ist mit deinem Gesicht passiert, Jake?«, fragte Walker, der hinter ihr stand. Beide blickten sich um.

»Eine Katze«, sagte ich. »Ist sie noch da draußen?«

Paris trat dicht an mich heran und streckte die Hand nach meiner Wange aus, um die Kratzer zu berühren. »Eine Katze war das? Welche Katze?«

»Los, kommt rein. Wir sollten nicht draußen rumlungern und die Nachbarn auf den Plan rufen.« Ich hielt die Tür auf und die beiden traten ein, stampften dabei mit den Füßen auf, um ihre Schuhe vom Schnee zu befreien, und klopften sich auch die Jacken ab, hängten sie dann an den Kleiderständer neben der Tür. Paris schlang fröstelnd die Arme um den Oberkörper.

Ich setzte mich an den Küchentisch und die beiden setzten sich dazu – Paris auf den Stuhl neben mir und Walker setzte sich uns gegenüber.

»Es war ein Riesenvieh von Katze«, begann ich, bemüht, meinem Gesicht nicht anmerken zu lassen, dass ich mir gerade eine Lüge zurechtlegte. »Ich habe oben was gehört – hat mir 'ne Scheißangst eingejagt! – und bin hoch, um nachzusehen. Hab dann diesen dicken, alten Kater im Schlafzimmer gefunden, hat von innen an der Tür vom Wandschrank gekratzt. Wollte wohl raus. Entweder war er schon die ganze Zeit mit uns hier oder ist über den Kamin gekommen, irgendwie.«

»Manchmal kommen Eichhörnchen auf diese Weise hier herein«, sagte Paris.

»Yep«, sagte ich wie aus der Pistole geschossen, nahezu hin und weg, dass sie mir mein kleines Märchen abzukaufen schien, sogar half, es weiterzuspinnen. »Das ist es. Muss wohl irgendwie den Kamin runtergekrochen sein. Wie auch immer«, fuhr ich fort, überrascht, dass ich sie so mühelos anlügen konnte – ich hatte es weit gebracht in nur einer Woche! –, »ich bekam ihn zu packen, wollte ihn gerade die Treppe hinuntertragen, um ihn rauszuschmeißen –«

»Als er dich gekratzt hat?«, fragte Walker. Er stellte die Frage in gelangweiltem Ton, sah sich dabei in der Küche um, als sei es für ihn jetzt genug – nehmen wir in Angriff, was wir in Angriff nehmen müssen.

»Nein«, sagte ich, denn selbst wenn er's mir abkaufte – so mein Gefühl –, gäbe sich Paris damit noch nicht zufrieden. »Der verflixte Kater war friedlich. Ich hab ihn nach unten und direkt zur Tür gebracht. Attackiert hat er mich erst, als ich die Tür aufgemacht habe.«

»Wollte nicht raus in die Kälte«, sagte Walker.

»Ja, da liegst du richtig, jede Wette«, sagte ich. »Der Scheißer wollte nicht raus aus dem warmen Haus.«

Ich sah erst Paris an, dann Walker, dann wieder Paris.

»Ihr habt ihn draußen nicht gesehen?«

Paris beugte sich zu mir, legte mir ihre Hand auf die Wange und fuhr dann mit den Fingern die Kratzer entlang nach unten. »Was muss das für ein Kater gewesen sein!«, sagte sie. »Seine Pfote war so breit wie meine Hand.«

»Nun«, sagte ich, geriet ins Stammeln, »er war richtig groß und ... und ... hat mich ein paarmal gekratzt.«

»So wird's sein«, sagte sie. »Anderfalls war das nämlich keine Hauskatze. Eher ein Berglöwe. Bist du sicher, dass es nicht vielleicht ein Bärenjunges war?«

»Scheiße, Paris.« Verärgert stand ich auf. »Du glaubst mir nicht. Ich geh ihn draußen suchen und zeig ihn dir.«

»Nein«, sagte sie mit einem Seufzen. »Du sagst, es war ein Kater, also war es ein Kater. Nur sehen die Kratzer nicht nach Kratzern von einer Katze aus. Vielleicht erzählst du mir eines Tages genau, was dich da gekratzt hat. Du bist nicht zufällig in die Stadt gefahren, während ich weg war, oder?«

Für einen kurzen Moment verstand ich nicht, was sie gemeint hatte, und dann ging mir auf, dass sie dachte, eine Frau hätte mich gekratzt.

Hatte sie ja auch ...

»Verdammt, Paris!«, sagte ich. »Ich war die ganze Zeit hier! Meinst du, ich könnte in einer Situation wie dieser rumhuren? Mann! Hör auf mit der Scheiße, ja!«

Ich ging zur Spüle, drehte das kalte Wasser auf, beugte mich hinunter und trank aus der hohlen Hand. Als ich mich wieder aufrichtete, drehte ich den Hahn zu und sagte: »Willst du an diesem Mist von wegen andere Frau festhalten, Paris?« Ich legte so viel Kälte in meine Stimme wie irgend möglich.

»Nein«, hörte ich Paris sagen und meinte, so etwas wie Resignation herauszuhören. »Es ist nicht wichtig. Du sagst, es war ein Kater, und ich glaube dir. Außerdem haben wir wichtigere Dinge zu besprechen.«

Ich forcierte die Sache nicht. Wenn sie es vorerst dabei bewenden ließ, sollte es mir recht sein. *Du hast verkauft, also sei jetzt still.* Das hatte man uns im Dale-Carnegie-Kurs vermittelt, den ich in Pendleton besucht hatte. Galt selbst bei einem halbherzigen Deal wie dem hier.

»Du hast recht«, sagte ich, ging zurück zum Tisch und wischte mir dabei die Hände an den Jeans trocken.

»Jetzt ist es ...«, sie hielt ihr Handgelenk hoch und warf einen Blick auf ihre Armbanduhr, »... fast zehn. Bringen wir's hinter uns.«

Sie meinte das Verbuddeln der Frau.

»Wollt ihr nicht lieber bis Mitternacht oder so warten?«, sagte Walker.

Paris sah ihn an.

»Ich denke nicht, Mr. Joy. Es könnte jedem Polizisten auf Streife etwas verdächtig erscheinen, wenn er gegen Mitternacht dort vorbeifährt und einen Wagen sieht. Jetzt, um diese Uhrzeit, könnten wir noch auf Waschbärjagd sein, etwas völlig Legitimes. Es ist gerade Saison. Viele Männer hier in der Gegend sind Jäger. Und da die meisten von ihnen berufstätige Familienväter sind und wegen der Arbeit früh aufstehen müssen, gehen sie so spät nicht zum Jagen. Wären sie Kriminelle und könnten bis mittags schlafen, würden sie es tun, wie ich vermute. Vielleicht wäre das Ihr Gedankengang ... Sofern Sie zu einem Gedankengang befähigt sind«, fügte sie süffisant hinzu.

»Klingt schlüssig, Süße«, beeilte ich mich zu sagen, um den Streit abzubiegen, den ich sich anbahnen sah zwischen den beiden. »Außerdem will ich's einfach hinter mich bringen.«

»Jake«, sagte Paris und drehte sich auf ihrem Stuhl zu mir. »Du entwickelst dich ja zu einem richtigen Diplomaten, oder? Jake, der Friedensstifter.«

»Nun, ja«, sagte ich vorsichtig. »Das ist weder Ort noch Stunde, sich gegenseitig runterzumachen.«

»Du hast recht«, sagte sie, ihr Blick jetzt sanfter. Das hatte ich nicht erwartet.

Sie fuhr fort. »Du hast recht, aber aus einem anderen Grund, als du vielleicht meinst. Du hast recht, weil ich kurz davor war, unserm Mr. Joy hier Raum in meinem Kopf zu überlassen.«

»Perfekt, Süße«, sagte ich. »Ein guter Rat für uns alle.«

Während unseres Wortwechsels saß Walker da, ließ seinen Blick zwischen uns hin- und herflitzen, seine Fresse zu einem Grinsen verzogen. Ich konnte seine Gedanken erraten. *Zum Glück bin ich nicht verheiratet.*

»Ja, wie auch immer«, sagte sie. »Zumindest besteht Einigkeit darüber, dass wir es jetzt durchziehen müssen, richtig?«

Ich nickte und Walker sagte: »Jo. Und zwar am besten gleich.« Er stand auf.

»Ich geh mal pinkeln. Ihr macht euch bereit und ab geht's. Die Sache erledigen. Ich hab alles Zeug im Wagen.«

Sobald er weg war, beugte ich mich zu Paris hinüber, flüsterte ihr zu: »Hast du sie?«

Als Antwort öffnete sie ihre Handtasche, die sie die ganze Zeit auf dem Schoß gehalten hatte, griff hinein und zog eine .45er heraus, eine Standardwaffe der Navy SEALs. Vorsichtig übergab sie mir die Waffe, hielt sie zwischen Daumen und Zeigefinger. Ich nahm sie ihr ab, überprüfte sie, sicherte sie und steckte sie in den Bund meiner Jeans, zerrte mein Hemd aus der Hose, um die Waffe zu verbergen. Paris kramte in ihrer Handtasche und holte zwei Ladestreifen heraus, gab sie mir und ich steckte sie in die vorderen Taschen meiner Hose. Drei Ladestreifen, den in der Waffe miteingerechnet. Ich war für einen Krieg gerüstet.

»Bobby?«, fragte ich.

»Donnerstag um eins«, sagte sie. »Einen Tag nach Weihnachten. Jacobsons Bestattungsinstitut in Mishawaka. Du musst ihnen eine Liste mit den Sargträgern geben. Mit den Rednern, die du möchtest.«

Sargträger. Wen sollte ich nehmen? Und wann hatte ich Zeit dafür? Ich könnte, so meine Überlegung, bei der Adams High School anrufen, mit dem Vertrauenslehrer sprechen, in Erfahrung bringen, wer Bobbys beste Freunde waren. Mir wurde klar, dass ich keinen Schimmer hatte, wer seine Kumpel waren, sah man von dem Jungen ab, mit dem er beim Autodiebstahl erwischt worden war. Mit mir wären es zwei Kriminelle, die Bobbys Leiche zu ihrer letzten Ruhestätte tragen würden.

Ich war froh, dass Mom nicht da war, um das sehen zu müssen.

Ich wünschte, ich würde nicht da sein müssen. Der Bishop, der in dem Sarg liegen sollte, läge nicht darin.

Weihnachten! Mein Gott! Nicht einmal daran hatte ich gedacht.

35. Kapitel

»Paris«, flüsterte ich eindringlich-hastig. Mir war eine Idee gekommen.

»Was?«, sagte sie und beugte sich zu mir herüber, angesteckt von meiner Hast.

Sie warf einen Blick über ihre Schulter Richtung Badezimmer, wo Walker Joy verschwunden war.

»Du bleibst hier, wenn Walker und ich die Leiche vergraben.«

»Ja, ganz sicher!«, entfuhr es ihr, ihre Stimme ein barsches Flüstern.

»Und ob«, sagte ich. »Wenn was passiert, wenn wir erwischt werden, wanderst du direkt in den Knast.« Ich blickte demonstrativ auf ihren Bauch. »Du und das Baby. Ich will nicht, dass mein Kind im Knast zur Welt kommt. Du etwa? Dass es bei Pflegefamilien oder im Heim aufwächst.«

Der Ausdruck, der sich auf ihrem Gesicht zeigte, sagte mir, dass sie sich das bildlich vorstellte, und ich wusste, ich hatte sie jetzt. Ich formulierte den entscheidenden Punkt. »Außerdem will ich nicht, dass du siehst, wozu ich gezwungen bin.«

Um das zu unterstreichen, klopfte ich mir leicht auf den Bauch, dorthin, wo ich die Waffe hingesteckt hatte.

»Oh«, sagte sie. Sie setzte an, noch etwas zu sagen, fuhr aber nicht fort.

Bevor sie mit einem Gegenargument aufwarten konnte, sagte ich: »Das Problem ist, Walker davon zu überzeugen, dass du hierbleibst. Er glaubt, ich werde dich im Wald umbringen.«

Ihr fielen fast die Augen aus dem Kopf. »Das glaubt er?«

Ich fasste das Wesentliche aus meinem Gespräch mit Walker zusammen. »Er wollte dich auf der Stelle umbringen. Denkt, du würdest uns verraten. Nur so konnte ich ihn davon abhalten.«

»Verstehe«, sagte sie. »Sag's mir, Jake ... hast du das erwogen? Mich umzubringen? Vielleicht nur für eine Sekunde?«

Ich konnte nicht glauben, dass sie das dachte. Was ich ihr auch genau so sagte.

»Nun«, meinte sie, augenscheinlich überzeugt. »Das würde eine Menge Probleme lösen, nicht wahr? Du und Walker, ihr könntet die Diamanten verkaufen, das Geld unter euch aufteilen und euch fidel auf den Weg zu einer Karibikinsel machen. Kein Mühlstein von Ehefrau mehr um deinen Hals. Denk nur an die Püppchen, die du haben könntest.«

»Paris«, sagte ich. »Bei solchem Gerede glaube ich fast, ich sollte das tun, von dem Walker annimmt, dass ich's tun werde.« Ich grinste, um ihr zu zeigen, dass es nicht mein Ernst war. »Nicht wegen der Püppchen, sondern wegen des Mühlsteins.« Ich hörte, wie die Tür zum Badezimmer aufging. »Lass mich mit Walker unter vier Augen reden«, flüsterte ich. »Werd ihm sagen, dass ich dich umlege, wenn wir zurück sind.«

»Du glaubst, er kauft dir das ab?«, sagte sie, doch ich hatte keine Zeit, ihr zu antworten, da er gerade die Küche betrat.

Ich war zuversichtlich, dass er es mir abkaufen würde. Ich hatte ein Ass im Ärmel, von dem Paris nichts wusste. Ihre tote Mutter. Das war die Ausrede, die ich Walker gegenüber brauchte.

Er kam zu uns herüber, setzte sich und Paris stand auf, entschuldigte sich.

»Ich nehm ein Bad«, sagte sie.

Walker sah mich verwirrt an. »Ein Bad?«, sagte er. »Kommst du nicht mit?«

»Scheint eher eine Männersache zu sein«, sagte sie. »Jake klärt dich auf.«

Sie verließ die Küche.

»Ich hab ihr erklärt, dass sie hierbleiben soll«, sagte ich, sobald ich hörte, wie sie nach oben stapfte. »Hab ihr gesagt, dass ich nicht riskieren will, dass man uns anhält oder so und sie mit uns geschnappt wird und wegen Beihilfe zum Mord ins Gefängnis wandert.«

»Bist du völlig durchgeknallt, Jake? Ich dachte, wir sind uns einig, dass du sie umlegst. Und wie willst du sie jetzt umlegen?«

Ich lächelte, bemüht, selbstsicher zu wirken wie ein Mann mit einem Plan. »Ganz einfach. Ich mach's, wenn wir zurück sind. Später, nachts, wenn sie schläft. Ich kann mir einfach nicht vorstellen, das durchzuziehen, wenn sie mich dabei ansieht.«

»Herrgott!«, sagte Walker. »Verdammtes Weichei. Ich mach's.« Er stand auf.

»Setz dich«, sagte ich. »Da ist noch was.«

Er kam meiner Aufforderung nach und setzte sich wieder.

»Da ist bereits eine Leiche im Kofferraum«, sagte ich. Walkers Kinnlade fiel nach unten und er wollte etwas sagen, aber ich hob die Hand, signalisierte ihm zu schweigen. Ich berichtete, was mit Gloria passiert war. »Ich weiß nicht, ob ich verhindern kann, dass Paris sie sieht, wenn wir die Boxleiter verfrachten. Sie sieht ihre Mutter da drin, tot, was, meinst du, wird passieren?« Noch ehe er antworten konnte, fuhr ich fort. »Sie wird anfangen zu schreien, das wird passieren. Willst du, dass das passiert? Sie sieht ihre Mutter, fängt an zu schreien wie am Spieß, und dann? Ich bring sie um, ganz klar, aber inzwischen ist die halbe Nachbarschaft auf den Beinen, schaut aus dem Fenster. Womöglich ruft jemand die Cops. Womöglich kommt jemand raus, will sehen, was da vor sich geht. Verstehst du?«

Ich hatte es unterlassen, ihm zu sagen, dass da vermutlich gar keine Nachbarn waren, da es sich bei den Leuten, die in der Nähe des Landhauses wohnten, nun mal samt und sonders um Sommerfrischler handelte. Ich war mir ziemlich sicher, dass er diese Beobachtung nicht gemacht hatte.

»Ja«, sagte er gedehnt, dachte wohl darüber nach. »Ich verstehe, was du meinst. Aber warum erklären wir ihr nicht einfach, dass sie uns begleiten muss, dass wir sie brauchen, damit sie quasi für uns Schmiere steht? So, wie du vorhin gesagt hast.«

»Weil ... weil ich sie gerade bequatscht habe hierzubleiben. Weil ich nicht glaube, sie umbringen zu können, wenn sie mich dabei ansieht. Mann, Walker, das ist die Frau, die ich geheiratet habe, verstehst du? Ich liebe sie, Arschloch. Das wird hart genug werden, aber ich weiß genau, dass ich es nur auf eine Weise schaffe: Wenn sie schläft.«

Ich glaube nicht, dass er völlig überzeugt war, aber er

gab auf. Zuckte mit den Schultern, sagte: »Meinetwegen«, und wir erhoben uns. »Also los, packen wir's«, sagte er.

Ich zog meine Jacke an und wir gingen ins Wohnzimmer.

»Du hast ihre gottverdammte Mutter umgelegt?«, sagte er, als wäre ihm erst jetzt aufgegangen, was ich ihm erzählt hatte, als müsse er im Kopf damit klarkommen.

Ich nickte.

»Motherfucker!«

»Ja«, sagte ich. »Genau.«

Es kostete uns keine fünf Minuten, die Leiche der Boxleiter hochzuheben und nach draußen zu schaffen. Wir legten sie auf dem Boden ab und ich kramte meine Autoschlüssel hervor. Als ich den Kofferraum aufmachte, griff Walker hinein, schlug den Quilt zurück, der Glorias Leiche bedeckte, und enthüllte dabei ihr Gesicht.

»Hey!«, sagte er. »Sie sieht ja aus wie deine Frau!«

Ich langte an ihm vorbei, griff hinein und zog den Quilt wieder über Glorias Gesicht.

»Verladen wir die hier«, sagte ich. »Ich will nicht, dass einer aus dem Fenster schaut und uns hier rumstehen sieht, wie wir mit einer Leiche quatschen, die offen rumliegt.«

Walker grinste. »Da is was dran, Alter. Rein damit und ab die Post.«

Gut eine Meile entfernt von dem Waldstück, das ich ansteuerte, fing Walker an zu reden. Knastgequatsche. Wir hatten bislang kein Wort miteinander gewechselt, hatten dem Warsaw-Oldie-Sender gelauscht. Gerade hatten sie

Bobby Bares *The Green Green Gras of Home* gespielt, eine überaus beliebte Nummer in Pendleton, und so wie sich Walker mehr und mehr in sich selbst zurückgezogen hatte, sagte mir, dass er während des Songs an den Knast gedacht hatte, genau wie ich.

Nicht nur hatte die Nummer meine Erinnerungen an Pendleton wiederbelebt, sie hatte mir auch einen kalten Schauer über den Rücken gejagt. Immer und immer wieder hatten sie den Song im Gefängnisradio gespielt, und mehr als ein Insasse hatte sich erhängt, nachdem er ihn spät in der Nacht über seine Kopfhörer gehört hatte. Um mich direkt zurück in die Zelle zu katapultieren, genügte die Erinnerung an das Rattern des Güterzuges um Mitternacht, Nacht für Nacht der Pfiff, den er ausstieß, wenn er vorbeifuhr.

Oh mein Gott!

Es hatte auch etwas Gutes, den Song zu hören, erinnerte er mich doch daran, weshalb ich hier durchmusste. Um einem Lebenslänglich zu entgehen. Um nicht wieder hinter diesen Mauern zu landen, für den Rest meines Lebens. Oder ... die Spritze zu kriegen.

Um diesen verfluchten Song niemals mehr hören zu müssen.

Ich schaltete das Radio aus.

»Tja«, murmelte Walker. »Irgendwie scheiße, oder?«

Ich erwiderte nichts.

Was ihn nicht daran hinderte weiterzureden. »Du weißt, warum ich dir damals in Block J geholfen habe?«

Er sprach über Toles.

»Weil du einer von den Guten bist?«

Er drehte den Kopf zur Seite, sah mich an. Lächelte nicht.

»Kann sein«, sagte er. »Du hältst nicht viel von mir, nicht wahr, Jake?«

Was zum Teufel sollte ich darauf erwidern?

»Sag nichts«, meinte er und ersparte es mir zu lügen. »Ich weiß, dass es so ist.«

Ich wollte widersprechen, aber er winkte ab.

»Verkneif's dir, Jake. Wir wissen beide, dass es so ist. Vielleicht hast du's getan, bevor ich dich in diese Sache hineingezogen habe, aber es ist ziemlich offensichtlich, dass du es jetzt nicht mehr tust.«

Wieder setzte ich an, doch er ließ mich nicht zu Wort kommen.

»Ist schon okay, Alter. Ich verstehe. Ich verstehe viel mehr, als du denkst. Ich will dir sagen, warum ich dir den Arsch gerettet habe.«

Er ließ das Geheimnis unerwähnt, das wir miteinander teilten. Ich schätze, er dachte gar nicht daran.

Wir waren jetzt am Wald. Ich fuhr die schmale, unbefestigte Straße entlang, die ein Stück – etwa so lang wie ein Häuserblock – hineinführte, bevor sie an einer Lichtung endete, wo ich Motor und Scheinwerfer ausschaltete.

»Hier«, sagte ich. »Bei den kleinen Hügeln da, dachte ich, könnten wir sie vergraben.« Direkt vor uns, hinter einer Reihe von Pappeln, lagen die Hügel, die ich meinte; mit frisch gefallenem Schnee bedeckt, sahen sie aus wie die Brüste einer Frau.

Walker griff sich die Spitzhacke, die er auf den Rücksitz geworfen hatte, und ich nahm mir eine der beiden Schaufeln dort, und wir gingen zu der Stelle, die ich im Sinn hatte. »Wie wär's hier?«, sagte ich. Ich beschrieb mit den Armen, wo wir meiner Vorstellung nach graben sollten, und Walker stimmte mit einem Grunzen zu. Er machte sich daran, Brocken aus der harten Erde zu reißen und die Umrisse eines Rechtecks von ein Meter achtzig Länge und neunzig Zentimeter Breite ungefähr zu markieren, und ich legte anschließend los, schippte schaufelweise Erdreich auf eine Seite. Für die Jahreszeit war der Boden erstaunlich weich. Der Regen tags zuvor musste ihn sozusagen aufgetaut haben.

Während wir arbeiteten, fing Walker wieder an zu reden.

»Loyalität, Kumpel.«

»Was?«, sagte ich, nicht ganz im Bilde, wovon er sprach.

»Warum ich dir den Arsch gerettet und Toles damals zur Rede gestellt habe.«

»Das war damals schon unsinnig«, erwiderte ich. Allmählich hatte ich es satt, sein Herumreiten auf dieser Geschichte. »Du hast mich damals kaum gekannt. Ich weiß es zu schätzen, aber –«

»Wir waren beide aus South Bend«, sagte er. »Homies.«

Mir gefiel die Richtung nicht, in die sich unser Gespräch entwickelte. Daran erinnert zu werden, wie er mir das Leben gerettet hatte, war das Letzte, wonach mir der Sinn stand. Nicht wenn sich in wenigen Minuten meine Gedanken darum drehen würden, ihn zu erschießen und seine Leiche zu den beiden anderen zu werfen.

»Das ist albern«, sagte ich. Jetzt stellte er das Hacken ein. Er legte die Spitzhacke zur Seite, fuhr mit der Hand unter seine Jeansjacke und kramte aus der Tasche seines Hemdes eine Packung Camels hervor, nahm eine heraus und zündete sie an. Ich zuckte die Achseln und grub weiter. Er war mit den Umrissen des Grabes sowieso fast fertig.

Er hockte sich hin, rauchte, die Zigarette zwischen den Lippen, die Hände in den Taschen seiner Jacke. Ich konnte den Spott in seinen Augen geradezu spüren, als er durch den Rauch hindurch zu mir herüberblinzelte.

Scheiß drauf, dachte ich und konzentrierte mich aufs Graben.

»Albern, ja?« Er nahm einen tiefen Zug, verschluckte sich und fing wieder an zu hacken. Ich grub weiter. Kaum hatte er seinen Hustenanfall überstanden, sah ich im Augenwinkel eine Flamme aufleuchten und wusste, dass er sich die nächste Zigarette ansteckte.

»Damals fandest du's nicht albern, oder?«

Ja, und? Natürlich nicht. Dieser Typ, Toles, hatte es mir gerade beim Spachteln eröffnet – war herübergekommen, sein Tablett in der Hand, hatte sich an meinem Platz, wo ich saß und aß, heruntergebeugt, gemeint, er mache aus mir »seinen Jungen«, ich solle mich schon mal auf einen Besuch während des Aufschlusses gefasst machen.

Was ich getan hatte, was ich jetzt bereute – ich hatte mich am selben Abend an Walker gewandt, als wir zurück in den Zellentrakt gingen. Ich kannte ihn seinerzeit nur flüchtig – hatte ihn mal in South Bend gesehen, aber wir waren keine Kumpel oder so –, doch ich wusste, er konnte mir besorgen, was ich wollte. Eine Waffe.

»Ich brauch 'n Tool«, hatte ich gesagt.

»Sicher«, hatte er geantwortet. »Wer hat dir denn 'ne Ansage gemacht, Bruder?«

Kann nicht schaden, es ihm zu sagen, dachte ich. Wenn ich in der Sache ehrlich wäre, so meine Vermutung, könnte ich mir womöglich Hoffnungen machen, dass er das durchziehen würde, was er schließlich dann auch durchzog. Ich wusste um seinen Ruf, die Männer respektierten ihn. Oder fürchteten ihn. Was aufs Gleiche hinauskam. Ich erzählte ihm, was der Typ gesagt hatte, und er lachte nur, sagte: »Zeig ihn mir«, was ich später auch tat. Als man uns zum Aufschluss herausließ, sah ich Toles auf der Galerie schnurstracks meine Richtung einschlagen und ich deutete mit dem Kopf auf ihn, sagte zu Walker, der seine Zelle drei Türen weiter bereits verlassen hatte: »Das ist der Typ.«

Was sich dann abspielte, war unglaublich. Als der Typ direkt auf mich zukam, fing Walker ihn ab, so schnell, dass ich nicht mitbekam, wie er ihn übers Geländer gehen und kopfüber nach unten hängen ließ, eines seiner Beine fest im Griff. Von der dritten Ebene überm Abgrund pendelnd, fing der Typ an zu flennen. Pisste sich in die Hose. Pisse rann ihm die Nase entlang. Ein Aufseher kam um die Ecke, sah, was vor sich ging, machte kehrt und verschwand wieder um die Ecke. Toles flehte Walker an, ihn hochzuziehen, heulte wie ein Baby.

»Ich sollte dich fallen lassen, Arschloch«, sagte Walker mit einem Grinsen, als hätte er einen Mordsspaß.

Er tat es aber nicht. Vielleicht wäre es besser gewesen, hätte er es getan. Womöglich steckte ich jetzt nicht in dieser Klemme, hätte er ihn einfach losgelassen. Vielmehr zog er ihn nach einer Weile hoch, nötigte ihn, mich anzusehen und zu schwören, mich in Ruhe zu lassen.

Das hätte das Ende der Geschichte sein sollen, war es aber nicht. Die Zeit zog ins Land, und etwa sechs Monate später kam Toles wieder zu mir und sagte nur zwei Worte: »Heute Nacht.«

Ich wusste, was er meinte.

Ich wusste auch, ich konnte nicht darauf vertrauen, dass Walker mich diesmal rausboxen würde. Einmal, klar, aber keinesfalls noch mal. Rettete er mir wieder den Arsch, müsste ich sein Junge werden. Knastregel. Ich war auf mich selbst gestellt.

»Fick dich, Toles. Nicht heute Nacht. Morgen. Wir treffen uns während des Mittagessens auf dem Dach der Wäscherei.«

Da stach ich ihn nieder. Er hatte sein eigenes Tool dabei, aber ich war schneller. Hatte auch mehr Glück. Zuerst erwischte ich ihn an der Kehle und er ging zu Boden, einfach so. Ich stach mit einer gerade gebogenen Sicherheitsnadel so oft zu, dass ich meinen Arm nicht mehr heben konnte. Ich nahm die andere Hand und stach vier, fünf weitere Male auf ihn ein, rollte mich dann von ihm ab und machte mich davon, überzeugt, er sei tot.

Sie fanden ihn ein paar Stunden später, nachdem er an seinem Arbeitsplatz, dem Maschinensaal, nicht erschienen war, um eine Kontrolle durchzuführen, und während sie nach ihm suchten, mussten wir alle für einen Einschluss in unseren Zellen verschwinden.

Er war aber nicht tot.

Ich konnte es nicht fassen. Wie sich herausstellte, wies er über dreißig Löcher auf und lebte noch immer! Ein echter Scheißvampir.

Sie verlegten ihn nach Indianapolis in ein Krankenhaus und drei Monate später hörte ich, er sei zurück.

Arbeite in der Bibliothek.

Da habe ich mich seiner angenommen, ein für alle Mal. Das war das Geheimnis, das Walker und ich miteinander teilten. Wie man es auch dreht und wendet, das war keine Notwehr, es war klassischer Mord, auf ganzer Linie.

Mein Wachtraum endete, als ich mir bewusst wurde, dass Walker mir etwas zubrüllte.

»Was?«, sagte ich und sah hoch. Ich befand mich mindestens einen Meter unter ihm, wie er so am Rande der Grube aufragte, die ich ausgehoben hatte. Verblüfft sah ich mich um. Ich hatte nicht bemerkt, wie viel ich gegraben hatte. Ich schüttelte den Kopf, um die Spinnweben der Erinnerung loszuwerden, sagte zu Walker: »Nicht so laut, Arschloch. Willst du, dass uns jemand hört?«

»Keiner da, der uns hört, Jake.«

Er hatte recht. Es hatte wieder zu schneien begonnen – noch etwas, was mir entgangen war –, und es schneite so heftig wie zuvor, wenn nicht gar heftiger.

Womöglich hätte man sich die Seele aus dem Leib schreien können und wäre doch nur drei bis sechs Meter weit zu hören gewesen. Es war, als sei die ganze Welt nur Schnee, so dick fiel er herunter, dass kein Raum zwischen den Flocken war. Und die Flocken! Riesengroß, sodass es aussah, als fielen Schneeklumpen anstelle einzelner Flocken. Würde das so weitergehen, wäre es ein schlimmerer Sturm als der von ’78.

»Was ist los?«, sagte ich, mir darüber im Klaren, dass wir mit normaler Stimme sprechen, sogar brüllen konnten, wie Walker es getan hatte, und niemand es würde hören können.

»Ist doch tief genug, oder?«, rief er.

Für zwei Leichen.

Nicht für drei.

»Nein«, sagte ich. »Eine Menge Hunde streunen durch

die Wälder hier. Wir müssen die beiden tief verbuddeln, damit die Hunde sie nicht erschnüffeln.«

»Ja«, sagte er. »Vermutlich hast du recht.«

Er setzte sich, ließ die Beine über dem Rand hängen, vollführte einen kleinen Sprung und war unten bei mir in der Grube.

»Mach 'ne Pause, Jake«, sagte er, stieß seine Schaufel in den Boden und hob eine Ladung aus, die er nach oben auf den Erdhaufen warf.

Ich zog mich hoch und setzte mich dorthin, wo er gerade gesessen hatte, und zündete mir eine Zigarette an.

Ich spürte die Feuchtigkeit des Bodens in meine Hose kriechen und stellte fest, dass es gar nicht so kalt war, wenn ich mich nicht bewegte.

»Weißt du was, Jake?«, sagte Walker und ächzte beim Schaufeln.

»Was?«

»Die Leute aus diesem 12-Schritte-Programm, die mag ich nicht. Ich mag sie, bevor sie da reingehen.«

Ich lachte.

»Ist das 'ne Spitze gegen mich?«

Er stellte sein Graben ein, stützte sich auf die Schaufel und sah hoch zu mir, den Kopf zur Seite geneigt.

»Ich muss zugeben, dass du witziger warst, als du getrunken hast.«

Das war gaga.

»Walker, ich war im Knast. Woher willst du wissen, wie ich war, als ich noch getrunken habe?«

»Du warst ein trockener Trinker«, sagte er. »Du magst keinen Alk gehabt haben, aber du hattest die Haltung eines Trinkers. Jetzt hast du dich verändert. Und zwar mächtig, Partner. Ich denke, weil du das Trinken aufgegeben hast.«

»Das ist Quatsch. Erst kürzlich habe ich getrunken, wenn du dich erinnerst.«

»Ja, aber du bist nicht mit dem Herzen dabei.«

Da lag er richtig.

»Walker«, sagte ich. »Du bist ein Idiot.« Ich lachte, um zu zeigen, dass ich Spaß machte. »Dein Verstand hat sechs über Par gespielt. Blöd nur, dass du erst am zweiten Loch bist.«

Das brachte mir ein Lächeln ein. Er schüttelte den Kopf und nahm das Graben wieder in Angriff.

Die Grube gewann an Tiefe. Er hatte sie fast bis zu der für Gräber vorgeschriebenen Norm von sechs Fuß ausgehoben.

Es war so weit.

Ich hatte meine Hände in die Taschen gesteckt, zog sie jetzt heraus und sie zitterten. Ich schob meine linke Hand zurück in die Tasche, behielt die rechte – meine Schusshand – aber draußen, griff an meine Hose, dorthin, wo die Waffe steckte, erspürte ihre Umrisse.

»So, is gut jetzt«, sagte ich.

Walker nickte, beugte den Kopf nach unten, sah sich um, betrachtete sein Werk.

Jetzt sollte ich's machen, dachte ich. Bevor er wieder aufsieht. Ich war mir nicht sicher, ob ich ihn erschießen konnte, während er mich ansah.

Er sah aber nicht hoch. Betrachtete nur weiter den Dreck, auf dem er stand. Und fing an zu quatschen, seine Stimme so leise, dass ich mich anstrengen musste, ihn zu verstehen. Fast so, als spreche er mit sich selbst, doch was er sagte, ging an meine Adresse.

»Warum hast du dieses Mädchen geheiratet, Jake?«, sagte er. »Sie ist überhaupt nicht dein Typ. Sie bringt dich noch ins Grab, verstehst du. Mit ihr hast du nur Schwierigkeiten. Das hab ich sofort gesehen.«

Das machte mich wütend.

»Woher zum Teufel willst du wissen, wer mein Typ ist?«, entgegnete ich. »Was verdammt noch mal geht es dich an, wen ich heirate?« Plötzlich fühlte ich mich besser bei dem Gedanken daran, was ich gleich würde tun müssen. Was zum Teufel glaubte dieser Schwanzlutscher, wer er sei, so über Paris sprechen zu können?

»Oh, sie ist 'n Hingucker, klar«, sagte er. Er sah hoch zu mir, zum ersten Mal, seit er zu reden begonnen hatte. Da war etwas anderes in seinen Augen, etwas, was ich bislang nie wahrgenommen hatte. Traurigkeit? So sahen seine Augen aus. Traurig. Irgendwie voller Schwermut.

Er fuhr fort mit seinem Palaver. Lass ihn, dachte ich. Je mehr er redet, desto leichter wird es.

»Ja, sie ist 'n Hingucker. Die Art von Mädchen, für die ein Typ 'ne Niere opfern würde, um ihr an die Wäsche gehen zu können. Aber weißt du was? Ich glaube, du hast dich mit ihr eingelassen, weil du dich schuldig gefühlt hast und weil du im Knast warst. Hast angefangen zu glauben, du wärst nicht kriminell, sondern würdest in die bessere Gesellschaft gehören, irgendwie. Weißt du, was ich glaube? Ich glaube, du bist wie der Hinterwäldler, der bei dem ersten Mädchen, mit dem er zusammen ist, auf einen Tampon stößt. Der Junge ist wie ein Demokrat, der Wohltaten von der Regierung empfängt. Er weiß noch nicht, dass an der Sache eine Schnur befestigt ist.«

Ich musste fast lachen.

»Du hast nur Scheiße im Kopf, Joy«, sagte ich. »Paris ist nicht das erste Mädchen, mit dem ich zusammen war, du Idiot. Fick dich und deine Küchenpsychologie.«

»Du raffst es nicht, Jake. Du raffst nicht, dass deine Alte die Erste ihrer Art ist, mit der du es zu tun bekommen hast.«

»Welche Art wär das?«

Ich war nicht so aufmerksam gewesen, wie ich es hätte sein sollen. Ich hatte meinen Blick abgewandt, und als ich Walker wieder ansah, hatte er diese kleine .25er in der Hand und hielt sie auf mich gerichtet.

»Die Art, die dafür sorgt, dass du Blödsinn machst«, sagte er. »Zum Beispiel dir eine Waffe ins Hosenbund zu stecken. Meinst du, ich seh die nicht?«

Übelkeit stieg in mir hoch. Ich kämpfte dagegen an, versuchte, die Kontrolle zurückzugewinnen.

»Na und?«, sagte ich, um eine herausfordernde Attitüde bemüht, die mir nicht so recht gelang. »Wie soll ich denn deiner Meinung nach Paris umlegen?«

Er schnaubte. »Zuletzt hieß es noch, du willst sie im Schlaf ersticken oder so. Hey, Jake? Weißt du noch, was wir immer im Knast gesagt haben? Täusche nie den Täuscher?«

Mir fiel plötzlich auf, dass es nicht mehr schneite. Das entbehrt nicht der Ironie, dachte ich. Als hebe sich der Vorhang zum letzten Akt.

Meinem letzten Akt ...

»Spring runter zu mir«, sagte er. Ich kam seiner Aufforderung nach. Wir standen einander gegenüber.

36. Kapitel

»Wann wolltest du's machen, Jakey?«

»In etwa jetzt«, erwiderte ich stumpfsinnig. »Schätze mal, ich hätte das Ganze beschleunigen müssen.« Jetzt blieb mir nur noch abzutreten wie ein Mann. Ohne zu kommentieren, ohne zu lamentieren. Schluck die Pille. Irgendwie war das alles eine Erleichterung. Ich wäre nicht mehr Teil des Chaos, das ich angerichtet hatte.

Nur ...

Paris. Und unser Baby.

Mir wurde klar, was passieren würde, hatte er mich erst mal umgelegt. Er würde mich und die anderen beiden verbuddeln – uns zunächst halbwegs verscharren, sich sagen, »drauf geschissen«, weil er sich längst an einem Strand bei Rio wähnte, wenn sie uns fanden –, und dann würde er zurück zum Landhaus fahren und sich meine Frau vornehmen.

Da wusste ich, dass ich auf Zeit spielen musste. Das war mir bereits zuvor klar gewesen, irgendwie instinktiv, doch jetzt wusste ich, dass es glücken musste. Wenn es auch hoffnungslos war.

Beweg ihn dazu weiterzureden. Vielleicht fiele mir etwas ein. Vielleicht würde er seine Wachsamkeit lange genug vernachlässigen und ich meine Waffe ziehen und abdrücken können.

Vielleicht können Schweine tatsächlich fliegen ...

»Du willst deinen Partner umlegen?«, sagte ich.

»Spencer ist mein Partner«, erwiderte er. Er machte erst einen und dann einen weiteren Schritt auf mich zu, und seine Waffe war jetzt dreißig Zentimeter von meinem Kopf entfernt, zielte direkt auf meine Nase. »Spencer war immer mein Partner, Jake. Er ist loyal. Du bist es nicht. Du hast geglaubt, ich nehme Spencer nicht ernst, schaue auf ihn herab, aber dem ist nicht so. Er ist für mich wie ein Vater gewesen. Mehr als es mein richtiger Vater je war. Als Kind hatte ich ein Foto statt eines Vaters. Und das sah ihm nicht einmal ähnlich. Das Einzige, was auf diesem Foto von Paps scharf war, war die Nummer. Etwas, was du wissen solltest ... es war kein Versehen, dass ich Spencer von dir erzählt habe. Es war meine Absicht. Warum? Weil ich dich mag, deshalb, du Idiot. Ich wollte, dass du mitmachst bei diesem Job. *Ich*, nicht Spencer. Du warst mein bester Freund, Jake. Es hätte auch gut funktioniert. Wäre da nicht dein Mädchen gewesen.«

Es *war* Traurigkeit, die ich in seinen Augen gesehen hatte. Jetzt sah ich sie deutlich, hörte sie in seiner Stimme.

»Mach's gut, Jakey«, sagte er. Ich konnte es nicht. Ich griff nicht nach meiner Waffe, unternahm keinen Versuch, weder einen verzweifelten noch einen anderen. Ich schloss die Augen. Es war vorbei. Ich fühlte mich beinahe im Reinen mit allem.

Klick!

Das war es, was ich hörte. Plötzlich ein Klicken. Ich öffnete die Augen, sah Walkers sich weitende Augen, sah ihn noch einmal abdrücken, ein zweites »klick!«.

Ladehemmung.

Was dann geschah, geschah schnell, und doch schien alles in Zeitlupe abzulaufen. Er betätigte den Abzug ein drittes Mal – das gleiche Ergebnis, ein »klick!«, und ich griff unter meine Jacke, fand den Griff der .45er, wollte sie aus dem Hosenbund ziehen, aber sie entglitt meinen feuchten Fingern, fand sie wieder, zog sie heraus, stieß sie in einem Ausfallschritt nach vorn, rammte ihren Lauf in Walkers Magengrube, entlockte ihm ein Keuchen, drückte ab und er ging in der Grube zu Boden.

Und ich vernahm das Hallen eines zweiten Knalls in meinen Ohren. Aus seiner Waffe. Nahezu zeitgleich mit mir, bereits im Fallen begriffen, hatte Walker schließlich seinen Schuss abgeben können.

Was folgte, war mehr oder weniger diffus.

Es hatte mich erwischt.

Es tat nicht weh, zunächst.

Ich sank nach unten, ging neben Walkers ausgestrecktem Körper in die Hocke, verschlang buchstäblich Luft für meine Lungen. Ich dachte, mich würde ein Zittern überkommen – *wollte* es, als wäre das der Beweis für meine Reue, und doch erfasste mich nur ein-, zweimal ein Zittern, und es war vorbei.

Ich konzentrierte mich auf meinen Körper. Ich wusste, ich war getroffen worden, war mir aber zuerst nicht sicher, wo. Ich wusste, ich stand unter Schock und sollte abwarten. Und dann setzte der Schmerz ein und mir wurde klar, wo es mich erwischt hatte. In meiner Brust. In der linken Seite meiner Brust, genauer gesagt. »Deine Titte«, hätte Walker kommentiert. Ich griff unter meine Jacke, unter mein Hemd, tastete mit den Fingern, wenige Zentimeter von der Stelle entfernt, von wo der Schmerz ausstrahlte, und arbeitete mich langsam hoch zu dem Punkt, wo es pochte. Ich erspürte nur etwas Raues und begriff, dass meine Finger durch die Kälte fühllos waren, nicht genau erspüren konnten. Soweit ich es beurteilen konnte, waren da eine raue Stelle vom Umfang eines Vierteldollars und eine Schwellung. Es dämmerte mir, dass es sich bei der Schwellung um das Projektil handelte.

Jacke und Hemd mussten dem Einschlag etwas von der Wucht genommen haben. Ich drückte stärker auf die Stelle, was den Schmerz kurz zu lindern schien, der sich dann jedoch doppelt so stark erneut einstellte. Mir wurde schlecht. Ich zog meine Hand hervor und betrachtete sie. Dank des Mondlichtes und der Schneedecke konnte ich gut sehen, und ich spürte auch etwas Warmes, Klebriges an meinen Fingern.

Blut.

Ich hockte dort, um einen klaren Kopf bemüht, darum, mir zu überlegen, wie es weitergehen solle. Ich kämpfte mich hoch, stemmte mich auf die Beine, die Wand der Grube als Stütze für den Rücken. Als ich erst einmal stand, verharrte ich dort, lauschte dem Wind, der beschlossen hatte, stärker zu wehen. Hier und da tanzten kleine Schneewirbel und die Temperatur war mittlerweile entschieden gesunken.

Sonderlich schlimm schien die Wunde nicht zu sein. Es tat wahnsinnig weh, aber ich gewöhnte mich daran.

Ich ging wieder in die Hocke. Betrachtete Walker. Dann bewegte er sich. Nur ein Zucken

»Walker?«, sagte ich.

Er zuckte wieder, stöhnte.

Ich beugte mich zu ihm hinunter. Seine Lider flatterten, hoben sich.

»Schätze mal, du hast gewonnen, Jakey«, sagte er mit kaum vernehmbarer Stimme. »So ein Billigscheiß von Kanone.«

Ich grinste, trotz allem. Ich konnte nicht anders. Typisch für Walker, noch in den übelsten Situationen einen Witz zu reißen.

Seine Augen waren klar, weit geöffnet.

Er grinste zurück, wenn auch schwach. »Wenigstens trete ich als freier Mann ab«, sagte er.

Ich wusste, was er meinte. In Pendleton hatte er immer von der einen Sache gesprochen, die er fürchtete – im Knast zu sterben und auf dem Armenfriedhof außerhalb der Mauern beerdigt zu werden.

»Ja«, sagte ich. »Das ist gut, nicht wahr?«

Er schluckte Luft, begleitet von einem Kratzen aus seiner Kehle. »Darauf kannst du einen lassen, dass es gut ist«, sagte er, versuchte, den Kopf zu heben und dabei zu lachen. Sein Kopf fiel zurück und seine Augen verabschiedeten sich von meinen, um in den Nachthimmel zu starren. Es hatte neuerlich zu schneien begonnen, vereinzelt setzten sich Flocken auf Walkers Gesicht und schmolzen, kaum dass sie die Haut berührt hatten.

»Dein Geheimnis ...«, begann er, hielt dann inne, um Kräfte zu sammeln. Er sah mich wieder an. »Ich hab's Spencer nie verraten. Ich habe nie jemandem davon erzählt.«

»Ich weiß. Das hast du mir bereits gesagt. Und ich habe dir geglaubt.«

Mein Geheimnis ...

Dass ich Toles umgebracht hatte. Zweimal, in gewisser Weise. Das erste Mal auf dem Dach der Wäscherei mit der Sicherheitsnadel und dann, endgültig, mit dem Tool, das Walker mir organisiert hatte.

»Das würde ich niemals machen, Jake. Du bist ... mein Partner.«

»Ich ...« Was sollte ich sagen? »Ich ... weiß das zu schätzen, Walker.«

»Ja«, keuchte er. Dann: »Jakey. Ich spür meine Beine nicht mehr. Meine Arme.«

Meine Kugel musste sein Rückgrat getroffen haben.

»Walker«, sagte ich, »ich habe dir nie etwas von meinem wahren Geheimnis erzählt. Niemand kennt es.«

Ich erzählte Walker von der Vergewaltigung.

Es ist schon merkwürdig, was im Kopf eines Mannes vorgeht, wenn eine Rasierklinge gegen die empfindliche Haut seiner Kehle gedrückt und er in den Arsch gefickt wird ... gegen seinen ausdrücklichen Wunsch. Ein erigierter Penis, der gewaltsam in einen Anus eindringt, ist dem Finger eines Proktologen nicht unähnlich. Oder, nach meiner unmittelbareren Erfahrung, dem Finger eines Gefängniswärters, der eine Untersuchung der Körperöffnungen vornimmt. Das waren einige der Gedanken, die mir durch den Kopf schwirrten, während ich vergewaltigt wurde, früh an einem Morgen im Stadtgefängnis von South Bend.

Eine Art Sichloslösen trennte meinen Verstand von meiner Physis, während mein Arschloch geschändet wurde. Dein Verstand bleibt seltsam ruhig in derlei Momenten, obwohl Zeugen später sagen, dass man sich verzweifelt gewehrt habe. Man stelle sich das vor. Wenn der Körper nur dahin reisen könnte, wohin die Gedanken fliegen.

Ich wehrte mich nicht verzweifelt oder sonst wie, während ich vergewaltigt wurde. Ich hielt so still, wie ich konnte, wegen der Gilette Blue, die, mit einem Streichholz an einer Zahnbürste festgeschmolzen, direkt unterhalb meines Adamsapfels platziert worden war, mit genügend Druck, um die Haut leicht zu verletzen. Es war nicht der Zeitpunkt für Action, nicht wenn ich am Leben bleiben wollte. Dachte ich zumindest. Später fragte ich mich, ob eine Rasierklinge tatsächlich tief genug hätte eindringen können, um mich zu töten. Nur einer der Aspekte, über die man rückblickend nachdenkt, die dafür sorgen, sich schuldig zu fühlen, weil man sich nicht gewehrt hat.

Hauptsächlich erinnere ich mich daran, dass ich nach Toles' Abgang ins obere Stockbett kletterte und dort lag, mit seiner Wichse, die an den Innenseiten meiner Beine entlanglief, die an der Luft kalt wurde. Ich wollte das nicht abwischen. Ich wollte nicht, dass meine Finger damit in Berührung kamen. Es war schlimm genug, dass meine Beine es mussten. In der Arrestzelle gab es ein Waschbecken, aber ich konnte mich nicht überwinden, es zu benutzen. Ich war überzeugt, dass alle in den Zellen neben der Arrestzelle gehört hatten, was passiert war, über mich lachten, obwohl nur das übliche Schnarchen und die Geräusche unruhiger Schläfer aus den Zellen meiner Mithäftlinge drangen.

Ich lag auf meinem Bett, auf der Seite, mit dem Gesicht zur Wand, zog mir nicht einmal die Decke über. Die einzige Möglichkeit, mit dem Geschehen umgehen zu können, bestand darin, es gedanklich allein auf eine körperliche Ebene zu beschränken. Den emotionalen Teil schob ich weg, weit nach hinten in meinem Verstand, beließ ihn dort, bis jetzt, bis zu diesem Moment. In besagter Nacht verglich ich das Geschehnis mit einem Proktologen, der mich mit einem behandschuhten Finger untersucht. Doktor Happy Hand. Das ist alles?, dachte ich erstaunt. Es war nicht so schlimm. Ich blutete nicht, zumindest dachte ich, dass dem so sei. Der Schmerz war erträglich. Mitunter schmerzt ein Schlag ins Gesicht mehr. Aber natürlich zeitigt ein Schlag in die Fresse nicht annähernd das gleiche Stigma.

Ich erinnere mich, überrascht gewesen zu sein, während er mich vergewaltigte. Er war gar nicht so groß. Viel kleiner als meiner. Hieß es nicht, schwarze Typen seien eigentlich immer gut bestückt? Irgendwie machte mich die Erkenntnis auf eine perverse Weise stolz, half mir zu ertragen, was sich abspielte. Stolz stand in meinem Leben immer im Mittelpunkt, bei allem; kein Grund, davon auszugehen, dass er während einer derart kleinen Krise verschwände.

Schräge Sachen gingen mir während der Vergewaltigung durch den Kopf. Ich war beunruhigt, es könnte mir gefallen und ob das aus mir einen Homosexuellen machen würde. Ich befürchtete, traumatisiert aus der Sache hervorzugehen und nie mehr mit einer Frau ins Bett steigen zu können. Beides übel.

Es habe damit begonnen, so erzählte ich Walker jetzt, dass mich zuvor am Nachmittag zwei schwarze Männer angesprochen hätten, als ich an einem der Picknicktische im Arrestbereich saß.

Rund um diesen Arrestbereich, einen offenen, großen, quadratischen Raum, befanden sich Zellen auf zwei Seiten, hinten die Betonwand des Gebäudes und vorn dann offene Gitter und der einzige Eingang. Die Zellen waren jeweils mit zwei Betten ausgestattet, Stockbetten, und sie hingen an Stahlbändern von der Wand. Die Zellen hatten Gitter, die jedoch nie verschlossen waren. Jede Zelle war mit ein oder zwei Männern belegt, abhängig von der aktuellen Auslastung. Dieser spezielle Bereich des Gefängnisses war für die vorgesehen, die bereits wegen ihrer Verbrechen verurteilt worden waren und auf den Abtransport nach Pendleton oder ins Michigan City Prison warteten.

»Hey, Mann, was geht ab?«, fragte der kleinere der beiden, der, wie ich später erfuhr, Toles genannt wurde. Der andere, ein riesiger blauschwarzer Kerl namens Cleaves, sprach nicht viel. Es kam mir nie in den Sinn, dass ich verkuppelt werden sollte. Zu diesem Zeitpunkt hatte ich nicht viel Erfahrung mit dem, was im Knast ablief, und die Gerüchte, die ich gehört hatte, waren vage. Vergewaltigung war kein Gedanke, mit dem ich mich befasst hätte.

Wir fingen an, Karten zu spielen, und ich fing an, die Selbstgedrehten zu rauchen, die Toles mir anbot. Jetzt weiß ich, dass man im Knast keine Geschenke annimmt, nur hatte sich das alles vor meinem Aufenthalt in Pendleton ereignet.

Ich musste eine Menge lernen. Mr. Toles schickte sich an, mich in »die Lehre« zu nehmen ...

Um zehn wurde das Licht gelöscht und ich rollte mich auf die Seite, mit dem Gesicht zur Wand. Ich war kurz vorm Einschlafen, als mich jemand aus dem Nichts an den Haaren packte und ich etwas Scharfes an meiner Kehle spürte. Toles.

»Komm runter, weißer Junge«, flüsterte er, und ich wusste mir nicht anders zu helfen, als tatsächlich »runterzukommen«. Er schob mich vor sich her auf die andere Seite der Zelle, vor die Wand, und als wir dort waren, griff er um mich herum, öffnete den Reißverschluss meiner Hose und zog sie zusammen mit der Unterhose bis zu meinen Knöcheln nach unten. Natürlich hielt er mir dabei die ganze Zeit die Rasierklinge an die Kehle.

Vor allem erinnere ich mich, daran gedacht zu haben, was mein Vater getan hätte, wäre ihm das passiert. Für mich war mein Vater der stärkste Mann der Welt gewesen. Ist es bis heute, glaube ich, obwohl er bereits eine Weile tot ist. Er hatte sich zeit seines Lebens von niemandem etwas gefallen lassen, außer von seiner Schwiegermutter, meiner Großmutter. Ich wusste genau, wie er reagiert hätte, hätte er sich jemals in meiner Lage wiedergefunden. »Schneid mir die Kehle durch, du Dreckskerl«, hätte er gesagt. »Besser, du bringst mich um, sonst bring ich *dich* um.«

Wahrscheinlicher ist, dass er kein Wort gesagt, sich einfach nur umgedreht und dem Kerl das Genick gebrochen hätte. Noch wahrscheinlicher ist, dass er nie für eine Vergewaltigung infrage gekommen wäre. Er verhielt sich auf eine Weise, die es mir unmöglich macht, mir vorzustellen, dass ihm so etwas jemals hätte zustoßen können. Das genau waren meine Gedanken, die ganze Zeit, während Toles mich vergewaltigte. Was mein Vater getan hätte. Der Gedanke, dass ich nie so sein würde wie mein Vater. Es war mir nicht gegeben. Ich hatte zu viel Angst vorm Sterben. Ich war schwächer als mein Vater, und das war der schlimmste Aspekt bei alldem – das Wissen darum.

Es gehen einem noch andere Dinge durch den Kopf. Absurdes. Ich starrte auf die Wand vor mir, als Toles mich penetrierte, und fragte mich, wann die graue Farbe aufgetragen worden sei und von wem. Häftlinge? Ein Betrieb von außerhalb? Ich dachte an die Leute, die draußen vorbeifuhren, in kompletter Ahnungslosigkeit, was sich nur wenige Meter entfernt von ihnen abspielte. Eine Million Dinge gleichzeitig, ein Hurrikan von Vorstellungen, aber ich in seinem Auge war ruhig. Während des gesamten Aktes konzentrierte ich mich auf die Rasierklinge an meiner Kehle, dachte, wenn Toles komme, er womöglich so fokussiert sei, dass seine Hand nachgebe, ich mich umdrehen und ihn schlagen könne. Dazu kam es nie.

Stattdessen verschwand er und ich stand da. Ich stand einen Moment lang da, lauschte, hörte nichts als die Geräusche meiner Atemzüge.

Ich weinte nicht und dachte nur, ich müsse, aber ich konnte nicht. Mein Verstand war wie betäubt. Nach ein paar Minuten ging ich zu meinem Bett, kletterte hoch und legte mich hin, starrte die Wand an.

Ich lag für Stunden so da. Ich hörte die ersten Häftlinge sich rühren, zuerst das Husten, dann das Quietschen, als Männer in anderen Zellen die Beine über den Rand ihrer Betten schwangen, und dann das Aufkommen von Füßen auf dem Boden. Gelächter, Palaver, das Geräusch, als ein Hocker immer und immer wieder hin und her geschoben wurde, Typen, die über alles Mögliche ihre Witze rissen, fluchten.

Der Aufseher erschien mit den altbackenen Brötchen und dem Kaffee in Bechern aus Blech, und die Männer motzten, wie zäh die Brötchen seien, als sie sich vor den Gittern ihrer Zellen aufstellten, um das Frühstück in Empfang zu nehmen. Etwas später dann das Mischen von Spielkarten, Männer gingen zu zweit an meiner Zelle vorbei, unterhielten sich. Währenddessen lag ich einfach nur da, regte mich nicht, und dann fing ich an, darüber nachzudenken, was sich ereignet hatte. Ich hatte meinen Verstand ferngehalten von dem, was passiert war, doch jetzt gewährte ich dem Zutritt.

Aus irgendeinem seltsamen Grund wurde ich nicht wütend. Ich erinnere mich, dass ich dachte, es mir nicht verdient zu haben, wütend zu werden. Immerhin hatte ich die Vergewaltigung durch Toles zugelassen und mich nicht ansatzweise gewehrt. Durch mein Dulden hatte ich das Anrecht auf Wut verwirkt. Was anstelle eines Bedürfnisses nach Rache aufkam, war ein gruseliger Entschluss. In dem Gefühl, mich meiner Männlichkeit entäußert zu haben und dass diese Kapitulation mich im Geiste tot zurückgelassen hatte, entschloss ich mich, ohne länger bei diesem Gedanken zu verweilen, Toles zu töten. In gewisser Weise wusste ich, dass darin meine einzige Chance bestand, mich wieder zu erholen, obwohl ich spürte, dass, selbst wenn es mir gelänge, ihn zu töten, ich für immer weniger Mann sein würde. Aber ich musste es tun. Das Klima der Gefühlswelt, worin ich mich wiedergefunden hatte, war, als umschwebte ich etwas Großes, woran direkt zu denken, ich nicht wagte. Es war, als springe man in die unter Wasser gesetzte Tiefbausohle eines Steinbruches – man weiß, das Wasser würde eiskalt sein, und da man nie zuvor in ein derartiges Gewässer eingetaucht war, konnte man sich ganz leicht an etwas unterhalb der Wasseroberfläche, an etwas dem Blick Entzogenes den Hals brechen, möglicherweise an einem Felsen, also denkt man nicht darüber nach, sondern macht es, und man muss es kopfüber machen, niemals mit den Füßen voran.

Genau das tat ich. Ich verließ meine Zelle, sah hinten in der Ecke einen Mopp stehen, ging hinüber und schnappte ihn mir. Toles und Cleaves saßen vorn am Tisch und ich ging, den Mopp in der Hand, auf sie zu. Kurz bevor ich bei ihnen war, blieb ich stehen, stellte den Mopp auf den Boden und meinen Fuß darauf, brach den Stiel ab. Ich ging hin zu ihnen, doch statt mir Toles vorzunehmen, nahm ich mir Cleaves vor, den größeren der beiden. Ich zog ihm den Stiel übers Gesicht, zuerst von links nach rechts und dann zurück von rechts nach links. Ich erwischte ihn gut. Seine Nase blutete nach dem ersten Schlag und die Seite seines Kopfes nach dem zweiten, und er ging zu Boden, einen überraschten Ausdruck auf seinem stumpfsinnigen, grobschlächtigen Gesicht. Toles saß nur da, zweifellos überrumpelt von meiner unvermittelten und wilden Attacke. Ihn schlug ich als Nächstes, ein Schlag, der sein Ohr streifte, und er stand auf, mit Wut im Gesicht, und ich nahm den Stiel und stieß ihn gegen seine Kehle wie einen Speer. Cleaves versuchte, auf die Beine zu kommen, langte nach der Tischkante, als ich ihm noch einen Schlag versetzte. Ich bewegte mich vor und zurück, holte systematisch gegen beide Männer aus, als wäre ich bei der Arbeit, und dann kamen drei Aufseher in den Arrestbereich und ergriffen mich. Toles und Cleaves waren am Boden, Toles war still, aber nicht ausgeknockt, sah mich mit hasserfüllten Augen an, und Cleaves saß da, die Beine von sich gestreckt, blutete er dort, wo ich ihn getroffen hatte, aus der Nase und am Kopf, und er sah hoch zu mir wie eine Kuh, wenn's donnert.

Ich fühlte nichts, so sah es aus. Komplett stumpf, bar aller Gefühle. Als hätte es sich um einen Job gehandelt, ein gutes Stück Arbeit, das meinerseits zu verrichten gewesen war, mehr nicht.

Die Wärter fragten mich nicht einmal, was passiert sei. Sie stießen mich nach oben, zu einer Zelle, die für Einzelhaft vorgesehen war, und schoben mich hinein. Ich lag dort den ganzen Tag. Niemand ließ sich blicken, nicht einmal, um mir Essen zu bringen. Gegen sechs erschien schließlich ein Aufseher und sagte, ich solle mitkommen. Er brachte mich nach unten, in einen anderen Arrestbereich, und wies mich an zu duschen. Ich duschte, und dann warf er mir einen orangefarbenen Overall zu, und ein weiterer Wärter kam dazu, mit einem Tablett, darauf Rühreier und Toast, was ich, an einem Tisch sitzend, aß. Der erste Wärter saß mir gegenüber und sprach kein Wort. Als ich fertig war, sagte er mir, ich solle mir eine der Zellen auf der anderen Seite schnappen, und ich ging hinüber und legte mich hin und schlief nahezu auf der Stelle ein.

Drei Tage später wurde ich dem Pendleton Reformatory überstellt.

Während der drei Tage vor meiner Überstellung, bevor ich zum Gefangenentransporter geführt wurde, in Handschellen und Fußfesseln, sprach mich niemand an und ich sprach niemanden an. Ich nahm meine Mahlzeiten ein und blieb – bis auf den Gang zur Dusche – in meiner Zelle.

Ich konzentrierte mich sehr stark darauf, nicht darüber nachzudenken, was geschehen war.

»Deshalb Toles' Anmache, seinerzeit, als ich zu dir gekommen bin und dich nach einer Waffe gefragt habe. Das ist der Teil, von dem du nichts gewusst hast«, sagte ich zu Walker. »Dass ich vergewaltigt wurde. Deshalb kann ich nicht zurück in den Knast. Toles' Bruder ist dort. Ich bin ihm begegnet, an dem Tag, als ich entlassen wurde ... Er sitzt lebenslänglich ein. Er hat mir gesagt, was passiert, sollte ich jemals wieder dort aufschlagen. Er werde mich nicht umlegen, hat er gesagt. Er hat mir erklärt, was er dann macht – was er und seine Kumpels dann machen –, und er hat klar rübergebracht, dass ich mir wünschen würde, dass er mich umlegt. Du weißt, dass ich Toles an jenem Tag in der Bibliothek umgebracht habe. Von der anderen Sache hast du nie etwas erfahren. Von der Sache mit der Vergewaltigung. Bis jetzt.«

Ich wartete, dass er darauf reagierte, was ich ihm erzählt hatte. Er lag nur da, so, wie er es die ganze Zeit getan hatte, während ich gesprochen hatte. Dann fielen mir seine Augen auf. Sie standen offen ... doch sie sahen nichts mehr.

So starb mein Geheimnis. Zusammen mit Walker.

Ich blieb noch eine Weile dort sitzen und sah immer wieder Walker in dieser Zelle vor mir, die wir in Pendleton geteilt hatten.

Immer wieder erinnerte ich mich daran, wie es gewesen war. Jede einzelne Minute jedes einzelnen Tages in Angst zu sein. Egal, wie stark oder wie übel man selbst war. Wollte ein Typ deinen Arsch, war das egal. Selbst wenn es nicht deine Rosette war, auf die man es abgesehen hatte, konnte ein Typ völlig grundlos ausrasten. Ich hatte ein halbes Dutzend Leute gesehen, die man gemetzelt hatte, völlig unmotiviert. Ein Häftling saß einfach in der Ecke, sagen wir, während des Aufschlusses, alle möglichen Gedanken und Erinnerungen, die in ihm hochkamen, und dann, zack!, einfach so, stand er auf und stach den Erstbesten ab.

Die Angst verschwand auch nicht, wenn sie einen für die Nacht einschlossen. Ich erinnerte mich an die erste Nacht nach der Quarantäne, die erste unter Mithäftlingen, als ein Typ vor dem Einschluss an meiner Zelle vorbei zur Nachbarzelle ging und dem Häftling dort – einem Schwarzen – Säure ins Gesicht schüttete. Die ganze Nacht lang schrie und schrie er wie ein Tier, im Morgengrauen dann ging das Schreien in ein Wimmern über. Im Verlaufe der gesamten Zeit konnte ich unten den Aufseher sehen, unterhalb unserer Zellen saß er am Schreibtisch, die Füße hochgelegt, las er in seinem *True-Crime*-Magazin. Nicht ein einziges Mal in der Nacht hatte er davon aufgeblickt. Als wir am Morgen vom Frühstücken zurückkamen, war der Mithäftling weg. Sie hatten ihn in ein Krankenhaus in Indiana verfrachtet. Als er zurückkehrte, war sein Gesicht mit kaugummifarbenen Flecken übersät und er hatte ein Auge verloren und war halb blind auf dem anderen.

Nein, es war egal, wo du warst – wollte jemand deinen Arsch, konnte er ihn kriegen.

Das war das Einschneidendste, woran ich mich erinnerte. Die Angst, die niemals verschwand. Sie und die Geräusche. Es wurde nie still, nicht einmal mitten in der Nacht. Immer – *immer* – rief jemand unter Schluchzen nach seiner Mutter oder jemand schrie einen anderen an oder jemand weinte und flehte, während ein Mithäftling oder eine Gruppe von Mithäftlingen sich seine Rosette vornahm. Das hatte Walker für mich getan: Er war der Einzige, dem ich jemals hatte vertrauen können. Sobald wir uns eine Zelle teilten, konnte ich wieder fast die ganze Nacht durchschlafen. Ich wusste, er würde mir gegenüber nie übergriffig werden. In keiner Form. Ich konnte ihm vertrauen.

Und jetzt hatte ich den einzigen wahren Freund umgebracht, den ich je gehabt hatte. Sollte man mich zurück in den Knast schicken, erwartete mich Schlimmeres als der Tod. Und kein Walker im Rücken.

* * * * *

Es kostete mich fast eine halbe Stunde, die Leichen der beiden Frauen zur Grube zu zerren und sie über den Rand zu schieben. Sie landeten rechts und links von Walkers Gestalt. Die zweite Leiche, die der Boxleiter, stank bereits bestialisch, aber der Geruch lenkte mich kurz von meinen Schmerzen ab. Obwohl es so kalt war, geriet ich ins Schwitzen. Als sie drinnen lagen, verharrte ich dort einen Moment, dachte, ich sollte vielleicht ein Gebet oder so sprechen, kam aber zu dem Schluss, dass jede Anrufung Gottes ihn nur zum Lachen brächte oder, gar schlimmer, dass sie dafür sorgte, dass er noch saurer auf mich wurde, als er es möglicherweise schon war.

Ich hatte vier, fünf Schaufeln Erde auf die Leichen geschüttet, als mir etwas einfiel.

Ich ließ die Schaufel fallen und kletterte hinunter in die Grube, zuckte zusammen angesichts des Schmerzes, der sich in meiner Brust ausbreitete. Ein Gefühl, als würde Fleisch weggerissen, was, wie ich begriff, unwahrscheinlich war. Ich wischte die Erde weg, die Walker bereits bedeckte, und durchwühlte seine Jacke.

Bingo.

Sowohl die Diamanten als auch etwas von dem Geld steckten in seinen Taschen. Ich wusste, wo das restliche Geld war. Im Landhaus, in Walkers Wagen.

Wie bescheuert, fast die Diamanten vergessen zu haben. Mir war klar, ich sollte mich zusammenreißen oder mir würden mehr solcher Fehler unterlaufen. Das wär's dann wohl gewesen, oder? All das hinter sich zu bringen, um am Ende mit leeren Händen dazustehen. Gewiss, ich hatte aus Loyalität gehandelt – um andere zu schützen, zuerst Walker, dann Bobby und jetzt Paris –, aber nur, um an diesem Punkt anzulanden mit nichts außer einem toten Bruder und einem toten Partner und einem Verhältnis zu meiner Frau, das sich für immer verändert hatte, und obendrein kein Geld?

Paris verdiente mehr.

Verdammt, vielleicht verdiente auch *ich* mehr.

Ich stieß auf noch etwas. Etwas Gutes. Walkers Brieftasche, darin ein Stück Papier, zum Viereck gefaltet, darauf Walkers Handschrift. Der Name Bill Bradley, eine Telefonnummer und eine Adresse in Chicago. Ich wäre jede Wette eingegangen, dass er der Typ in Chicago war, dem Walker in Spencers Auftrag Diamanten lieferte. Der Hehler. Ich steckte auch die Brieftasche ein. Ich wischte beide Waffen ab und warf sie zu den Leichen. Als das Grab zugeschüttet war und ich das Erdreich platt getreten hatte, war da immer noch eine Erhebung. Ich überlegte, sie zu ebnen, beschloss aber, es dem Schmelzwasser im Frühjahr zu überlassen, sich darum zu kümmern. Bevor ich Schnee aufs Grab schaufelte, ging ich kurz zum Wagen und holte die Dose mit dem schwarzen Pfeffer, die Walker besorgt hatte, und verstreute den Inhalt komplett über der Erde. Als das erledigt war, bedeckte ich alles mit Schnee und sah mich ein letztes Mal um, bevor ich zurück zum Wagen stapfte. Es gab noch einen Moment der Unsicherheit, als ich den Wagen anließ und die Räder durchdrehten, aber ich brauchte nur ein-, zweimal vor- und zurückzufahren und hatte freie Fahrt, war zurück auf der Straße und auf dem Weg zum Landhaus und zu Paris.

Und zum Rest unseres gemeinsamen Lebens.

Wie würde der sein?

Ich versuchte, nicht darüber nachzudenken, sondern mich allein darauf zu konzentrieren, was noch zu erledigen war.

Die Diamanten loswerden.

Mich um Spencer kümmern. Dieser Teil zumindest würde vergnüglich werden. Ich hatte ein paar Vorstellungen, wie ich vorgehen würde.

Ich dachte an noch etwas. Wie sollte ich mit Walkers Wagen verfahren?

37. Kapitel

Als ich in die Einfahrt zum Landhaus einbog, kam Paris aus der Tür geschossen. Sie musste am Fenster gestanden haben. Noch bevor ich aussteigen konnte, war sie bereits am Wagen und spähte an mir vorbei auf den Beifahrersitz.

Ich öffnete die Tür und sie trat zurück, damit ich aussteigen konnte.

»Ist es erledigt?«, fragte sie. »Du warst ewig weg!«

»Ja, es ist erledigt«, erwiderte ich und stieg aus.

»Mein Gott!«, sagte sie und schlug die Hand vor den Mund. »Du bist verletzt!«

Sie hatte das Blut an meiner Jacke gesehen, vielleicht auch das Loch darin.

»Ist nicht dramatisch«, sagte ich. »Glaub ich jedenfalls«, fügte ich hinzu.

Drinnen im Haus zog ich Jacke und Hemd aus, und Paris nahm die Wunde in Augenschein.

»Du hast recht«, sagte sie. »So schlimm scheint es nicht zu sein. Trotzdem, die Kugel steckt drin. Ich kann aber nur einen Teil davon sehen.«

»Sie wird rausmüssen. Ich glaube, auf diese Weise holt man sich eine Bleivergiftung«, sagte ich und lachte, unsicher, ob das zutraf oder nicht.

Sie nickte, ging und öffnete die Schublade mit dem Besteck, nahm ein Steakmesser heraus und kam damit zurück zu mir an den Tisch. Dann sollte ich ihr mein Feuerzeug geben; sie zündete es und hielt die Spitze des Messers über die Flamme. Pustete dann, um sie abzukühlen, sagte: »Beiß die Zähne zusammen. Das könnte wehtun.«

Es tat weh.

Ich fuhr zusammen, als sie das erste Mal mit der Messerspitze und mit leichtem Druck ansetzte, sagte aber, sie solle weitermachen, und diesmal biss ich die Zähne aufeinander und konzentrierte mich auf einen Fleck an der Wand, und Paris ließ die Kugel herausschnellen, einen kleinen Klumpen Blei, der quer durch den Raum schoss und von der gegenüberliegenden Wand abprallte. Ich schrie auf, besser gesagt, ich brüllte. Der Schmerz war so gewaltig, dass ich meinte, ohnmächtig zu werden, aber ich bewegte meinen Kopf heftig vor und zurück und der Schmerz klang allmählich ab.

»Ich kauf das den Filmen nie wieder ab«, sagte ich. »Wo der Typ sich 'ne Kugel einfängt, die etliche Zentimeter tief eindringt und sie holen sie raus, während er auf einen Lappen beißt und einen Hieb Rye Whiskey kippt und Witze reißt. Die hier war nur wenige Zentimeter drin und ich bin fast eingegangen.«

»Halt still«, sagte sie. Sie nahm die Flasche Essig, die sie zuvor geholt und auf den Tisch gestellt hatte. Ich Idiot hatte nicht gefragt, wozu. Ich holte es nach.

»Willst du einen Salat machen?«

»Nein, du Dussel. Ich will die Wunde desinfizieren. Vielleicht solltest du den Filmen glauben – das mit dem Witzereißen hast du doch schon drauf.«

»*Damit?*«

»Tja, Alkohol wäre besser, aber ich glaube, Essig tut's auch.«

»Nein, nein«, sagte ich. »Nimm das hier.« Ich langte rüber und griff nach der Flasche Bushmills, die vor mir auf dem Tisch stand.

»Mein Körper ist daran gewöhnt.«

Sie konnte sich ein Grinsen nicht verkneifen, ersetzte es jedoch augenblicklich durch ein Stirnrunzeln. »Wenn du mich fragst, ich glaube, dein Körper ist zu sehr an Whiskey gewöhnt, zumindest ein bisschen.«

Ich überging diese Bemerkung. Mein wiederauflebendes Trinken war nicht das größte Problem, das ich hatte. Außerdem hatte ich meiner Ansicht nach nur ein, zwei Schritte zurück gemacht, also keinen kompletten Rückfall gehabt. Während sie damit beschäftigt war, die Wunde zu säubern und einen Verband anzulegen, erzählte ich ihr Details von dem, was sich ereignet hatte. Nicht *alle* Details, nur die wesentlichen.

»Und jetzt?«, sagte sie, als ich fertig war.

»Jetzt werden wir – nein, ich werde – nach Chicago fahren und die Diamanten an den Mann bringen. Gleich am Morgen.« Ich erzählte ihr von dem Namen und der Adresse, die ich in Walkers Brieftasche gefunden hatte. »Als Nächstes dann ... Spencer.«

Sie sagte nichts darauf.

Schließlich stand sie auf, fing an, Schere und das Verbandszeug zusammenzupacken, das sie aus dem Erste-Hilfe-Kasten im Badezimmer geholt hatte.

»Ich begleite dich nach Chicago«, sagte sie.

Ich war kurz davor, ihr zu widersprechen, entschied mich aber dagegen. Ich war schlicht zu müde. Und zu hungrig.

»Was gibt's zu essen?«, sagte ich.

»Nichts«, sagte Paris. »Ich fahr in die Stadt und besorg was.«

Als sie unterwegs war, um ihre Besorgungen zu machen, beschloss ich, ein Bad zu nehmen. Ich fühlte mich rundum schmutzig, spürte meine Haut sich spannen, sobald ich mich bewegte, schuld daran der getrocknete Schweiß, der mir während der Kraftanstrengung im Wald ausgebrochen war. Ich stand auf, ging zur Treppe und war im Begriff hochzugehen, als mir etwas ins Auge fiel.

Am Ende der Arbeitsplatte, in der Ecke bei der Spüle. Auf dem Stapel Kochbücher, den Paris' Mutter dort liegen hatte.

Etwas Orangefarbenes.

Etwas, was ich zuvor übersehen hatte.

Glorias Kopfbedeckung für den Winter, eine kleine Baskenmütze aus Tuch, die sie immer trug.

38. Kapitel

Ich schnappte mir die Mütze, stopfte sie in meine Hosentasche und bewegte mich voller Hektik durchs Haus, inspizierte jeden Zentimeter des Erdgeschosses auf der Suche nach etwas, was Gloria noch hätte abgelegt haben können.

Nichts.

Ich sank auf die unterste Stufe der Treppe und ging alle nur denkbaren Szenarien durch. Paris konnte die Baskenmütze nicht gesehen haben. Hätte sie, würden wir in genau diesem Moment darüber debattieren, obwohl »debattieren« möglicherweise kein präziser Ausdruck wäre, um diese Art Szene zu beschreiben. Obwohl ... vielleicht hatte sie sie gesehen und gedacht, die Mütze sei die ganze Zeit da gewesen, etwas, was ihre Mom bereits vor Monaten hatte liegen lassen. Wäre das der Fall, was, wenn ihr Verschwinden jetzt auffiele ...

Kurz erwog ich, die Baskenmütze zurückzulegen.

Aber was, wenn Paris sie nicht gesehen hatte?

Sie zurücklegen oder loswerden?

Eine falsche Entscheidung, und alles war vorbei.

Ich beschloss, die Mütze loszuwerden. Hatte Paris sie gesehen, war ich geliefert. Wenn auch nicht sofort, vielleicht. Immerhin wurde Gloria derzeit nicht einmal vermisst. Aber das würde zur Tatsache werden, und zwar ziemlich bald. Ich bezweifelte nicht, dass Jerrol morgen oder so anrufen würde – vielleicht hatte er bereits eine Nachricht auf unserem Anrufbeantworter hinterlassen – oder sogar auftauchen könnte. Wenn das einträte, wenn Paris erfuhr, dass ihre Mutter eigentlich hätte hier sein sollen, aber nicht aufgetaucht war, würde sie keine fünf Sekunden brauchen, um zwei und zwei zusammenzuzählen und sich auszumalen, dass ihre Mutter im Landhaus gewesen war. Und dass ich im Landhaus hätte gewesen sein müssen, da ich nicht erwähnt hatte, irgendwohin gehen zu wollen.

Hatte sie hingegen die Mütze nicht gesehen, war das gesamte Szenario irrelevant. Doch selbst wenn Paris sie gesehen hatte und sich nun herausstellte, dass sie verschwunden war – was Paris' Argwohn heraufbeschwören würde, dessen Berechtigung sich dann bestätigte, wenn sie erfuhr, dass ihre Mutter hatte herkommen wollen –, wenn ich die Mütze loswürde, gab es keinen Beweis, der mich mit ihrer Mutter in Verbindung bringen ließe, nur Paris'

Erzählung. Wenn die Mütze nicht aufzufinden war, würde es nurmehr schwieriger, mich mit dem Verschwinden von Paris' Mutter in Verbindung zu bringen, selbst wenn Paris aussagen würde, was sie darüber wusste.

Ich spürte meine Nackenmuskulatur sich verkrampfen und die Ankündigung dessen, was sich, wie ich jetzt schon wusste, zum Großvater aller Kopfzerbrechen auswachsen würde. Vor einer Woche war ich darüber ins Schwitzen geraten, dass ich meine Frau zum ersten Mal bewusst angelogen hatte. Seit diesem Tag hatte unsere Beziehung einen Umbruch erfahren. Umbruch!? Es war eine verdammte Zeitenwende!

Ich musste meine Frau davor bewahren, die Wahrheit zu erfahren. Dass ich ihre Mutter ermordet hatte. Nicht nur Paris, auch unseren Sohn oder unsere Tochter. Das war das Schlimmste, was ich mir vorstellen konnte. Dass man unserem Baby eines Tages erzählen könnte, dass ich seine Großmutter getötet hatte.

Ich musste diese Mütze loswerden. Ohne diese Mütze – auch wenn das Schlimmste einträte –, ohne diese Baskenmütze als Beweis wäre da noch immer ein begründeter Zweifel in Paris' Kopf. Mit der Mütze wären alle ausgeräumt.

Aber wohin damit?

Ich zermarterte mir das Hirn. Ich konnte sie nicht einfach in den Müll werfen. Ich konnte sie nirgendwo auf dem Grundstück verstecken. Ginge Paris zur Polizei – und ich war mir sicher, das würde sie, wenn sie glaubte, ich hätte ihrer Mutter etwas angetan –, würden sie das gesamte Grundstück auf den Kopf stellen. Ich überlegte, sie zu verbrennen, aber Paris würde in Kürze zurück sein und sie würde den Rauch riechen, also müsste ich dafür eine wilde Geschichte aushecken und ich sah mich gerade außerstande, mir eine plausible Lüge zurechtzuzimmern.

Nein, ich musste die Mütze vor Paris verbergen, bis wir das Haus verließen, und sie dann bei sich bietender Gelegenheit entsorgen.

Ich hatte es.

Wenn wir uns am Morgen auf den Weg nach Hause machten, würde ich an irgendeinem Rastplatz halten und sie dort loswerden. Zur Toilette gehen und sie in den Abfall werfen.

Blieb mir nur noch, in der Zwischenzeit zu verhindern, dass Paris die Mütze entdeckte.

Ich erhob mich von der Treppenstufe, um mich nach einem Versteck umzusehen, und ging die Treppe hoch.

Auf halbem Weg nach oben hörte ich, dass die Haustür geöffnet wurde. Bei diesem Geräusch erinnerte ich mich sofort, die Haustür nicht abgeschlossen zu haben.

39. Kapitel

Ich wusste, Paris konnte es nicht sein. Sie war gerade erst aufgebrochen, vor vielleicht zehn, fünfzehn Minuten, nicht annähernd genug Zeit, in die Stadt zu fahren und wieder zurück.

Aber wer dann? Cops? Waren sie schon hinter mir her? Mittlerweile dürften sie wissen, dass man Calvin beraubt hatte und die Boxleiter verschwunden war. Sie würden Fingerabdrücke gesichert haben und wissen, dass Walker Joy in der Sache drinsteckte. Inzwischen würden sie alles über ihn herausgefunden haben. Auch, wer sein Zellengenosse gewesen war.

Der berüchtigte Einbrecher Jacob Bishop ...

Ich war so ein Idiot! Ich hatte sowohl meine .45er als auch Walkers Waffe in die Grube zu den Leichen geworfen.

Obwohl ...

Wären es die Cops, hätten sie das Haus gestürmt. Es würde sich nicht um einen einzelnen Beamten handeln, sondern um eine ganze SWAT-Einheit, um die Hälfte der County Cops.

Das hier war nur ein Einzelner. Das erkannte ich daran, wie er sich durch die Küche bewegte.

In die Richtung, wo ich auf der Treppe stand.

Das Klacken von Absätzen auf dem Linoleum.

Klacken? Absätze?

»Schatz?«

Es war Paris.

Ich ging hinunter, als sie gerade die Treppe erreicht hatte. Verstohlen presste ich meine Hand gegen die Hosentasche, um die Mütze darin platt zu drücken.

»Ich wär fast auf dich losgegangen«, sagte ich. »Ich habe nicht gewusst, wer es ist. Vielleicht die Cops.«

Sie runzelte die Stirn, Bestürzung trat in ihre Miene. »Das tut mir leid, Schatz. Aber ... wenn es die Polizei gewesen wäre, würden die einfach so reinkommen?«

Ich wollte nicht zugeben, dass ich zum gleichen Schluss gekommen war, nur nicht so schnell wie sie.

»Vielleicht«, sagte ich. »Wie auch immer ... was machst du hier? In der Stadt bist du noch nicht gewesen, oder?«

»Nein«, erwiderte sie, zog ihre Fausthandschuhe aus und steckte sie in ihre Jackentaschen. »Ich war fast da, als mir zwei Sachen einfielen.«

»Die da wären?«

»Nun, erstens habe ich bemerkt, dass ich nur fünf Dollar bei mir habe. Ich muss auch tanken. Ich hätte meine Kreditkarte benutzen können, doch mir kam etwas anderes in den Sinn.«

»Und was?«

»Warum in aller Welt bleiben wir heute Nacht hier? Es gibt hier nichts mehr zu tun, oder?«

Sie hatte recht.

»Also hab ich mir gedacht, ich fahr zurück, schau mal, ob du nicht gleich nach Hause fahren willst. Wir könnten unterwegs irgendwo anhalten und etwas essen. In unserem eigenen Bett schlafen. Es sei denn, du bist zu müde ...«

»Klingt einleuchtend«, sagte ich. »Ich bin zwar durch, aber du hast recht. Es hat wenig Zweck hierzubleiben. Je länger wir hierbleiben, desto größer das Risiko, dass wir auffallen. Es wäre schön, wieder in unserem eigenen Haus zu sein.«

Sie strahlte. »Gut. So habe ich mir das auch gedacht. Ach ja, hatte ich ganz vergessen zu erzählen. Mom und Dad sind auf dem Weg hierher.«

»Tatsächlich?«

Ich musste keine Überraschung vortäuschen. Ich war nicht überrascht, dass ihre Eltern kamen – wie auch? –, aber ich erschrak, als ich hörte, dass Paris davon wusste.

»Woher weißt du –«

»Dad hat angerufen. Kurz bevor ich mich auf den Weg gemacht habe. Er war noch in Florida, meinte aber, Mom sei schon losgefahren.«

Sie musste mir den Schrecken vom Gesicht abgelesen haben.

»Oh, mach dir keinen Kopf«, sagte sie schnell. »Vor

übermorgen wird sie nicht hier sein. Dad hat gesagt, dass sie noch einen Abstecher bei einer Freundin in Indianapolis macht.«

»Oh.« Mehr fiel mir dazu nicht ein.

»Aber«, fuhr sie fort, »ich halte es für das Beste, gleich loszufahren. Du kennst Mom. Sie hält sich nicht immer an ihre Pläne.«

Diesmal *hatte* sich Gloria Meecham nicht daran gehalten, so viel stand fest. Hätte sie bloß ...

Vor unserer Abfahrt war noch das kleine Problem mit Walkers Wagen zu lösen. Wir besprachen das, und Paris kam mit dem besten Vorschlag um die Ecke. Ich sollte ihn zum Rastplatz am anderen Ende von Warsaw fahren, am Highway 30, und ihn dort abstellen. Wenn die Cops ihn fänden, so ihre Überlegung, und Walker mit dem Tatort des Juwelenraubes und Sally Boxleiter in Verbindung brächten, sie dann eben annehmen würden, dass es sich hier um den Treffpunkt der beiden gehandelt habe. Mir bereitete dabei nur Kopfzerbrechen, ob der Streifenpolizist, der hinter uns angehalten hatte, sich an Walkers Autokennzeichen erinnern würde und daran, dass Walker in meiner Begleitung gewesen war. Ich wusste nicht, ob in derlei Situationen Autokennzeichen registriert wurden oder nicht. Ich war überzeugt davon, dass er das Kennzeichen überprüft hatte, bevor er ausgestiegen war. Aber es führte kein Weg daran vorbei. Ich musste das Risiko eingehen.

Wir stellten ihn ganz am Ende des Rastplatzes ab, hinter einem Sattelschlepper. Zurück im Landhaus, machten wir klar Schiff, checkten doppelt und dreifach, ob wir etwas vergessen hatten, was uns mit den Vorgängen der letzten zwei Tage in Verbindung bringen könnte, nahmen unsere Sachen und machten uns auf den Weg. Ich legte den Beutel mit dem Geld und den Diamanten in meinen Kofferraum, unter den Ersatzreifen in der Kofferraumwanne. Nicht, dass sie dort keineswegs nachschauen würden, aber sollte ich etwas Harmlosem wegen angehalten werden – wie zum Beispiel wegen eines defekten Rücklichtes –, läge er nicht auf der Rückbank wie auf einem Präsentierteller oder so.

Wir hielten beim McDonald's am Highway Richtung Warsaw und bestellten etwas zum Mitnehmen, fuhren beide an das Durchfahrtsfenster, zuerst Paris, dann ich.

Es hatte wieder einmal zu schneien begonnen und der stark auflebende Wind sorgte für Schneeverwehungen auf der Fahrbahn. Verbissen fuhr ich konstant fünfzig Meilen pro Stunde – unter den gegebenen Voraussetzungen in etwa das Maximum – und hatte Paris' Scheinwerfer im Rückspiegel im Blick. Anders als sonst verfluchte ich die Elemente diesmal nicht. Lass es schneien, lass es stürmen. Je heftiger, desto besser. Lass alles unter einer Schneedecke verschwinden, so dick, dass sie nicht vor Beginn des Frühjahrs schmelzen würde. Je mehr es schneite, je stärker der Wind blies, desto besser fühlte ich mich.

Sah man von den Gedanken an meine Schwiegermutter ab.

An meine *ermordete* Schwiegermutter.

Ungebeten und sogleich bekämpft, drängten sich Erinnerungen an die Oberfläche. Unsere Hochzeit, als Gloria auf mich zukam, mit Tränen, die ihr an den Wangen herunterliefen, als sie ihre Arme um mich legte und sagte: »Willkommen in der Familie, Jake. Wir sind so glücklich, einen Sohn wie dich zu haben.«

Ich hatte diese Frau umgebracht, diese Frau, die nie etwas anderes als eine zweite Mutter für mich gewesen war. Gäbe es tatsächlich einen Himmel und hätten sich Gloria und meine Mutter bereits zusammengetan ...

Darüber wollte ich nicht nachdenken.

Gloria, formulierte ich stumm, *ich habe dich umgebracht, um deine Tochter zu retten. Weil ich dir das angetan habe, wird sie nicht ins Gefängnis gehen. Das verstehst du doch, oder?*

Ich schüttelte heftig den Kopf und passte die Geschwindigkeit der Scheibenwischer an. Mannomann. Ich war dabei, einer von den Spinnern zu werden, die glauben, Gott spreche durch Abflussrohre zu ihnen. Ich verbannte Glorias Gesicht und wandte mich konzentriert allem auf der Straße vor mir zu, nach Kräften bemüht, etwas über die Sichtweite von gut dreißig Metern hinaus zu erkennen, dort, wo alles in eine schwarze Leere voller wirbelnder, stiebender Schneesäulen mündete.

Ich dachte auch an Walker.

Ich verspürte das unbändige Verlangen nach einem Drink.

40. Kapitel

Ich erwachte, mein Hals trocken und rau und meine Nase voller Schleim. Eine saumäßige Erkältung. Genau das, was ich brauchte. Ich drehte mich um und sah, dass Paris nicht da war. Schwach nur vernahm ich Hinweise, dass sie unten in der Küche mit etwas zugange war. Vielleicht mit der Zubereitung unseres Frühstücks; eine Vermutung, fast umgehend bestätigt, als ich meinte, einen Hauch von brutzelndem Schinkenspeck wahrzunehmen. Sicher konnte ich mir nicht sein angesichts einer verstopften Nase und so, aber ich meinte, ich könne brutzelnden Schinkenspeck riechen.

In der Nacht hatten wir es irgendwann nach Hause geschafft und waren sofort zu Bett gegangen. Nun, nicht direkt sofort. Bevor ich mich hinlegte, fiel mir mit einem Mal (und zum Glück) die verdammte Mütze in meiner Tasche ein. Ich hätte sie wegwerfen müssen! Ich wartete, bis Paris auf dem Klo war, hastete die Treppe hinunter, um nach einem Versteck für die Mütze zu suchen. Aber mein Verstand zog nur Nieten. Gegen alles, was ich erwog, ersann ich einen Grund, warum es kein guter Platz sei. Ich überlegte gerade hin und her, ob ich in den Keller eilen sollte, als ich von oben die sich öffnende Badezimmertür vernahm und dann Paris, die »Jake?« rief. Als Nächstes hörte ich ihre Schritte auf der Treppe und ging rasch hinüber zum Sofa und stopfte die Mütze unter die Kissen dort, keine Sekunde zu früh, denn Paris erschien im Wohnzimmer.

»Was machst du hier unten?«, sagte sie und ich murmelte etwas von einem Glas Wasser und dass ich vergessen hätte, warum ich nach unten gegangen sei.

»Altersbedingte Gedächtnislücke, was?«, bemerkte sie, und ich ging in die Küche, um etwas zu trinken, hielt die Hände unter den Wasserhahn und trank aus der hohlen Hand.

Eine Minute später war ich oben und haute mich hin. Ich hielt die Mütze an ihrem jetzigen Platz zunächst für gut aufgehoben und würde sie am Morgen hervorholen und entsorgen. Ich fiel fast in den Schlaf, kaum dass ich die Bettdecke hochgezogen hatte, doch kurz bevor ich endgültig abklappte, meinte ich, mich an Paris zu erinnern, dass sie die Hand ausgestreckt und mir auf den

Schenkel gelegt hatte. Auch meinte ich, mich daran zu erinnern, irgendwas gemurmelt zu haben wie »Heute Nacht nicht, Süße, ich bin durch«, mich umgedreht, ihr den Rücken zugewandt und sie sagen gehört zu haben: »Schätze, ich bin nicht mehr so elektrisierend wie Willie Mays, nicht wahr?« Es hätte auch ein Traum gewesen sein können.

Das hoffte ich.

Andererseits ... Ihr Anbaggern bedeutete auch, dass sie die Baskenmütze im Landhaus nicht gesehen hatte.

»Morgen«, sagte sie, als ich in die Küche kam. Ich hatte recht gehabt. Es war Schinkenspeck, den sie briet. Auf dem Küchentresen lagen ein Dutzend Scheiben auf einem Pappteller, auf Küchenkrepp, um das Fett aufzusaugen. Zwei geröstete Scheiben Brot hüpften aus dem Toaster, und an meinem Platz am Tisch sah ich eines von Paris' spanischen Omeletts. Selbst durch meine verstopfte Nase konnte ich das Essen riechen, aber ich hatte einfach keinen Hunger. Nicht einmal Appetit auf Paris' Omeletts, die ich normalerweise liebte. Ich ging hinüber zum Küchentresen, nahm mir eine Scheibe Schinkenspeck und biss etwas davon ab in dem Glauben, der Hunger komme vielleicht beim Essen. Weit gefehlt. Ich legte den Rest zurück und schluckte runter, was ich im Mund hatte.

»Tut mir leid, Schatz«, sagte ich. »Ich glaube nicht, dass ich was essen kann.« Ich deutete auf meine Nase. »Bin erkältet.«

»Großartig«, sagte Paris. »Ich wünschte, ich hätte das vor einer Stunde gewusst. Das waren die letzten Eier. Und ich hasse Omeletts.«

Sie ging zum Tisch, schnappte sich meinen Teller, trug

ihn zum Mülleimer in der Vorratskammer und versenkte das Essen darin.

Ich hatte das Gefühl, auf Eiern zu gehen. Und ich wusste, warum.

Das schreckliche Geheimnis, das ich mit mir herumtrug, stand zwischen uns, selbst wenn Paris nichts davon wusste. *Ich* wusste darum. Und würde immer darum wissen. Irgendwie, auf irgendeine Weise, würde ich das eines Tages für mich klären müssen oder es würde wuchern, würde schlimmer werden wie ein inoperables Karzinom.

Allerdings würde ich es nicht heute für mich klären. Ich musste weitermachen. *Wir* mussten weitermachen. Ansonsten wäre meine Tat sinnlos. Ich wusste, dass sie nicht sinnlos war. Sie durfte nicht sinnlos sein.

»Okay«, sagte ich. Zu Paris' Rücken. Sie war zur Spüle gegangen und stand dort, über die Spüle gebeugt, und starrte hinaus in den Garten. »Du bist nicht wegen der Eier sauer.«

»Du hast recht.« Sie drehte sich um, sah mich an. Sie kam herüber zum Tisch, nahm sich den Stuhl mir gegenüber, drehte ihn herum und setzte sich darauf, die Arme auf der Rückenlehne. »Ich bin sauer, weil ich Angst habe.«

Damit kam ich klar. Das war einfach. Ich musste nur den Trainer in der Kabine während der Halbzeitpause geben. Aufmunternde Worte vom Stapel lassen, damit die Truppe wieder brannte.

»Was geschehen ist, ist geschehen«, sagte ich, wählte meine Worte mit Bedacht. »Ich kann nicht ungeschehen machen, was passiert ist, Schatz. Genau wie du.«

Wie sie sich vorbeugte, vermittelte mir, dass sie etwas

Positives hören wollte, von mir erwartete, dass ich die Ereignisse der letzten Tage ins rechte Licht rückte, etwas, was sie davon überzeugte, dass ... was? Scheiße, ich wusste es nicht. Sie davon überzeugte, dass alles gut werde in unserer schönen neuen Martha-Stewart-Republikaner-Ozzie-und-Harriet-Nelson-Welt, dass das Kind, mit dem sie schwanger war, ein kleiner Ricky Nelson mit einem wunderbaren Leben werde, den unglückseligen Flugzeugabsturz am Ende ausgenommen?

Ich versuchte es.

»Es wird sich alles zum Guten wenden«, fuhr ich fort. »Du wirst sehen. Das meiste von dem üblen Zeug haben wir mittlerweile hinter uns. Es sind noch ein paar Kleinigkeiten auf die Reihe zu bringen, und dann haben wir's geschafft.«

Herrgott noch mal! Ich hörte mich an wie ein Versicherungsvertreter, der die Vorzüge einer Lebensversicherung gegenüber einer Termfixversicherung erklärt und wie einfach es sein würde, für diese kleine Police hier zu zahlen. Snoopy, der für die Haustierversicherung von MetLife warb.

Ich legte mich ins Zeug.

Erzählte ihr etwas von den Launen des Lebens – Kismet, Karma, Glück und Pech. Bis auf die Spüle führte ich alles an, und selbst die hatte ich für eine Minute in den Blick genommen, in Erwägung gezogen. Ich meine, sogar Thoreau zitiert zu haben, irgendeinen Scheiß aus meinem ersten Literaturseminar an der IUSB, an den ich mich erinnerte.

Je mehr ich redete, desto glasiger wurde ihr Blick, verringerte sich die Zeitspanne, in der sie meinem standhielt, bevor sie andere Gegenstände in der Küche anstarrte, und offen gesagt, ermüdete mich der ganze Mist.

Als ich dachte, ihr Griff zu der Bratpfanne, worin sie den Schinkenspeck gebraten hatte, stehe kurz bevor und sie werde mir das Ding über den Schädel ziehen, rückte ich schließlich mit dem heraus, was ich bereits zuvor im Kopf gehabt hatte.

»Ich denke, es läuft vermutlich darauf hinaus, dass man uns nicht bitten wird, in dem 25-Jahre-Jubiläums-Gedächtnisfilm Ozzie und Harriet zu spielen«, sagte ich unvermittelt. »Aber«, fügte ich hinzu, »wir sind eventuell im Vorteil bei einem Bonnie-und-Clyde-Streifen, sollten sie das jemals wieder verfilmen.«

Sie lachte.

Laut.

Und anhaltend. Sie stieg unversehens mit einem kurzen, scharfen Ausbruch eines Lachens ein, hielt ganz kurz inne, legte dann mit Gekicher wieder los. Je länger sie damit fortfuhr, desto weniger gelang es mir, eine ernste Miene beizubehalten, und letztendlich stimmte ich mit ein, als wären wir zwei Teenies, von denen die eine bei der anderen übernachtete.

Wir ließen es ausklingen. Synchron. Beinahe so, als hätten wir unseren Lachanfall zum selben Zeitpunkt bekommen.

»*Jetzt* habe ich Hunger«, sagte ich. Ging zum Abfalleimer und langte hinein, fischte Paris' Omelett heraus. »Mmh, gut«, sagte ich, stopfte es mir mit einer Hand in den Mund, wischte mit der anderen den Kaffeesatz ab, der an manchen Stellen anhaftete. Paris sah mich einen Moment lang entgeistert an und fing wieder an zu lachen, leise diesmal, eher in sich hinein.

»Du bist 'n Spinner«, sagte sie, stand auf, kam zu mir,

legte ihre Arme um meinen Hals und küsste mich auf den Mund. Ich sah sie an, wischte einen Eikrümel von ihrer Wange. »Ich weiß«, sagte ich. »Aber ich bin dein Spinner.«

Ich glaube, ich habe sie niemals so sehr geliebt wie in diesem Moment. Das Beste jedoch – ich sah einen Hoffnungsschimmer für uns. Sie auch, denke ich.

Wir liebten uns gleich dort, auf dem Boden vor der Vorratskammer. Keiner von uns zog sich groß aus. Als ich danach neben Paris auf den Boden sank, völlig außer Atem, steckte noch immer ein Bein in ihrer Hose und nur ein Knopf an ihrem Flanellhemd war auf, was nicht mir geschuldet war, sondern irgendwie der Hitze zwischen uns. Meine Jeans bauschten sich um meine Knie und mein Hemd war vollständig zugeknöpft.

Der beste Sex, den ich jemals gehabt hatte. Das, so glaube ich, galt auch für Paris.

41. Kapitel

Ich hatte einen Plan.

Komplett abgedreht. Er war mir in den Sinn gekommen, während wir uns geliebt hatten.

Er bedeutete nicht die Lösung all meiner Probleme, würde aber einen dicken Batzen davon erledigen.

Der Teil, den er nicht würde lösen können, war der Sachverhalt mit Gloria; aber zunächst eins nach dem anderen. Sich um die anderen Dinge kümmern und dann würde mir schon etwas einfallen. Darauf setzte ich zumindest. Dass mir wie durch ein Wunder etwas einfiele. Ich weigerte mich, die Chancen dafür in Betracht zu ziehen.

Wir gingen unter die Dusche – zuerst Paris und dann ich. Ich glaube, sie wollte, dass wir gemeinsam duschten, aber ich wollte keinen weiteren Sex, nicht so schnell nach dem, was und wie wir es gerade gemacht hatten. Ich wollte mich noch eine Weile an seiner Glut wärmen, die Erinnerung daran nicht verwässern.

Außerdem war ich gedanklich bereits intensiv damit beschäftigt, wie ich das Vorhaben, das mir in den Sinn gekommen war, in die Tat umsetzen würde. Die Grundzüge des Ganzen hatte ich bereits Gestalt annehmen lassen, nur die Details bedurften noch der Feinabstimmung.

Ich putzte mir die Zähne, während Paris unter der Dusche stand, und ich sprach mit ihr in diesem Genuschel, das man an den Tag legt, hat man eine Zahnbürste und Zahnpasta im Mund.

»Ich fahr nach Chicago, um diesen Typ von Walker zu treffen«, verkündete ich. »Die Diamanten verticken.« Ich hörte sie etwas über das Prasseln des Wassers hinweg sagen, nur waren ihre Worte gedämpft. Ihrem Tonfall konnte ich jedoch entnehmen, dass sie vorhatte mitzukommen.

»Nein«, sagte ich, halb schreiend. »Besser, ich mach das allein, falls etwas schiefgeht. Erstens wirst du kaum wollen, dass der Typ dich sieht, in die Lage versetzt wird, dich zu identifizieren. Zweitens wissen wir nichts über ihn. Er könnte genauso gut ein Informant sein.«

Das Wasser wurde abgestellt und Paris schob die Glastür auf. Überraschenderweise nahm sie es hin. »In Ordnung«, sagte sie, kam heraus und griff nach dem Handtuch, das sie auf den Hocker gelegt hatte, den wir neben der Dusche stehen hatten. »Ich muss ohnehin demnächst zur Arbeit. Bringt nichts, wenn ich meinen Job verliere.«

»So ist es«, sagte ich. Ich beugte mich über das Waschbecken und spuckte aus, was ich im Mund hatte, beugte mich weiter vor, ließ Wasser in die hohle Hand laufen, um mir den Mund auszuspülen. Ich hielt die Zahnbürste in den Wasserstrahl, schüttelte sie aus und stellte sie in den Keramikbecher neben Paris' orangefarbenen. Ich wischte mir den Mund mit einem Handtuch trocken, hängte es zurück an den Haken und sagte: »Nicht, dass es dazu kommt, aber wenn ich erwischt werde, einfahre, hast du wenigstens das.«

»Genau mein Gedanke«, sagte sie und aus irgendeinem Grund beunruhigte mich das.

»Nun, tja ... mach dir keinen Kopf. Man wird mich nicht erwischen.«

»Ich mache mir schon lange keinen Kopf mehr«, so ihre Antwort.

Gegen alle Vernunft beunruhigte mich auch das.

Bevor ich nach Chitown aufbrach, las ich die Zeitungen der letzten zwei Tage. Am ersten Tag, am Samstag, hatte sich der Einbruch bei Calvin Brewer nur wenige Zeilen verdient, hinten, in der Rubrik »Polizeimeldungen«. Nur von einem Einbruch war die Rede, mehr nicht. Möglicherweise war es ein Zufall, dass er es sogar in die *South Bend Tribune* geschafft hatte, hatte er sich schließlich jenseits der Staatsgrenze in Niles, Michigan ereignet.

In der Sonntagszeitung hatte man ihm wesentlich mehr Platz eingeräumt. Ein recht langer Artikel eines Reporters namens Alan Wiskeroff. Wichtiges Material, das einer Autorenzeile wert war. Auf Seite 2. Auf Seite 15 ging es mit dem Rest des Artikels weiter. Der Kern des Beitrages befasste sich mit dem Verschwinden einer Angestellten Mr. Brewers und mit ihrem Wagen, der von der Polizei nur ein Stück entfernt aufgefunden worden war, versteckt hinter einem Geräteschuppen auf einer benachbarten Farm. Die Polizei habe jegliche Spekulation darüber abgelehnt, was dies zu bedeuten habe, doch der Reporter schien kein Problem damit gehabt zu haben, eigene Mutmaßungen anzustellen. Er ließ deutlich durchblicken – ohne damit rauszurücken und es ausdrücklich zu formulieren –, dass es sich um eine Tat von Insidern handele.

Es wurde kein Diamant erwähnt, der im Wagen gefunden worden sei, aber ich wusste, dass die Cops der Presse stets Informationen vorenthielten. Für den Fall, dass irgendein Schwachkopf gestand und man so feststellen konnte, ob er (oder sie) dieses Täterwissen besaß, um dann nachzuweisen, dass man mit ihm (oder ihr) die richtige Person hatte, und auch aus anderen Gründen. Wahrscheinlich jedoch vor allem deshalb, weil es so in den Polizei-Fach-Handbüchern stand, zumindest stellte ich es mir immer so vor.

Auch weigerte sich die Polizei weiterzugeben, wie viel und was von dem gestohlen worden war, was über »einige Diamanten und andere Edelsteine von unbestimmtem Wert« hinausging.

Der Artikel bescherte mir feuchte Hände. Mir war klar, dass die Polizei mit dem Fall befasst worden war, nur wenige Minuten nachdem wir von dem Grundstück getürmt waren und ich gesehen hatte, dass es sich sehr wahrscheinlich um Calvin Brewer handeln müsse, der in die Einfahrt eingebogen war, während wir davongerast waren; aber es in der Zeitung zu lesen, machte es zu einer Tatsache. Und ich denke, ich war ein wenig überrascht, dass sie Boxleiters Wagen so schnell gefunden hatten.

Die gute Nachricht war, dass dieser Reporter zur gleichen Schlussfolgerung gelangt war wie meiner Ansicht nach auch die Polizei. Der Artikel war in einer Weise abgefasst, die mir Grund zu der Annahme lieferte, er fuße auf inoffiziellen Informationen, die man dem Verfasser gegeben hatte.

Sollte dem so sein, dann würde der Plan, den ich mir hatte einfallen lassen, wie sonst was funktionieren.

Ich brach auf, während Paris noch bei der Lektüre der beiden Artikel war.

»Sieht so aus, als hätten wir richtiggelegen«, sagte ich, die Hand am Türknauf.

Sie sah nicht hoch, hielt lediglich die Hand in die Luft und las weiter.

»Bin zum Abendessen zurück«, sagte ich und schloss die Tür.

Ozzie, der sich von Harriet verabschiedet, als er sich auf den Weg ins Büro macht ...

* * * * * *

Ich legte einen Stopp ein, bevor ich auf die Mautstraße von Indiana fuhr.

Ein Treffen mit Jimmy Barnes an einem McDonald's in Roseland.

»Du wirst noch Stammkunde«, sagte er. »Ich dachte, du wärst nicht mehr dabei.«

»Bin ich auch nicht«, erwiderte ich. »Ich brauche nur was zum Schutz. Ich mach demnächst mein eigenes Geschäft auf.«

»Ja«, sagte er und übergab mir, worum ich ihn gebeten hatte, eine .45er Armeepistole, dazu zwei zusätzliche Ladestreifen. »Das hat deine Frau auch gesagt, als sie ihre gekauft hat. Muss ein gefährliches Geschäft sein, so ein Friseursalon. Haufenweise Kunden, alle bewaffnet, was?«

Er verkaufte mir auch ein Paar Handschellen.

»Was für einen Salon machst du auf?«, sagte er. »Ich will einen Termin. Scheint 'ne interessante Kundschaft zu sein.«

Der Typ war leicht zu finden.

Auf dem Schaufenster stand sein Name, genau wie Walker es notiert hatte. »Bill Bradley Design, Wm. Bradley, Inhaber.«

Bill Bradley, genau wie der Basketballspieler.

Ich kannte mich ziemlich gut aus in Chicago. Vor Jahren, während meiner »Vagabundier-Phase«, hatte ich in Ford City an der Cicero Avenue gewohnt, mich in der Innenstadt als Kellner in einem kleinen italienischen Restaurant an der Ontario verdingt, das pleiteging, während ich dort arbeitete. Seinerzeit hatte ich kein Auto besessen, also fuhr ich mit dem Bus zur Arbeit, und samstags stieg ich einfach in den Bus, nutzte meine Monatskarte, um kreuz und quer durch die Stadt zu fahren. Ich lernte die Stadt kennen, zumindest die Hauptstraßen und die Touristenziele. Verbrachte viel Zeit in der Gegend rund um das Wrigley Field in Yuppieville.

Und dort wohnte der Typ. An der Lakeview Avenue, ein paar Blocks entfernt vom Stadion der Cubs. Jede Menge historischer Wohnhäuser und in einem solchen befand sich sein Geschäft.

»Mr. Bradley?«

»Ja. Sie sind der Gentleman, der angerufen hat?«

Er war nicht das, was ich erwartet hatte. Er sah fast so aus wie der NBA-Star, nur hatte er eine zum Pferdeschwanz gebundene dichte Mähne aus dunkelbraunem, mit Grau durchsetztem Haar. Schien, als habe er auch die gleiche Größe wie der andere Bradley. Beinahe jedenfalls, eins fünfundachtzig, eins neunzig, würde ich sagen. Nicht unbedingt das, was ich erwartet hatte. Ich glaube, ich hatte mit jemandem gerechnet, der aussah wie Sydney Spencer.

Er bemerkte mein Starren.

Schmunzelte.

»Es ist der Name, richtig?«

»Sir?«

Er ließ mich eintreten und drehte das Schild von »Geöffnet« auf »Geschlossen« und schloss die verglaste Tür ab. Ich folgte ihm durch einen großen Raum, darin drei lange Glasvitrinen. Er steuerte auf einen Vorhang hinter der letzten Vitrine zu, wo sich ein Durchgang befand.

»Bradley. Bill Bradley.«

Wir waren in seinem Büro. Die übliche Büroeinrichtung – Schreibtisch, Chefsessel, dazu Computer, Monitor und Tastatur auf einem Computertisch in der Ecke. In der anderen Ecke ein großer Aktenschrank und eine Werkbank, darauf das, was ich für Werkzeug eines Juweliers hielt. Dann eine weitere Tür hinter der Werkbank, die irgendwohin führte. Er setzte sich hinter den Schreibtisch und ich blieb davor stehen.

»Bitte«, sagte er und bedeutete mir mit einer Geste, ich solle mich auf den Stuhl auf meiner Seite des Schreibtisches setzen.

»Danke«, sagte ich. »Entschuldigen Sie bitte mein Starren. Sie müssen wissen, Sie sind geradezu ein Ebenbild –«

»Von Bill Bradley, dem ehemaligen Basketballer aus Princeton. Ich weiß. Fakt ist ...«, er hielt inne und ich konnte sehen, dass er es genoss, »Bill und ich kamen zu gleicher Zeit nach Princeton. Wir waren auch gemeinsam in ein paar Seminaren. Man hat uns ab und an tatsächlich miteinander verwechselt. Nach einer Weile habe ich mir Erklärungen gespart und einfach ein Autogramm gegeben. Ich habe gewusst, wie man seine Unterschrift kopiert.« Er lachte und ich lächelte.

Er knipste sein Lächeln aus.

»Sie sind ein Partner von Mr. Joy, stimmt das, Mr. Bishop?« Ich bestätigte das.

»Lassen Sie mal sehen, was Sie haben.«

Ich griff in meine Jackentasche, nahm den Umschlag mit den Diamanten heraus und reichte ihn hinüber. Alle Diamanten, die wir bei Calvin erbeutet hatten, bis auf zwei. Natürlich fehlte der, den ich in Sally Boxleiters Wagen platziert hatte, genauso wie der Kanariengelbe, den Spencer hatte haben wollen, der eigentliche Zweck des Einbruchs.

Bradley holte ein Stück dunkelblauen Samt aus der mittleren Schreibtischschublade und breitete es vor sich auf dem Schreibtisch aus. Aus der Brusttasche seiner Jacke, die aussah wie eine von diesen Dingern, die man in alten Filmen sieht, eine ... wie sagt man noch mal? ... eine Raucherjacke, zog er eine Edelsteinlupe hervor und eine Pinzette und legte beides auf die Schreibtischplatte.

Dann öffnete er den Umschlag und schüttete den Inhalt auf den Samt. Er nahm die Lupe, klemmte sie sich ins Auge und bewegte die Diamanten auf dem Stoff hin und her, wählte schließlich den größten aus, den, den ich mit bloßem Auge als den Mokka erkannte.

Nach einem Blick darauf legte er ihn zurück. »Ich vermisse den Kanariengelben.«

Ich war perplex.

»Woher –«

»Ich weiß, dass ein Kanariengelber dabei war?« Er lachte. Ich nicht.

Langsam wurde es befremdlich, das Beenden meiner Sätze durch ihn. Als könne er meine Gedanken lesen oder so. »Ganz einfach, mein Freund. Ich konnte bereits lesen, bevor ich nach Princeton ging. Es stand in den Zeitungen, wissen Sie. Außerdem in unserem Newsletter. Ganz abgesehen davon, dass Calvin Brewer ein Bekannter von mir ist. Ein vorzüglicher Kunsthandwerker. Einer der Besten.«

»Newsletter?«

»Was man als ›Liste heißer Ware‹ bezeichnen könnte. Wann immer ein Raub wie dieser stattfindet, versendet man eine Liste der gestohlenen Ware. Inklusive Beschreibungen. Ich wusste, was Sie mir bringen würden. Mich überrascht nur, dass ich es mit Ihnen zu tun habe. Ich habe Walker Joy erwartet. Ich vermute, er kümmert sich um andere Geschäfte?«

Himmel! Gott und die Welt wusste darüber Bescheid.

»Ihre Vermutung ist richtig.«

Drauf geschissen. Ich wollte einfach nur die Steine loswerden, wollte schnellstens hier weg.

»Wie viel?«

»Sie meinen, wie viel Ihnen für diese Ware zu zahlen ich bereit wäre?«

»Sie müssen tatsächlich in Princeton gewesen sein«, erwiderte ich. »Richtig, College Boy. Wie viel?« Ich hatte diesen ganzen höflichen Oberschichtenmist satt. Der Typ mochte zwar bis zum Erbrechen akademische Weihen empfangen haben, mochte hinter einem Schreibtisch aus Mahagoni sitzen, ihm mochte halb Chicago gehören oder zumindest sein Block, aber bei Lichte besehen war er ein verschissener Hehler. Ein Krimineller, genau wie ich. Nur besser gekleidet. Er erinnerte mich an diese reichen Arschlöcher auf der Highschool, mit ihren nach ihren Wünschen frisierten Wagen. Die schnellsten Autos, die für Daddys Geld zu haben waren, und sie selbst hatten sich gegeben, als wären ihre Erfolge bei den Beschleunigungsrennen auf ihrem Mist gewachsen und nicht etwa dem Zufall der Geburt oder dem Zugriff auf ein Scheckbuch geschuldet.

»Vierzigtausend.«

Ich saß da und spürte, wie mir die Kinnlade herunterfiel.

»Vierzigtausend? Pro Stein?«, sagte ich, wohl wissend, dass es nicht das war, was ihm vorschwebte.

Er schnaubte. »Träumen Sie weiter, Cowboy. Für den ganzen Posten.«

Ich erhob mich von meinem Stuhl – ohne den blassesten Schimmer, was ich jetzt tun solle, nur als Reaktion darauf, was ich aus Bradleys Mund gehört hatte; eine Bewegung, erzeugt von einem puren Schock – und Bradley griff schnell in die Seitentasche seiner Jacke, zog einen vernickelten .38er Chiefs Special heraus und legte ihn auf den Schreibtisch.

»Sie wollen mich berauben?«, fragte ich erstaunt. »Meinen Sie nicht, ein Angebot von vierzig Riesen sei bereits Raub genug? Da müssen eine halbe Million Dollar in Diamanten liegen.«

Er setzte wieder diese gottverdammte höhnisch grinsende Miene auf. »Sie sind in der Tat dicht dran. Meine Schätzung würde ein wenig höher ausfallen. Sind gute Stücke dabei. Ich würde sagen, im Handel brächte alles fast siebenhunderttausend.«

»Und Sie glauben, ich überlasse sie Ihnen für lausige vierzigtausend? Sind Sie in Princeton zum ersten Mal in Kontakt mit LSD gekommen? Und was verdammt soll die Waffe? Mögen Sie den Geschmack von Metall im Mund? Wenn nicht, würde ich sie an Ihrer Stelle weglegen.«

Er starrte mich nur an, mit mehr oder weniger ausdrucksloser Miene. Keine zusammengekniffenen Augen, nichts in der Art, nur diese ausdruckslose Miene. Bedrohlicher als jeder finstere Blick des Terminators. Die Profiversion von »wenn Blicke töten könnten«. Ohne Zweifel meinte der Typ es ernst, so viel wurde mir klar, kaum dass ich den Blick gesehen hatte. »Ich denke nicht, Mr. Bishop. Setzen Sie sich. Wenn Sie meinen, jemand anderes würde Ihnen mehr zahlen, steht es Ihnen frei, entsprechend zu handeln. Ich glaube jedoch, dass Sie feststellen werden, dass ich äußerst großzügig bin.«

Wenn das seine Vorstellung von Largesse war, so war ich froh, keine Weihnachtsgeschenke mit ihm austauschen zu müssen.

»Ich sag Ihnen was«, meinte er. »Ich weiß, dass diese Diamanten alle von Spitzenqualität sind. Ich sollte keine Probleme haben, sie zu verkaufen. Ich wäre bereit, Ihnen fünfzigtausend zu zahlen. Ich sag Ihnen auf den Kopf zu, dass es sich dabei um das beste Angebot handelt, das man Ihnen unterbreitet.«

»Ich versteh's nicht. Als ich den Verlobungsring für

meine Frau gekauft habe, meinte der Typ, wir würden ein »kluges Investment« tätigen. Er hat gesagt, Diamanten hätten im Lauf der Geschichte niemals einen Wertverlust erlitten.« Keine Ahnung, weshalb ich das wiederholte. Ich war schlicht und ergreifend fassungslos, verwirrt.

»Ihr Juwelier hatte recht«, sagte Bradley. »Diamanten steigen immer im Wert.«

»Dann –«

»Aber nur für den Händler. Das ist der Teil, den zu erwähnen wir immer verabsäumen. Hören Sie ...«, er seufzte, nahm die Waffe und ließ sie zurück in seine Jackentasche gleiten. »Sie scheinen ein recht netter Mensch zu sein. Keiner von den Leuten, mit denen ich für gewöhnlich Geschäfte mache. Lassen Sie mich erklären, wie der Handel mit Diamanten funktioniert. Zunächst einmal, die Handelsspanne beträgt etwa fünfzig Prozent. Ich kaufe von den netten DeBeers-Leuten einen Diamanten für fünftausend, verkaufe ihn für zehntausend. Zuzüglich dessen, was für Fassung, Design et cetera anfällt.«

»Warum wollen Sie mir dann nicht die Hälfte des Verkaufspreises zahlen?«, sagte ich. »Damit wäre ich zufrieden.« Ich bemühte mich, nicht in einen jammernden Ton zu verfallen.

»Weil«, erwiderte er mit diesem kleinen süffisanten Lächeln, »ich es nicht muss. Niemand außer einem seriösen Diamantengroßhändler zahlt den vollen Preis. Sie wollen einen Beweis? Bringen Sie einen dieser Steine zu einem Diamantenhändler. Nicht zu einem Großhändler, zu einem Händler. Großhändler werden mit Ihnen keine Geschäfte machen. Händler gibt es in den meisten Einkaufszentren. Die Leute, die Gold und Silber ankaufen. Schauen Sie, was sie bieten. Ich kann Ihnen gleich sagen, was sie Ihnen geben werden. Zehn Prozent. Vielleicht sogar bis zu fünfzehn Prozent. Und das gilt für Diamanten, die Sie rechtmäßig besitzen. Sie wissen schon, den Ring, den Tante Victoria Ihnen vermacht hat, der, von dem Sie beweisen können, dass er Ihnen gehört. Bringen Sie einen Stein zu einer Pfandleihe. Das gleiche Angebot. Vielleicht ein noch schlechteres. Höchstwahrscheinlich ein schlechteres. Sagen wir sieben Prozent von seinem Wert.«

»Dann sind Diamanten ein miserables Investment.«

»Sie haben's gerafft, Checker«, sagte er in einem nahtlosen Übergang von seinem Princeton-Sprech in eine recht passable Imitation eines der Typen, die eine 5-Dollar-Taxifahrt entfernt an der Maxwell Street Rolex-Duplikate vertickten. »Meinen Glückwunsch. Sie haben gerade Diamond Investing 101 absolviert. Sie wollen das Gefühl, reich zu sein, dann behalten Sie die Ware. Sie werden eine Dreiviertelmillion Dollar schwer sein. Zumindest so lange, bis Sie verkaufen.«

Am Ende hatte der Typ Mitleid mit mir. Oder er wusste einfach, dass er ohnehin einen Riesenreibach machen werde, und wollte mich vor der Teestunde aus dem Laden haben. Ich verließ das Geschäft, fünfundfünfzigtausend Dollar in dem Umschlag, worin zuvor die Diamanten gesteckt hatten.

Bevor ich ging, sagte er: »Wenn Sie richtig Geld machen wollen, Mr. Bishop, dann bringen Sie mir Kokain. Ich zahle Spitzenpreise, sofern es rein ist.«

»Sie sind ein Koksdealer?«

»Ich deale mit allem, was gutes Geld bringt, Sir. Ich habe einen Sohn in Princeton. Einen Sohn, der auf der

Highschool nicht die besten Noten bekam. Hat die Chance auf ein Stipendium um ... sagen wir mal ... zehn bis fünfzehn Meilen verfehlt. Princeton ist teuer. Gott sei Dank gibt es Erbschaften. Er wird Geistlicher, folglich glaube ich nicht, dass er's mir jemals wird zurückzahlen können. Es sei denn, er landet im Fernsehen, aber wir sind Episkopale, keine Baptisten. Und außerdem glaubt er nicht wirklich an Gott, was es ihm erschweren dürfte, Leute davon zu überzeugen, ihm ihr für die Miete vorgesehenes Geld zu schicken. John findet im Grunde genommen keinen Gefallen an harter Arbeit. Ergo dealt sein Vater mit Drogen und heißen Diamanten. Mit gestohlenen John-Deere-Traktoren, wenn der Preis stimmt. Einer in der Familie muss Verantwortung ernst nehmen.«

Als ich ging, mochte ich den Typ beinahe.

Auf der Rückfahrt unterzog ich die Lage einer Bewertung. Paris würde enttäuscht sein, vielleicht mehr noch als ich. Statt der drei- oder vierhundert Riesen, die wir erwartet hatten, fünfundfünfzigtausend zu sehen, würde sie sicher deprimieren. Auf der Habenseite – mit dem, was wir an Barem aus Brewers Safe bereits hatten – konnten wir jetzt eine Viertelmillion verbuchen. Nicht unbedingt nichts.

Und ich musste noch zu Spencer.

Ich erwartete, aus dieser Zusammenkunft mit wesentlich mehr hervorzugehen.

42. Kapitel

Sobald ich die Mautstraße verlassen hatte, rief ich Paris von einem kleinen Café am Memorial Hospital auf ihrer Arbeitsstelle an. Ich hielt es für besser, sie per Telefon über die schlechten Nachrichten zu informieren, ihr Gelegenheit zu geben, sie sacken zu lassen, bevor ich von meinem Besuch bei Spencer nach Hause käme. So hätte sie Zeit, ihre Enttäuschung zu verschmerzen. Ich sah keinerlei Notwendigkeit, ihr von meinem Plan zu berichten, Spencer aufzusuchen, obwohl ich glaube, sie hatte eine Ahnung, was ich zu tun gedachte.

Auch sie hatte Neuigkeiten.

Neuigkeiten, die mir einen Schock versetzten.

»Daddy hat angerufen«, begann sie und der Bereich meines Magens, wo mein altes Geschwür lauerte, revoltierte mit einem gewaltigen Stechen.

»Und?«, sagte ich, weil mir nichts anderes einfiel.

»Er hat gesagt, Mom würde uns anrufen. Er hat gesagt, sie sei jetzt auf dem Weg zum See. Er komme später.«

Ihre Stimme klang unverdächtig. Ich atmete tief durch.

»Gut, dass wir rechtzeitig abgerückt sind«, testete ich an.

»Wem sagst du das«, erwiderte sie. »Das wäre fürchterlich geworden.«

»Tja, wir sind weg und haben vorher alles aufgeräumt. Nichts mehr da, was darauf hindeutet, dass wir dort waren.«

»Doch, da ist was«, sagte sie, und als sie es sagte, spürte ich ein Herzstolpern.

»Was?«

»Wir haben vergessen, die Heizung runterzustellen.«

»Oh«, sagte ich, fieberhaft nachdenkend. »Nun, wenn sie es bemerkt und darauf zu sprechen kommt, können wir ihr sagen, dass wir übers Wochenende rausgefahren sind. Sie wissen, dass wir das ab und an machen. Haben wir nicht deswegen den Schlüssel?«

»Ja, ich schätze schon.«

Wir sprachen noch ein paar Minuten miteinander, dann erklärte ich ihr, ich hätte noch ein paar Besorgungen zu machen, wolle mir einiges an Inventar ansehen, von dem ich gehört hätte, eine alte Dame in Gilmer Park wolle es wegen Geschäftsaufgabe veräußern.

»Wir sehen uns später, am Nachmittag«, sagte ich. »Bin wahrscheinlich vor dir zu Hause.«

Es sei denn, ich war tot oder im Knast.

Diese Überlegung behielt ich für mich.

Paris' Bemerkung über unser Versäumnis, die Heizung runterzustellen, erinnerte mich an meinen eigenen Aussetzer.

Die verdammte Mütze ihrer Mutter.

Sie lag noch immer unter den Kissen auf dem Sofa. Ich hatte vergessen, sie wegzunehmen. Bewusst wurde mir meine Nachlässigkeit etwa eine Meile entfernt von meinem Ziel.

Spencers Juweliergeschäft.

Ich hatte Glück. Spencer stand hinter dem Tresen, als ich hineinging, und außer ihm war niemand sonst im Laden. Ich hatte meinen Wagen drei Blocks entfernt auf dem Parkplatz eines Supermarktes abgestellt und näherte mich Spencers Laden über eine Seitengasse. Bevor ich zur Vorderseite des Ladens kam und das Geschäft betrat, hatte ich ein paar Gummihandschuhe angezogen, die ich einen Block entfernt in einem Drugstore besorgt hatte, hatte die Hände in die Taschen gesteckt, damit keinem Passanten auffiele, dass ich Handschuhe trug.

Spencer versuchte, so lässig-gleichmütig wie möglich rüberzukommen, aber nur ein kurzer Blick in sein Gesicht, als ich eintrat, sagte mir etwas anderes. Für den Bruchteil einer Sekunde weiteten sich seine Augen und Röte stieg ihm vom Kragen hoch bis in die Hängebacken.

Eine Betonung seiner feisten Wangen.

»Ich hab auf dich gewartet«, sagte er, nachdem er seine Fassung schnell zurückgewonnen hatte, so zumindest der Anschein. »Was hat dich aufgehalten und wo ist Walker Joy?«

Ich sagte nichts. Ich wandte ihm den Rücken zu, schloss die Ladentür ab, drehte das Geöffnet-Geschlossen-Schild herum und zog das Rollo an der Glastür herunter. Nachdem das erledigt war, drehte ich mich wieder um.

»Walker Joy wird uns keine Gesellschaft leisten. Er ist indisponiert.«

Ich fackelte nicht lange. Griff in den großen Stoffbeutel, den ich dabeihatte, zog die .45er heraus, zielte damit auf Spencer in der klassischen Manier der Western-Farmer-Helden.

»Wo ist es?«, sagte ich.

»Wo ist was?« Und dann: »Jake, ich habe gerade von deinem Bruder erfahren. Es tut mir leid, Mann. Es tut mir wirklich leid. Wer hätte das ahnen können? Du kannst mir nicht die Schuld daran –«

»Fick dich!« Ich schrie die Worte heraus. »Sprich nicht

von meinem Bruder. Ich will nicht, dass dir sein Name über die schmierigen Lippen kommt.«

»Jake«, sagte er, ein Flehen in der Stimme. Er hielt abwehrend die Hände in die Höhe und machte einen Schritt zurück. »Tu nichts Unüberlegtes. Ich habe einen Brief –«

»Davon bin ich ausgegangen«, fiel ich ihm ins Wort. »Wollte gerade danach fragen, Arschloch.« Ich wedelte mit der Waffe. »Nach hinten.«

Ich hatte eine ziemlich klare Vorstellung, um was für einen Brief es sich handelte, und hatte überlegt, wo er eventuell sein könnte. Ich nötigte Spencer hinüber zu seinem Schreibtisch, nötigte ihn, sich zu setzen, und legte ihm die Handschellen an. Ich zog jede Schublade auf, um zu sehen, ob sich in einer eine Waffe befände.

»Der Brief ist nicht hier«, sagte er. »Du glaubst doch nicht, dass ich so dumm bin, oder? Er liegt an einem Ort, wo die Polizei ihn finden wird, sollte mir etwas zustoßen. Er legt alles dar. Du solltest mich besser gehen lassen, du weißt doch, was gut für dich ist.«

»Ich suche nach keinem Brief, Schmalzkopf«, sagte ich.

Eigentlich ... machte ich das ... in gewisser Weise. Ich glaubte nicht so recht daran, dass er es so offensichtlich handhaben würde, ein aktuelles Schreiben aufsetzen, es in einen Umschlag stecken und »Polizei« darauf schreiben. Aber ... sicher konnte man sich nie sein.

Wenn er so einen Brief geschrieben hatte, lag der jedenfalls nicht in seinem Schreibtisch. Ich überprüfte sogar die Unterseiten, für den Fall, dass er ihn unten an eine der Schubladen geklebt hatte. Auch dort nichts.

Ich rollte Spencer in seinem Drehstuhl hinter dem Schreibtisch hervor und platzierte ihn mit Sicht auf das

Möbel mitten im Raum. Für das, was ich vorhatte, wollte ich sein Gesicht sehen können. Die ganze Zeit über blieb er stumm. Auch gut, zumindest für ihn. Ich lechzte nach der Gelegenheit, ihm eins mit der Pistole überziehen zu können. Ich glaube, er spürte das.

Ich ging zurück hinter den Schreibtisch und stellte seinen Computer und die Peripheriegeräte an, sein Gesicht dabei im Blick. Zu meiner Enttäuschung blieb es gleichmütig. Keine Ahnung, was ich erwartet hatte, einen Ausdruck von Unmut, schätze ich.

Für einen kurzen Moment dachte ich, ich hätte falschgelegen.

Ich hatte nicht.

Da war es. In einer Word-Datei. Unter dem Dateinamen »Imfallemeinestodes.doc«.

»Mensch, Sydney, ging das nicht ein wenig origineller?«

Er konnte nicht sehen, was ich im Blick hatte, aber ich wusste, dass er wusste, worum es sich handelte. Diesmal bekam ich den Gesichtsausdruck, den ich mir erhofft hatte, als ich seinen Computer eingeschaltet hatte. Seine Stirn verwandelte sich in ein Wellblechdach und pure Qual stand in seinen Augen. Er beglückte mich sogar mit einem kleinen Stöhnen.

Ich las das Dokument. Es enthielt alles. Namen, Daten, selbst die eigene Rolle als Planer des Raubes bei Brewer hatte er nicht ausgelassen. Ich nehme an, er war davon ausgegangen, er werde tot sein, wenn es gelesen würde, und hatte sich in diesem Augenblick nicht sonderlich um seinen Ruf geschert. Ich löschte die Datei und beschloss, noch einen Schritt weiter zu gehen, sicherzustellen, dass sie für immer verschwunden bliebe.

Ich ging in sein Excel-Programm und dort war seine Inventarliste, unter dem Dateinamen. Ich löschte auch die.

»Ich formatiere nur deine Festplatte neu«, sagte ich. »Du hast 'ne Menge Müll drauf. Das wird den Rechner schneller machen.« Ich rieb mir schadenfroh die Hände, wie Simon Legree es getan hätte.

Ein paar Klicks und dann das *Ja* auf die Frage *Sind Sie sicher ...?* im aufploppenden Dialogfenster – »Darauf kannst du wetten!«, sagte ich laut – und jeder einzelne Datensatz, den der Mann hatte, war futsch. Verschwunden im Fegefeuer des Computers.

»Ich habe einen Ausdruck«, sagte Spencer, seine Stimme kleinlauter, als er es – da bin ich mir sicher – beabsichtigte. »An einem sicheren Ort. Bei einem Freund. Wenn ich sterbe oder verschwinde, hat er Anweisung, ihn an die Polizei zu schicken.«

»Ist das so?«, entgegnete ich. »Weißt du was, Spencer? Das glaube ich nicht. Wenn du nun doch ... aber ich lass es drauf ankommen, dass du zu faul gewesen bist, das zu tun. Ich bin an einem Punkt, wo ich diese Risiken eingehe.« An seinem Gesichtsausdruck sah ich, dass meine Vermutung zutraf. Es war der Gesichtsausdruck eines Mannes, dessen Arsch in die Mangel genommen wird und für den der »Aus«-Schalter unerreichbar ist.

»Mal davon ab«, fuhr ich fort, »ich bezweifle sehr, dass du einen Freund hast. Das macht deine kleine Geschichte unglaubwürdig.«

Den Safe zu knacken war sogar noch leichter als das Auffinden von Spencers Datei mit dem Brief. Ein weiterer dieser Brown TL-30. Ein weiterer Super Fortress. Ein baugleicher Kollege des Modells, das Brewer hatte. Ich hätte alles gewettet, dass sie zusammen losgezogen waren, um ihre Safes zu kaufen und ein paar Kröten zu sparen.

Besser noch, die beiden Juweliere mussten auch den gleichen Wie-man-einen-Safe-sichert-Kurs besucht haben. Wie im Falle Brewers schwang die Tür bei Spencers 5.000-Pfund-Koloss mühelos auf. Das Arschloch war schlicht zu bequem, ihn abzuschließen.

Sein Pech. Mein Glück.

Obwohl, in gewisser Weise war ich enttäuscht. Ich hatte irgendwie gehofft, er wäre verschlossen und dass ich Spencer die Fingernägel oder so herausreißen müsste, um an die Kombination zu gelangen.

Hinter mir hörte ich Spencer sagen: »Hast du vor, mich zu berauben?«

Ich drehte mich um. »Das ist mein Metier, du erinnerst dich? Hast du mich deswegen nicht angeheuert, Sydney?«

»Damit wirst du nicht davonkommen«, sagte er, seine Stimme weinerlich, verzweifelt, ein Ton, der im Kontrast stand zu dem, was Spencer sagte. »Du bist kein Killer, Jake. Das wissen wir beide. Du glaubst, ich gehe nicht zu den Cops? Du denkst, sie glauben dir, nicht mir? Ich bin ein bekannter Geschäftsmann. Du ... du bist ein Ex-Knacki. Ich an deiner Stelle würde mich gehen lassen, beten, dass ich ein netter Kerl bin. Ich sag dir was – du musst mir nicht mal die Diamanten geben, die du bei Calvin Brewer besorgt hast. Betrachte uns damit als quitt, wegen deinem Bruder und so.«

Netter Versuch, Spencer.

»Tja«, sagte ich. »Früher hättest du recht gehabt. Ich war kein Killer. Die Dinge haben sich geändert. Bist du nicht neugierig, warum Walker nicht hier ist?« Es war ungeheuer befriedigend zu beobachten, wie sein Kiefer nach unten klappte.

»Aber ...«, er zögerte. »Walker ist dein Freund. Er hat dir damals das Leben gerettet. Du bist ihm was schuldig. Er hat mir die Geschichte erzählt –«

Ich fiel ihm ins Wort. »Es war tatsächlich nicht meine Absicht, dich umzulegen, Spencer. Meine Absicht war es, dir was anzuhängen, dafür zu sorgen, dass du einfährst. Ein Typ wie du, hast du eine Ahnung, was passieren würde? Ein fetter weißer Arsch wie deiner ist Fleisch von allererster Güte, Spencer. Sie würden Schlange stehen für deine Rosette. Beim Anblick deines cremigweißen Hinterns wird die gute alte Liebeswanze eine ganz bestimmte Sorte Kerl beißen. In deiner ersten Nacht unter Insassen wird dir eine große, schwarze Schwester einen Besuch abstatten. Du schreist nach dem Schließer, aber der wird dich nicht hören. Er sitzt an seinem Schreibtisch, in seinen Zane Grey vertieft oder ins Zählen der Scheine, die ihm dieser große Rammler gerade zugesteckt hat. Die Tür zu deiner Zelle ist offen. Nur eine auf der Ebene ist offen. Außer der von deinem Besucher.«

Ich genoss es so richtig, sein sich ständig veränderndes Mienenspiel.

»Dieser Typ – du wirst ihn ›Daddy‹ nennen wollen –, dieser Typ wird einen Schlosserhammer dabeihaben. Und weißt du, wofür?« Ich machte eine Kunstpause. »Der Hammer ist für einen kleinen zahnmedizinischen Eingriff. Der Typ braucht ihn, um dir die Vorderzähne auszuschlagen. Du verstehst? ... So kannst du ihm besser einen blasen. Bitte ihn nicht um Novocain. Das deckt sein zahnärztliches Budget nicht ab. Erst kümmert er sich darum, dann fickt er dich, wo du nicht gefickt werden möchtest. Vielleicht hat er draußen noch ein paar Kumpels, die warten, darüber streiten, wer als Nächster ran kann. Egal. Später macht der Schließer seine Runde, ›entdeckt‹ dich und lässt deinen armseligen Arsch ins Krankenhaus schaffen. Eine Woche später bist du wieder da. Hast einen neuen Zellenkumpel. Den Typ, von dem ich hoffe, dass du ihn ›Daddy‹ zu nennen gelernt hast. Er ist dein neuer bester Freund.

»Das war es, was ich hatte tun wollen, Spencer. Es wäre perfekt gewesen. Ausgleichende Gerechtigkeit, so nennt man das, glaube ich. Sozusagen als Ausgleich für das, was du Bobby angetan hast. Mir angetan hast. Aber ...«, ich seufzte, »... das alles umzusetzen bedeutet, dass auch ich wieder einfahre, und ich habe entschieden, dass ich das nicht will. Ich habe eine Frau, für die ich sorgen muss. Also ...« Ich zuckte mit den Achseln. »Und, ja, Walker hat mir das Leben gerettet. Du hast recht. Doch dann hat er es rückgängig gemacht. Als er mich in diese Scheiße hineinzog. Mit dir.«

»Was ...«, sagte er, das Wort entrang sich als heiseres, kratziges Flüstern seiner Kehle, »... was hast du jetzt vor?«

Ich sagte: »Wart's ab«, und drehte mich wieder zum Safe um.

Ich sammelte die Diamanten und andere Edelsteine ein und legte alles als Haufen auf den Boden. Ich hatte nicht vor, sie zu behalten, schließlich sollte mein Plan aufgehen. Jetzt wusste ich nämlich, dass sie für einen Typ wie mich so gut wie keinen Wert besaßen. Einen Typ, der nicht den Vorteil eines eigenen Juweliergeschäftes hatte, wo er sie an unverdächtige, blauäugige Trottel verschachern konnte, die mit ihren kleinen, berechnenden Freundinnen hereingeschneit kamen. Ich beabsichtigte, sie in Spencers Wagen zurückzulassen, im Kofferraum, den Anschein zu erwecken, er habe sie dort versteckt. Zusammen mit dem Kanariengelben, den wir aus Calvin Brewers Safe entwendet hatten. Ich beabsichtigte, sein Bares zu behalten, sofern vorhanden.

War vorhanden. Ein großer Samtbeutel, ganz hinten. Prall gefüllt mit Geldbündeln, Fünfziger und Hunderter. Insgesamt zehn Bündel. Ich zählte eines durch und kam auf fünfundzwanzigtausend. So, wie sie gebündelt waren, nahm ich an, dass alle das Gleiche enthielten.

Eine Viertelmillion Dollar.

Heilige Scheiße.

»Sieht so aus, als wäre ich auf Gold gestoßen«, sagte ich grinsend.

»Sind das deine Nebeneinkünfte, Dickerchen?«

Ich langte in den Stoffbeutel, kramte darin herum, bis meine Finger das Objekt fanden, wonach sie gesucht hatten. Ich holte es heraus und ging zu Spencer hinüber.

»Erkennst du den?«, sagte ich, machte die Hand auf, um ihm zu präsentieren, was auf meiner Handfläche lag. Es war der Kanariengelbe. Spencer nickte. Schien mir, als wäre er sprachlos.

Ich warf den Stein auf den Haufen Diamanten und anderer Edelsteine, die ich aus Spencers Safe geholt hatte. Perfekter Wurf. Er landete genau obenauf.

»Da«, sagte ich. »Jetzt hast du deinen Diamanten. Den Grund für diesen ganzen Zirkus.«

»Ich verstehe nicht«, sagte er.

Ich sagte: »So ein Pech aber auch. Die Polizei wird's verstehen. Nur das zählt.«

Neben ein paar Müllbeuteln, die ich zusammen mit den Gummihandschuhen gekauft hatte, war vom Inhalt meines Stoffbeutels nur noch ein Packen kleiner gelber Manila-Umschläge übrig. Die, die ich aus Brewers Safe hatte mitgehen lassen. Es waren schätzungsweise an die hundert, die diesen ordentlichen Packen ergaben. Ich wollte das Ganze nicht allzu offensichtlich gestalten. Ich nahm einen Umschlag heraus, ging damit zu Spencers Schreibtisch, hielt Ausschau nach der besten Stelle, ihn zu platzieren. Es sollte so aussehen, als sei er dort irgendwie gelandet und von Spencer übersehen worden. Zu guter Letzt beschloss ich, ihn zu einem Ball zusammenzuknüllen und den an eines der Schreibtischbeine zu legen, an eine Stelle, die Spencer von seinem Platz hinter dem Schreibtisch unmöglich hätte einsehen können. Von dem verbliebenen Rest der Umschläge, so meine Absicht, wollte ich eine Hälfte bei meinem Abgang einfach in dem Müllcontainer in der Seitengasse versenken. Die andere Hälfte hatte ich anderweitig verplant. In der Ecke des Raums hatte ich einen Abfalleimer ausgemacht, darin ein weißer Müllbeutel, der nur ein paar Papierschnipsel enthielt. Ich klaubte eine Hälfte der Umschläge zusammen und warf sie hinein, zog den Müllbeutel aus dem Abfalleimer und verknotete das obere Ende, dann nahm ich den Müllbeutel und stellte ihn neben die Hintertür. Ich würde ihn in den Müllcontainer werfen, wenn wir von hier verschwanden, und vielleicht wäre er noch dort, wenn die Cops hier alles durchsuchten, oder vielleicht auch nicht. Egal. Mit Sicherheit würden sie den Umschlag auf dem Boden entdecken. Mein Tipp war, dass sie einen oder zwei Fingerabdrücke darauf würden sichern können. Brewers Fingerabdruck. Oder den von

Sally Boxleiter. Welcher von beiden, spielte keine große Rolle, und unter Umständen könnten sogar beide darauf sein.

Selbst wenn nicht, würde man Brewer mit Sicherheit befragen und er würde ihn als einen seiner Umschläge identifizieren.

In einem nächsten Schritt räumte ich alle Vitrinen aus. Diese Stücke verstaute ich – insgesamt mussten all die Broschen, Anstecknadeln, Ringe, Halsketten, dieses Zeug aus Gold und Silber und anderer Kram um die siebzig, achtzig Pfund wiegen – in drei der extrastarken Müllsäcke, die sich noch in meinem Stoffbeutel befanden. Den Großteil der Diamanten hier hielt ich für Zirkone oder, in Kenntnis der zweifelhaften Art Spencers, sein Geschäft zu führen, für nicht lupenrein; dennoch, einige sollten echt sein und von ordentlicher Qualität. Ich wollte, dass der Eindruck entstand, Spencer habe beschlossen abzuhauen, weil er vielleicht befürchtet hatte, er könne mit dem Raub bei Brewer in Verbindung gebracht werden, und sei irgendwie gestört worden. Zumindest würden all diese »Indizien« bei den Cops für Irritation sorgen und, noch wichtiger, sie glauben machen, Spencer sei irgendwie in den Raub bei Brewer verwickelt. Es war noch ein »Beweis« für die Dick Tracys zu hinterlassen, damit die Spencer mit Walker in Beziehung setzen konnten, nur für den Fall, dass sich unter ihnen keiner fände, der ihn und Spencer zusammenbrachte. Ich nahm den Hörer des Telefons ab, das auf Spencers Schreibtisch stand, und wählte die Nummer von Walker Joys Apartment. Nach dem vierten Klingeln sprang der Anrufbeantworter an. Ich legte den Hörer wieder auf und zwinkerte Spencer zu, der mich fragend ansah.

»Du hast grade deinen Partner angerufen, Spencer. Das stellt das verbindende Glied zwischen dir und ihm her. Wenn die Cops dieselben Fernsehserien sehen wie ich, dann werden sie deine Telefonverbindungen checken.«

Ich griff in meine Jackentasche und zog einen Zettel mit einer Telefonnummer heraus. »Hier, das kannst du jetzt machen, Dickerchen, und wenn du's richtig anstellst, bring ich dich vielleicht nicht um. Oder ... vielleicht doch.« Ich erklärte ihm, was er zu tun habe. Dass ich seinen Hehler in Chicago anrufen würde und er ihm sagen solle, ich käme noch mal vorbei, dass er mir nicht die angemessene Summe für die Diamanten gezahlt habe. Zusätzlich weitere Anweisungen. »Mach's, und ich überlege es mir eventuell anders«, sagte ich. Spencer sah hoch zu mir und es war offensichtlich für mich, dass er über seine Optionen nachdachte. Schließlich sagte er: »Okay, ich mach's.«

Ich nahm wieder den Telefonhörer in die Hand, betätigte die Freisprechtaste und wählte die Nummer.

Nach dem zweiten Klingeln meldete sich eine Stimme: »Bill Bradley. Was kann ich für Sie tun?«

Spencer zögerte kurz, und dann machte er es so, wie ich es ihm gesagt hatte. »Bill? Spencer hier.«

»Hallo, Spencer. Ist dein Mann aufgekreuzt?«

Wieder zögerte Spencer, dann sagte er: »Ja. Ja, ist er, Bill. Er meint, du hättest ihm nicht den angemessenen Preis gezahlt.«

»Tja, Spencer, du weißt, wie das ist. Der Junge schien nicht so richtig vertrauenswürdig.«

Spencer versicherte ihm, dass ich es sei. Sagte, ich würde noch einmal vorbeikommen, um den restlichen Betrag entgegenzunehmen.

Dass ich eventuell weitere Ware dabeihätte. Und verabschiedete sich.

Blieb noch ein Letztes zu tun.

Ich benötigte Spencers Wagenschlüssel. Das war leicht. Ich fand Spencers London-Fog-Trench ordentlich auf einem Bügel im Wandschrank und in der rechten Tasche seinen Schlüsselbund.

Zum Schluss nahm ich die Diamanten, die ich aus Spencers Safe genommen hatte, wieder vom Boden auf und steckte sie – als Ersten den Kanariengelben – in den Samtbeutel, worin sich die Geldbündel befunden hatten. Die wiederum steckte ich in meinen Stoffbeutel. Dann ging ich hinüber zu Spencer, packte ihn am Revers und riss ihn hoch. »Los jetzt. Zeit abzuhauen.«

»Du wirst mich umlegen, nicht wahr?« Sein Winseln war abstoßend.

»Ich werde das tun, was ich bei unserer ersten Begegnung hätte tun sollen.«

»Was, wenn ich nicht mitspiele? Du wirst mich doch nicht hier erschießen wollen?«

Ich lachte. »Nur zu. Leiste Widerstand. Es wäre besser, dich woanders umzulegen, aber es wird auch so klappen. Die Cops werden schlicht davon ausgehen, dass es Walker gewesen ist. Im Übrigen kenne ich deinen kleinen, schmierigen Verstand. Du denkst sicherlich, du könntest dir Zeit kaufen, könntest dir irgendeinen Plan zurechtlegen. Weiß der Geier, was. Vielleicht bildest du dir ein, du wärst so raffiniert und könntest mich bequatschen. Vielleicht bin ich tatsächlich kein Killer und du liegst richtig. Vielleicht bekomme ich Muffensausen oder so. Vielleicht greift Gott ein, rettet er dir den Arsch.«

Ich hatte mich nicht in ihm geirrt. Wir gelangten zu seinem Mercedes ohne jegliche Anstalten von seiner Seite, waren zur Hintertür hinaus, nachdem ich zuvor abgecheckt hatte, dass niemand sich draußen herumtrieb. Ich warf den Abfallbeutel in den Müllcontainer. Ich nötigte Spencer in den Kofferraum. Er fing an aufzumucken, zuckte dann mit den Achseln und kletterte hinein. Ihn dabei zu beobachten, war unterhaltsam. Erinnerte mich an einen Wal, der versucht, sich in eine Sardinenbüchse zu zwängen.

»Sag mir eins, Spencer. Hast du Big Daddy angerufen, hast du ihm erzählt, dass ich ein Ex-Knacki bin?«

Ich beobachtete sein Mienenspiel und bekam meine Antwort.

»Es wird kalt werden«, jammerte er.

»Nein, wird es nicht«, sagte ich und schoss ihm ins Gesicht.

43. Kapitel

Mein Glück hielt an.

Spencers Mercedes war vollgetankt.

Was ich gar nicht gebrauchen konnte, war ein Halt an einer Tankstelle und ein Trottel von Tankwart, der sich erinnerte, mich Spencers Wagen fahren gesehen zu haben.

Nachdem ich Spencer erschossen hatte, stand ich einen Moment lang da und sah die Seitengasse rauf und runter. Keine Türen, die sich öffneten, nicht eine neugierige Seele, die die Nase heraussteckte, um nach der Ursache des plötzlichen Knalls Ausschau zu halten. Beruhigt, dass niemand den Schuss gehört oder, falls doch, sich nicht daran gestört hatte, nahm ich den Samtbeutel mit Spencers Diamanten und suchte nach einer Stelle, wo ich ihn verstecken konnte. Das war der knifflige Teil. Zuvor hatte ich gedacht, ich könne einfach den Teppich im Kofferraum anheben und den Beutel darunter schieben, aber der Teppich erwies sich als zu gut befestigt. Dann fiel mir etwas ein. Ich zog den Reißverschluss von Spencers Hose auf.

Glücklicher Zufall!

Er trug klassische Unterhosen. Ich hätte alles gewettet, dass er zu denen gehöre, die Boxershorts tragen, aber, nein, trug er nicht. Perfekt! Ich stopfte den Beutel in die Unterhose und zog den Reißverschluss wieder zu.

Zwanzig Minuten später war ich am Flughafen von South Bend. Ich fuhr zum Kurzzeitparkplatz, denn der war unbewacht; anders als der Langzeitparkplatz, wo man an der Schranke bei einem Typ ein Ticket lösen musste. Ein Typ, der mich hätte wiedererkennen können.

Als letzte Amtshandlung, bevor ich den Wagen verließ, wischte ich neben dem Lenkrad alles ab, was ein Fahrer möglicherweise hätte berühren und wo er hätte Fingerabdrücke hinterlassen können. Nicht weil ich welche hätte hinterlassen können – ich trug noch immer Gummihandschuhe –, sondern um es so aussehen zu lassen, als hätte, wer auch immer den Wagen gefahren hatte, es können.

Dieser Fahrer würde in der Vorstellung der Cops Walker Joy sein. Ich nahm seine Brieftasche und ließ sie neben den Sitz fallen, so, dass man sie nicht sofort sah. Die Detectives würden annehmen, sie sei ihm aus der Hosentasche gerutscht und er hätte den Verlust nicht bemerkt.

Hoffentlich.

Der nächste Akt war der riskante Akt.

Ich musste zurück zu meinem Wagen.

Ich ging über den Parkplatz zum Terminal, schlug den Kragen hoch, vergrub mein Kinn und stieg in den Fond des ersten Taxis in der Reihe.

»College Football Hall of Fame«, sagte ich, glitt dabei ans Ende der Rückbank, wo der Fahrer mich nicht so leicht sehen konnte. Ich senkte die Stimme zu einem Flüstern, als hätte ich eine Stimmbandentzündung.

Der Fahrer unternahm ein paar Versuche, ins Gespräch zu kommen, doch ich reagierte nur in abgehackten, einsilbigen Worten, bis er aufgab und für den Rest der Fahrt Schweigen zwischen uns herrschte, Stille, konstant bis auf die knisternde Stimme der Zentrale in seinem Funkgerät und das Geräusch der Reifen auf der mit Schneematsch bedeckten Straße.

Er setzte mich am Nordeingang ab, und ich hatte für die 6-Dollar-Fahrt bereits einen Zehner parat. Ein Trinkgeld, nicht zu großzügig, aber auch nicht so knickrig, dass der Fahrer mich in Erinnerung behalten würde.

»Der Rest ist für Sie«, krächzte ich mit meiner vermeintlich angegriffenen Stimme, sprang aus dem Taxi und begab mich zügig zum Eingang der Hall of Fame, der Ruhmeshalle in South Bend, wo überwiegend Notre-Dame-Spieler geehrt wurden, eines Komplexes, der täglich fünf, sechs Besucher anzog. An starken Tagen. Verstohlen behielt ich das Taxi im Auge, bis es um die Ecke gebogen war, machte kehrt und ging den Saint John River entlang zum Museum of Art und wartete an der Haltestelle davor auf einen Bus Richtung Süden. Fünfundvierzig eisige Minuten später fuhr bereits der dritte Bus heran, seine Anzeige verkündete »S. Michigan St.«

und ich stieg ein. Keine fünfzehn Minuten später stieg ich wieder aus, einen Block entfernt von der Stelle, wo ich meinen Wagen abgestellt hatte.

Als ich den Zündschlüssel betätigte, fing ich an zu zittern. Unkontrolliert. Als hätte ich einen epileptischen Anfall oder so, mit klappernden Zähnen, wie diese Spaßgebisse, die man in Ramschläden kaufen kann, das ganze Programm eben. Ich saß da, bis es abgeklungen war, holte tief Luft und fuhr los.

Ein paar Minuten später legte ich einen Stopp ein, rief Paris an, erzählte ihr, es sei etwas dazwischengekommen und ich würde erst spät wieder zu Hause sein. Eventuell erst gegen Morgen. Mach dir keine Sorgen, sagte ich, es ist alles unter Kontrolle. Zehn Minuten später war ich zurück auf der Mautstraße, auf dem Weg zurück nach Chicago.

44. Kapitel

Diesmal gelangte ich ein ganzes Stück schneller zu Bradleys Laden, musste ich ihn schließlich nicht erst ausfindig machen. Die Tür war offen und ich ging hinein, und da war er, hinten, an seinem Schreibtisch.

»Ah«, sagte er lächelnd. »Sie haben's echt drauf, Mr. Bishop.«

»Ja, hab ich«, erwiderte ich. Ich zog die .45er.

Erst ein Starren und dann lachte er. »Sie wollen mich ausrauben?«

»Ja.«

Er lehnte sich in seinem Schreibtischstuhl zurück. »Wissen Sie, wer ich bin?«

»Ja«, sagte ich. »Sie sind Bill Bradley, der Designer. Für

Schmuck, nehme ich an. Ihr Ladenschild verrät nicht, was Sie entwerfen. Sie sind nicht der Basketballspieler. Obwohl Sie mit ihm an der Uni waren und sogar gemeinsam mit ihm ein paar Seminare besucht haben. Ihr Sohn wird Geistlicher. Sie würden sogar gestohlene John-Deere-Traktoren verkaufen, wenn der Preis stimmt. Hab ich was vergessen?«

»Sie wissen nicht, wer ich bin«, sagte er. »Wenn Sie mich berauben, gibt es für Sie nirgendwo einen Platz auf der Welt, wo Sie sich verstecken können.«

»Also haben Sie Beziehungen«, sagte ich. »Das wollen Sie mir damit sagen.«

Er erwiderte nichts darauf, kniff nur die Augen zusammen. Dann sagte er: »Und weiter?«

Ich bedeutete ihm mit der Waffe, sich zu erheben. »Auf geht's«, sagte ich. »Zum Safe.« Ich hielt inne. »Oder wo immer Sie Ihre tollen Sachen auch aufbewahren.«

Bradley widersetzte sich nicht im Geringsten, machte nicht einmal Anstalten, mir das auszureden, was ich vorhatte. Ich konnte fast seine Gedanken lesen.

Dieser Trottel weiß nicht, dass er bereits ein toter Mann ist. Ich folgte ihm in einen anderen Raum.

Fakt ist, dass ich es wusste. Es spielte nur keine Rolle.

Etwas in mir hatte sich verändert. Ich mochte ein toter Mann sein, aber ich würde meiner Frau und meinem Kind etwas hinterlassen. Jedenfalls war das mein Antrieb.

Bradley besaß den gleichen Brown Super Fortress wie Brewer und Spencer. Mein Gott – diese Typen tickten alle gleich.

Er hockte sich hin und stellte die Kombination ein, öffnete dann die Tür. Er war im Begriff, die Hand auszustrecken. Ich konnte Stapel weißer Geldsäcke sehen.

»Stopp«, sagte ich. »Weg da.«

Er ließ den Arm sinken, und ich gab ihm zu verstehen, er solle sich entfernen. Ich hielt die Waffe auf ihn gerichtet und griff mit der anderen in den Safe. Wie ich es mir gedacht hatte. Als Erstes erfühlten meine Finger kaltes Metall. Eine Waffe. Ich zog sie heraus. Eine .45er. Die Zwillingsschwester der .45er, die ich auf Bradley gerichtet hielt.

»Tut mir leid«, sagte ich. »Wie jeder andere schätze auch ich einen fairen Kampf ... es sei denn, ich bin einer der Beteiligten.« Ich sah hoch zu ihm, und er lächelte. Ich griff wieder in den Safe, griff mir einen von den Geldsäcken und zog ihn heraus. Ich musste nicht einmal hineinschauen, um zu wissen, was darin war. Allein das Gefühl machte es offensichtlich. Geldbündel.

Ich sah wieder hoch zu Bradley und er lächelte noch immer. Etwas war anders. Er hatte den Revolver in seiner Flosse, den ich bei meinem ersten Besuch gesehen hatte. Zielte damit auf mich.

45. Kapitel

»Sie sollten die Person, die Sie berauben wollen, immer erst filzen«, sagte er. »Das ist nicht sonderlich schlau von Ihnen, Mr. Bishop.«

»Was nun?«, erwiderte ich.

»Tja, wenn Sie auf mich schießen, habe ich noch immer hinreichend Zeit, Sie zu erschießen. Es kommt mir so vor, als hätten wir's hier mit dem guten alten mexikanischen Patt –«

Ich erschoss ihn mitten im Satz. Er stand einen Moment lang da, sein Schussarm sank nach unten, einen

Sekundenbruchteil bevor sein Körper nach unten sank, Überraschung in den fast erloschenen Augen. Er fiel zu Boden. Ich ging hin zu ihm, kickte die Waffe weg, wie in einer Folge von *Law and Order.*

»Das ist das Problem«, sagte ich zu Bradleys Leiche, »mit Mexikanern und ihren gottverdammten Patts. Man muss das Arschloch einfach abknallen, mehr nicht. Niemand hat noch gute Reflexe, wenn er richtig getroffen wurde. Sie haben zu viele Filme gesehen, Mr. Bradley. Sie müssen einfach nur schießen, während der andere Arsch Sie noch fixiert. Schätze, das hat man Sie in Princeton nicht gelehrt.« Ich hielt inne. Dann: »Das lernt man an einer anderen Bildungsstätte. Pendleton.«

Ich kümmerte mich um den Safe. Neben dem Geld waren die Diamanten darin, die ich ihm verkauft hatte. Die rührte ich nicht an. Bevor ich verschwand, nahm ich den Rest der Manila-Umschläge aus Calvins Safe und legte die zu den Diamanten.

Einen aufgeweckten Detective dürfte eine Beförderung erwarten, hatte er erst einmal herausgefunden, dass beide, Bradley und Spencer, mit drinsteckten in dem Raub bei Calvin Brewer. Ich hätte gern Mäuschen gespielt, wenn sie zwei und zwei zusammenzählten und am Ende auf fünf kamen. Auf dem Weg zur Tür salutierte ich flüchtig vor Bradleys Leiche.

Danke, du Wichser, dass du mir von der »Liste heißer Ware« erzählt hast.

Ich vermute, der kleine Geistliche von einem Sohn dürfte peinlich berührt gewesen sein, nachdem sich herausgestellt hatte, dass sein Dad ein Krimineller gewesen war.

46. Kapitel

Die größte Herausforderung an meine Konzentration war das Einhalten des Tempolimits während meiner Rückfahrt nach South Bend. »Opfer ausgleichender Gerechtigkeit« wäre nicht die passende Beschreibung für jemanden, der mit vier Millionen Dollar im Kofferraum wegen eines Verkehrsdeliktes aufflog.

Vier verdammte Millionen Dollar!

Ich konnte es kaum erwarten, Paris' Gesicht zu sehen.

Wenige Minuten nachdem ich die Mautstraße verlassen hatte, fuhr ich vor meinem Haus an den Straßenrand. Es ging bereits auf elf Uhr nachts zu.

Der Schnee schmolz. Sonderbar – für die Schneeschmelze war es Monate zu früh. Ich habe keine Ahnung, woher ich wusste, dass diese Warmphase sich von anderen unterschied, aber ich wusste es. Es war der Geruch. Wie ein von einem Sumpf einfallender fiebriger Wind.

Mir fuhr etwas durch den Sinn. Es war Weihnachtsabend. Sollte Paris nicht losgezogen sein, um einen zu kaufen, dann hatten wir versäumt, einen Weihnachtsbaum zu besorgen.

Ich stieg aus dem Wagen und in das die Straße entlangfließende Wasser. So, wie die Straßenbeleuchtung auf das Pflaster traf, sah die Straße schwarz aus und wie ein kleiner Fluss. Es war ein Bach, keine Straße, jedenfalls nicht der Twyckenham Drive. Frühlingsschmelzwasser kommt von Bergen herunter, nur dass es rund um South Bend keine Berge gab. Das Gras entlang des Bordsteins gab nach wie ein Schwamm. Ich ging den Bürgersteig vor unserem Haus entlang und Wasser rann an mir vorbei wie ein Bächlein. Als würde die Rasenfläche des Vorgartens bluten; nein, als sei sie hochschwanger und die Fruchtblase soeben geplatzt.

Als ich die Stufen zum Eingang nahm, machte sich meine Stirn bemerkbar und sie war heiß. Eine Scheißzeit für eine Erkältung.

Jetzt mein Haus zu betreten versetzte mich in seltsame Aufregung. Das, was ich vorfinden würde. Was ich Paris zeigen würde. Die Geldsäcke aus dem Kofferraum.

Voller Ungeduld freute ich mich darauf, ihr zu eröffnen, dass es vorbei war. Dass wir lediglich noch ein wenig abwarten müssten und unsere Zukunft dann rosig aussehe.

Ich wusste, was ich tun würde. Paris davon überzeugen, dass wir das Land verlassen mussten. Ihr zuerst das Geld zeigen. Ihr bewusst machen, wie reich wir waren. Es würde nicht einfach werden, sie dafür zu gewinnen wegzugehen, aber sie würde das Sinnvolle darin erkennen. Sie außer Landes bringen und sicherstellen, dass sie verstand, dass wir alle Verbindungen – selbst die zu ihren Eltern – würden kappen müssen, und sie würde mitziehen. Vier Millionen Dollar und dazu das andere Geld sollten den Handel besiegeln können.

So jedenfalls dachte ich.

»Wo bist du gewesen?«

Paris saß auf dem Sofa. Ihre Körperhaltung – eher ein Lümmeln, gestützt auf den Steiß, ihr Bauch nach vorn gewölbt, wie ich es nie zuvor gesehen hatte – und wie sie diese Frage gestellt hatte, verwirrten mich. Ihr Tonfall kam ihrer Körperhaltung gleich: träge, apathisch. Als hätte sie Beruhigungsmittel oder so eingeworfen. Sie war in ihrem weißen Morgenmantel und hielt ihn vorn gerafft, als friere sie. »Du warst lange weg.« Sie deutete mit dem Kopf Richtung Küche. »Falls du Hunger hast, im Kühlschrank sind noch Burger Patties. Ich habe sie gerade reingestellt, sie sind noch warm.« Ihr Stimme klang merkwürdig, irgendwie angespannt.

»Noch mal in Chicago«, sagte ich als Antwort auf ihre erste Frage. »Nachdem ich bei Spencer raus bin, hab ich dir gesagt, dass es spät werden wird.« Ich stellte den Müllsack, den ich dabeihatte, auf den Boden. »In den kommenden Tagen wirst du was im Fernsehen sehen. Die Polizei wird es nicht offiziell sagen, aber sie werden Walker Joy verdächtigen.« Ich berichtete ihr kurz, was geschehen war, begann damit, dass ich Spencer zuerst in seinem Laden aufgesucht und wie ich ihn schließlich am Flughafen zurückgelassen hatte. Erzählte ihr dann von Bradley. Dabei nahm ich den Müllsack wieder hoch, ging hinüber und setzte mich ihr gegenüber in den Lehnsessel, stellte den Sack daneben auf dem Boden ab. Während ich erzählte, sagte sie kein einziges Wort. Nickte nicht ein Mal oder zeigte irgendein anderes Anzeichen von Interesse. Starrte mich nur unentwegt an.

»Möglich, dass man mich wegen einer Befragung hinzuzieht«, sagte ich, als ich mit meinem Bericht am Ende war. »Als Walkers aktenkundigen Kollegen, du verstehst. Mach dir keinen Kopf, wenn das passiert. Ist reine Routine. Ich bezweifle, dass sie mich überhaupt verdächtigen werden – laden mich wahrscheinlich eher vor, um herauszufinden, ob ich weiß, wo er ist, und sonst nichts. Ich denke, was uns betrifft, ist alles im grünen Bereich. Wir müssen das Land verlassen. Es führt kein Weg daran vorbei. Das sollte es dir erleichtern.«

Ich zog den Müllsack auf, um ihr die Geldbeutel zu zeigen.

Nichts. Noch immer zeigte sie keinerlei Reaktion auf das, was ich gesagt hatte. Streifte nur die Geldbeutel mit einem Blick, als wären es Lebensmittel. Starrte mich nur weiter an, ohne ein Mienenspiel, welcher Art auch immer. Ich vermochte nicht zu sagen, ob ihre mangelnde Reaktion auf einen Schock zurückzuführen war angesichts dessen, was ich getan hatte, oder nicht. Es war nicht nachvollziehbar in Anbetracht meiner Taten, aber womöglich handelte es sich um eine sich verzögernde Gegenreaktion, irgendwie.

»Sieh mal«, sagte ich, einigermaßen genervt. Ich nahm den Müllsack und schüttete seinen Inhalt auf den Couchtisch, der zwischen uns stand.

Es bildete sich ein stattlicher Haufen.

Noch immer keine Regung in ihrem Gesicht. Ich nahm ein paar von den losen Geldbündeln, begann, sie in die Luft zu werfen. In alle Richtungen.

»Bradleys Notgroschen«, sagte ich. Ich hatte noch immer meine Jacke an, zog sie jetzt aus und legte sie mir über den Schoß. Ich fing an, aus einem von Bradleys Geldsäcken Geldbündel zu ziehen und warf sie Paris zu, doch sie landeten nur auf dem Boden. Was, verdammt noch mal? »Vier Millionen Dollar«, sagte ich, »wir sind reich, Baby.« Und ich fügte hinzu: »da ist mehr. Das Bare von Spencer ist noch draußen, im Wagen.« Ich war geradezu euphorisch. Das alles würde großartiger werden als jedes Weihnachtsfest, das sie bisher erlebt hatte, auch wenn wir keinen Weihnachtsbaum hatten.

Als ich alle Geldsäcke geleert hatte, lagen überall Scheine. Auf dem Tisch, auf dem Boden, auf dem Sofa.

Ein Schneesturm aus Geldscheinen, der sich gelegt hatte. Ich sah hoch, hoffte auf Beifall, stattdessen jedoch runzelte Paris die Stirn, als würde sie sich auf etwas ausnehmend Verzwicktes konzentrieren. Auch atmete sie merkwürdig. Keuchte wie beim Sex. Aufgeregt, vermutete ich, angesichts des ganzen Geldes, der Nachricht, dass sich alles zum Guten gefügt hatte.

»Wir sind reich, Baby«, sagte ich noch einmal.

Sie griff nach hinten, zog etwas hervor.

Glorias Baskenmütze.

Mein Gott.

»Würdest du mir bitte erklären, wie die Mütze meiner Mutter hierhergekommen ist?«, fragte Paris.

»Hat sie sie bei ihrem letzten Besuch liegen lassen?« Das war bescheuert, doch was sollte ich sonst sagen? Mir wurde übel.

»Die Mütze steckte im Sofa, Jake. Aber, tja ... das hast du gewusst, nicht wahr?«

Es war die reinste Katastrophe. Warum hatte ich das verdammte Ding nicht beiseitegeschafft? Ich fühlte mich wie ein Kind, das von seiner Mutter im Dunkeln beim Masturbieren erwischt wird. Natürlich verhielt ich mich, wie sich das kleine Kind verhalten würde. Ich täuschte Unwissenheit vor.

»Ich verstehe nicht, was du meinst. Du sagst, die Mütze deiner Mutter hätte im Sofa gesteckt und ich gewusst, dass sie dort steckt? Woher soll ich wissen, dass die blöde Mütze deiner Mutter im Sofa steckt und weshalb machst du so 'ne große Sache draus, wenn es so wäre? Sie hat sie wahrscheinlich verschusselt, als sie das letzte Mal hier war. Du kennst deine Mutter. Sie verschusselt ständig was. Frag sie einfach, wenn du sie das nächste Mal siehst.«

Nicht schlecht. Kurz flackerte Verunsicherung in ihrer Miene auf und gab mir das Gefühl, die richtige Taktik anzuwenden. Ich atmete tief durch und fuhr fort. »Und wer sagt, dass das die Mütze deiner Mutter ist? Es gibt Millionen dieser Mützen. Was weiß ich, sie könnte dem vorherigen Besitzer gehört haben. Mal darüber nachgedacht?«

Wir hatten das Sofa bei einem Hinterhofverkauf erworben.

»Könnte«, erwiderte sie und ihre Augen verengten sich, »hat sie aber nicht. Ich mache jeden Monat das Sofa sauber. Beim letzten Mal war sie nicht da.«

Ich überlegte blitzschnell.

»Nun, also, vielleicht hat sie tief dringesteckt und sich jetzt irgendwie nach oben gearbeitet. Kann durchaus passieren.«

Ich hatte vorgegeben, durch ihre indirekte Beschuldigung verletzt worden zu sein, aber ganz plötzlich empfand ich genau das.

Entrüstung.

Herrgott noch mal, ich hatte gerade für sie getötet! War zum Flughafen gefahren, eine Leiche im Kofferraum, eine Leiche, die im Zuge einer Verkehrskontrolle zufällig hätte entdeckt werden können. Ich war zurück nach Chicago gefahren und hatte noch einen Typ ausgeknipst. Ich würde genau jetzt in einer Zelle sitzen, hätte man mich erwischt. Und hatte meine Frau beschützt. Hatte alles in meiner Macht Stehende getan, um sie da rauszuhalten. Ich könnte auf dem Weg nach Pendleton oder Michigan City sein, und sie wäre aus dem Schneider. Nicht nur das. Mit dem, was wir jetzt hatten, hatte sie für den Rest ihres Lebens ausgesorgt. Alles, was ich getan, alles, was ich mehr und mehr auf mich genommen hatte, geschah vor dem Hintergrund ihres Wohlergehens. Selbst ihre Mutter hatte ich umbringen müssen, um Paris zu beschützen. Hätte ich Gloria am Leben gelassen, sie wäre geradewegs zur Polizei gelaufen, und wäre das geschehen, säße Paris in diesem Moment in einer Zelle statt auf unserem Sofa, würde mich – diese elende Mütze in der Hand – nicht ins Kreuzverhör nehmen.

Je mehr ich darüber nachdachte, was ich für sie auf mich genommen hatte, desto zorniger wurde ich. Konnte sie die vier Millionen Dollar nicht erkennen, die direkt vor ihr lagen? Wofür hielt sie das – für Konfetti?

Schweißperlen traten ihr auf die Stirn.

»Etwas ... stimmt nicht. Das Baby ... tut weh ... es tut weh, Jake. Es tut so weh.« Ihre Stimme klang brüchig wie die einer alten Frau. Stumme Tränen liefen ihr die Wangen hinunter. Einen winzigen Moment lang geriet ich in Verwirrung. Dachte, sie labere, ließe sich darüber aus, was ich gesagt hatte, und dann, einen Sekundenbruchteil später, begriff ich. Sie hatte Probleme. Schmerzen, so heftig, dass womöglich nicht einmal die Hälfte dessen, was ich gesagt hatte, bei ihr angekommen war.

»Oh mein Gott!«, sagte ich. Ich sprang auf, setzte mich neben sie und zog sie an mich.

Sie fiel mir schlaff in den Schoß, verdrehte die Augen und wurde von Krämpfen gepackt.

»Paris!« Mir war kaum bewusst, dass ich geschrien hatte. Und sie schüttelte in dem idiotischen Versuch, sie von diesem Anfall zu erlösen. Ich ließ es sein, mir darüber im Klaren geworden, dass jemanden zu schütteln, der sich bereits schüttelte, nicht das war, was ich unternehmen sollte.

Ich atmete einmal tief durch, dann noch einmal; versuchte, mich zu sammeln.

Plötzlich ebbten die Krämpfe ab und Paris öffnete weit die Augen und sah mich an. Seltsam, ihr Gesichtsausdruck war ruhig, beinahe entspannt.

Ein Gefühl der Erleichterung überkam mich. »Paris! Geht es dir gut, Süße? Was war –«

Ihre Stimme klang rau. »Das Baby kommt, Jake. Nur ... etwas stimmt nicht. Irgendwas ist überhaupt nicht in Ordnung. Oh Gott, es tut so weh!« Ihr Gesicht verzerrte sich, wurde rot vor Qual und sie schloss die Augen, als das heranrollte, was eine neue Welle von Schmerzen sein musste.

Ihr Bademantel war offen und ich sah, dass sie darunter nackt war. Und blutete. *Richtig* blutete. Es schoss nicht heraus, es floss und floss, wie Lava aus einem Vulkan.

»Ich rufe einen Rettungswagen«, sagte ich, bemüht, normal zu klingen, damit Paris nicht in Panik geriet.

»Keine Zeit«, sagte sie, ihre Stimme kaum mehr als ein Flüstern. »Keine Zeit –« Sie schrie und ging ins Hohlkreuz. Brach ohnmächtig zusammen.

Mein Gott.

Sie kam zu sich, nur kurz, ihr ganzer Körper schweißbedeckt. »Das Baby kommt, Jake. Du musst mich entbinden. Jetzt.«

Zwischen den Worten stöhnte sie und ich hoffte, nie wieder Laute von einem Menschen vernehmen zu müssen wie die, die Paris von sich gab, vor allem von keinem Menschen, den ich liebte. Es zerriss mir das Herz. Es hörte sich nicht nach Paris an. Es waren Laute eines ungezähmten Tieres. Eines Tieres, das schwer verwundet war.

»Ich ruf einen Rettungswagen«, wiederholte ich.

Und ich tat es. Ich hastete zum Telefon, wählte 911. Kaum hatte ich die Zentrale am Apparat, schrie Paris auf und rutschte langsam vom Sofa auf den Boden. Ich ließ den Hörer fallen und rannte zu ihr. Blut sprudelte zwischen ihren Beinen hervor und sie fing heftig an zu zittern, wurde von langen Schüttelkrämpfen erfasst.

Das Blut strömte unablässig zwischen ihren Beinen hervor und sie verdrehte die Augen und regte sich nicht mehr. Und das Blut floss. Ich legte meine Hand auf ihre Vagina und presste dagegen in dem Bemühen, den Blutfluss zu unterbrechen, aber es war, als versuche man einen Strom aufzuhalten. Die klebrige Flüssigkeit strömte mir einfach über die Finger und durch die Finger hindurch.

So saß ich da, auf dem Boden neben meiner wunderschönen Frau, die Hand zwischen ihren Beinen, sah hilflos zu, wie der Lebenssaft langsam aus ihr herausfloss und durch meine Finger, als wären sie ein Sieb, und sich in einer scheußlichen Pfütze sammelte, als rabiat gegen die Tür gedroschen wurde und jemand rief: »EMT! Ist hier der Notfall?« Ich hörte, wie am Türknauf gedreht wurde. Die Tür war verschlossen. Ich hatte sie vorhin verschlossen.

Was als Nächstes geschah, änderte alles. Ich sprang auf, um sie hereinzulassen, und dabei fiel mein Blick auf das Geld auf dem Couchtisch, auf das Geld, das überall umherlag, und ich begriff, was geschehen würde, wenn jemand das sähe.

Ich hatte eine Wahl zu treffen.

Paris gab einen schwachen Ton von sich und ich sah sie an. Sie blickte zum Tisch, dann zurück zu mir, mit größer werdenden Augen, und das Klopfen gegen die Tür nahm an Stärke zu. Ich deutete die Frage in ihren Augen völlig richtig.

Und traf meine Wahl.

47. Kapitel

Ich bin wieder drin.

Sie standen kurz davor, mich meines Alters wegen nach Michigan City zu schicken – in Erwartung meines Verfahrens verbrachte ich meinen dreiunddreißigsten Geburtstag im St. Joe County Jail –, aber ich ging mit dem Staatsanwalt einen Deal ein, dass, würde man mich nach Pendleton schicken, ich ihnen die ganze Geschichte erzählen, nichts auslassen würde. Sie zu den Leichen führen würde.

Paris starb, also sieht es nicht danach aus, als hätte ich am Ende das Klügste getan, nur war ein solches Denken für mich nun mal vorbei.

Wie Sie vielleicht vermutet haben, habe ich diese Tür geöffnet, mir nicht die Zeit genommen, das Geld einzusammeln und zu verstecken. Mir ist in den Sinn gekommen, dass diese fünf Minuten oder so, die mich das kosten würde, den Unterschied bedeuteten, ob sie Paris würden retten können oder nicht.

Hat sich gezeigt, dass nicht.

Ich würde gern berichten, dass sie in ihren letzten Sekunden die Augen aufgeschlagen und mich angesehen, dass sie »Ich liebe dich« geflüstert hat und ich im Gegenzug etwas Ähnliches zu ihr gesagt habe, nur ist das nicht so eingetreten. Sie ist einfach verblutet, und zwar schnell. Es ist aus ihr herausgeflossen und sie ist gestorben. Alles ist so schnell gegangen. Mir ist erst einige Zeit später bewusst geworden, dass sich all das tatsächlich ereignet hat. Als es darauf angekommen, als es hart auf hart gekommen ist, wie man so sagt, habe ich mich entschlossen, Paris' Leben über meines zu stellen. Das ist das einzig Anständige, womit ich für den Rest meiner Tage leben kann.

Zufall war auch im Spiel. Der Grund, weshalb die Rettungssanitäter so schnell vor Ort gewesen sind, war der Umstand, dass die Notruf-Zentrale über meinen Anruf unsere Adresse auf den Bildschirm gespielt bekam, den Notruf sofort absetzte und, wie sich herausstellte, eine Rettungseinheit plus Notarzt vom Memorial Hospital quasi um die Ecke beim Linebacker saß und, da sie soeben einen Einsatz beendet hatten, einen Imbiss zu sich nahmen, bevor sie zurück ins Krankenhaus fahren wollten.

Ich stand neben dem Notarzt und sah hilflos zu, wie er etwas begann, was auf einen Kaiserschnitt hinausgelaufen ist. An einer toten Frau. Die ganze Zeit über haben die Notfallsanitäter das Geld auf dem Couchtisch fixiert und mich mit schrägen Blicken bedacht. Der Notarzt hat einen Jungen aus Paris herausgeholt und er hat noch drei Tage gelebt.

»Eklampsie infolge einer Präeklampsie«, hat Dr. Grayson später im Krankenhaus gesagt. Das Wort, das ich mir nie merken und aussprechen konnte. »Eher selten bei Schwangerschaften. Es gab nichts, was Sie hätten tun können, Mr. Bishop. Das kann sich sehr schnell entwickeln. Es tut mir leid, Sir.«

Er hat noch andere Dinge erwähnt – medizinische Details über Schwellungen, Blutdruck, was die Krämpfe ausgelöst habe, wie viele Frauen betroffen seien, solche

Dinge eben. Ich habe nur mit halbem Ohr zugehört.

Als er weggegangen ist, haben bereits die Cops gewartet. Diese Notfallsanitäter waren keine Attrappen. Kaum dass sie Paris und das Baby in die Obhut des Teams der Notaufnahme gegeben haben, müssen sie die Polizei verständigt haben. Anscheinend sind die Cops ein paar Minuten zuvor eingetroffen, haben mich mit dem Arzt sprechen sehen und gewartet, dass wir unser Gespräch beenden.

Ich habe gewusst, dass es vorbei ist, in dem Moment, als ich mich umgedreht und die Detectives gesehen habe, die Bobby festgenommen hatten.

»Jacob Bishop«, hat der größere der beiden gesagt. »Stellen Sie sich an die Wand und legen Sie die Hände auf den Rücken.«

Das ist es dann wohl gewesen.

In der Untersuchungshaft habe ich einen Zeitungsbericht gelesen. An einer Stelle hieß es, die Polizei habe »dreieinhalb Millionen in bar« sichergestellt. Scheint, als änderten sich manche Dinge nie. Wann immer man mich früher geschnappt hatte, war die genannte Beute nur halb so groß gewesen wie das, was die Cops eingesteckt hatten. Ich habe mich gefragt, an welchem Strand die beiden Detectives zu urlauben planen.

Ich hatte keine Möglichkeit mehr, Paris zu sagen, dass ich sie liebe. Dass sie das Licht meines Lebens war, meiner Seele. Dass es mir so leidtue, sie in dieses Fiasko hineingezogen zu haben. Dass ich wünschte, ich hätte niemals angenommen, Walker Joy etwas schuldig zu sein.

Es gibt eine Menge Dinge, die wehtun.

Gern würde ich behaupten, es sei hier drinnen gar nicht so übel, doch es ist übel. Es ist tausendmal übler als die beiden anderen Male, als ich hier drinnen war. Ich vermute, weil ich in beiden Fällen nichts aufgegeben habe. Und ich habe gewusst, ich komme wieder raus. Das ist vorbei. Der Richter hat entschieden, wie ich es in etwa erwartet hatte. Über sein Richterpult gebeugt, hat er mich über seine Nickelbrille hinweg gemustert und mich zu lebenslänglich verurteilt. Außerdem zu lebenslänglich für diverse begangene Morde. Oh, es gibt die Möglichkeit der Bewährung nach dreißig Jahren, aber das ist bedeutungslos. Ich werde dann nicht mehr da sein.

48. Kapitel

Heute Abend ist es so weit.

Beim Mittagessen ist Toles' Bruder zu mir gekommen. Sein voller Name war mir noch immer nicht bekannt, also habe ich ihn danach gefragt. Sein Name ist Jerome. Seine Nummer ist simpel. Sie ist auf die linke Brusttasche seines Hemdes gestickt. Ich habe sie mir eingeprägt – 78663 – und sie später in einem Brief erwähnt, den ich geschrieben habe. Da habe ich bereits genau gewusst, was ich tun werde. Ich werde die nächsten dreißig, vierzig Jahre nicht hier verbringen, wenn ich auch mehr verdiene als jeder Einzelne hier drinnen. Und wenn ich gehe, dann beabsichtige ich, ein wenig Vergeltung dafür zu üben, was Jeromes Bruder mir angetan hat. Dieses Hatfield-McCoy-Ding. Kindisch? Mag sein ...

Immer und immer wieder beschäftigt mich eine Erinnerung an ein Seminar, das ich in dem Semester besucht habe, als ich Paris kennengelernt habe. Politikwissenschaft. Die Erinnerung, die sich ungebeten einstellt, ist die an etwas Anekdotisches, was der Prof gesagt hat.

»Thurgood Marshall«, so der Prof, auch, um den einen oder anderen unklaren Punkt zu veranschaulichen, »stellt es sehr gut dar, wenn er sagt, der Nutzen des Schwertes des Damokles bestehe darin, dass es hänge – nicht dass es falle.«

Ganz genau.

Ich werde bei diesem Spiel schlicht nicht mehr mitmachen.

Ich bin bereit zu gehen.

»Hier«, sage ich zu Dutch Teutch, einem alten Freund von meinem letzten Aufenthalt.

Ich bin an seiner Zelle stehen geblieben, als die Türen für den Aufschluss geöffnet wurden. Ich gebe ihm eine Stange Camels und zwei Tüten Kekse. Das erinnert mich an den Tag, als ich Walker Joy wegen meiner Bewährung hier zurückließ.

»Was ist das?«, fragt er.

»Ein Abschiedsgeschenk«, sage ich.

»Ich hab gar nicht gewusst, dass du Bewährung gekriegt hast«, sagt er. Er wirft mir einen Blick zu. »Du bist doch erst seit Kurzem wieder hier.«

»Ich halte es geheim«, sage ich. »Ich habe beschlossen, die Zeit nicht abzusitzen. Ich werde ausbrechen. Gebe mir selber Bewährung.«

»Ja«, sagt er. »Tja, Jake, du bist 'n guter Mann. Brauchst du irgendwelche Hilfe?«

»Ich denke nicht«, sage ich. »Ich möchte dich nur um einen Gefallen bitten.« Ich reiche ihm einen Umschlag. Er ist an den Anstaltsleiter adressiert.

»Gib das morgen bitte in die Post, für mich.«

Er nimmt den Umschlag, wirft ihn hinter sich auf die Pritsche, richtet sich auf und hebt die Hand für einen High five. Den meisten Leuten ist nicht klar, dass der High five seinen Ursprung nicht im Sport hat. Er stammt aus dem Knast. Ein alter Knacki hat mir die Geschichte erzählt, die jedem im Knast sehr wohl bekannt ist. Zustande kam es durch ein paar Typen in Sing-Sing, die damit anfingen, seinerzeit in den 1950ern; verbreitet hat es sich dann in allen Knästen im gesamten Land. Schüttelst du jemandem im Knast die Hand, kann er dich zu packen kriegen, dich zu sich heranziehen und dir irgendwas in den Leib rammen. Da viele schwarze Jungs einsitzen, ist die Geste auf die Straße gelangt, wo Ballspieler sie aufgegriffen haben. Die meisten Leute draußen halten es für eine Geste unter Sportlern und ist es inzwischen auch, denke ich, aber so hat es nicht angefangen.

Ich strecke ihm die Hand entgegen. »Ich würde dir lieber die Hand schütteln, Dutch«, sage ich. »Als wären wir normale Typen. Tust du mir den Gefallen, ja?« Ich zeige ihm, dass meine Hand leer ist.

Toles erwartet mich bereits, als ich die Sporthalle betrete. Er bedeutet mir, ihm zu folgen, was ich auch mache. Wir landen in einer kleinen Nische hinter einem der Basketballkörbe. In der Luft um uns herum das Lärmen der Jungs, die Körbe werfen, auf dem Boden dribbeln, sich dumm zutexten. »Bereit, die Hosen runterzulassen, weißer Junge?«, sagt er. In seinem Gesicht ein Grinsen.

»Ich denke nicht«, entgegne ich. »Ich hab drüber nachgedacht, und es hört sich nach nichts an, was ich machen möchte. Du bist deinem Bruder sehr ähnlich, nicht wahr?«

»Ach, Scheiße, Mann«, sagt er und kommt auf mich zu. Er zieht die Hand hinter dem Rücken hervor und, tatsächlich, da ist ein Tool.

Welch eine Überraschung.

»Wie wär's mit gleich?«, sagt er.

»Nö. Ich hab 'ne Frage an dich. Was musst du absitzen?«

Er neigt den Kopf zur Seite, denkt über meine Frage nach.

»Ein bis zehn. Warum?«

»Tja«, sage ich. »Kletterpflanze, was? Arbeitest dich nach oben. Ich hoffe, dir gefällt's hier drin.«

»Was meinst du?«

»Nichts«, sage ich. »Denk in ein paar Tagen über meine Worte nach, okay? Dann kommst du drauf.«

Ich hole tief Luft. Denke an meinen Dad. Und mir wird klar, dass ich mein ganzes Leben lang auf diesen Moment hingearbeitet habe. Ich verspüre so etwas wie Erleichterung, dass er jetzt endlich gekommen ist.

»Ich vermute, du hast kein Salz dabei, oder? Auch kein Glas Wasser, nicht wahr?«

Das legt ihn kurz lahm.

»Scheiße, wovon sprichst du?«

»Insiderwitz«, sage ich. »Drauf geschissen. Kommen wir zur Sache.« Ich sage noch: »Weißt du, Toles, mich beunruhigt nur eines ... dass ich mir wünschen muss, du wärst geschickter.«

»Wo's dein Tool?«, sagt er, umkreist mich, rückt näher.

»In deiner Hand. Bring's zum Einsatz.«

Er kommt.

Zur den Übersetzern:

Ango Laina (Heinz-M. Vogel), geboren 1947 in Faßberg (Celle). Er ist Buchhändler, Diplomdesigner und studierte Ägyptologie, Iranistik, Klassische Archäologie und Finnougristik in Hamburg. Er schrieb Feuilletons und Kritiken für den Rundfunk und veröffentlichte in Zeitschriften und Anthologien. Seit Ende der 80er Jahre arbeitet er auch als Übersetzer für Englisch, Französisch, Ungarisch.

Angelika Müller, geboren 1954 in Berlin, Magister in Germanistik und Politologie, zeichnet seit 1988 als Lektorin und Übersetzerin für die Reihe Pulp Master verantwortlich und lässt sich von Rammstein und Velvet Underground inspirieren.

Pulp 45

Les Edgerton
DER VERGEWALTIGER

ISBN 9783927734722, € 12,80, 157 S.,
Deutsche Erstausgabe
lieferbar

Wegen Vergewaltigung und Mord an einer jungen Frau aus seinem Heimatdorf sitzt Truman Ferris Pinter im Todestrakt eines Gefängnisses und wartet darauf, gehängt zu werden. Die Vergewaltigung gesteht er, nicht aber den Mord. Pinter schwört, das Opfer sei später am Ufer eines Flusses ausgeglitten und dann ertrunken. In den wenigen Stunden, die ihm noch bleiben, doziert der intellektuelle Misanthrop geistreich über sein Leben und die Tat und stellt provozierende Thesen auf.
US-Noir-Autor Les Edgerton führt uns auf irreführenden Schleichwegen in das Bewusstsein seines Protagonisten wie einst Camus oder Nabokov und lässt uns unbemerkt Teil seines düsteren literarischen Experimentes werden.

Ein Kriminalroman ist Les Edgertons „Der Vergewaltiger" nur am Rande. Es passiert ein Verbrechen, sicher, der Täter wird gefasst und verurteilt. Was dann jedoch folgt, ist die große Suada einer jener unheimlichen genialischen Figuren der Literatur, die sich aus dem Basislager einer nihilistischen Ethik und Kosmologie hinaufschwingen bis zum Gipfel der radikalen Verachtung

.

-Günter Grosser, Berliner Zeitung

Megan Abbott – Aus der Balance
„Intensität und Präzision" Spiegel Online
Tom Franklin – Wilderer
„auf Political Correctness wird nicht sonderlich geachtet." FAZ
Ted Lewis – Schwere Körperverletzung
„gilt als dessen bester Roman" FAZ
Garry Disher – Moder
„schönes Beispiel für die moderne Kriminalliteratur" BAZ
Garry Disher – Hitze
„neue Folge einer einzigartigen Reihe" Stern
Jim Nisbet – Welt ohne Skrupel
„ein herrlich vergiftetes Abschiedsgeschenk." Rolling Stone
Tom Franklin – Krumme Type, krumme Type
„große Literatur. Punkt." DIE ZEIT
Tom Franklin – Smonk
„die Beschwörung eines Albtraums." Rhein-Zeitung
Dave Zeltserman – Small Crimes
„... mehr noir geht kaum." FAZ
Les Edgerton – Der Vergewaltiger
„Gipfel der radikalen Verachtung." Berliner Zeitung
Gerald Kersh – Die Toten schauen zu
„Ja, es ist furchtbar. Und furchtbar grandios geschrieben." FR
Seamus Smyth – Spielarten der Rache
„Roh, hart, gnadenlos, eiskalt und jenseits aller Moral." WDR
Dave Zeltserman – Killer
„Keine Frage: So geht noir." Stuttgarter Zeitung
Jim Nisbet – Der Krake auf meinem Kopf
„Der Meister des intellektuellen Schundromans." FAZ
Garry Disher – Dirty Old Town
„Der Gangsterroman fürs 21. Jahrhundert!" KrimiZeitSpezial
L.R. Carrino – Der Verstoß
„Hardboiled trifft Hardcore." Tagesspiegel
Dave Zeltserman – Paria
„Brillanter neo-noir" WDR5
Jim Nisbet – Tödliche Injektion
„grausame Poesie von einem der ganz Großen." Buchkultur
Rick DeMarinis – Götterdämmerung in El Paso
„Ein großer amerikanischer Erzähler!" BR
Buddy Giovinazzo – Cracktown
„ein radikales Buch" literaturkurier
Angelo Petrella – Nazi Paradise
„Memoiren eines Neofaschisten" Krimiwelt-Bestenliste

Jim Nisbet – Dunkler Gefährte
„eine literarische Lehrstunde in Dramaturgie" Berliner Zeitung
Thor Kunkel – Kuhls Kosmos
„ein Werk der Nostalgie" SZ
Buddy Giovinazzo – Piss in den Wind
„der beste Titel des Jahres" TAZ
Paul Freeman – Laster und Tugend
„Ausbeuten und Ausgebeutet werden." Watching the detectives
Gerald Kersh – Ouvertüre um Mitternacht
„Hitler, Freud, Sadomaso und wirre Träume" Financial Times
Garry Disher – Niederschlag
„schonungslos und bewegend" 3Sat
Rick deMarinis – Kaputt in el Paso
„ein schwarzer Gesellschaftsroman" FAZ
Paul Freeman – Die Legenden von Ophir
„ein flott geschriebener Thriller" Berliner Literaturkirtik
Charles Willeford – Die Schwarze Messe
„eine großartige Kriminalgroteske" WDR
Charles Willeford – Ketzerei in Orange
„Weltklasse" CRIME CORNER
Garry Disher – Port Vila Blues
„ein komplex konstruierter Spannungsroman" SPIEGEL SPEZIAL
Markus Starck – SexDotCom
„Ein schnörkelloser, brutaler Kriminalroman" WDR
PJ Wolfson – Geißel der Niedertracht
„eine Wiederentdeckung, und was für eine." FR
Garry Disher – Willkür
„Immer wieder eine Bereicherung" PERLENTAUCHER
Buddy Giovinazzo – Potsdamer Platz
„Pulp-Fiction für Fortgeschrittene" POLYLUX
Gerald Kersh – Nachts in der Stadt
„ein heimlicher Klassiker" WDR
Garry Disher – Hinterhalt
„Das liest man gern" FR
Garry Disher – Dreck
„der eiskalte Engel Wyatt als letzter Gentleman" ZEIT
Frank Nowatzki (Hrsg.) – Antihero
„Nix für schwache Nerven" LIT4U
Derek Raymond – Ich war Dora Suarez
„Ein gewaltgeladener Schocker" EKZ
Buddy Giovinazzo – Broken Street
„einfach, geradeaus und streetwise" Pots.NN

Garry Disher – Gier
„Gier ist fatal, Gier ist tödlich." NEUE WESTFÄLISCHE
Joe R. Lansdale – Akt der Liebe
„gnadenlos gut" kultur SPIEGEL
Buddy Giovinazzo – Poesie der Hölle
„Opfer oder Täter, alles wird eins" SPIEGEL
Joe R. Lansdale – Drive-In
„So sieht also der Weltuntergang aus" PRINZ
Graziano Rocchigiani (Hrsg.) – TKO
„wie ein guter Aktionfilm" KREUZER
Paul Cain – Totschlag
„näher an Musil und Doderer als an Hammett oder Cain", SZ
Derek Raymond – Roter Nebel
„Ein düsterer Abgesang", Nürnberger Nachrichten

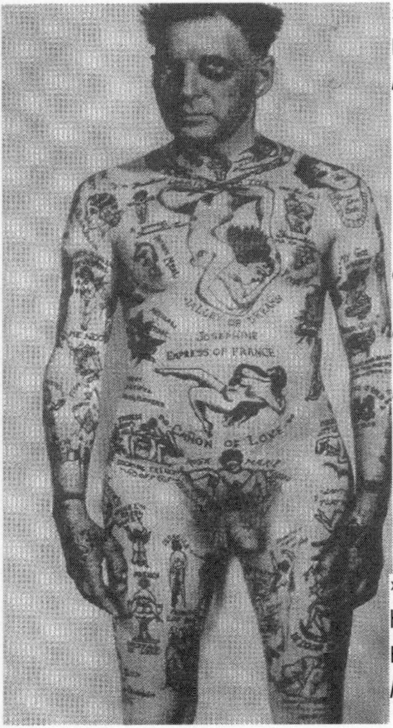

»Die außergewöhnlichste Krimireihe des Landes.«
Hannes Hintermeier, FAZ

»Pulp Master ist definitiv das härteste und schönste und unverbrüchlichste Label der Zunft.«
Tobias Gohlis
Krimitagebuch

»Als Label für Endeckungen hat Pulp Master fulminante Bedeutung.«
KrimiZEIT-Bestenliste.

Pulp 47

Gerald Kersh
HIRN UND ZEHN FINGER

ISBN 9783927734975,
€ 12,00, ca. 120 S.
Deutsche Erstausgabe
in Vorbereitung

Jugoslawien, 1943. Eine kleine versprengte Truppe wacher, verzweifelter Männer flieht in den Wald, nachdem sie ein Munitionsdepot der italienischen Besatzer überfallen hat. Ihre Beute: Dynamit und Zünder für den Widerstand. Einer stirbt für den anderen, damit der Rest an einem anderen Tag weiterkämpfen kann. Darunter ist der junge Andrej, dessen Dorf in Slowenien von den Faschisten dem Erdboden gleichgemacht wurde und der hier in ebenfalls versprengten Serben und Kroaten Gleichgesinnte gefunden hat. Doch die rettende Holzbrücke wurde vom Hochwasser fortgerissen und die Verfolger sind nicht mehr weit …

Nach dem kurzen, mächtigen Roman über das Massaker von Lidice verneigt sich Kersh nun vor den Menschen des Widerstands, vor aufrechten Menschen, denen ein inneres Licht innewohnt, das in der Dunkelheit sichtbar wird und zur Hoffnung der Menschheit gerät.

Pulp 48
Dave Zeltserman
ALLES ENDET HIER

ISBN 97839277349824

€ 15,00
Deutsche Erstausgabe
in Vorbereitung

Dan Selby und seine Frau Rachel müssen hilflos mitansehen wie sich ihre finanzielle Situation weiter zuspitzt. Sie haben ihre gut bezahlten Jobs aufgeben und ihre gesamten Ersparnisse in ein kleines vielversprechendes Software-Start-up investiert, das Dan mit seinem Freund Warren Costas gegründet hatte. Doch Costas ist nach Meinungsverschiedenheiten inzwischen auf einem anderen Trip und will die gemeinsame Firma zerstören. Als einer von Dans Freunden betrunken einen Russen erwähnt, der weiß, wie man Probleme wie Warren löst, öffnet Dan eine Tür, die man besser nicht öffnen sollte ....

Ein weiterer düsterer Thriller aus dem Hause Zeltserman über den langen Prozess der Selbsterkenntnis in den Zwängen einer kalten Gesellschaft, in der man zum Erfolg verdammt ist.

Pulp 50

Derek Raymond
ER STARB MIT OFFENEN AUGEN

ISBN 978-3-946582-01-4,
€ 15,00, ca. 320 S.
Deutsche Neuausgabe
in Vorbereitung

Im London der 1980er ermittelt der namenlose Detective Sergeant des A14 – Letzteres besser bekannt als »die Factory« – im Mordfall eines erfolglosen Schriftstellers und nimmt dabei weder Rücksicht auf Vorgesetzte noch auf sein Privatleben. Er kriecht förmlich in den Kopf seines Opfers, spürt dessen Ex-Frauen, Kollegen, Zechkumpane und ehemalige Feinde in tristen Pubs und Mietskasernen auf – so in Acacia Circus, einem Block, der von arbeitslosen Skinheads und Schwarzen bevölkert wird. Voller Idealismus und die Forderung nach Gerechtigkeit verinnerlicht, begibt sich der namenlose Detective Sergeant selbst in allergrößte Gefahr …

Mit seinen existentiellen, im England der Thatcher-Ära angesiedelten Factory-Romanen schuf Derek Raymond faszinierende Noir-Hybride, die zunächst wie gewöhnliche Polizei-Romane daherkommen, um dann die Form zu wechseln und die Leiden der Opfer und das Leben selbst in den Mittelpunkt zu stellen.

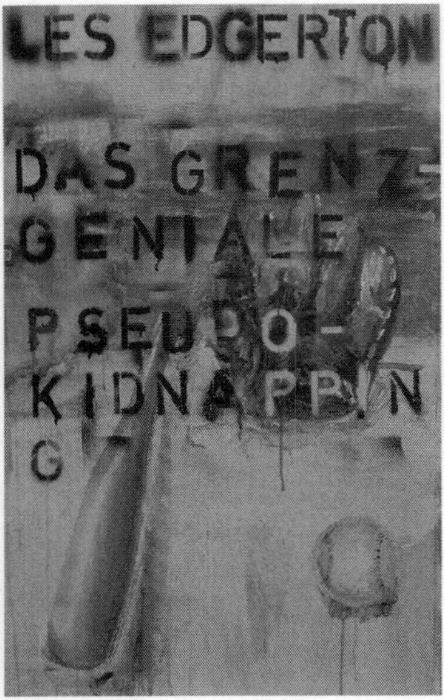

Pulp 52

Les Edgerton
DAS GRENZGENIALE PSEUDO-KIDNAPPING

ISBN 9783946582052,
€ 15,00, ca. 320 S.
Deutsche Erstausgabe
in Vorbereitung

Wegen illegaler Sportwetten wird Baseballspieler Pete Halliday aus der Profiliga verbannt. Er strandet in New Orleans. Der ewige Sommer, das gute Essen und die leichten Mädchen haben es ihm angetan. Nachdem er hohe Wettschulden bei seinem italienischen Buchmacher akkumuliert hat und die Luft dünner wird, lässt er sich mit Tommy LeClerc ein, einem zwielichtigen Cajun mit einem Hauch indianischen Blutes, der sich für eine echte Rothaut hält. Seine Coups scheitern zwar ansatzlos, doch für den ganz großen Zahltag kann er Pete zu einer grenzgenialen Entführung überreden: Sie wollen den Boss der Cajun-Mafia kidnappen! Um das Chaos perfekt zu machen, verliebt sich Pete auch noch in die Teilzeit-Nutte und Kellnerin Cat Duplaisir, bei der er untertauchen kann, während sowohl der Cajun-Mob als auch die italienische Mafia nach ihm suchen …

US-Autor Les Edgerton ist ein an Überraschungen reiches Potpourri aus düsterer Krimikomödie und Pulp-Parodie gelungen, ein rasanter Trip durch die Unterwelt des Big Easy, wo jeder jeden übers Ohr hauen will.

Pulp 55

Mark SaFranko
AMERIGONE

ISBN 9783946582106,
€ 16,00, 267 S.
Deutsche Erstausgabe
lieferbar

Für den Hightechmanager Parker Saturn beginnt der sonnige Septembertag in New York etwas ungewöhnlich. Der ihm bis dato unbekannte Kollege Ivan Rubleski aus der Dependance an der Westküste hat ihn zu einer Besprechung in ein Hotel in Manhattan bestellt. Trotz einer quälenden Migräne fühlt Parker sich fit für einen langen Arbeitstag mit anschließendem Geschäftsessen und einer Tour durch die Nachtlokale. Doch es kommt alles ganz anders: Rubleski führt sich plötzlich auf, als hätte er jahrelang im New Yorker Schlachthof gearbeitet. Immer wieder demonstriert er an blutigen Beispielen eindrucksvoll, wie der neoliberale Raubtierkapitalismus der USA ausgelebt werden sollte.
AMERIGONE ist mehr als eine tiefschwarze Tragikomödie, denn hinter der Fassade dieses spannungsgeladenen Thrillers verbirgt sich eine weitere Dimension: Jenseits der Gewalt wird die Tragik des amerikanischen Traums transparent, der, konsequent zu Ende gedacht, durch Fehlen jedweder Empathie und Solidarität in die Katastrophe führen muss.